LES VIGNES
DE SARAH

DU MÊME AUTEUR

L'Héritage du maître de chai, L'Archipel, 2020.
La Fille du maître de chai, L'Archipel, 2018 ; Archipoche, 2019.

KRISTEN HARNISCH

LES VIGNES DE SARAH

traduit de l'américain
par Sebastian Danchin

ARCHIPOCHE

Ce livre a été publié sous le titre
The California Wife
par She Writes Press, Berkeley, Californie.

Notre catalogue est consultable à l'adresse suivante :
www.archipoche.com

Éditions Archipoche
34, rue des Bourdonnais
75001 Paris

ISBN 978-2-37735-503-7

1

Novembre 1897 – Vouvray

Sarah Thibault n'avait jamais éprouvé une telle certitude. En acceptant d'épouser Philippe Lemieux, elle allait enfin connaître la vie aventureuse à laquelle elle aspirait.

Elle glissa son bras autour de la taille de celui qui serait bientôt son mari et les yeux bleus de Philippe se mirent à briller. Elle posa sa joue contre le revers humide de son manteau, savourant l'odeur de la neige qui recouvrait tout en ce froid matin de novembre. Pour la première fois depuis qu'elle avait fui Saint-Martin un an plus tôt, Sarah était heureuse.

Elle se souvint des événements qui les avaient poussés à quitter Eagle's Run, la vigne de Philippe en Californie, pour retrouver celle de la famille de Sarah en bord de Loire. La tragédie qui avait contraint Sarah et sa sœur Lydie à quitter la France avait conduit la jeune femme sur la côte pacifique. Là, malgré les obstacles érigés entre leurs clans respectifs, Sarah et Philippe avaient su nouer un lien indestructible. Elle frissonna en repensant à celui qui avait bien failli les séparer à jamais.

— Aurais-tu froid, mon amour ? s'enquit Philippe. Tu souhaites peut-être rentrer et annoncer la nouvelle aux tiens ?

— Pas encore.

Le regard de Sarah se posa sur la maisonnette où se trouvaient son neveu Luc, sa mère et le nouveau mari de cette dernière, Jacques. Elle comptait les prévenir, bien évidemment, mais comment ?

— Sarah ?

Les lèvres de Philippe effleurèrent celles de la jeune femme en ranimant son désir.

— J'aimerais t'emmener visiter Saint-Martin.

Le visage du jeune homme s'adoucit.

— J'adorerais découvrir ce lieu à travers tes yeux.

Sarah enchaîna son bras à celui de Philippe avant d'enfouir sa main dans la tiédeur du manchon de laine. Cette promenade l'aiderait à ne plus penser à ses traits harmonieux, à sa silhouette élancée et vigoureuse, à ce désir lancinant qu'elle s'efforçait de réprimer chaque fois qu'il prononçait son nom.

Une heure durant, Sarah l'entraîna dans une longue visite de la propriété, de la masure du gardien aux écuries abritant deux chevaux et une carriole, avant de s'arrêter face au panorama traversé par les eaux impétueuses de la Loire. Philippe contempla en silence les trois hectares de terre désormais vierge détruits par le phylloxéra deux ans plus tôt.

— Quand crois-tu que nous pourrons y planter des vignes venues d'Amérique ? s'aventura-t-elle à lui demander.

Philippe secoua la tête.

— Il est encore trop tôt.

Sarah prit soudain la mesure de la modestie de Saint-Martin. Ces dix hectares de chenin blanc lui paraissaient bien étriqués face aux quatre-vingts hectares de cabernet, de zinfandel et de chardonnay de son compagnon. Eagle's Run était l'un des plus vastes domaines viticoles de Napa, et Philippe l'un des vignerons les plus réputés de cette région californienne. Pourtant, ce modeste carré de vigne de Vouvray avait façonné l'âme de Sarah dès sa naissance. Elle avait passé toute sa jeunesse à genoux dans la terre grumeleuse de Saint-Martin, à cueillir les grappes fragiles de chenin blanc et goûter la chair juteuse de ce cépage familier. Lydie et elle avaient poursuivi les poules entre les rangées de ceps en faisant résonner de leurs rires cristallins la brise d'été. Très jeune, Sarah avait gravé son nom sur les énormes fûts du domaine, prenant possession en secret de l'héritage paternel. Philippe ne la connaîtrait jamais vraiment tant qu'il n'aurait pas foulé chaque mètre carré de cette terre, et Sarah ne retrouverait pas la paix intérieure tant qu'ils n'auraient pas rendu la vie au domaine de son enfance.

Elle ne pouvait envisager de le suivre aveuglément en Amérique au prix de son rêve. Cela prendrait le temps qu'il faudrait, mais Sarah obtiendrait gain de cause.

Ils s'avancèrent dans la partie du domaine qui faisait renaître en elle le plus grand nombre de souvenirs : les caves et les troglodytes de travertin qui bordaient le domaine au nord.

— À quelle époque ces grottes ont-elles été creusées ? s'enquit Philippe en caressant de la main la pierre jaune rugueuse.

— Aux alentours du XIe siècle. Ce sont les parents de ma mère qui leur ont redonné vie.

Elle déverrouilla les lourdes portes de la cave à vin et entraîna son compagnon sous les voûtes de calcaire qui abritaient la cuvée 1897 de chenin blanc. L'odeur de chêne et de vin qui flottait autour d'elle raviva chez Sarah le souvenir de son père.

Elle ravala son chagrin et s'approcha de la pyramide de fûts, empilés sur cinq niveaux, qui couraient sur une cinquantaine de mètres dans les profondeurs de la grotte. Elle laissa glisser sa main sur le bois lisse des tonneaux.

— Mon père m'a appris à sélectionner le meilleur chêne pour conserver le vin et assurer une bonne fermentation.

Elle se tut un instant, brusquement songeuse, avant de reprendre :

— Et c'est Jacques qui m'a enseigné l'art du pressage.

— En se servant de cette merveille, je suppose ? répliqua Philippe en posant une main de connaisseur sur le pressoir Morineau que venait d'acquérir Sarah.

— Oh non ! s'écria cette dernière. Nous ne disposions auparavant que d'un antique pressoir à panier, comme on en utilise par ici depuis l'époque romaine. Celui-ci a été installé le mois dernier. Je harcelais papa depuis des années pour qu'il achète un pressoir digne de ce nom, mais il préférait investir dans la vigne elle-même, estimant que le matériel était accessoire.

Elle poussa un soupir.

— Papa avait souvent raison, mais pas sur ce point.

— Il serait fier de toi aujourd'hui, lui glissa Philippe.

Sarah serra les doigts du jeune homme entre les siens.

— Il serait plus fier encore si nous replantions les vignes que nous avons perdues, réagit-elle d'une voix timide.

— Replanter coûte cher, mon amour. J'ai besoin de temps.

Là résidait tout le problème. Planter des vignes ne suffisait pas, encore fallait-il attendre entre trois et cinq ans pour qu'elles produisent un vin honorable. Sarah préféra ne pas insister et regagna l'air libre avec Philippe. Tandis qu'elle s'escrimait sur la serrure, Philippe lui massa les omoplates avec ses pouces.

— Tu n'as pas arrêté depuis ton retour, remarqua-t-il. Je constate surtout que tu n'as pas passé ces cinq dernières semaines à te languir de moi, comme je l'imaginais.

— J'ai veillé à ne pas l'ébruiter, répliqua-t-elle sur le ton de la plaisanterie afin de mieux dissimuler son trouble.

Cinq semaines auparavant, une violente dispute l'avait opposée à Philippe et ce dernier lui avait conseillé de regagner la France. Elle avait quitté le jeune homme la mort dans l'âme, persuadée qu'ils ne parviendraient jamais à surmonter le fossé qui séparait leurs deux familles. Sarah avait alors fait le deuil de son vieux rêve d'unir leurs vies et leurs vignes, étouffée par le chagrin de ne plus travailler à ses côtés à Eagle's Run. À sa grande surprise, Philippe avait toqué à sa porte le matin même afin de la convaincre de prendre avec lui un nouveau départ en oubliant leurs différends. Elle avait la conviction qu'ils ne pourraient jamais vivre l'un sans l'autre.

Elle fit volte-face et lui désigna les troglodytes aux portes ripolinées d'un bleu vif, un peu plus haut.

— Nous y logeons les saisonniers pendant les vendanges. C'est là que je vis actuellement avec Luc.

Depuis que Lydie était morte en couches quinze mois plus tôt, Sarah servait de mère à son neveu.

Elle posa les yeux sur la terre calcinée, muette à la vue des deux cheminées et de l'amas de pierres, seuls vestiges de la maison familiale partie en fumée la nuit où Lydie et elle avaient pris la fuite. Son cœur se mit à battre plus vite. Les flammes avaient détruit toute trace de la violence de ces heures terribles, sans effacer le sentiment de panique que ressentait Sarah chaque fois qu'elle passait là.

Philippe l'attira contre lui. Elle serra les paupières et se blottit contre sa poitrine.

— Tu ne vois donc pas, Sarah ? déclara-t-il d'une voix dont la tendresse cachait mal la résolution. C'est à cause de tous ces drames qu'il nous faut quitter la France et retourner vivre en Californie.

Comment lui donner tort ? Son ancienne vie à Saint-Martin était morte à jamais.

Ainsi en avait décidé le sort, ils uniraient leurs vies et leurs vignes : Eagle's Run à Napa et Saint-Martin à Vouvray.

— Cela ne nous empêchera pas de revenir ici tout de même ? s'inquiéta-t-elle, anxieuse de savoir ce que Philippe pensait réellement de Saint-Martin.

— Chaque fois que cela nous sera possible. Ta mère et Jacques, si Dieu leur prête vie, s'occuperont de la vigne jusqu'à la majorité de Luc. Ce qui s'est passé ici fera toujours partie de notre existence, Sarah, mais il est temps de tourner la page.

La jeune femme posa ses mains sur les joues glacées de son compagnon et son cœur s'arma de la même détermination qu'elle lisait sur les traits de Philippe.

– Oui, acquiesça-t-elle.

Le jeune homme enfila ses gants.

– As-tu trouvé le courage d'annoncer la nouvelle à ta mère ?

Un sourire étira les lèvres de Sarah. Il lui prit la main et l'entraîna dans le labyrinthe des vignes en direction de la petite maison où les attendait le reste de la famille. Sarah le suivit tant bien que mal en butant dans les pierres calcaires, les pans de son manteau de laine retenus ici et là par les sarments. Elle n'en avait cure à présent que ses deux désirs les plus chers se trouvaient exaucés : retrouver son cher Saint-Martin, et passer le reste de ses jours avec Philippe Lemieux.

2

Décembre 1897 – San Francisco

Linnette Cross aurait fait honte à ses aïeux. Tous ses ancêtres avaient eu des professions respectables en devenant cordonniers, boulangers ou lingères, et voilà qu'elle choisissait un destin de fille de rue. Heureusement qu'ils étaient tous morts.

Du plus loin qu'elle s'en souvenait, elle avait toujours plu aux hommes et cet intérêt la flattait. Orpheline, elle avait quatorze ans lorsque Jimmy Mather lui avait donné un dollar pour accepter ses caresses. À l'époque, elle était maigre comme un coucou et cet argent lui avait permis de se nourrir pendant deux semaines. Satisfaire les désirs masculins donnait à Linnette une liberté et une aisance dont rêvaient la plupart des femmes. Elle se contentait de proposer un service, au même titre qu'une infirmière avec ses patients. Cette vie n'était pas sans risque, mais Linnette avait veillé à ne jamais tomber amoureuse de ceux qu'elle avait séduits. Du moins jusqu'à ce qu'elle croise la route de Philippe Lemieux. Elle l'avait abordé pour la première fois deux ans plus tôt devant le bordel de Clinton Street où elle travaillait, à Napa. Son allure et sa prestance avaient tout de suite suscité l'intérêt de Linnette, même si elle se doutait qu'un tel homme ne franchirait jamais le seuil d'une maison close. Elle savait aussi que ses cheveux blonds, sa poitrine avenante et son empressement laissaient rarement indifférents les célibataires. Moins d'une semaine plus tard, il l'installait dans une suite du Palace Hôtel et ils avaient trouvé un arrangement confortable : il était son seul amant, en échange de quoi elle était nourrie, blanchie et logée dans l'un des meilleurs établissements de Napa.

Lorsqu'il était venu la trouver un matin d'avril cette année-là afin de lui annoncer qu'il avait rencontré quelqu'un, elle avait soigneusement veillé à dissimuler ses sentiments en plaisantant sur les bons moments passés ensemble avant de l'entraîner une dernière fois dans son lit. Mais à peine avait-il franchi le seuil de la pièce qu'elle pleurait toutes les larmes de son corps. Comment avait-elle pu laisser lui échapper l'un des propriétaires terriens les plus riches de la région ?

Quelques mois plus tard, elle accouchait de Pippa dans son appartement de San Francisco. Philippa Mary de son vrai nom : Mary en l'honneur de la mère de Linnette, morte peu après lui avoir donné le jour, et Philippa en référence à son géniteur. Ce nom, un peu trop grandiloquent pour une crevette de cinq livres, avait rapidement cédé la place à Pippa. Un rapide calcul avait montré à Linnette qu'elle était enceinte de deux mois lors de sa rupture avec Philippe. Elle avait envisagé un temps de résoudre la question à l'aide d'une seringue, ou même de s'adresser à la faiseuse d'anges du quartier, mais l'idée de tuer l'enfant de Philippe lui était insoutenable.

Elle avait préféré prendre un bateau à Vallejo et rallier San Francisco où une amie connue autrefois dans la meilleure maison du quartier chaud lui avait proposé une chambre. Dans l'impossibilité de pratiquer son métier, Linnette s'était résolue à coudre des ourlets et repriser des chaussettes. Quitter Napa et se fondre dans l'animation des rues de San Francisco avait été pour elle un soulagement, tout comme la perspective de ne plus jamais entendre parler de Philippe et de sa belle.

Pippa fit entendre un bâillement de contentement et s'endormit paisiblement dans les bras de sa mère. Sa frimousse rose et fripée n'était pas sans évoquer celle d'un vieillard, tandis que ses cheveux avaient la douceur du duvet de pissenlit. Seule une mère pouvait être suffisamment aveugle pour ne pas remarquer le bec-de-lièvre de Pippa. Quand elle y voyait un simple moment de distraction du Créateur, tous ceux qui avaient aperçu l'enfant n'avaient pu réprimer une grimace, accusant parfois le bébé d'être « l'enfant du diable ». Telle n'était pas l'opinion de Linnette, consciente que sa fille, davantage qu'un enfant normal, aurait besoin d'elle pour la nourrir, l'éduquer et la protéger. Le cœur de Linnette débordait d'amour pour sa fille. À défaut de posséder Philippe, elle avait son enfant.

Une question épineuse restait en suspens : à quel moment annoncer la nouvelle à son ancien amant ?

3

Décembre 1897 – Tours

Sarah s'assit sur le bord du lit, les yeux fixés sur le crochet de laiton vissé à la porte. Le papier peint des murs plongeait la pièce dans une ambiance écarlate à la lueur des deux lampes de chevet orientales. Les rideaux de velours cramoisi, libérés de leurs embrasses, laissaient filtrer un rai de lumière en provenance de l'avenue. La chambre, de proportions modestes, n'en était pas moins luxueuse. Saint-Martin ne leur laissait aucune intimité et Sarah avait été soulagée lorsque Philippe avait insisté pour qu'ils passent leur nuit de noces dans cet hôtel chic. Tout en attendant qu'il sorte de la salle de bains, elle s'interrogea sur l'attitude à adopter.

Elle en avait le feu aux joues, faute de savoir ce qu'il espérait d'elle. L'idée même de se déshabiller en sa présence l'effrayait. Elle avait enfilé le peignoir couleur ivoire offert par sa mère. Celle-ci, ainsi que Sarah pouvait s'en douter, n'avait pas caché sa surprise lorsqu'elle lui avait annoncé ses fiançailles avec Philippe, mais loin de rejeter l'idée de cette union, sa mère leur avait souhaité tout le bonheur du monde.

— Luc a besoin d'un foyer. Qui, mieux que sa tante et son oncle, pourra lui en offrir un ? s'était-elle écriée en joignant les mains.

Sarah observa son reflet dans le miroir accroché au mur. Ses cheveux châtains soigneusement brossés brillaient de tout leur éclat et d'épais cils de couleur sombre encadraient ses yeux d'un vert vif. Le col de son peignoir ourlé de délicates dentelles d'Amboise, retenu par un ruban de soie, mettait en valeur sa silhouette tout en cachant la cicatrice qui dessinait une demi-lune sur sa poitrine. Elle frissonna en sentant l'air frais de la pièce caresser sa peau nue. Jamais elle n'avait porté vêtement plus élégant. Elle soupira, triste que Lydie ne fût plus là pour la voir et lui prodiguer ses conseils. Il lui restait à espérer que Philippe, hypnotisé par sa tenue, ne remarque pas ses mains qui tremblaient.

La poignée de verre pivota et la porte de la salle de bains s'écarta en grinçant. Figée sur le lit, Sarah tritura machinalement les fils de la courtepointe en retenant sa respiration. Elle enregistra d'un coup d'œil ses cheveux blonds soigneusement peignés et le triangle de peau satinée que dévoilait sa chemise ouverte. Une nuée de papillons prit possession de son ventre.

Philippe réchauffa entre les siennes les mains glacées de son épouse et l'attira près du feu. Elle en profita pour humer le parfum enjôleur de sa crème de rasage.

— Tu es ravissante, la complimenta-t-il.

Sarah dissimula sa gêne en examinant les motifs de l'épais tapis qui s'étalait à leurs pieds, se concentrant sur les arches dorées qui en ornaient les bords, l'élégance de ses motifs floraux rose et rouge. Du pouce, Philippe lui caressa l'arête du nez, ainsi qu'il le faisait chaque fois qu'il souhaitait l'aider à se détendre.

— À quoi penses-tu ?

— À tout ce bonheur, répondit-elle, la gorge serrée.

— Menteuse, chuchota-t-il en lui effleurant le menton.

Sarah s'en voulut de son ignorance.

— Tu as raison, reconnut-elle en rougissant. Je ne sais pas ce que je dois faire, si je dois me déshabiller et me glisser entre les draps.

— Ce ne serait pas très drôle, plaida-t-il, une lueur malicieuse dans les yeux.

Avant qu'elle eût pu esquisser un geste, il dénoua le ruban de son peignoir, comme s'il ouvrait le plus précieux des cadeaux. Il repoussa le vêtement le long de ses épaules et caressa de ses lèvres une clavicule.

— On voit bien que tu as l'habitude, déclara Sarah, hésitant entre la pensée dérangeante qu'il avait connu d'autres femmes et la façon rassurante dont il apaisait ses peurs.

— C'est la première fois avec quelqu'un que j'aime, répliqua-t-il avant de se poster derrière elle alors que le peignoir s'étalait à leurs pieds.

Il prit longuement sa respiration et ses doigts, aussi légers qu'une plume, glissèrent le long de sa colonne vertébrale, depuis la nuque jusqu'aux fossettes de ses reins.

— Quelle merveille, lui susurra-t-il à l'oreille en l'enfermant dans ses bras tout en enfouissant la tête dans sa chevelure.

Émue de voir qu'il respectait sa timidité, Sarah se retourna et lui dévoila ce que seule l'imagination de Philippe lui avait dévoilé jusqu'alors. Contrariant une violente envie de se réfugier contre la chair palpitante de son mari, elle resta parfaitement immobile, respirant à peine. Il la bascula avec douceur sur les édredons.

Le ventre plein de désir, elle admira les muscles de la poitrine comme l'élégance des jambes de Philippe. Les mains de ce dernier explorèrent sa peau et elle se laissa emporter par le monde de sensations nouvelles qui la traversaient. Son corps se rebella toutefois lorsque la main de son mari s'aventura à l'intérieur de sa cuisse. Elle le repoussa d'un geste brusque.

— Je… je suis désolée, balbutia-t-elle, mortifiée de sa propre réaction.

— Que se passe-t-il ? réagit-il, surpris.

Sarah se couvrit la poitrine à l'aide du drap. Elle se sentait incapable d'un tel aveu. La situation ne changerait donc jamais ? Bastien avait beau être mort, il continuait de les diviser. Elle tremblait de peur à la seule évocation de la brute que sa sœur avait épousée. Le propre frère de Philippe, qui l'avait agressée le soir où elle quittait la France. Elle avait encore dans la bouche le goût amer de sa langue, elle voyait dans sa mémoire la lueur perverse qui brillait dans ses prunelles, elle sentait la morsure de ses dents sur sa peau. L'afflux des souvenirs la paralysait.

— Sarah, lui ordonna-t-il. Dis-moi ce qui ne va pas.

Elle en était incapable. Philippe était au courant, bien sûr, mais leur nuit de noces n'était pas le meilleur moment de lui rappeler les sévices que son frère lui avait fait subir, encore moins la mort de Bastien. Autant de drames qui les avaient éloignés deux mois auparavant.

Adossé contre la tête de lit, Philippe fixait la porte. Restait à deviner s'il lui en voulait à elle, ou bien à Bastien. Elle posa une main timide sur son bras.

— Je croyais que tu l'avais arrêté à temps, articula-t-il en la dévisageant.

— C'est le cas, je l'ai empêché de commettre l'irréparable, mais il a eu le temps de… de me toucher, frissonna-t-elle.

— Il t'a touchée ? répéta-t-il d'un air sceptique.

— Pas dans le sens où tu l'imagines, se défendit-elle, la gorge nouée, en s'efforçant d'oublier l'horreur de cet instant où Bastien avait tenté d'atteindre ses replis les plus intimes.

Les craintes de Sarah se réalisaient : l'ombre de Bastien continuait de planer sur leur mariage.

Philippe la prit dans ses bras et ils s'étreignirent dans un silence réparateur. Il reprit la parole le premier.

— Tu me fais confiance ? s'enquit-il d'une voix légère.

— Oui.

— Bien. Dans ce cas, autant s'y prendre différemment, suggéra-t-il avant de s'allonger sur elle dans un geste plein de douceur en veillant à l'effleurer seulement, appuyé sur les coudes.

Sarah fit courir ses doigts tout le long de la poitrine de son mari, jusqu'aux poils qui descendaient en droite ligne de son nombril. Un râle de plaisir monta de la gorge de Philippe dont la bouche entama une exploration minutieuse de la peau de Sarah.

— Souviens-toi des recommandations du prêtre, mon amour, murmura-t-il en posant sur elle ses yeux bleus. « Les deux deviendront une seule chair », cita-t-il avec un sourire provocateur.

Il déposa un baiser sur la cicatrice qui marbrait la peau au-dessus du sein gauche de la jeune femme sans s'y attarder, puis il dessina des cercles avec ses pouces autour de la pointe des seins. Elle frissonna de tout son être en sentant les lèvres de Philippe se poser sur un téton rosé et le sucer lentement.

Elle crut y découvrir le paradis sur terre. À mauvais escient, car les portes du paradis ne s'ouvrirent qu'une poignée de secondes plus tard.

*

Sarah fut tirée du sommeil par une bonne odeur de café et de bacon. Un bruit de porcelaine tinta sur l'argent d'un plateau et elle écarta péniblement les paupières. Philippe, vêtu d'un pantalon, d'une chemise propre, d'une cravate et d'un gilet, prit place à côté d'elle sur le lit. Elle dormait si bien qu'elle ne l'avait pas entendu se lever.

— Bonjour, ma chère femme. Puis-je vous proposer un petit-déjeuner ? dit-il en lui tendant un plateau. Une longue journée nous attend.

— Où allons-nous ? s'enquit Sarah en s'adossant à la masse des oreillers moelleux.

Trouver un homme dans sa chambre au réveil n'était pas sans la déstabiliser et elle passa machinalement la main dans ses cheveux ébouriffés afin d'en chasser les nœuds.

Philippe, imperturbable, beurra un croissant qu'il dévora en trois bouchées.

— En voilà des manières ! le tança-t-elle en lui prenant le couteau des mains.

Il se pencha vers elle et l'embrassa. Le goût du beurre sur ses lèvres évoqua à Sarah la douceur de ce corps qu'elle avait senti vibrer contre le sien quelques heures plus tôt. Elle se dégagea de leur étreinte et s'efforça de reprendre le cours de ses pensées.

— Où m'emmènes-tu ? demanda-t-elle en portant à sa bouche une tranche de bacon croustillante.

— Je souhaite te présenter à mes grands-parents.

— Les parents de ta mère ?

— Oui, François et Jacqueline Leblanc.

— Es-tu certain de leur *envie* de me rencontrer ? Ils ne sont pas venus au mariage.

Le couple s'était uni dans l'intimité, en présence d'une dizaine de personnes seulement, mais l'absence de la famille de Philippe avait attristé Sarah. Elle s'inquiétait de cette rencontre.

— Oui, ils le veulent vraiment, lui assura-t-il. Ils n'ont pas pu se rendre à notre mariage à cause des problèmes cardiaques de grand-père et je leur ai promis d'aller les voir.

Le visage de Philippe brillait d'un éclat joyeux à l'évocation de ses grands-parents.

— Du vivant de ma mère, nous allions leur rendre visite tous les dimanches après-midi. Mon grand-père nous apprenait à pêcher, à installer des pièges à souris, et même à couper le cou du poulet au menu du dimanche soir.

Sarah fit la grimace. Elle-même avait toujours laissé cette tâche à son père.

Philippe, hilare, haussa les épaules.

— Il faut bien manger.

Soucieuse de changer de sujet de conversation, Sarah lui demanda :

— Ont-ils toujours vécu en ville ?

Rassasiée, elle repoussa le plateau.

— Non, ils se sont installés ici deux ans avant mon départ pour l'Amérique.

Il hésita un instant avant de poursuivre :

— En fait, mon père nous interdisait de les voir.

— Pour quelle raison ? s'étonna Sarah, choquée.

Philippe manifesta sa gêne en plissant les paupières.

— Je suppose que c'était une façon pour lui d'asseoir son autorité du vivant de ma mère. Après sa mort, c'est comme s'il lui en voulait. Grand-père et grand-mère n'ont jamais perdu espoir. Ils nous écrivaient et nous envoyaient pour notre fête des cadeaux que mon père s'empressait de détruire ou de donner à d'autres la plupart du temps.

La réalité de cette famille éclatée attrista Sarah. La nuit précédente, elle avait senti les cicatrices dans le dos de son mari.

— Philippe… si tu m'autorises à te poser la question… pourquoi te battait-il ?

Il poussa un soupir.

— Ce jour-là, mon père a accusé Bastien de lui avoir volé de l'argent. En réalité, mon frère avait seulement emprunté dix sous pour m'acheter une canne à pêche. Quand mon père s'est emparé de sa ceinture, j'ai dit à Bastien de s'enfuir et c'est moi qui ai pris à la place. C'est tout juste si je tenais encore debout après cette punition.

Pas un instant la voix de Philippe ne s'était voilée. Sa femme dissimula ses larmes en battant des cils.

– Sarah, regarde-moi, réagit-il en lui tendant une serviette. Tout ça est de l'histoire ancienne, je suis heureux désormais.

Il ponctua sa phrase par un baiser, un léger sourire aux lèvres. Sarah posa sur lui un regard interrogateur.

– Ne t'inquiète pas, je me suis vengé. Mon père me bottait les fesses au prétexte que je répondais, que je jurais, pour un oui ou pour un non. Un jour où il levait la jambe pour me frapper, j'ai serré le cul si fort qu'il s'est foulé un orteil ! Il a boité pendant une semaine.

Sarah pouffa en voyant Philippe éclater de rire au souvenir de cette vengeance méritée.

*

Sarah avait choisi une robe confortable en laine et un chapeau de feutre surmonté d'une plume dont le vert sapin mettait en valeur la couleur de ses yeux. Ces tenues de ville étaient bien différentes des robes de coton cousues à la main et surmontées d'un tablier qu'elle portait en temps ordinaire à Saint-Martin, mais sa mère avait insisté pour qu'elle se procure des effets dignes de sa nouvelle situation. Tout en ayant le sentiment d'être aussi apprêtée que Marie-Antoinette, Sarah avait la ferme intention d'impressionner les grands-parents de son mari. Sa mère, pourtant pointilleuse de nature, n'aurait rien trouvé à redire à sa mise.

La mort de son père et de Lydie avait permis à Sarah de mesurer la fragilité des relations humaines. Le destin l'avait généreusement servie en lui envoyant un ami doublé d'un amant tel que Philippe. Elle rougit en se remémorant l'intensité de leur étreinte de la veille. Grâce à sa patience et ses encouragements, il l'avait aidée à surmonter la douleur initiale afin de découvrir le plaisir. Ses sens étaient encore tout étourdis de Philippe qu'elle aurait suivi sans hésitation jusqu'au bout du monde.

Ils avançaient d'un pas tranquille dans les rues pavées de la ville sous la caresse froide du soleil de cette journée de décembre, prenant le temps d'admirer les façades à colombages comme la splendeur de la cathédrale Saint-Gatien avec ses deux tours imposantes, sa façade ouvragée et sa rosace majestueuse dont les vitraux jaunes, bleus et rouges brillaient de tous leurs feux dans le soleil de midi.

Tours, capitale du « Jardin de la France », restait la cité éclatante dont Sarah avait gardé le souvenir, à l'époque où elle accompagnait son père lorsqu'il venait y acheter des fûts de chêne. Tours était la ville des marchands de soie, des savetiers, des négociants de vin, des guildes professionnelles les plus diverses.

Sarah et Philippe quittèrent la rue des Halles en direction de la basilique Saint-Martin dont ils prirent le temps d'admirer les tours. En dépit de la Révolution et de l'occupation prussienne de 1870, la Touraine, riche en châteaux, en vignes et en vergers, avait continué de prospérer. Le ballet des Tourangeaux vaquant à leurs occupations ne laissait d'émerveiller Sarah.

Le couple traversa une place en direction d'un bâtiment médiéval de trois étages à la façade de bois sculpté. Une crêperie ouvrait ses portes au rez-de-chaussée, il s'en échappait des odeurs qui firent saliver Sarah. Philippe abattit son poing sur la porte voisine.

Un personnage légèrement voûté ouvrit le battant.

— Philippe ! s'écria-t-il en serrant son petit-fils contre sa poitrine.

Il le prit ensuite par les épaules, le visage radieux.

— Félicitations, mon garçon !

Derrière lui se tenait une grande femme vêtue avec élégance qui observait Sarah avec intérêt. Avec ses cheveux blancs coiffés en chignon, ses yeux noirs et son nez allongé, on aurait dit une chouette des neiges. Elle s'avança et prit à son tour Philippe dans ses bras longuement avant d'inviter les visiteurs à entrer. Elle dévisagea Sarah de plus belle.

— Grand-mère, grand-père, je vous présente mon épouse Sarah Thibault Lemieux. Sarah, je te présente François et Jacqueline Leblanc.

Sarah ouvrait la bouche lorsque Mme Leblanc la devança.

— Philippe nous a expliqué que vous aviez tué Bastien, mais qu'il vous aimait toujours. Comment l'expliquez-vous ?

— Grand-mère ! s'exclama Philippe sur un ton de reproche. À quoi bon parler de tout ça ?

Sarah, pincée au cœur, n'en serra pas moins la main de Philippe afin de le rassurer. Il la prit par la taille et l'attira à lui.

La vieille femme haussa légèrement les épaules.

— À mon âge, on ne s'embarrasse plus de banalités, Philippe. Et si tu ne t'es pas trompé dans la description que tu nous as faite de ta femme, elle est capable de se défendre.

Le mieux était encore de répondre sans ambages et Sarah, redressant la tête, débita le petit discours qu'elle avait préparé.

— Je n'ai pas eu le choix, il m'a fallu me défendre contre les assauts de Bastien. Et si je regrette les souffrances que j'ai pu vous causer, j'aime votre petit-fils et j'entends que nous soyons heureux ensemble.

Mme Leblanc l'observa longuement en silence, jusqu'à ce que son mari prenne la parole.

— Vous et votre famille avez souffert également, dit-il en frottant son front ridé. Ce pauvre Bastien a fait les frais de la brutalité d'un père barbare qui l'a privé à jamais de la générosité et de la compassion que notre fille s'était efforcée de lui inculquer.

Sarah, le cœur serré, constata que Philippe affichait une mine défaite. Elle s'apprêtait à évoquer leur joie d'adopter le petit Luc lorsque Mme Leblanc s'éclaircit la gorge.

— Bastien a choisi sa voie.

Elle prit dans les siennes les mains de son petit-fils.

— Eh bien, mon cher enfant, sans doute le moment est-il venu de dire adieu au passé et de nous préoccuper de l'avenir.

Elle se tourna vers Sarah à qui elle désigna l'étroit escalier que l'on devinait dans la pénombre derrière elle.

— Madame Lemieux, soyez la bienvenue chez nous.

Le petit groupe monta à l'étage et Sarah découvrit avec intérêt un salon luxueusement meublé où la soie et le velours se mêlaient à l'acajou et au merisier. Sur le mur du fond, posés sur des étagères, s'alignaient de façon spectaculaire des flacons médicinaux de teintes, de tailles et de formes diverses, ornés pour certains de motifs en relief, que la jeune femme admira longuement. Philippe, à qui sa surprise n'avait pas échappé, se pencha à son oreille.

– Grand-père était apothicaire. Cette collection est sa passion, avec l'herboristerie.

Philippe et Sarah prirent place sur le canapé recouvert de brocart jaune vif tandis que leurs hôtes s'installaient face à eux dans des bergères. Une servante s'avança dans la pièce avec un plateau débordant de petits sandwiches et de brioches que complétaient un service à café et quatre verres de muscadet.

Tandis que Mme Leblanc versait le café dans les tasses de porcelaine de Limoges décorées de roses minuscules, son mari but une gorgée de vin blanc en adressant à Sarah un sourire chaleureux.

– Chère madame, parlez-moi donc des vignes en Californie. Sont-elles si différentes de celles que nous avons en Touraine ?

Sarah vit défiler dans sa tête le paysage verdoyant de Carneros où elle avait travaillé pendant sept mois aux côtés de Philippe. Elle marqua une hésitation, à la recherche des mots justes pour décrire l'immensité californienne.

– Je trouve la vallée de Napa magnifique, avec sa terre grasse, ses collines dorées et les bourgades modernes qui s'y sont développées. Les conditions climatiques à Carneros sont bien différentes d'ici. Les températures sont nettement plus fraîches et les précipitations ont essentiellement lieu en hiver. Le sol, la présence toute proche de l'océan, celle des monts Mayacamas, ou encore la brume matinale et la brise qui souffle l'après-midi de la baie de San Pablo contribuent à donner au raisin une saveur très particulière. Tu es d'accord, Philippe ?

— Absolument, acquiesça-t-il, rayonnant.

— Les premières récoltes de cabernet et de zinfandel mises en bouteille par Philippe l'été dernier sont délicieuses, ajouta fièrement Sarah.

— Sarah oublie de préciser le rôle qu'elle a joué dans l'exploitation. Elle m'a largement aidé à réaliser les crus 96 et 97.

— Les ceps se sont donc bien adaptés ? Vous bénéficiez désormais d'une production convenable ? demanda le grand-père, penché vers ses interlocuteurs.

Sarah nota intérieurement que sa peau fine, ses ongles soigneusement taillés et sa cravate de soie rouge faisaient de lui un très bel homme pour son âge.

— Oui, nous avons vendangé cinq cent cinquante tonnes de raisin cet automne. Pas de trace de mildiou, très peu de pourriture et pas de phylloxéra, Dieu merci. La récolte a été exceptionnelle à Napa cette année.

— Vous le savez sans doute, mais Philippe a passé un contrat avec l'archevêché. Il fournit désormais à l'archidiocèse l'essentiel de son vin de messe. Nous avons aussi l'intention de diversifier l'exploitation en agrandissant le verger, ajouta Sarah. C'est plus prudent si jamais la prohibition était décrétée.

— Le risque existe donc encore ? s'étonna M. Leblanc.

Philippe répondit à la place de Sarah.

— Les ligues de tempérance sont en perte de vitesse en Californie. Même Lady Somerset, l'une des grandes figures du mouvement prohibitionniste, a jeté l'éponge. En revanche, je m'inquiète de la guerre des prix.

— Explique-toi, fit M. Leblanc.

— Les vins californiens sont de plus en plus demandés dans les États de la côte atlantique, mais le coût du travail a énormément grimpé. Les exploitants demandent dix dollars par tonne alors que l'Association viticole de Californie n'en propose que cinq. J'ai le sentiment que le prix moyen du litre de vin pourrait bien passer de deux cents et demi à un cent et demi l'an prochain.

— Pour quelle raison ? s'enquit le vieil homme en ouvrant de grands yeux. En France, le litre coûte l'équivalent de cinq cents en moyenne.

— La récolte de 97 a entraîné des surplus et les négociants sont peu enclins à payer le prix exigé par les exploitants.

— Cette situation risque-t-elle de te placer dans une situation difficile ?

Philippe croisa les doigts.

— Nous expédions notre production estampillée Carneros directement aux négociants de la côte Est. Les gens intelligents, conscients qu'une étiquette française sur une bouteille ne suffit pas à garantir un bon vin, apprécient les vins de table californiens.

Philippe lança un coup d'œil en direction de Sarah avant de poursuivre.

— Nous espérons obtenir deux cents et demi du litre, ce qui, sans être un bon prix, est toujours mieux que l'offre des négociants californiens.

— Où vends-tu ta production ?

— À San Francisco, Los Angeles, Sacramento, Boston, Chicago, New York et bientôt La Nouvelle-Orléans, je l'espère. Sarah et moi avions prévu de passer par la Louisiane sur le chemin du retour, mais il y règne une épidémie de fièvre jaune et nous nous sommes rabattus sur Boston à la place.

— Que devient le domaine de Saint-Martin ? Je croyais qu'il avait brûlé ? demanda Mme Leblanc en remuant son café d'un air innocent, sans que Sarah fût dupe.

La jeune femme adressa un regard en coin à son mari, dans l'espoir qu'il ne révèle pas comment Jacques Chevreau avait incendié la maison afin d'effacer toute trace du crime de Sarah et brouiller les cartes sur ce qui s'était passé entre Bastien et elle au cours de cette nuit sinistre.

— Grand-mère, répondit Philippe sur un ton conciliant. Ce n'est pas Sarah qui a mis le feu à la maison familiale, si c'est ce que tu voulais savoir. La maison a été réduite en cendres, mais pas les vignes.

— Nous avons l'intention de greffer sur les vignes malades des plants américains résistant au phylloxéra, enchaîna Sarah. La propriété devrait renouer avec le plein rendement d'ici trois ans.

— Fort bien, approuva M. Leblanc, la mine songeuse.

Mais tandis qu'il continuait d'interroger Philippe au sujet du coût des greffes, sa femme se pencha vers Sarah.

— Madame, lui glissa-t-elle dans un murmure, j'aimerais vous montrer notre jardin d'hiver.

— Oui, l'encouragea Philippe. Tu vas voir, ils ont réalisé un travail remarquable.

Sarah se leva à contrecœur et Mme Leblanc l'entraîna dans un grand couloir. La vieille dame franchit une double porte donnant sur une petite cuisine où flottaient des odeurs de romarin et de bœuf grillé. Sarah se posta près du poêle dans l'espoir de se réchauffer.

Une grande baie vitrée inondée de soleil courait le long du mur de l'arrière-cuisine, près de laquelle s'épanouissaient des rangées entières d'herbes en pot.

— Voici notre petit trésor, annonça la vieille femme. J'adore cuisiner, et François m'approvisionne en herbes aromatiques pendant les mois d'hiver. Cette fenêtre nous autorise à faire pousser des plantes exigeant beaucoup de lumière : de la sauge, du basilic, de l'origan. Tenez, sentez donc ce romarin. Dans ce coin, là-bas, vous apercevrez du laurier, de la civette, du thym et quantité d'autres espèces exotiques qu'Arnaud, l'oncle de Philippe, a rapportées d'Espagne et dont j'ai oublié le nom.

Mme Leblanc s'efforçait de paraître enjouée, mais le soleil qui pénétrait à flots dans la pièce trahissait ses émotions. Des années de chagrin rentré avaient cerné ses yeux. Sarah connaissait bien ce symptôme, pour l'avoir connu chez sa mère. Pendant la journée, lorsqu'elle s'occupait du petit Luc, les yeux de sa mère brillaient de vie, mais le chagrin reprenait ses droits à la nuit tombée en noyant son regard bleu. Sarah soupçonnait le crépuscule de renvoyer inexorablement les femmes à leur solitude en leur donnant l'envie de serrer contre elles une dernière fois l'enfant qu'elles avaient perdu.

Sarah savait combien les vivants éprouvaient le besoin d'entretenir le souvenir des morts.

— Madame Leblanc, accepteriez-vous de me parler de votre fille ?

La vieille dame coupa des brins de civette dans un bol en verre.

— Avez-vous connu Adèle ? demanda-t-elle.

— Non, mais lorsque j'étais enfant, je me souviens de l'avoir vue à la messe le dimanche, avec Philippe et Bastien. Jamais je n'avais vu plus belle femme.

En souriant, la grand-mère de Philippe révéla pour la première fois deux rangées de dents d'un blanc de perle.

— C'est vrai qu'elle était belle, ma petite fille. Elle avait des cheveux d'or, des yeux couleur de ciel sans nuages. Comme Philippe. Adèle possédait un charme qui lui valait l'affection spontanée des gens et des animaux. Saviez-vous qu'elle avait une perruche appelée Trudie ? Tous les matins, l'oiseau se posait sur son épaule et Adèle lui donnait une cuillère de café au lait. « Attends un peu, Trudie, lui disait-elle. C'est trop chaud. » Elle soufflait avec insistance sur la cuillère et la perruche en lapait le contenu. Chaque matin, avant d'embrasser ma fille en guise d'au revoir, il me fallait attendre que ce satané volatile ait bu son café.

Elle soupira.

— Ce sont les moments de tous les jours qui me manquent le plus.

Sarah le savait bien. L'odeur âcre de la pipe de son père lui manquait, tout comme les boucles de Lydie.

Mme Leblanc interrompit sa rêverie.

— Pourquoi avoir été jusqu'à Eagle's Run, en Californie ?

Malgré elle, Sarah ne put s'empêcher d'admirer la candeur de son interlocutrice.

— J'ai découvert Eagle's Run par le plus grand hasard. J'avais décidé d'entamer une nouvelle vie en Californie, avec l'espoir d'avoir mes propres vignes un jour. J'ai travaillé dans plusieurs domaines de Napa, mais aucun qui soit plus beau qu'Eagle's Run.

— Vous avez donc reconnu Philippe, le jour où vous l'avez croisé ?

— Oui, madame, mais lui ne se souvenait pas de moi.

— Pourquoi être restée ? Vous n'aviez pas peur ?

Sarah hésita au souvenir de la terreur mêlée de fascination qu'elle avait éprouvée en retrouvant Philippe.

— Si, avoua-t-elle avec une franchise calquée sur celle de la vieille dame. Mais j'étais loin de me douter qu'un lien aussi fort nous unirait un jour.

La vieille dame scruta attentivement le visage de la jeune femme.

— Faut-il que vous aimiez mon petit-fils pour épouser un membre de la famille qui a brisé la vôtre.

— C'est le cas, affirma Sarah avec force.

Elle ne pouvait pas l'avouer à la grand-mère de son mari, mais elle conservait un souvenir vibrant de leur nuit de noces. Elle brûlait depuis le matin de sentir à nouveau le contact de la peau de Philippe sur la sienne.

— Ah, les charmes de la jeunesse, réagit Mme Leblanc d'un air entendu. Les années passent et l'amour s'étiole…

Elle arracha machinalement les feuilles brunes d'un plant de basilic avant de poursuivre :

— Un bon mariage tient avant tout sur une qualité : la loyauté. Vous comprenez ?

*

Après un déjeuner composé de filets mignons et de pommes de terre farcies, le tout arrosé d'un excellent cabernet, Sarah et Philippe regagnèrent leur hôtel après avoir promis aux Leblanc de revenir bientôt en compagnie de Luc. Des nuées orageuses étaient venues assombrir le ciel de l'après-midi dont le gris se confondait avec celui des façades.

Sarah releva le col de son manteau afin de se protéger du froid. Elle avait perdu un peu de son assurance depuis que Philippe l'avait exclue de la conversation avec son grand-père. Elle préféra n'en rien dire, mais son mari finit par s'inquiéter de son silence.

— Je te trouve bien grave. Tu as parlé avec grand-mère ? l'interrogea Philippe sur un ton enjoué.

— Je ne suis pas certaine que ta grand-mère me trouve à son goût.

— Ma chérie, elle te connaît à peine. J'ai cru deviner que tu avais beaucoup plu à mon grand-père.

Philippe pressa dans la sienne la main gantée de Sarah qui saisit la balle au bond.

— Comment pourrais-je lui avoir « beaucoup plu » ? C'est à peine si j'ai pu placer une phrase.

Philippe se figea sur le trottoir de la rue des Halles.

— Comment ?

— Tu sais à quel point cette visite me rendait nerveuse, surtout au regard des circonstances, et tu m'as abandonnée.

— Je t'ai abandonnée ? À t'entendre, on dirait que je t'ai livrée en pâture à des loups, tout ça pour avoir osé suggérer que tu ailles voir les herbes en pots de mes grands-parents. Tu exagères.

— Tu as cherché à te débarrasser de moi.

Philippe réfléchit quelques instants avant de répondre.

— C'est vrai, reconnut-il.

— Tu l'avoues ?

— Mon grand-père souhaitait me prendre à part pour me parler.

— Il voulait te parler de moi ?

— Non, pas du tout. Pourquoi faut-il que tu sois toujours aussi suspicieuse ?

Sarah avait conscience que sa méfiance allait trop loin. Elle se remit en route d'un air boudeur. Philippe lui saisit la main et l'obligea à le regarder.

— Je suis ridicule, je sais, balbutia-t-elle en faisant la moue.

— Tu es épuisée.

Sara baissa la tête, avouant sa défaite et Philippe se pencha vers elle en cherchant ses lèvres. Les larges bords des deux chapeaux leur fournirent un écran bienvenu. Sarah finit par se dégager en se souvenant brusquement qu'ils se trouvaient dans la rue, en plein jour.

— Philippe ! le tança-t-elle.

— Et alors ? Nous sommes mariés.

— Ce n'est pas une raison pour me toucher de la sorte devant tout le monde.

— Je ne te touchais pas, mais ce n'est pas l'envie qui m'en manquait, rétorqua Philippe en riant avant de lui prendre la main et de l'entraîner au pas de course.

Elle le suivit en pouffant dans le labyrinthe des pavés tout en s'accrochant à son chapeau.

— Où m'emmènes-tu ?

— À l'hôtel, répondit-il avec un clin d'œil.

À peine eurent-ils franchi le seuil de la chambre que Philippe referma la porte d'un coup de talon.

Sans un mot, il glissa ses mains sous ses jupons et la souleva de terre. Elle enroula ses jambes autour de la taille de Philippe qui la déposa sur le bureau.

Sarah fut la première étonnée de se débarrasser aussi facilement de ses bas et de sa culotte en coton. Il ne prit pas le temps de la déshabiller davantage.

Elle sortit la chemise du pantalon de son mari et pétrit son torse musclé. Et tandis qu'il s'abandonnait sous ses caresses, Sarah sentit s'évanouir ses dernières craintes.

Cette fois, Philippe ne se hasarderait pas à la délaisser.

*

Ils retombèrent sur le lit, encore habillés, mais complètement rassasiés.

— De quoi ton grand-père souhaitait-il discuter ? demanda Sarah en mâchonnant sa lèvre inférieure.

— Je te demande pardon ? Ah oui ! Paris accueillera la prochaine Exposition universelle, en 1900. C'est formidable, tu ne trouves pas ?

— Si, répondit distraitement Sarah. Il faudra peut-être qu'on revienne la visiter. Si nous en avons les moyens.

— Justement. Mon grand-père voulait aussi parler argent avec moi.

— Vraiment ? réagit Sarah, brûlante de curiosité.

Philippe éclata de rire.

— Regarde un peu dans la poche de mon manteau.

Elle tendit la main en direction du vêtement et en tira une liasse de documents. Le premier était un ordre de banque. Elle écarquilla les yeux, sous le choc.

— Douze mille francs ? Ils sont à toi ? s'exclama-t-elle en lisant le contenu de la feuille.

— À nous, la corrigea-t-il. Toi, moi et Luc. Grand-père a vendu sa pharmacie il y a trois ans, il destinait une partie du fruit de la vente à Bastien et moi. Le jour où Bastien est venu chercher sa part, il était ivre et grand-père lui a dit de repasser quand il serait dans son état normal. Il n'est jamais revenu.

— Mais tu te rends compte ? Cela représente quatre mille dollars !

— Ne t'emballe pas trop vite. J'ai besoin d'une partie de cet argent pour rembourser mon père, c'est-à-dire près de trois mille francs.

Sarah, si heureuse de voir Philippe lui revenir, avait négligé de l'interroger sur certains détails. À la mort de son mari, la mère de Sarah avait vendu le domaine de Saint-Martin à la famille Lemieux. Philippe l'avait rendu à Sarah lorsque la jeune femme était partie pour la Californie, persuadant son père de ne pas porter plainte contre elle après le meurtre de Bastien.

— Quel accord as-tu passé avec ton père, exactement ?

Philippe changea de position sur le lit et se frotta les yeux.

— Je vais tout te dire, mais je te demande d'attendre la fin de mon explication avant de réagir.

Sarah, craignant le pire, fronça les sourcils.

— Après la mort de Bastien, mon père ne voulait plus entendre parler de Saint-Martin. Il ne se sentait pas le courage de replanter les vignes et de reconstruire la maison. Il m'a donc donné le domaine en me proposant de prendre en charge les dettes de Bastien, en attendant que je sois en mesure de le rembourser. Comme il ne restait rien de la maison et qu'un tiers des vignes avaient été détruites, j'ai trouvé la proposition honnête. À la mort de mon père, la propriété me serait revenue pour moitié de toute façon, l'autre moitié revenant à Luc. Mon père a donc anticipé le transfert de propriété et j'ai proposé à ta mère et Jacques d'en assurer la gestion.

Sarah, qui suivait attentivement les explications de Philippe, remarqua qu'il y manquait un élément crucial.

— Pour quelle raison ton père a-t-il renoncé à engager des poursuites contre moi ?

— Je lui ai envoyé un télégramme, précisant que s'il entendait voir un jour son petit-fils, il lui faudrait écrire au juge et reconnaître ton innocence puisque tu avais tué Bastien en état de légitime défense.

— Il a accepté ? demanda-t-elle, stupéfaite que Jean Lemieux eût fait passer son petit-fils avant son désir de vengeance.

— Oui.

— Tu as donc l'intention de présenter Luc à ton père ?

— Ai-je le choix ? Refuser t'exposerait à un procès. Il n'en est pas question.

— Faudra-t-il qu'il le voie plus d'une fois ?

— Le jour venu, Luc héritera de la moitié des biens de mon père. Il serait préférable pour tous les deux qu'ils continuent de se voir.

— À ceci près que c'est un personnage épouvantable, Philippe ! s'écria Sarah.

Il ne cilla pas.

— C'est un homme meurtri, sans épouse et sans fils, pétri de rancœurs. Les enfants sont parfois le meilleur remède contre l'amertume.

— Je n'ai aucune envie que Luc serve de « remède » à cet homme.

— Je serai présent lors des visites.

Il était clair qu'il n'entendait pas disposer de la permission de Sarah. Celle-ci retomba sur son oreiller en soupirant. À ses côtés, Philippe se hissa sur un coude.

— Il n'arrivera rien à notre fils. Je m'en porte garant, précisa-t-il solennellement.

Elle sentit sa gorge se nouer. C'était la première fois qu'il utilisait le mot de fils en parlant de Luc. Elle caressa les poils qui ornaient le menton de son mari.

— Tu es donc son gardien légal ? s'enquit-elle, sachant que la loi accordait généralement la garde des orphelins à leur grand-père paternel.

— Oui, lui confirma Philippe. Nous savons tous les deux que mon père n'est pas capable de l'élever, si bien que je suis son tuteur en titre. J'ai veillé à ce que la garde te soit confiée au cas où je ne pourrais plus l'assurer.

En dépit de son chagrin, Philippe avait fait preuve d'une magnanimité admirable. Il aurait fort bien pu l'éloigner définitivement de l'enfant s'il n'avait pas décidé de lui accorder son pardon.

— Philippe ? murmura-t-elle. Je souhaite t'aider à rembourser la dette contractée auprès de ton père.

— Ce n'est pas une question d'argent, Sarah, mais de réparation, répondit-il, une grande expression de douceur sur son visage, en déposant un baiser sur le poignet de la jeune femme.

4

24 décembre 1897 – Saint-Martin

Agenouillée près de Luc, un peigne mouillé à la main, Sarah s'évertuait à domestiquer l'épi du petit garçon. Une flambée dans l'âtre réchauffait la grotte. Si elle datait du XIe siècle, l'habitation troglodytique n'en était pas moins meublée confortablement de deux lits, d'une table et de quatre chaises.

— Ce n'est pas encore l'heure de la messe, intervint Philippe.

Sarah lui adressa un regard grave. Pouvait-elle lui en vouloir à l'idée qu'il emmène Luc voir son père ? Elle savait rester en liberté à ce prix, et du succès de cette visite dépendait que fût confiée à Philippe la garde de l'enfant.

Elle baisa Luc au front et se releva, en peignoir, un châle bordeaux enroulé autour de ses épaules le long desquelles s'étalait en cascade son épaisse chevelure châtain. Philippe, admirant sa bouche rose et charnue, peinait à trouver la force de la quitter, fût-ce pour quelques heures. Il l'attira à lui sans lui laisser le temps de protester.

— Sois gentille, la taquina-t-il en l'embrassant dans le cou avec l'espoir d'effacer sa mauvaise humeur.

— Ne reste pas trop longtemps, murmura-t-elle avec une pointe de mélancolie.

— Je n'en ai que pour une heure, promit Philippe. Ce soir, après la messe de minuit, nous préparerons nos bagages pour rentrer chez nous.

— Chez nous… en Californie, sourit Sarah. Des mots qu'il m'est doux d'entendre.

Alors qu'il conduisait la voiture à cheval pour se rendre chez son père, Luc sur les genoux, Philippe repensa à Sarah. Les yeux verts de sa femme lui faisaient penser à une prairie inondée de soleil et il était impatient de voir un jour son ventre s'arrondir autour de l'enfant qu'il lui donnerait.

Luc laissa échapper un cri de ravissement alors que la voiture s'engageait sur le chemin de terre menant à la demeure de Jean Lemieux. Les mains de l'enfant entre les siennes, Philippe l'aida à tirer les rênes afin de ralentir l'attelage.

Il frappa l'huis et finit par le pousser en constatant que son père ne venait pas lui ouvrir. Il découvrit avec étonnement un monceau de paperasse et des assiettes sales entassées dans tous les coins. Une odeur désagréable flottait dans l'air. Son père aurait-il renvoyé sa gouvernante ? Avait-il totalement baissé les bras ?

L'occupant du fauteuil à bascule s'immobilisa et vit s'avancer Philippe et Luc d'un air presque étonné. Sans un mot, il fit signe à son fils de s'asseoir. Philippe, qui n'avait pas visité la maison depuis plus de six ans, fut pris d'une brusque envie de regagner la Californie toutes affaires cessantes.

Il dévisagea le vieil homme recroquevillé sur lui-même. Curieusement, il n'éprouvait pour lui aucune haine. Comment ce père avait-il pu lui inspirer une telle crainte ? Lorsque Jean Lemieux lui avait lacéré le dos à coups de ceinture, avait-il seulement réfléchi que l'enfant tout tremblant recroquevillé devant lui deviendrait un jour un homme capable de lui écraser la tête d'une seule main ? Mais non. Jean Lemieux, prédateur des plus vulnérables, s'était imaginé que l'enfant craquerait. C'était sans compter sur la force de caractère de Philippe.

En jetant un regard circulaire, Philippe découvrit avec plaisir un portrait de sa mère dans un cadre en étain sur le manteau de la cheminée. La douceur de sa mère l'avait souvent aidé à supporter la brutalité paternelle.

Il s'assit sur le canapé, Luc agrippé à son genou. Son père passa une main tremblante sur son crâne dégarni.

— Tu vas bien ? demanda-t-il d'une voix rauque.

— Très bien, je te remercie. Je te présente ton petit-fils, Luc Lemieux, répondit Philippe d'une voix posée.

Un sourire lointain passa sur le visage de son père.

— Tout le portrait de Bastien, ne trouves-tu pas ?

— C'est vrai, il ressemble à Bastien. Espérons que nous saurons mieux l'élever.

Tout en sachant qu'elles exprimaient la vérité, Philippe regretta ses paroles. Il n'avait nulle envie de se prendre de bec avec son père. Il était venu là tenir sa promesse, rien de plus. Soucieux de changer de sujet de conversation, il tira de sa poche une enveloppe couleur ivoire.

— Voici l'argent que je te dois. Nous sommes quittes à présent.

Le père lui arracha l'enveloppe des doigts.

— Je suis content d'être débarrassé de cette histoire.

— Tu seras heureux de savoir que Saint-Martin reviendra un jour à Luc.

Le père tambourina des doigts sur le bras de son fauteuil.

— Puis-je lui dire bonjour ?

— Bien sûr.

— A-t-il droit à un chocolat ? J'ai cru voir qu'il avait toutes ses dents, ce qui n'est plus mon cas, glousa le vieil homme en dévoilant quelques dents brunies par le tabac.

Philippe n'en revenait pas. Jamais il n'avait vu son père offrir la moindre douceur à quelqu'un.

— Oui, il sera content de manger un chocolat.

Luc prit la friandise qu'il croqua avec délice. Le visage de son grand-père s'illumina un instant avant de s'assombrir.

Il jeta un regard furtif en direction de la cuisine et agita le doigt vers Philippe.

— Ne le dis pas à ta mère. Tu sais bien qu'elle ne veut pas que ton frère et toi mangiez des bonbons avant le repas.

Philippe écarquilla les yeux.

— Ah ! J'ai acheté un jouet à Bastien, ajouta le père en offrant à l'enfant un jeu de quilles que le petit garçon fit aussitôt tomber par terre.

— Tu as acheté un jouet à *Luc*, tu veux dire.

— Oui, oui. Je jouais à ça quand j'étais enfant. J'étais le meilleur au jeu de quilles à l'école. Tu es encore petit, mais tu apprendras.

Tandis que Luc, assis en tailleur par terre, s'amusait à bousculer les quilles à l'aide de la boule, Philippe observa son père. Ce vieil homme, vêtu d'une chemise fripée et de chaussures éculées, était devenu pour lui un étranger. Sa joue gauche s'animait d'un tic à la moindre excitation, preuve d'une santé déficiente.

Le père tressaillit et posa sur Philippe un regard fixe.

— Comment se portent tes vignes en Californie ? Le phylloxéra ? Les ligues de tempérance ?

Sans doute était-ce la solitude qui le rendait bavard.

— Grâce à Dieu, le domaine va bien. La récolte 1897 est exceptionnelle, je doute qu'on en connaisse une aussi belle au cours des cinq années à venir.

Ainsi qu'il l'avait fait avec Sarah, Philippe se garda bien de préciser à son père que ses revenus diminueraient de moitié si la guerre des prix se poursuivait. À ce rythme, il finirait par ne plus être en mesure de couvrir ses dépenses.

— On parle beaucoup dans les journaux de tous ces champions de la prohibition, insista son père.

— Ils font des adeptes, mais il n'y a pas de quoi s'inquiéter pour le moment. Récemment, ils ont même été victimes d'une blague.

— Vraiment ?

— Quelqu'un a fait courir la rumeur que les viticulteurs californiens comptaient installer des chutes du Niagara artificielles à la prochaine Exposition universelle de Paris, avec du vin en guise d'eau, le tout entouré d'un jardin où les visiteurs seraient invités à boire gratuitement, expliqua Philippe qu'amusait l'absurdité même d'un tel projet.

Son père se frotta les mains.

— Je vois déjà la réaction de ces satanés prohibitionnistes !

— Évidemment. Les ligues de tempérance se sont aussitôt lancées dans une vaste opération au porte-à-porte afin de récolter le plus grand nombre de signatures contre le projet. Les organisateurs de l'exposition se sont retrouvés avec des sacs entiers de courriers leur reprochant une intention qu'ils n'avaient jamais eue.

— Ce qui n'empêchera pas les prohibitionnistes de crier à la conspiration en accusant l'État. Je me trompe ? réagit le vieil homme en s'escrimant sur ses manches de chemise de façon frénétique.

Philippe se leva brusquement, troublé par le comportement étrange de son père. Après avoir confondu son fils et son petit-fils quelques instants plus tôt, voilà qu'il dissertait avec la plus grande lucidité sur les prohibitionnistes. Philippe pensa à sa femme qui les attendait à Saint-Martin alors qu'il perdait son temps à satisfaire les caprices de ce vieil homme mal aimant. Quelle mouche l'avait donc piqué ?

— Je vais devoir m'en aller, père. C'est bientôt l'heure de la sieste de Luc.

Le vieil homme se leva et lui agrippa l'avant-bras.

— J'ai accepté tout ce que tu me demandais. Reviens me voir avec Bastien lors de ton prochain passage en France, d'accord ?

Voilà qu'il confondait à nouveau Luc et Bastien. Philippe, très mal à l'aise, s'inquiéta de voir son père tenant à peine debout.

— Père, serais-tu malade ?

Le vieil homme fit la sourde oreille.

— Tu me promets que tu reviendras avec lui ? insista-t-il avec frénésie.

— D'accord, céda Philippe avec un soupir, sachant combien Sarah lui en voudrait.

*

Pas une fois ce jour-là Sarah n'évoqua la visite de Philippe à son père, et il ne fut question que de Noël et du retour en Californie.

Au retour du dîner de réveillon chez les grands-parents Leblanc et de la messe de minuit à la cathédrale Saint-Gatien, Philippe et Sarah retrouvèrent la mère de cette dernière et Jacques à Saint-Martin où le couple avait gardé le petit Luc. Il fut longuement question de la façon de gérer deux domaines situés sur des continents différents. Philippe remercia intérieurement le ciel de la présence de Jacques Chevreau. Sans son savoir-faire et sa bonne volonté, Saint-Martin n'aurait jamais survécu. Le nouveau maître de chai engagé l'année précédente comptait rester, tandis que Jacques se chargerait de la gestion du domaine au quotidien. Il connaissait Saint-Martin mieux que quiconque pour y avoir travaillé depuis des années, sans même évoquer son lien avec cette terre depuis son union avec la mère de Sarah.

— Je propose de mettre de côté jusqu'à sa majorité la moitié des dix mille francs qui reviennent de droit à Luc, et d'utiliser le reste pour construire une nouvelle maison, plus modeste que l'ancienne. C'est d'autant plus justifié que Saint-Martin reviendra un jour à Luc, suggéra Philippe.

Il ne doutait pas que Sarah estime plus essentiel d'offrir un toit à Marguerite et Jacques que de replanter des vignes.

— La construction d'une maison risque de coûter près de quinze mille francs ! s'inquiéta Marguerite.

Jacques tint à la rassurer en lui tapotant la main.

— Je demanderai aux maçons de réutiliser les pierres de l'ancienne demeure. Trois chambres, un salon, une salle à manger, une cuisine et des toilettes nous suffiront amplement. Je surveillerai le chantier moi-même. Ne t'inquiète pas, ma chérie, nous trouverons le nécessaire.

Sarah croisa les mains, prise d'une idée :

— Philippe, ne crois-tu pas que nous pourrions contribuer un peu au financement de la maison ?

Bien qu'il lui fût difficile de résister aux yeux émeraude et aux grands cils de sa femme, le jeune homme se vit contraint de refuser, sachant que l'effondrement des prix du vin lui liait les mains.

— Nous avons tout juste assez d'argent pour Eagle's Run à l'heure qu'il est, mais rien ne nous empêche de consacrer les bénéfices à venir de Saint-Martin à ce projet, proposa-t-il, honteux de briser les rêves de Sarah devant sa mère.

— C'est une suggestion judicieuse, approuva Jacques.

Marguerite manifesta son enthousiasme en battant des mains tandis que Sarah se contentait de hausser les épaules.

— Si vous le dites, déclara-t-elle.

Le lendemain de Noël, Philippe chargea les trois malles-cabines sur la carriole, puis ce furent les adieux. Les larmes aux yeux, Marguerite serra sa fille dans ses bras. Son chagrin rappela à Philippe que la malheureuse n'avait plus que Sarah et Luc au monde, et qu'il les lui retirait. Tout en connaissant le caractère de son propre père, il se demanda dans quelle mesure Jean Lemieux n'était pas aussi malheureux de voir partir son fils et son petit-fils.

5

Janvier 1898

À peine le navire eut-il quitté la protection du port de Saint-Nazaire que le vent se leva, soulevant les vagues qui frappèrent la coque de plein fouet tout en animant les joues du petit Luc. Par chance, ils trouvèrent un refuge à l'abri des intempéries dans lequel ils se serrèrent tout en regardant disparaître les côtes de France.

Le navire vivait à son propre rythme. L'équipage se relayait à la manœuvre afin que les machines produisent de façon continue la vapeur nécessaire au bon fonctionnement des hélices. Les stewards servaient à heure fixe les repas préparés par le coq, les marins accumulant les tâches les plus diverses, qu'il s'agisse de la lessive du bord ou de la réparation des avaries mécaniques, de la surveillance des machines ou du ménage. Les hommes ne chômaient pas.

Philippe, Sarah et Luc profitèrent du début de la traversée pour déambuler sur le pont. Le premier matin, des mouettes suivirent le bateau en piaillant, dessinant des 8 paresseux dans le ciel. Luc manifesta son plaisir en voyant les dauphins sauter dans le sillage du navire, comme s'il était dans leur intention de l'escorter jusqu'en Amérique. Philippe, qui n'en était pourtant pas à sa première traversée, ne se lassait pas de la beauté des couchers de soleil, saisi par la modestie du bateau dans l'immensité de l'Atlantique.

Le troisième jour, il remarqua la présence de nuages menaçant à tribord. Les passagers reçurent l'ordre d'arrimer solidement leurs malles et de ranger leurs affaires en prévision de la tempête qui s'annonçait. À des centaines de kilomètres de la côte la plus proche, la Nature commandait, et non les hommes.

De fortes rafales de vent secouèrent bientôt le navire et il ne fut plus question d'accéder au pont. Coincé dans leur cabine dépourvue de hublot avec Sarah et Luc, Philippe se sentait perdu. Il se changea les idées en lisant la presse professionnelle et en procédant à des calculs de coût et de rentabilité de façon à imaginer les profits potentiels des deux domaines. Il lui manquait toutefois bien des paramètres pour que ses prévisions fussent fiables.

Quand les prix repartiraient-ils à la hausse ? Quelle proportion de la récolte 97 devait-il conserver de manière à la mélanger à la cuvée 98 ? Comment s'assurer que l'archevêché renouvellerait son contrat avec Eagle's Run ? Il suffisait que cet important client l'abandonne pour que le domaine coule. Philippe avait gardé le souvenir des railleries de certains lorsqu'il avait acheté Eagle's Run. « Comment devient-on millionnaire du jour au lendemain ? En investissant un milliard dans des vignes ! » À en juger par les angoisses qui le tenaillaient, ses détracteurs avaient sans doute raison.

Certaines années seraient pires que d'autres, c'était la nature de toute forme d'agriculture. Philippe avait toutefois consacré cinq années de son existence à arracher des plants de vigne morts afin d'en mettre des sains à la place, en attendant que les saisons passent et que sa vigne l'autorise enfin à remplir ses premières bouteilles. Pas une année ne s'était écoulée depuis sans qu'il eût la peur au ventre à l'idée de vendanger trop tôt. Il en sortait épuisé à chaque fois, mais sa joie lorsqu'il sentait et goûtait le vin nouveau était indescriptible. Il créait une œuvre d'art à partir de rien, et tant qu'il en aurait les moyens, il continuerait de fabriquer le meilleur vin possible et de le partager avec le reste de la planète.

Il faillit parler à sa femme de ses préoccupations mais préféra se retenir. Sarah avait travaillé à ses côtés, mais en tant que propriétaire d'Eagle's Run, c'était à lui qu'incombait la responsabilité d'imaginer des solutions. En outre, Sarah était suffisamment occupée avec Luc qui avait commencé à tousser de façon inquiétante deux jours avant l'arrivée. Et c'est avec soulagement qu'ils virent le navire accoster dans le port de New York.

— Crois-tu que Marie soit en mesure de le soigner ? s'inquiéta Sarah en berçant l'enfant après avoir déposé un linge humide sur son front.

Le petit garçon, les joues écarlates, suçait son pouce.

— J'en suis certain, la rassura Philippe en caressant les cheveux du bébé.

Marie Chevreau, une nièce de Jacques et l'une des femmes les plus intelligentes que Philippe avait eu l'occasion de croiser, possédait de solides connaissances médicales. Pour avoir côtoyé les familles Lemieux et Thibault de longue date, elle disposait de la confiance de Philippe et Sarah. Sept ans plus tôt, Bastien avait séduit Marie avant de l'abandonner et Philippe avait porté secours à la jeune fille de dix-huit ans en lui faisant découvrir New York. C'est là que Marie avait donné naissance à Adeline avant de se lancer dans une carrière de sage-femme. Marie avait été la seule amie de Sarah et Lydie lorsque ces dernières avaient débarqué à New York au mois de mai 1896, dans le sillage du tragique scandale qui les avait meurtries. Le couvent où vivaient Marie et Adeline avait accueilli les deux sœurs à leur arrivée en Amérique.

Ainsi que le pensait Philippe, Marie leur accorda volontiers son assistance lorsqu'ils se présentèrent à son petit appartement du Lower East Side de Manhattan, à l'arrière du couvent. La jeune femme invita Sarah à se reposer sur son lit tandis qu'elle donnait à Luc plusieurs cuillerées de miel chaud avant de lui frictionner la poitrine à l'essence d'eucalyptus. En l'espace d'une demi-heure, la toux s'était calmée. Deux heures plus tard, Sarah avait récupéré et retrouvait l'énergie de la femme que Philippe avait épousée.

Philippe, qui avait pourtant vu Adeline un mois plus tôt, eut la conviction qu'elle avait pris cinq centimètres pendant son absence. Âgée de sept ans, la fillette était une élève modèle au couvent tout en affichant sa timidité quand Philippe voulut la questionner. Elle sortit toutefois de sa coquille lorsqu'il lui proposa de jouer avec Luc.

— Quel âge a-t-il ? s'enquit l'enfant en prenant le bébé sur ses genoux.

— Bientôt dix-sept mois, répondit fièrement Sarah avec un sourire.

Luc s'empressa de tirer sur les boucles qui encadraient le doux visage d'Adeline, percé de deux yeux chocolat.

— Tu as vu comme il est mignon, maman ? s'enthousiasma l'enfant.

Marie tendit à Sarah un petit verre de cognac.

— Adeline a raison. Quel plaisir de vous voir tous les trois ensemble !

— Merci, Marie. Nous vous serons toujours reconnaissants, déclara Philippe en se remémorant la gentillesse dont elle avait fait preuve avec Sarah et Lydie lorsque celles-ci vivaient au couvent.

— Parle-nous de toi, intervint Sarah. Comment se passent tes études ?

Marie fréquentait la section des sages-femmes à l'école de médecine des femmes.

— Très bien. On nous enseigne de nouvelles techniques de césariennes qui ont permis de sauver la mère dans tous les cas, sauf un, répondit Marie avec enthousiasme. Saviez-vous que les sorciers ougandais pratiquaient ce genre d'opération depuis des siècles ? Certains guérisseurs donnent du vin de banane à la mère, ce qui permet d'anesthésier ses sens et de lui nettoyer l'abdomen avant de lui ouvrir le ventre et de sortir l'enfant. Ils cautérisent la plaie de façon à stopper les saignements, puis ils referment la peau avec des aiguilles avant d'appliquer un baume de racine de plantes. La mère survit à l'opération dans la plupart des cas.

Philippe, voyant que Sarah était livide, se demanda un instant s'il n'allait pas avoir besoin de sels pour ranimer sa femme. Marie, emportée par son récit, n'avait rien remarqué.

— Je suis simple sage-femme, et non chirurgienne, mais ce serait formidable si j'étais un jour capable de pratiquer moi-même de telles interventions afin de sauver des mères.

— En effet, acquiesça Philippe en posant une main sur celle de Sarah. Je constate que vous en avez la vocation, Marie.

Le mieux était encore de détourner la conversation sur un terrain plus anodin.

— Que faites-vous d'Adeline en journée ? J'imagine que les sœurs s'occupent d'elle ?

— Oui. J'ai des cours et des travaux pratiques quatre jours par semaine. Le cinquième, elle m'accompagne généralement dans mes visites aux patientes. Les sœurs lui apprennent à lire, écrire et compter. Elles sont très heureuses de la présence d'une enfant au couvent.

— Excusez-moi, Marie, intervint Philippe en baissant la voix de sorte que la petite fille ne puisse l'entendre, mais ne risque-t-elle pas de mener une vie trop solitaire au couvent, sans amis ?

Il avait conscience de marcher sur des œufs, mais à la façon dont Adeline jouait avec Luc, il paraissait évident que sa nièce aurait bénéficié de la présence d'enfants autour d'elle.

Marie chassa de sa jupe des poussières invisibles.

— Sans doute est-ce une existence solitaire, Philippe, mais le couvent est encore le lieu le plus sûr dans cette ville pour une enfant de son âge. Avec mon travail, c'est une chance pour moi de bénéficier de la protection des sœurs.

Il était manifestement allé trop loin.

— Bien sûr, Marie, et vous êtes une mère parfaite.

À côté d'eux, Adeline dansait avec Luc qu'elle balançait sur sa hanche.

— J'entretenais simplement l'espoir que vous envisagiez de vous installer en Californie, près de chez nous. Le bon air et l'espace vous feraient du bien, elle pourrait fréquenter des enfants de son âge.

— Nous serions tellement heureux de vous avoir en Californie ! lui fit écho Sarah.

La tension baissa d'un cran, Philippe s'était bien rattrapé.

— Oh oui, maman, s'il te plaît ! plaida Adeline.

Voyant que Marie levait les yeux au ciel, Philippe crut bon d'insister :

— J'ai entendu dire que l'institut de médecine Cooper de San Francisco était l'un des meilleurs du pays. Je vous ferai parvenir les formulaires d'inscription.

Il accompagna sa proposition d'un clin d'œil.

— Très bien, sourit Marie qui leva les mains en signe de reddition. Il me reste encore un an et demi d'études, mais rien ne nous empêche de vous rendre visite ensuite.

*

Philippe mit à profit leur séjour à Boston pour rencontrer six négociants en vin. Il avait choisi de descendre à Parker House, à peu de distance de Beacon Hill, Boston Common, Quincy Market et Faneuil Hall. Cette situation centrale lui permit de venir en milieu de journée se réapprovisionner en bouteilles de chenin blanc Saint-Martin que Sarah lui avait conseillé d'offrir à ses clients potentiels. Philippe le reconnaissait volontiers, sa femme avait le sens des affaires. Ses démarches lui valurent une commande de dix caisses du chardonnay Eagle's Run 1896, et une autre de vingt caisses du chenin blanc français. Il avait espéré mieux, mais c'était un bon début.

Son dernier rendez-vous de la journée était réservé à Heath & Strong, le principal négociant en vin de Boston à qui il avait fourni huit cents hectolitres de Carneros l'automne précédent. Malgré l'envoi de lettres et de télégrammes, Philippe n'avait toujours pas été réglé du solde de la commande, soit près de 1 250 dollars. Sur ce montant, 350 lui revenaient de droit et il devait le reste à son collègue et ami George Lamont. Heath & Strong était son meilleur client à Boston, mais jamais Lamont n'accepterait de nouvelle commande de l'entreprise si celle-ci ne réglait pas ses dettes.

Faute de trouver un fiacre pour le conduire à Walnut Street, Philippe affronta les congères accumulées sur School Street en respirant l'air vif. Il tourna à gauche sur Beacon Street, longea le parc de Boston Common près duquel stationnaient des trolleys. C'est tout juste s'il voyait les fontaines et les plans d'eau gelés sous leur manteau immaculé que sillonnaient les chemins dessinés par les luges des enfants. La ville était calme, les gens restaient calfeutrés chez eux à cause de la neige qui étouffait les pas des rares passants et les sabots des chevaux.

Philippe découvrit en arrivant devant les bureaux de Heath & Strong que l'entreprise avait définitivement fermé ses portes. Un vieil avis d'expulsion était cloué sur la porte verte. Philippe posa son sac à ses pieds et scruta les alentours dans l'espoir qu'on pût le renseigner, mais la rue était déserte.

Pourquoi ne l'avait-on pas mis au courant ? Il n'avait rien vu dans la presse professionnelle, n'avait reçu aucun courrier des intéressés. Comment allait-il pouvoir récupérer son argent ?

Philippe avait les pieds gelés et remuait des pensées sombres lorsqu'il franchit la porte en verre de son hôtel. Il fut pris d'une hésitation en voyant Sarah qui l'attendait dans un fauteuil de velours bleu. Une carte à la main, elle parlait à voix basse à Luc, assis à côté d'elle. Ses cheveux tirés en arrière mettaient en valeur ses joues d'un rose délicat. La robe rouge très simple qu'il lui avait achetée à Tours faisait d'elle la femme la plus élégante présente dans le grand hall et il en resta sans voix.

Elle l'accueillit en lui désignant la carte.

— Figure-toi qu'ils proposent deux vins californiens en tout et pour tout. Un rouge et un blanc, précisa-t-elle, une moue aux lèvres.

— Sarah…, voulut l'interrompre Philippe en levant la main.

— L'établissement propose du champagne Krug, mais c'est le seul qui soit désigné sous son vrai nom, tempêta-t-elle.

Philippe s'assit près d'elle.

— Sarah…, tenta-t-il à nouveau.

— Ils ont fait faillite, le coupa-t-elle.

— Comment ?

— Heath & Strong. Ils ont fait faillite il y a six mois.

— Qui te l'a…

Elle passa un bras autour du sien et baissa la voix.

— Pendant ton absence, j'ai discuté avec le sommelier. Je lui ai expliqué que nous produisions du vin et que tu avais rendez-vous avec Heath & Strong. À peine avais-je prononcé ce nom qu'il m'informait de leur faillite, prononcée en juin dernier. Ils laissent cinquante mille dollars d'impayés. Leurs biens vont être vendus et l'argent ira aux débiteurs. Cela peut prendre des années, Philippe.

Le jeune homme accusa le coup.

— Il n'y a donc aucun recours possible ?

— Tu peux prendre langue avec ton conseil et lui demander de te mettre sur la liste des créanciers. Tu finiras par toucher une somme… un jour.

— Comment rembourser à Lamont les neuf cents dollars que je lui dois ?

Tout en posant la question, son regard se posa sur l'opulente moquette bleue du hall. Comment avait-il pu descendre dans un endroit pareil alors qu'il était pétri de dettes ?

— Tu lui en rembourseras la moitié et il devra s'asseoir sur le reste. Ce sont les risques du métier, ajouta-t-elle avec un regard malicieux.

— Attends une seconde. Que me caches-tu ? lui demanda-t-il d'un air soupçonneux.

Sarah leva fièrement le menton en croisant les doigts, très fière d'elle.

— J'ai fait goûter notre chenin blanc à M. Clisson, le sommelier. J'oubliais de te préciser qu'il est originaire de Montlouis-sur-Loire, juste en face de Vouvray. Il connaît donc très bien Saint-Martin. Je lui ai donné ta carte.

— Et puis ?

— Il m'a commandé vingt caisses sur-le-champ. Je lui ai conseillé de tester le chardonnay d'Eagle's Run, qui est un peu plus sec, et il en a commandé deux caisses.

— Tu as finalisé une commande sans moi ? s'étrangla Philippe, sans savoir s'il devait être fier ou vexé.

Sarah leva les yeux au ciel.

— Tu crois peut-être que j'allais attendre de recevoir la bénédiction de mon mari ? J'aurais eu l'air ridicule.

— Sur quels termes ?

— Moitié à la commande, moitié à la livraison.

— Tu es sûre qu'ils sont solvables, au moins ?

— Parker House est l'un des établissements les plus huppés de la ville, mon chéri. Je reconnais bien là ta méfiance.

— Je ne traite pas sur ces bases en temps ordinaire.

— Peut-être, mais j'y ai mis une condition.

— Laquelle ?

— J'ai demandé à ce que soit précisé Chenin blanc Saint-Martin et Chardonnay Eagle's Run sur la carte, afin que les clients sachent précisément quels crus ils boivent.

Philippe en resta bouche bée. Une fois de plus, il avait eu le tort de sous-estimer sa femme.

*

Philippe était impatient de regagner Eagle's Run. Le trajet était encore long, il avait tout le temps de prendre un bain chaud et de se reposer. Tandis que Luc jouait gaiement avec son portefeuille en cuir, il observa Sarah. Assise en face de lui, elle regardait les vaches et les moutons qui défilaient de l'autre côté de la vitre, au nord de Los Angeles. Elle semblait heureuse et Philippe entendait bien qu'elle le restât.

— Sarah, j'aurais aimé discuter du domaine avec toi.

— Oui ? répondit-elle en posant sur lui des yeux d'une telle beauté qu'il en fut chaviré.

Il battit des cils, un peu perdu.

— Eh bien ? l'aiguillonna-t-elle en riant.

— Tu...

Les mots restaient coincés dans sa gorge.

Sarah se pencha vers lui et l'embrassa sur la bouche en frôlant ses lèvres d'une langue enjôleuse. Philippe eut toutes les peines du monde à maîtriser ses émotions.

— J'ai reçu un télégramme d'Aurora. La Coopérative se réunit en février. Ses responsables souhaitent contacter les propriétaires pour les convaincre de leur confier leur production. Ils estiment qu'en contrôlant quatre-vingt-cinq pour cent du vin californien, ils pourront entraîner les prix à la hausse.

— Cela nous empêche-t-il de poursuivre les ventes en direct à nos clients ?

— Je ne sais pas.

— Le mieux est encore d'examiner leur proposition.

Philippe plissa les yeux en tournant son regard sur le soleil orange qui disparaissait derrière les collines.

— Tu as sans doute raison.

L'idée de mutualiser les récoltes ne le séduisait guère. Toute forme de grégarisme lui paraissait dangereuse. Ce ne serait pas la première fois que des moutons se seraient perdus en suivant le troupeau.

— Le nouveau maître de chai se débrouille apparemment bien, poursuivit-il. Je suis curieux de savoir ce que tu penseras de lui. C'est un garçon discret et efficace.

Philippe avait engagé Mac peu après le départ de Sarah, sans se résoudre pour autant à recruter un contremaître. La jeune femme occupait auparavant ces deux fonctions, la remplacer revenait à admettre qu'il ne croyait pas à son retour.

— Tu avais besoin d'un maître de chai, le rassura-t-elle.

— À présent que nous sommes mariés, et comme la récolte risque d'être abondante, peut-être aurons-nous besoin de quelqu'un pour gérer les vendanges.

— Tu veux déjà me remplacer ?

Philippe lui posa une main sur le genou pour la rassurer.

— Mais non, ma chérie, il n'en est pas question.

— Si c'est une femme satisfaite de surveiller les fourneaux et de broder des coussins que tu cherchais, tu t'es trompé d'adresse. Je pensais que tu l'avais compris, rétorqua Sarah.

Il éclata de rire.

— Je l'ai même très bien compris.

— La vigne et le vin sont mes passions.

— Ne te sous-estime pas, Sarah. Tu t'occupes très bien de Luc, alors que tu n'as jamais eu d'enfant.

— Je suis vigneronne avant d'être épouse et mère.

— Tu es tout à la fois. Tu es la Sarah que j'aime, inutile de monter sur tes grands chevaux.

— Je ne veux pas que tu l'oublies, j'ai l'intention de réaliser mes propres vins, s'irrita-t-elle. Mes intentions n'ont changé en rien depuis que je t'ai épousé.

— Je le sais pertinemment, concéda-t-il. Dans ce cas, tu continueras à gérer les vignes et tu m'aideras à faire le vin, mais cela ne m'empêchera pas d'engager des saisonniers. Mac Cuddy me dit qu'il ne manque pas d'ouvriers agricoles italiens bon marché.

Sarah lui répondit par un haussement d'épaules et un sourire satisfait.

— À ta guise.

6

Février 1898 – Eagle's Run

Sarah arpentait les vignes au milieu des moutardes des champs dont les fleurs jaune vif lui caressaient les mollets. Elle inspira une longue bouffée d'air frais. Après avoir passé près d'un mois enfermée dans le ventre d'un navire, puis dans un compartiment de train étriqué, elle était ravie de retrouver la Californie.

Sa conversation avec son mari l'avait perturbée. Comment Philippe pouvait-il s'imaginer qu'elle renonce à sa passion du vin et se contente d'un rôle d'épouse et de mère ? Rares étaient les femmes capables de fabriquer du vin, le métier n'en comptait qu'une poignée. À moins de se battre pour conserver sa place dans le quotidien du domaine, elle craignait à terme de voir se flétrir ses ambitions.

Elle descendit le long du coteau ensoleillé jusqu'aux derniers plants et s'arrêta pour admirer la beauté du paysage. La confluence de la Napa et de la Carneros Creek avait des airs de bout du monde. Les marais d'eau salée brillaient à l'horizon sous les rayons d'un soleil pâle, le labyrinthe des canaux serpentant jusqu'à la baie de San Pablo. On devinait dans le lointain l'ombre de Richmond et, sur la droite, les rondeurs du mont Tamalpais qui portait à merveille son surnom de Princesse endormie. Du printemps à l'automne, toute cette région bruissait de vie. Des chalands chargés de paille, d'avoine, d'orge, d'abricots, de prunes et de mille autres produits de la terre emportaient leur cargaison jusqu'au port de San Francisco.

Tout était calme en cet après-midi d'hiver, même les vignes paraissaient assoupies, heureuses de se reposer au terme de neuf longs mois de labeur. Sarah ramassa une poignée de terre argileuse qu'elle serra entre ses doigts sans parvenir à l'émietter. Elle aimait ce sol rugueux.

Elle caressa de la main un cep, reconnut au toucher la bosse caractéristique de la greffe à vingt centimètres du pied, suffisamment haut pour empêcher les bactéries d'assiéger le plant. Dans un peu plus d'un mois apparaîtraient les premiers bourgeons, annonçant la venue d'une nouvelle récolte. Trois mois plus tard, au plus fort de l'été, viendrait la véraison. Le raisin gonflerait et se colorerait en développant tous ses arômes sucrés, puis viendrait le temps des vendanges à l'automne.

L'heure était venue de tailler les vignes en attendant l'arrivée des premiers bourgeons. Il serait alors temps de compter ceux-ci afin d'évaluer la récolte, de commander bouteilles et fûts en conséquence. Sarah sentit monter en elle l'excitation qu'elle ressentait toujours à la veille d'une nouvelle saison.

*

Les résidents de Napa Valley manifestèrent bruyamment leur présence en criant et tapant du poing sur les bancs avant même que débute la réunion. Les dirigeants de la Coopérative avaient pris place sur l'estrade de la grange aménagée pour l'occasion, tous les présents attendaient avec impatience de savoir ce qu'allaient annoncer le président Henry Crocker et ses associés Hotchkiss et Crabb, les viticulteurs les plus influents de la région.

Philippe et Sarah se faufilèrent jusqu'au banc le plus proche de la porte à l'instant où résonnait le premier coup de marteau, imposant le silence à l'assemblée. Il y avait là pas moins de cinquante-trois exploitants de la région, invités à réfléchir au bien-fondé de mutualiser leur production. À charge pour la Coopérative de vendre les vins californiens dans tout le pays.

La récolte 1897 représentait près de huit cent mille hectolitres de bon vin. Sachant qu'il restait une quantité égale à la moitié en crus plus anciens, la Californie avait de quoi satisfaire la demande pendant deux années pleines. Ce surplus avait entraîné une baisse des prix, passés en l'espace de quelques mois de cinq cents le litre à deux cents et demi, et la tendance ne semblait pas fléchir. La Coopérative estimait pouvoir remonter à quatre cents et demi le litre, à condition de contrôler la quasi-totalité de la production.

Cette affirmation laissait Philippe dubitatif. En compagnie de plusieurs autres producteurs, il négociait ses propres contrats après avoir constaté que la Coopérative n'avait jamais été capable de négocier un tarif acceptable avec les affréteurs. L'augmentation récente des tarifs ferroviaires, qui rendait plus onéreux l'envoi des vins de Carneros sur la côte Est, l'avait toutefois incité à se rendre à cette réunion sur les instances de ses collègues.

Sarah ne disait rien, furieuse qu'il lui eût maladroitement demandé de garder le silence. Elles n'étaient que trois femmes au sein de l'assemblée, ce qui faisait d'elles des cibles faciles aux critiques des hommes, et Philippe avait voulu prévenir tout débordement intempestif.

Hotchkiss exposa la position de la Coopérative en insistant sur l'intérêt d'unir les producteurs.

— Plus le pourcentage de vin que vous nous fournirez sera important, plus nous ferons monter les prix, promit-il à l'assistance.

Ses propos provoquèrent une tempête de récriminations, dont Philippe écouta attentivement le détail.

— J'ai besoin d'argent tout de suite, pas dans six mois !

— En signant, on perd tout contrôle sur notre vin comme sur nos revenus !

— Vous avez déjà la main sur soixante-dix pour cent de la récolte, ce qui n'a pas empêché les prix de baisser, alors que vous nous aviez déjà promis quatre cents et demi par litre cette année ! Pourquoi devrait-on vous écouter ?

Cette interpellation provoqua les acclamations de certains et les huées d'autres. Le plus grand chaos régnait dans la grange, au point qu'aucun des organisateurs ne parvenait à se faire entendre. Philippe se leva d'un bond et remonta l'allée centrale en agitant les mains en l'air dans l'espoir d'attirer l'attention des présents.

— Mesdames et messieurs ! cria-t-il à plusieurs reprises.

Un coup de maillet parvint à rétablir le silence et Philippe put se présenter.

— Il me semble normal de laisser MM. Hotchkiss et Crabb répondre à nos interrogations. Comme beaucoup d'entre vous, je vends mon vin à des négociants un peu partout…

— Et vous avez trouvé le moyen de vous approprier la clientèle de l'Église catholique, comme le petit malin que vous êtes ! l'interrompit quelqu'un.

Philippe vit du coin de l'œil que sa femme, rouge de colère, cherchait le coupable des yeux dans la salle.

— C'est contraire aux intérêts américains ! s'écria un sympathisant de la Coopérative au visage barré d'une moustache broussailleuse.

— Contraire aux intérêts américains ? Il me semble au contraire que proposer les meilleurs vins au meilleur prix au public ou à l'Église fait partie des fondements mêmes de la démocratie américaine, se justifia Philippe.

Il ne disposait d'ailleurs d'aucun monopole, d'autres domaines modestes ayant fourni du vin consacré pendant des années. L'importance du marché contracté par Eagle's Run avec l'archevêché avait néanmoins heurté ses voisins.

— Je reste persuadé que la Coopérative n'a nullement l'intention de restreindre les ventes que nous opérons par ailleurs. Ils arguent simplement du fait que contrôler quatre-vingt-cinq pour cent du vin californien ferait remonter les prix. Laissons-les répondre à nos questions.

Crabb remercia Philippe avant de rassurer les présents. Il leur promit une avance de trois pour cent sur la quantité de vin qui leur serait cédée, et le versement du solde dès qu'il serait écoulé. L'argument fit mouche auprès de certains. Crabb ajouta que la Coopérative s'engageait sur un prix minimal de quatre cents vingt-cinq en procédant à un ralentissement de l'offre, avant d'ajouter que chacun était libre de vendre sa production à des clients privés en dehors de la Californie, ou bien en concurrence avec la Coopérative.

La moitié des exploitants signèrent sur-le-champ, les autres refusèrent, à l'image de Philippe qui souhaitait prendre le temps d'effectuer des calculs et de consulter Sarah.

La réunion achevée, il aida celle-ci à remonter dans la carriole et se glissa sur le banc à côté d'elle. Les mains serrées, elle n'avait pas dit un mot, ce qui lui fit craindre le pire.

— Alors, qu'en as-tu pensé ?

— Parce que j'ai le droit de *penser* ? rétorqua-t-elle d'une voix pincée. Je ne comprends pas toujours ce que tu attends de moi.

Philippe serra les mâchoires. Il lui avait demandé de ne pas intervenir pendant la réunion afin de la protéger, tout en sachant que Sarah était une vigneronne plus avisée que la plupart des hommes présents ce soir-là.

— Je serais heureux de connaître ton opinion sur la proposition de la Coopérative, reprit-il sur un ton conciliant.

— Très bien. Si je ne m'abuse, la récolte 93 a été particulièrement abondante, avant d'être suivie par une récolte moyenne en 94 et deux nettement plus modestes les années suivantes. En supposant que la récolte de 97 soit nettement plus importante que les trois suivantes, le mieux serait encore de stocker du vin pour le vendre pendant les saisons suivantes. Nous avons le choix entre stocker le vin nous-mêmes, ou bien en fournir une partie à la Coopérative.

— Tu as raison. Si nous vendons tout, les négociants ne feront pas de stock et proposeront à la clientèle des vins jeunes, ce qui nuira à la réputation de nos crus.

— En même temps, je n'accorde aucune confiance à la Coopérative. Comment peuvent-ils promettre quatre cents vingt-cinq le litre ? Ils se sont révélés incapables d'obtenir des prix acceptables par le passé.

— C'est vraiment dommage que l'archevêché ne nous donne pas sa réponse avant les vendanges. Si j'étais certain de conserver leur clientèle la saison prochaine, je n'hésiterais pas un instant à refuser la proposition de la Coopérative.

— C'est vrai, approuva Sarah, mais si nous leur vendons une partie de notre vin, cela fera taire les mauvaises langues qui nous envient ce contrat avec l'Église.

— Tu as sans doute raison. As-tu pu voir qui m'avait apostrophé de la sorte ?

— Tu n'as pas vu ? Il s'agissait de Boone Sumter. Il produit moins de mille hectolitres par an, mais il se prend visiblement pour l'égal de Niebaum.

— Il est fou de rage parce que je lui ai soufflé le marché de l'Église, après avoir acheté Eagle's Run qu'il convoitait.

Sarah prit un air sceptique.

— Tu crois vraiment qu'il aurait pu reprendre le plus grand domaine de Carneros ? Replanter plus de quatre-vingts hectares comme tu l'as fait ? Il est bien trop paresseux.

La remarque provoqua l'hilarité de Philippe.

— Tu es un vrai scorpion, ma chérie. Je ferais peut-être bien de te laisser gérer ce cher Sumter…

— De quoi jactez-vous encore ? tonna une voix dans leur dos.

Philippe se retourna et vit Boone Sumter s'approcher de la carriole à grandes enjambées.

— Nous parlions justement de votre intervention pendant la réunion, répondit Philippe sans se démonter.

Sumter se planta à côté de lui, déplia son canif et se cura les ongles.

— Vous n'êtes qu'un escroc, vous avez volé la clientèle de l'Église derrière notre dos.

— Non, ma chérie, déclara Philippe en voyant Sarah ouvrir la bouche.

Elle eut le bon goût de l'écouter et il descendit de la carriole.

Sumter, s'il était moins grand que Philippe, était plus large d'épaules, plus puissant aussi. Philippe, levant les mains en signe d'apaisement, rappela poliment à son interlocuteur qu'il n'avait « jamais empêché personne de négocier avec l'Église ».

Sumter, qui épiait les alentours du coin de l'œil, vit qu'approchaient Lamont et Gautier, deux amis de Philippe.

— Et maintenant, vous faites le fier en refusant de signer la proposition de la Coopérative ? s'écria-t-il en agitant son canif en l'air. Et vous vous prétendez bon voisin ? Vous pissez contre le sens du vent, Lemieux.

Philippe, en apercevant ses amis, retrouva toute sa confiance.

— C'est mon choix et j'en prends le risque, rétorqua-t-il.

Sumter cracha son jus de chique aux pieds de Philippe et s'éloigna. Lamont, tout disposé à prendre la défense de son ami en cas de besoin, posa une main sur l'épaule de Philippe.

— Il paraît qu'il a perdu la moitié de ses vignes à cause du phylloxéra. Ce type a tout d'un ours en cage. À ta place, je ne dormirais que d'un œil.

Philippe serra la main de ses amis et les remercia.

— Je n'ai pas oublié ce que tu as fait pour moi, le salua Gautier en portant la main à son chapeau.

La loyauté gouvernait les rapports entre les trois hommes depuis que Philippe avait négocié des contrats en leur nom comme en celui de plusieurs autres viticulteurs de Carneros avec des négociants du Midwest et de la côte Est. En cette époque troublée où régnaient la guerre des prix et le phylloxéra, l'union faisait la force.

7

Mars 1898 – San Francisco

Linnette enroula un premier châle de laine autour de ses épaules, un autre autour de sa tête, et emmitoufla Pippa dans un édredon tout propre avant de sortir dans Lombard Street.

La consultation du médecin qui avait examiné le nez, la gorge et les oreilles de sa fille lui avait coûté cinq dollars, en échange de quoi il lui avait rédigé une ordonnance en lui recommandant de se procurer deux médicaments à la pharmacie.

Le praticien lui avait précisé que les enfants souffrant d'un bec-de-lièvre étaient plus fragiles des oreilles que les autres. Le remède le plus sûr était encore l'huile d'arbre à thé, dont il conseillait l'application deux fois par jour. Et pour garantir à l'enfant un sommeil paisible, il suggérait de lui appliquer contre l'oreille un sachet de jute chauffé rempli de sel au moment du coucher. Linnette espérait que le remède serait efficace. Pippa avait gémi sans discontinuer les deux nuits précédentes, jusqu'à ce que Linnette la prenne contre elle et la cale contre un oreiller.

En ce matin d'hiver venteux, tandis qu'elle remontait Lombard Street en direction de l'océan, Linnette se sentait fatiguée, démoralisée par le manque d'argent. Elle avait pris du retard dans son travail de couture et Tildy lui réclamait à tout bout de champ sa part du loyer. Elle disposait bien d'un moyen de gagner de l'argent en peu de temps, mais cela signifiait rompre la promesse qu'elle s'était faite trois mois plus tôt, à la naissance de Pippa.

Elle n'aurait eu aucun mal à gagner vingt dollars en l'espace d'une heure et de deux clients dans n'importe quelle maison du quartier réservé. Et si Tildy acceptait de garder Pippa un soir par semaine, une jolie fille aux formes voluptueuses comme Linnette aurait pu se produire au Midway Plaisance et s'enfermer avec quelques clients entre deux numéros dans les box de la mezzanine, dotés d'épais rideaux.

Sauf que l'idée de se vendre à présent qu'elle était mère lui donnait la nausée. Son cœur était resté fidèle à Philippe et elle ne supportait pas l'idée de s'abaisser en compagnie d'autres hommes.

L'huile d'arbre à thé qu'elle trouva à la pharmacie était nettement plus onéreuse qu'elle ne l'avait imaginé, et le pharmacien se montra peu avenant. Il fit la moue en découvrant le bec-de-lièvre de Pippa lorsque sa couverture s'écarta.

— Qu'est-ce donc que cette horreur ? s'exclama-t-il.

Linnette s'empressa de dissimuler le visage du bébé tandis que le pharmacien poussait vers elle ses médicaments et lui jetait sa monnaie d'un air dégoûté.

— Tenez, prenez vos gouttes et soyez gentille de ne jamais revenir ici, mademoiselle.

Linnette crut défaillir. Elle fusilla du regard le pharmacien dans l'espoir de le rendre honteux de traiter sa fille en lépreuse, mais il lui tourna le dos et rangea des produits sur les étagères.

Des tourbillons de vent accueillirent Linnette dans la rue, fouettant le visage de Pippa. La jeune femme baissa la tête en serrant sa fille contre sa poitrine, pressée de rentrer chez elle au chaud.

Le docteur lui avait parlé de la possibilité d'une opération pour Pippa, mais il lui en coûterait deux cents dollars. Linnette savait au fond d'elle-même que sa fille serait rejetée de tous si on ne l'opérait pas, mais sa priorité n'en était pas moins de trouver le moyen de payer son loyer et d'acheter des médicaments. Deux possibilités seulement s'ouvraient à elle pour y parvenir : solliciter Philippe, ou bien gagner de l'argent. Linnette craignait trop la réaction de Philippe pour lui demander de l'aide, surtout à présent qu'il avait une femme. Son cœur se serra en comprenant soudain que le meilleur moyen de s'en sortir était encore de retourner en maison.

8

Mai 1898 – Eagle's Run

Il était 7 heures ce matin-là lorsque Philippe pénétra dans le chai.

— Sarah, tonna-t-il en passant la tête à travers l'ouverture de l'une des cuves. Je te demande de laisser Mac accomplir sa tâche.

Sarah, les pieds dans les bottes de Philippe et vêtue d'un ciré, nettoyait les parois à l'aide d'un mélange de soude et d'eau chaude. Philippe adressa un coup d'œil contrit à Mac en constatant que sa femme poursuivait sa tâche imperturbablement.

Mac Cuddy avait commencé sa carrière comme conducteur de barge dans le port de San Francisco avant d'être engagé par les frères Beringer à Los Hermanos où il avait pratiqué le métier de maître de chai pendant dix ans. Il connaissait bien les règles de fabrication du vin consacré, cherchait à se rapprocher de sa sœur qui vivait à Vallejo, et bénéficiait d'excellentes références de la part de Jacob Beringer lorsque Philippe l'avait rencontré. Sarah sourit intérieurement en se remémorant l'expression de surprise sur le visage de Mac lorsqu'elle lui avait expliqué qu'elle était vigneronne. Il est vrai qu'elle aimait volontiers choquer.

— Je montrais à Mac l'importance d'avoir du matériel propre, déclara Sarah en souriant à l'adresse des autres employés qui l'observaient avec curiosité.

Par chance, Mac Cuddy ne se formalisait pas de la concurrence d'une femme. Ayant été élevé auprès de cinq sœurs plus âgées par une veuve catholique d'origine irlandaise qui tenait sa maisonnée avec une main de fer, il possédait un solide sens de l'humour.

— Mac, je vous laisse le soin de rincer la cuve à l'eau froide jusqu'à ce qu'elle s'écoule claire.

— Je te demande de prendre ta journée et de laisser Mac travailler un peu, la taquina Philippe en l'aidant à sortir de la cuve. Aurora t'emmène en ville t'acheter une robe, des chaussures et un chapeau. Nous partons en pique-nique tous les deux demain.

— Où donc ? s'étonna Sarah.

Pour que Philippe l'invite à renouveler sa garde-robe, l'occasion devait être exceptionnelle. Aurora, leur voisine, était une compagne idéale pour courir les boutiques. Cette veuve, suffragette par conviction et agronome de métier, avait pris Sarah sous son aile depuis l'arrivée de cette dernière à Napa. La jeune femme appréciait tout particulièrement son bon sens.

— Nous sommes invités à la fête organisée par la colonie italienne d'Asti. Nous prenons le train demain à 10 heures et nous rentrerons en fin de journée.

— Sais-tu s'il y aura beaucoup de monde ?

— Ils attendent plus de deux cents personnes : des viticulteurs, des banquiers, des juges de la Cour suprême de Californie, des millionnaires…

Sarah leva les yeux au ciel, mais cette désinvolture feinte dissimulait sa nervosité à l'idée de participer à une fête aussi huppée.

Aurora se montra très en verve lors de leur sortie en ville. Elle aida Sarah à choisir une robe d'été en soie et coton, ainsi que l'ombrelle assortie. Sarah avait beau trouver les volants des poignets trop voyants, Aurora l'assura qu'elle ne pouvait s'habiller de façon rustique si elle entendait se mêler à l'élite mondaine de San Francisco, à moins de vouloir être prise pour une domestique. Sarah se rangea à cet avis en justifiant son achat par la nécessité de disposer d'une tenue d'été en prévision des grandes occasions.

— Qu'avez-vous fait de ma femme ? réagit Philippe en découvrant les emplettes de Sarah en fin de journée.

D'un geste, il invita cette dernière à pivoter sur elle-même sous le regard radieux d'Aurora.

— Je te plais ? s'enquit Sarah, gênée d'une telle profusion de dentelles.

Par chance pour elle, la mode n'était plus aux manches et aux jupes bouffantes, tandis que son corset accentuait aussi bien la finesse de sa taille que ses courbes.

— J'ai bien peur que tu sois trop belle pour être ma femme, plaisanta-t-il.

*

Le train traversait la campagne en haletant, annonçant chaque arrêt par un long sifflement. Tout ce que San Francisco comptait de personnalités en vue avait pris place à bord un peu plus tôt, puis ce fut au tour des invités de Sonoma et de Santa Rosa de les rejoindre.

Une longue file de voitures à cheval attendait à l'arrivée afin de conduire les convives jusqu'à la Colonie, patrie de familles italiennes et suisses pour lesquelles l'exploitation de plusieurs centaines d'hectares de vignes ne se limitait pas à la fabrication du vin. La Colonie était une reconstitution en Californie de l'atmosphère, des parfums et du goût de l'Italie et de la Suisse. Sarah se fit la réflexion qu'il était paradoxal de découvrir d'autres cultures européennes en Amérique, après les avoir ignorées si longtemps sur le Vieux Continent.

Dès leur arrivée au domaine, Sarah et Philippe remontèrent l'allée bordée de lilas capiteux jusqu'aux chais. La gigantesque salle de fermentation comptait pas moins de quatre-vingts cuves hautes de six mètres et les fûts étaient entassés sur cinq rangées dans d'immenses caves.

— Attends de découvrir la suite, chuchota Philippe à l'oreille de sa femme.

Dans ses rêves les plus fous, Sarah n'aurait jamais imaginé le spectacle qui l'attendait. Les convives se dirigèrent vers une structure bétonnée vaste comme le socle d'une pyramide égyptienne. Un grand silence se fit, que troublèrent quelques exclamations admiratives.

Philippe se pencha vers Sarah.

— Cette cuve a nécessité mille tonneaux de ciment et six mille tonneaux de sable et de gravier prélevés dans le lit de la rivière Russian. Le chantier a occupé une cinquantaine d'ouvriers jour et nuit pendant près de deux mois. Une fois les deux millions de litres de vin des vendanges pompés à l'intérieur, la trappe est scellée hermétiquement. Le contenu de la cuve a été vidé en mars.

Sarah n'en croyait pas ses yeux et ses oreilles.

— Comment es-tu au courant de tous ces détails ?

— Les hommes que j'ai engagés pour greffer les vignes d'Eagle's Run vivent tous ici. Ce sont eux qui m'ont invité à cette fête. Ce spectacle t'impressionne ?

— Mon Dieu, oui. C'est la huitième merveille du monde !

L'expression fit rire Philippe.

— Tu as raison, et ce n'est pas fini.

Il s'interrompit en voyant leurs hôtes italiens, alignés au sommet de l'immense citerne, battre des mains afin d'attirer l'attention des convives. Le président de la chambre de commerce prit la parole.

Après avoir remercié les dirigeants de la colonie italo-suisse ainsi que les dignitaires présents, il invita les convives à visiter l'étrange monument. La foule manifesta son enthousiasme et des queues se formèrent au pied des escaliers en béton permettant d'atteindre le sommet de la citerne. Celui-ci avait été décoré avec des tulipes en pot placées le long de six allées rayonnant tout autour d'un bassin vide au centre duquel une ouverture d'un mètre de diamètre permettait de descendre à l'intérieur de l'énorme cuve en empruntant un escalier en spirale de six mètres de hauteur.

La fraîcheur qui régnait à l'intérieur du réservoir offrait un répit particulièrement agréable à la chaleur ambiante. Les parois de la cuve avaient été rougies par le chianti qui y avait séjourné cinq mois durant. Le dernier invité parvenu en bas des marches, un Italien à l'air jovial, se hissa en haut d'un escabeau et lança à tous un *Buongiorno !* sonore auquel répondirent de multiples échos qui se répercutèrent d'un mur à l'autre pendant plus d'une minute avant de s'éteindre. La foule, impressionnée par cet effet acoustique, applaudit à tout rompre.

La visite de la citerne achevée, les convives traversèrent en procession l'immense pelouse vert émeraude jusqu'à l'entrée d'une roseraie éclatante de fleurs roses, jaunes et blanches à l'extrémité de laquelle était organisé le banquet, à l'abri d'un baldaquin de verdure. Les serveurs, tous des adolescents issus de la Colonie vêtus de costumes traditionnels, s'agitaient dans tous les sens dans un ballet parfaitement réglé. Des tables nappées de blanc accueillirent les invités à qui l'on servit du chablis et du chianti dans des verres en cristal et qui purent déguster des tranches de gigot froid à l'aide de couverts en argent. Il y avait là plus de deux cents personnes réunies autour d'une vingtaine de tables dans une débauche de rires émaillés par le cliquetis de l'argenterie. Sarah ne se lassait pas du spectacle, heureuse d'être dans son nouveau pays, au milieu de nouveaux amis, en compagnie de son nouveau mari.

Alors que les toasts et les discours se succédaient sous l'effet du vin, Philippe entraîna discrètement sa femme en direction des vergers.

— Alors, madame Lemieux, tu t'amuses ?

— Je n'ai jamais été aussi heureuse.

— Jamais ? insista-t-il avec un clin d'œil.

Elle lui donna une petite tape, tout en étant ravie de l'attention qu'il lui portait. Depuis le début de leur périple, pas une fois Philippe ne s'était éloigné d'elle, accroché à son bras, ou bien main dans la main. Leur entente était parfaite.

Ils s'enfoncèrent dans le verger et s'installèrent confortablement au pied d'un poirier. Philippe se débarrassa de son canotier sur l'herbe, étala sa veste sous un ciel de branches et invita sa femme à s'y asseoir avant de s'allonger à son tour. Il sentit Sarah tendue en posant la tête sur ses genoux.

— Personne ne peut nous voir, mon amour, la rassura-t-il, les yeux clos. Et n'oublie pas que nous sommes mariés.

— Tu sembles croire que le mariage te donne droit à toutes sortes de privautés, le taquina-t-elle.

Philippe lui répondit par un sourire paresseux.

— Je cuve mon vin. Tu devrais imiter mon exemple.

Sarah le dévisagea longuement, émerveillée par ses cheveux blonds, ses cils couleur cannelle, ses pommettes saillantes et son menton volontaire. On aurait pu croire son visage taillé par le Créateur dans un bloc de marbre. Elle repoussa une mèche de son front et soupira d'aise, adossée au tronc de l'arbre dont l'écorce rugueuse caressait sa peau à travers sa robe de cotonnade. Cette journée resterait pour elle associée à des parfums de lilas, d'herbe fraîchement coupée et de chianti.

Elle s'éveilla en entendant de petits rires tout proches.

De derrière un pommier, à une vingtaine de pas, jaillit soudain une jeune femme aux longs cheveux dorés poursuivie par un homme.

— Isla ! s'écria le garçon.

À la livrée du jeune homme et à la jupe ordinaire de la fille dont les mains et le tablier étaient couverts de farine, Sarah jugea qu'il ne s'agissait pas d'invités. Le garçon finit par attraper sa proie par la taille, l'attira à lui et l'embrassa longuement sur la bouche sans qu'elle cherche à résister. Avant qu'elle eût pu comprendre ce qui se passait, Sarah vit Philippe se relever d'un bond.

— Giuseppe !

Le jeune homme se retourna.

— Filippo ? Mais oui, c'est bien toi !

Parfaitement à l'aise, il saisit la main de la jeune fille et l'entraîna à la rencontre de Philippe.

Sarah, sans comprendre un mot des présentations, se contenta d'un *buongiorno* et de quelques *grazie* tandis que Philippe se lançait dans une longue discussion avec Giuseppe, tantôt en italien, tantôt en anglais. La jeune fille glissa quelques mots à l'oreille de son compagnon, adressa une courbette aux Lemieux, et s'éclipsa en direction du banquet.

Étourdie par la chaleur, Sarah se laissa retomber sur la veste de Philippe et agita son chapeau en guise d'éventail tandis que les deux hommes continuaient de converser pendant une vingtaine de minutes, multipliant les gestes en direction de la roseraie.

Un appel de trompette mit fin à leur échange. Giuseppe serra la main de Philippe et salua Sarah d'un mouvement de tête.

— *Noi danziamo, va bene ?*

— *Si !* répondit Philippe avec enthousiasme.

Il se retourna vers sa femme ébahie et l'aida à se relever en lui prenant la main.

— Que se passe-t-il ? s'inquiéta-t-elle en lissant sa robe fripée du plat de la main.

— La fête ne fait que commencer. Suis-moi, tu vas comprendre.

— De quoi parliez-vous, tous les deux ? demanda-t-elle alors qu'il l'entraînait vers l'immense citerne à vin.

— Je suis désolé, je ne voulais pas t'exclure de la conversation, mais Giuseppe s'exprime à une telle vitesse, je n'avais pas le temps de traduire. Cela dit, j'ai tout retenu.

— Et alors ?

— Giuseppe, qui a greffé mes vignes avec talent, est un jardinier hors pair qui plante des pommiers, des poiriers et des oliviers depuis l'âge de huit ans. Son père n'est autre que le responsable des vergers de la Colonie.

— Pas possible ! s'écria Sarah. Entre ses connaissances et celles d'Aurora, nous voilà parés !

Elle se reprit aussitôt, consciente de brûler les étapes.

— En fait, pourquoi aménagerions-nous un verger à Eagle's Run avant de replanter des vignes à Saint-Martin ?

Philippe s'adossa contre un arbre.

— Parce que c'est beaucoup moins onéreux et que les vergers nécessitent infiniment moins de main-d'œuvre. Nous devrions suffire à la tâche, si nous sommes raisonnables.

Sarah laissa échapper un soupir de dépit.

— Sans doute, mais il faudra aussi attendre des années avant de récolter les premiers fruits, comme le raisin, déclara-t-elle avant de lui tourner le dos.

Philippe lui prit la main et l'obligea à croiser son regard.

— Tu n'honoreras donc jamais la promesse que tu m'as faite ? réagit-elle sur un ton accusateur. Il n'y a que trois hectares de vigne à replanter à Saint-Martin, ce n'est pas ce qui nous mettra sur la paille !

— Pas si fort, la tempéra Philippe en lui serrant le poignet. Tu ne comprends donc pas, Sarah. Nous avons perdu quarante pour cent de notre revenu cette année à cause de cette satanée baisse des prix. C'est-à-dire plus de dix mille dollars. Nous sommes obligés d'utiliser une partie de l'argent de grand-père pour créer ce verger. Planter davantage de vigne à l'heure actuelle serait une perte de temps. Nous avons besoin de pommes, de poires et autres fruits dont la récolte est moins onéreuse.

Sarah vacilla sous le choc, ébahie qu'il ne lui eût jamais fait part de ses soucis. Elle ne s'étonnait plus de la discrétion dont il faisait preuve chaque fois qu'il était question d'argent. Eagle's Run était au bord de la faillite. Mille questions lui vinrent à l'esprit, qu'elle repoussa provisoirement.

— Mais alors, de quoi notre avenir sera-t-il fait ? demanda-t-elle, perplexe.

Philippe prit longuement sa respiration avant de s'expliquer.

— Il nous faut creuser des trous d'un mètre cinquante à dix pas les uns des autres, en veillant à rapprocher les fruitiers de la même espèce. Le mieux est de planter au pied des collines, ni trop bas, ni trop en hauteur, en veillant à pencher légèrement les troncs dans le sens contraire à celui des vents dominants.

Philippe lâcha la main de sa femme et poursuivit en déambulant au milieu des arbres dont il caressait les troncs de la main, s'arrêtant çà et là afin d'examiner le feuillage.

— Giuseppe a fait allusion aux bactéries. Il nous conseille de revenir prélever de la terre au pied des mêmes espèces que celles de nos vergers. Il affirme que la méthode est infaillible.

— De combien d'arbres parle-t-on ?

— Je ne sais pas, peut-être une centaine.

— Très bien, acquiesça Sarah. Et Saint-Martin ?

Philippe posa une main sur l'épaule de sa femme.

— Un peu de patience, mon amour.

Deux verres de vin achevèrent d'apaiser Sarah qui retrouva quelques minutes plus tard avec Philippe les autres invités dans l'immense cuve à vin transformée pour l'occasion en salle de bal. Sarah virevolta sur des valses de Strauss et Philippe en profita pour lui enseigner les rudiments du cake-walk. Quelle danse ridicule ! Ils tournoyèrent sans fin sur la piste de danse jusqu'à l'heure du dernier train.

*

Sarah et Philippe achevèrent de décharger les seaux à leur descente du wagon. En tout, ils en rapportaient une vingtaine, tous soigneusement identifiés et remplis de terre bêchée au pied des différents fruitiers de la colonie.

Ils avaient planté vingt-cinq pommiers, et autant de poiriers et d'abricotiers, en bas des collines bordant Eagle's Run, à la confluence des eaux de la Napa et du Carneros Creek. Luc prenait le plus grand plaisir à prélever la terre des seaux par poignées avant de la répandre en pluie au pied de chaque arbre et de la tasser de façon que son contenu nutritif s'immisce jusqu'aux racines.

Sarah avait sous-estimé le temps et l'énergie nécessaires à la constitution d'un verger, et c'est tout juste s'ils avaient trouvé le temps de planter ces soixante-quinze arbres avant les vendanges. Les fruitiers produiraient leurs premiers fruits dans trois ans, mais comment gagner de l'argent en attendant ?

9

Septembre 1898 – San Francisco

Linnette disposait de trois heures pour gagner trente dollars. Cet argent lui permettrait de vivre et de nourrir Pippa pendant deux mois, à condition de se serrer la ceinture.

Sa colocataire, Tildy, qui acceptait de garder Pippa ce soir-là sachant que c'était le meilleur moyen pour elle de recevoir l'argent du loyer le lendemain, serra les lacets du corset de Linnette tandis que celle-ci s'efforçait de remonter ses seins le plus haut possible. La jeune mère enfila une robe de soie couleur pêche assez libre au niveau des épaules. Le vêtement n'était pas de toute première fraîcheur, mais sa coiffure ferait oublier les défauts de sa tenue.

Tildy, le geste et le regard vifs, avait arrangé par vagues la chevelure de Linnette en dessinant sur le devant une arabesque qui s'enroulait jusqu'à sa nuque. Ce savant équilibre était maintenu en place par deux peignes en écailles de tortue, disposés symétriquement au niveau des tempes, tandis qu'une rose en soie couleur ivoire apportait à l'ensemble une touche d'élégance. Linnette mit un terme à sa préparation en s'aspergeant du parfum Coudray à la violette que Philippe lui avait offert.

Mme Beaumont avait accepté de donner sa chance à la jeune femme qui lui avait menti sur son âge, affirmant n'avoir que vingt ans alors qu'elle en avait quatre de plus. Au sein de la maison, les âges s'étalaient entre dix et vingt ans. Linnette, quant à elle, avait entamé sa carrière sur le tard puisqu'elle avait quatorze ans à ses débuts.

Elle arriva délibérément avec un quart d'heure de retard de façon à attirer l'œil de quelque notable. Le salon de la maison close était aussi petit que surchauffé, peuplé de clients pleins d'élégance occupés à lutiner des filles pomponnées. Avachis dans de luxueux fauteuils et canapés, somnolents pour certains sous l'effet de l'opium, ils grignotaient des cuisses de poulet et sirotaient du vin rouge.

Linnette fut prise de nausée sous les assauts du mélange de parfums capiteux et de graisse de poulet qui flottait dans la pièce. Elle était bien trop sobre pour supporter ces effluves, mais il n'était pas question pour autant de renoncer à un projet qui éviterait à sa Pippa chérie de connaître un jour le même sort.

Pleinement consciente de sa beauté, elle savait que n'importe lequel des occupants de la pièce serait trop heureux de la caresser. Elle s'approcha du buffet et se servit un plein verre de vin. Au bout de trois gorgées, une vague de chaleur lui envahit la poitrine et elle sentit ses muscles se détendre.

Mme Beaumont s'avança.

— Messieurs, j'ai une beauté d'exception à vous offrir ce soir. Mlle Cross, qui œuvrait de façon indépendante depuis quelques années, est à votre disposition. Elle possède de nombreux talents, aussi vous en coûtera-t-il un supplément de cinq dollars.

Linnette la remercia d'un signe de tête et adressa un sourire de circonstance aux messieurs qui avaient posé leur verre ou leur pipe à opium afin de mieux la contempler. Elle savait déjà, à leurs regards libidineux, qu'aucun n'était un amant confirmé. Tout sourire, elle prit place sur une bergère près d'un homme d'affaires d'âge moyen.

— J'ose espérer que vous goûtez pleinement le beau, monsieur, lui glissa-t-elle en se penchant vers lui d'un mouvement qui dévoila l'ampleur de son décolleté.

Il hocha la tête.

Il n'avait aucun charme, avec sa panse qui recouvrait son ceinturon et sa barbe noire mal peignée, mais du moins était-il vêtu à la dernière mode. Il entraîna Linnette dans les étages, choisit une chambre et entreprit de déshabiller la jeune femme. Il se montrait d'une telle maladresse qu'elle acheva elle-même de déboutonner sa robe pour ne garder que son corset et son pantalon de lingerie. Il la regarda s'activer d'un œil vitreux et s'empressa de lui palper la poitrine lorsqu'elle vint s'asseoir sur le bord du lit à côté de lui. Son haleine empestait l'oignon bouilli et ses doigts restaient gras de tout le poulet qu'il avait mangé un peu plus tôt.

Quel animal répugnant, pensa Linnette.

Elle chassa son dégoût en fredonnant sa chanson préférée, *San Francisco Sadie*, tout en retirant les boutons du gilet de soie rouge de son compagnon. Le mieux était encore d'en finir au plus vite afin de retrouver Pippa sans attendre. Soudain, il se balança de droite à gauche, son regard se voila et il retomba brusquement sur le lit en ronflant.

Sans perdre une seconde, Linnette le déshabilla entièrement et le couvrit à l'aide de l'édredon, puis elle froissa les draps, creusa d'un coup de poing l'oreiller qui aurait dû être le sien, arracha quelques cheveux et les disposa sur la taie avec la rose en soie qu'elle laissa en souvenir à l'horrible lourdaud.

Le temps de se rhabiller, elle tira cinquante dollars de la poche de son compagnon, redescendit au rez-de-chaussée en prenant soin d'en déposer vingt dans la caisse réservée à Mme Beaumont, et quitta la maison close d'un pas léger.

10

Septembre 1898 – Eagle's Run

Philippe et Mac déversaient du raisin dans le pressoir lorsque le père O'Brien fit son entrée, vêtu de sa soutane à trente-trois boutons, sa calotte noire sur la tête, muni d'une canne et d'un sac en cuir. Il paraissait d'excellente humeur avec ses yeux brun vif, son nez grêlé et son teint de brique. Planté sur le seuil du chai, il retira sa calotte, posa son sac à ses pieds et se frotta les mains.

— Voilà qui promet d'être plaisant ! s'exclama-t-il.

Philippe serra la main grassouillette que lui tendait le prêtre.

— Bienvenue à Eagle's Run, mon père.

Il retenait son souffle depuis des semaines à cause de cette visite. Selon les termes du contrat signé avec l'archevêché, O'Brien était le seul habilité à décider si le vin était préparé conformément aux règles canoniques.

— Le curé de la paroisse doit-il nous rejoindre ? s'enquit Philippe, surpris de l'absence du père Price.

Le nouvel officiant de Napa ne manquait jamais une occasion de lécher les bottes de ses supérieurs.

— Il comptait venir, jusqu'au moment où il a compris que j'avais l'intention de me retrousser les manches. J'ai cru comprendre qu'il préférait travailler à la rédaction de son prochain sermon. Loin de moi l'idée de freiner ses ardeurs, ajouta avec humour le prêtre.

Philippe se retint de rire, sûr de bien s'entendre avec son visiteur.

— Si vous souhaitez vraiment nous aider, mon père, je vous conseille d'enfiler une tenue plus adéquate.

O'Brien se frotta les mains avec enthousiasme.

— Montrez-moi le chemin, cher monsieur.

Après s'être changé et lavé les mains à la pompe, le prélat retrouva Philippe.

— Avez-vous visité beaucoup de chais, mon père ?

O'Brien adressa à son interlocuteur un sourire désabusé.

— J'ai goûté plus d'un vin de messe, mais c'est la première fois que l'archevêque me confie une telle tâche. J'étais curé de la paroisse de Monterey depuis deux ans.

Le manque d'expérience de son visiteur ne pouvait que servir Philippe. Le prêtre ne risquait pas de lui poser des questions embarrassantes.

Il entraîna O'Brien jusqu'au deuxième niveau du grand bâtiment.

— Voici ce que nous nommons le drainage gravitationnel. Le raisin monte jusqu'à nous avant d'être déversé dans ce pressoir où il est écrasé par des rouleaux qui font éclater la peau du fruit tout en laissant les pépins intacts. Le premier mélange obtenu de la sorte est ensuite débarrassé des grappes, avant que la pulpe ne s'écoule au niveau inférieur dans ces bassins de fermentation. Ce procédé gravitationnel nous évite le recours à des pompes, comme cela se pratique dans les chais de plain-pied.

— Formidable, approuva O'Brien en observant la manœuvre.

Philippe fit redescendre son visiteur au niveau inférieur, où avait lieu la fermentation.

— Vous voyez ici du cabernet dont on a conservé la peau, ce qui lui donne sa belle couleur rouge. Le processus de fermentation est entamé. Je vous invite à effleurer la surface de la main.

Le visage d'O'Brien s'illumina comme celui d'un enfant à qui l'on aurait offert un jouet, et il posa prudemment la paume sur l'épaisse couche des peaux qui surnageaient. Philippe lui montra l'exemple en poussant du plat de la main la masse caoutchouteuse.

O'Brien l'imita et partit d'un rire joyeux.

— C'est élastique ! On dirait un gâteau moelleux !

— Si vous voulez, approuva Philippe avant de poursuivre ses explications : les peaux remontent à la surface sur une épaisseur d'une vingtaine de centimètres, poussées par le gaz carbonique de la fermentation. Nous mélangeons les peaux au reste de la cuve quatre ou cinq fois par jour de façon que les arômes, les tanins et la couleur imprègnent bien le jus. Le cabernet est un raisin à peau très épaisse, ce qui donne au vin sa couleur d'un rouge soutenu.

— Comme le sang de notre Sauveur, murmura le prêtre avec révérence.

— Absolument, acquiesça Philippe que sa foi n'empêchait pas d'entretenir certains doutes.

— Vous n'ajoutez pas de levure ?

— Aucune, celle que contient naturellement la peau du raisin suffit à la fermentation.

— C'est fascinant. Comme dans l'Ancien Testament. Une question : que faites-vous des grappes ?

— Nous les utilisons comme fertilisant, répondit Philippe en montrant par la fenêtre un tas de terre rougeâtre à l'orée des vignes. Ce que vous apercevez là-bas est du compost obtenu avec les peaux et les grappes.

— Voilà un excellent moyen de ne rien perdre, réagit le prêtre, dont la curiosité était insatiable. Combien de bouteilles produiront les vendanges actuelles ?

— Cela dépend, répliqua Philippe, peu soucieux de trop s'avancer de peur qu'un chiffre trop élevé ne fît chuter les prix. En règle générale, une tonne de raisin permet d'obtenir sept cents bouteilles. Soit trois livres de raisin par bouteille.

— Combien de tonnes obtient-on par hectare ?

— Douze tonnes à peu près, ce qui nous permet d'espérer une récolte de mille tonnes cette année. Voulez-vous que je vous fournisse un carnet pour noter toutes ces informations ?

O'Brien se frappa la tempe de l'index.

— J'ai une mémoire d'éléphant.

Il ne restait plus au prêtre qu'à visiter les caves. Un courant d'air frais au fort parfum de chêne accueillit les deux hommes.

— Mon Dieu, je ne m'imaginais pas une opération d'une telle ampleur.

— Avec un peu de chance, ce domaine pourra encore s'étendre. Vous voyez ces tonneaux ? questionna Philippe en pointant du doigt une pyramide de fûts le long du mur septentrional de la cave. Ils sont fabriqués à l'aide de chênes américains issus de forêts diverses. Ils servent quatre à cinq fois de suite et sont réservés au vin consacré.

— Si je comprends bien, le jus extrait de la pulpe que nous avons vue à l'étage arrive jusqu'ici où il est stocké dans ces tonneaux ?

— Exactement, mais notre travail n'est pas terminé pour autant. Tous les quatre mois, nous débarrassons le vin de ses sédiments en le transvasant dans un fût propre avant d'y ajouter la quantité laissée par la part des anges.

— La part des anges ?

— Il s'agit de l'expression traditionnelle qui désigne l'évaporation naturelle.

— Quelle formule charmante ! Je veillerai à m'en souvenir, s'extasia O'Brien en tournant son visage vers le ciel avec un large sourire.

*

Bien que Rose, la gouvernante et cuisinière des Lemieux, eût dressé la table dans la salle à manger, le père O'Brien demanda à dîner à l'extérieur en compagnie des ouvriers agricoles.

— Je suis amené à manger régulièrement avec l'archevêque, j'avoue préférer terminer cette longue journée de travail face au soleil couchant, expliqua-t-il.

Sarah et Rose étendirent une nappe sur la table du jardin avant d'y installer, en plus des cruches de vin, des assiettes de fromage et de jambon servies avec du pain et du condiment.

Sarah offrit à leur invité un verre de zinfandel et un autre de chardonnay.

— Dites-moi, madame Lemieux, quelle est la meilleure façon de goûter le vin ? Ne suis-je pas censé le tourner dans mon verre ?

La question amusa Sarah qui répondit avec plaisir.

— Effectivement, vous le tournez dans le verre avant d'en humer les arômes et d'y goûter, sans avaler immédiatement. Il s'agit d'aérer le vin et de le rouler en bouche afin d'évaluer sa texture. Vous pouvez alors l'avaler en vous concentrant sur le goût qu'il laisse en bouche.

— Ah, très bien, fit O'Brien en s'exécutant, les yeux fermés.

Autour de la table, tout le monde resta figé dans l'attente de son verdict.

— Quels arômes découvrez-vous ? Un goût de fruit rouge, peut-être ? tenta Sarah.

— Oui, un goût de mûre, avec peut-être une touche de cannelle, répondit le prêtre en claquant des lèvres.

— C'est possible. L'arôme de cannelle est une réminiscence du fût. Les planches de chêne sont flammées par le tonnelier dans ce but.

— Vraiment ? dit O'Brien avec un soupir d'aise. Un régal !

Au milieu du repas, l'invité laissa retomber sa fourchette avec fracas dans son assiette, à la surprise générale.

— Je n'ai pas goûté de condiment aussi délicieux depuis celui que je mangeais chez ma tante Maeve à Brooklyn. Où l'avez-vous trouvé ?

— C'est moi qui le fais, répondit fièrement Sarah. C'est bien mon seul mérite culinaire, en dehors du vin. Je tiens la recette de ma mère.

— Que tous les saints nous préservent ! Je n'en ai jamais mangé de meilleur !

Sarah se gonfla de plaisir.

— Dans ce cas, vous m'obligerez en acceptant de repartir avec quelques pots.

Le visage d'O'Brien s'éclaira.

— Avec grand plaisir, madame.

Le prêtre passa le reste de la semaine dans les vignes à cueillir du raisin ou dans le chai à remuer la pulpe afin d'y mélanger les peaux, armé d'une grande planche de bois. Chaque fois que Philippe le voyait, il était occupé à quelque tâche et paraissait l'insouciance incarnée. Loin de ralentir les vendanges, sa présence revitalisait les ouvriers agricoles avec qui il priait, mangeait et travaillait. Chaque vendangeur récoltait en moyenne deux tonnes par jour, à raison de dix heures par jour, du crépuscule au lever du soleil afin de ne pas cueillir les grappes en pleine chaleur. Pour un peu, Philippe aurait proposé au père O'Brien de rester au domaine en qualité de mascotte.

Philippe afficha sa surprise lorsque le prêtre, au dernier jour de sa visite, lui révéla l'autre raison de sa présence à Eagle's Run. Assis dans la cuisine en face de Philippe, il glissa dans sa direction une lettre au bas de laquelle dix producteurs du voisinage avaient apposé leur signature.

— Ce courrier nous est parvenu il y a quelques mois. Ses signataires sont tous des paroissiens et ils se plaignent que vous soyez le principal fournisseur de vin de l'archidiocèse. Ils estiment que c'est à la fois risqué et injuste de notre part d'acheter l'essentiel de notre vin consacré au même producteur.

O'Brien écarta les mains.

— L'argument est recevable.

Philippe se cabra.

— En quoi est-ce risqué ? Eagle's Run a entièrement reconstitué son cépage afin de le protéger contre le phylloxéra. Les signataires de cette lettre peuvent-ils en dire autant ?

— Sans doute pas. Je compte rendre visite à chacun d'eux au cours des deux prochains mois avant de donner ma recommandation à l'archevêque. Là réside mon problème. Vous faites un travail de qualité et j'entends recommander que l'on vous conserve comme fournisseur principal. Toutefois, l'archevêché étant attaché au soutien des ouvriers agricoles, il est normal que nous partagions plus largement nos commandes. Nous ne pouvons nous permettre d'avoir une préférence.

O'Brien reprit son souffle avant d'annoncer la suite :

— Nous souhaiterions réduire le contrat qui nous lie à vous de cinq cents hectolitres par an, et nous demandons une réduction d'un demi-cent par litre.

— Mais alors, vous réduisez votre commande de moitié, et nous vous concédons déjà un tarif préférentiel de trois cents par litre !

— Vos concurrents demandent seulement deux centimes et demi par litre.

En clair, cela signifiait que la propriété perdrait deux mille dollars de chiffre d'affaires en attendant que d'autres acheteurs fussent trouvés. Philippe était toutefois conscient que vendre du vin localement impliquait des frais de livraison moindres, et conserver la clientèle de l'Église était primordial au cas où serait décrétée la prohibition.

— Je suis d'accord, mais à une condition, dit-il en refusant de se résigner sans livrer bataille.

— Laquelle ?

— Accepteriez-vous de me donner la priorité en cas d'augmentation des commandes ?

Comme O'Brien marquait une hésitation, Philippe joua les tentateurs.

— Lors de votre prochaine visite au domaine, vous pourriez élaborer votre propre vin et en rapporter quelques caisses dans vos bagages.

— Entendu, accepta le prêtre, tout sourire.

Philippe s'épongea le front. Chacun pour soi, pensa-t-il avec amertume, conscient que ses collègues s'étaient vengés au prétexte qu'il avait refusé de vendre l'essentiel de sa production à la coopérative.

11

Janvier 1899

Aurora se précipita dans la cuisine, essoufflée, en brandissant un gros livre.

— Mes chers amis, vous devez écrire tout de suite !

Sarah et Philippe la regardèrent comme si elle avait perdu la tête.

— De quoi parlez-vous ?

— Vous trouverez ici le détail des formalités pour participer à l'Exposition universelle !

— Vous voulez dire, présenter la production d'Eagle's Run à Paris ? Face aux vins français ? lui demanda Philippe.

— Oui !

Elle posa le lourd volume sur la table et le feuilleta furieusement.

— Groupe 7, Section 60, à la page 61 : « Vins et fines ». Il suffit d'envoyer votre candidature et quelques bouteilles de vos meilleurs crus accompagnées de ma recommandation.

Aurora dévisagea successivement Sarah et Philippe, les sourcils en accent circonflexe. Les hésitations de son mari étonnaient Sarah qui trouvait l'idée excellente. Philippe en profiterait pour passer à Saint-Martin s'il se rendait à Paris, peut-être même Sarah pourrait-elle l'accompagner.

Philippe se laissa tomber sur une chaise.

— Aurora, croyez-vous sérieusement que nous puissions nous aligner avec des vins français dans une compétition internationale ? Et *gagner* ?

L'argument ne manquait pas de poids. S'ils participaient à l'Exposition universelle et rentraient les mains vides, leur humiliation serait totale.

Aurora posa les mains sur les hanches.

— Pensez-vous que je me trouverais dans votre cuisine en agitant ce livre comme une folle si je n'y croyais pas ?

— Si notre candidature est acceptée, les négociants du monde entier connaîtront l'existence d'Eagle's Run, ajouta Sarah avec un sourire. Et si nous gagnons, ils achèteront nos vins.

Il fallut un mois au trio pour remplir le dossier de candidature, goûter tous les crus, et choisir en fin de compte le cabernet et le chardonnay de 1897. Ils emballèrent trois bouteilles de chaque cuvée, accompagnées de la double recommandation d'Aurora Thierry, agronome respectée et spécialiste mondialement reconnue de la vigne, et du père O'Brien qui se porta garant de la réputation de Philippe. À ces éléments, ils ajoutèrent les quatre rubans bleus obtenus par Eagle's Run lors des deux dernières foires du comté, et envoyèrent le tout au commissaire américain de l'exposition à Chicago en récitant deux *Notre Père* et trois *Je vous salue, Marie*. Il ne leur restait plus qu'à attendre le verdict des commissaires de l'exposition.

12

Mai 1899 – Eagle's Run

Luc courait comme un dératé entre les rangées d'eucalyptus bordant le chemin. C'était presque l'heure du dîner et au terme d'une journée passée à désherber, Sarah était heureuse de s'asseoir dans l'herbe et de respirer le parfum légèrement mentholé des arbres géants.

De retour à la maison, elle déposa un léger baiser sur la joue de Philippe en lui annonçant qu'elle ne mangerait pas ce soir-là. Son dos lui faisait souffrir le martyre, elle avait mal à la tête et tombait de fatigue.

Elle se coucha sans même trouver la force d'enfiler sa chemise de nuit et s'endormit aussitôt. Dans ses rêves, elle berçait doucement une petite fille aux cheveux noirs en fredonnant la berceuse de Brahms intitulée *Tous les anges du ciel veilleront sur ton sommeil* lorsqu'un prêtre en tenue sacerdotale apparaissait devant elle et lui arrachait l'enfant des bras.

Elle se réveilla en sursaut, le cœur battant, les cheveux collés à son visage couvert de transpiration.

— Sarah ? lui demanda Philippe en posant une main sur son front. Tu as la fièvre ?

— Non, c'était juste un cauchemar.

— Je t'ai entendue crier dans ton sommeil. C'est une chance que Luc ne se soit pas réveillé.

Sarah revit le visage de la petite fille, le sentiment de sérénité qu'elle éprouvait avant l'arrivée de ce personnage sans visage, tout de noir vêtu. Le poids qu'elle avait sur la poitrine l'empêchait de respirer.

— Veux-tu que j'aille chercher le médecin ?

Un rayon de lune éclairait le chevet. Sarah s'empara de la montre gousset de Philippe et constata qu'il était 2 heures.

— Non, c'est idiot. Je vais juste me rafraîchir.

— Je lui demanderai de passer demain matin.

Elle retira ses sous-vêtements trempés de sueur, enfila une chemise de nuit en coton et quitta la chambre. Quelques instants plus tard, elle franchissait le seuil de la maison et s'arrêtait dans la véranda. La lune et les étoiles brillaient dans le ciel, elle se demanda si son père et Lydie pouvaient la voir.

Elle s'assit sur les marches de la véranda, les bras serrés autour des genoux. L'air de la nuit lui offrait une caresse rafraîchissante et elle se sentit rassurée par le calme ambiant que seul troublait le chant des grillons.

Elle était recrue de fatigue alors qu'on était encore loin des vendanges. Ses seins lui faisaient mal et c'est tout juste si quelques gouttes de sang étaient apparues au moment de sa malédiction mensuelle. Son corset la faisait souffrir, si bien qu'elle le portait uniquement à l'église et lors de leurs sorties. À force de gamberger, elle finit par comprendre.

Ne serait-elle pas enceinte ?

Si tel était le cas, il était encore trop tôt pour en parler à Philippe. Tout en aimant les enfants, elle avait suffisamment mesuré les souffrances de Lydie et de tant d'autres pour redouter les mille et un dangers liés à la mise au monde d'un bébé. Rien ne l'effrayait davantage, au point d'avoir envisagé un temps de demander à Philippe de se protéger afin de ne pas prendre le risque d'une grossesse. Elle y avait renoncé, sachant que jamais il n'y consentirait.

Elle décida de lui annoncer la nouvelle lorsqu'elle se sentirait prête.

*

Au matin, elle refusa avec véhémence que Philippe aille quérir le médecin et lui suggéra plutôt de la déposer à son cabinet lorsqu'il se rendrait en ville. Il accepta à contrecœur.

Le docteur Pratt, au terme d'un examen rapide, lui annonça qu'elle attendait un enfant pour la fin du mois de décembre. Savoir qu'elle portait en elle un enfant de Philippe l'électrifia brièvement, jusqu'à ce que sa peur d'accoucher vienne ternir son bonheur.

Elle resta silencieuse sur le chemin du retour. Elle avait supplié le médecin de ne rien dire à Philippe ou à quiconque, le temps pour elle de réfléchir.

— Réfléchir à quoi ? s'était étonné le praticien. C'est le rêve de toute jeune mariée d'attendre un enfant.

Philippe, qui conduisait la carriole, posa sur elle un regard inquiet.

— Alors, que t'a dit le docteur ?

Elle lui agrippa le bras.

— Philippe, pourrais-tu t'arrêter un instant ?

Il dirigea les chevaux vers un coin d'ombre sous un érable et serra le frein.

— Que se passe-t-il ?

— Rien, répondit Sarah en sondant son regard avec le peu d'enthousiasme dont elle était capable. Nous allons avoir un bébé.

Le visage de Philippe s'illumina. Il la prit par les épaules, l'attira à lui et l'embrassa.

— Quand ?

— Le docteur a parlé de décembre.

— Un bébé pour Noël ! Quelle bonne surprise !

Voyant qu'elle restait sans réaction, il l'interrogea :

— N'es-tu pas heureuse ?

— Bien sûr que si, répondit-elle sans conviction, mais j'ai un peu peur.

Philippe serra sa main dans la sienne.

— Tu verras, tout va bien se passer.

Pour toi, pensa-t-elle. Ce n'est pas toi qui dois donner naissance à cet enfant.

*

Les fortes pluies de la fin du mois de juillet menacèrent la récolte. Philippe, redoutant le mildiou et la dilution des arômes du raisin, envoya ses ouvriers dans les vignes afin de couper les feuilles et réduire le nombre de grappes dans l'espoir que les survivantes bénéficient de plus de lumière. La manœuvre était risquée, car trop de soleil une semaine avant les vendanges pourrait dessécher le fruit. Ce genre de pari audacieux mettait toujours Sarah à cran.

La dernière semaine d'août, les faucons tournoyaient haut dans le ciel, chassant par leurs cris les rongeurs, les loriots et autres étourneaux qui picoraient les grains de raisin. Luc passait ses journées à l'intérieur de la maison en attendant que les chouettes prennent le relais à la nuit tombée.

Les vendanges se déroulaient de nuit de façon que les saisonniers pussent cueillir les grappes à la fraîche avant de déverser le contenu des hottes dans des chariots. Ceux-ci rejoignaient ensuite le pressoir près duquel veillait Sarah, installée sur un tabouret. Son ventre s'était arrondi et le bébé lui donnait souvent l'impression de battre des ailes tant il bougeait. Les jours où son dos la faisait trop souffrir, elle déjeunait rapidement et s'autorisait une sieste avec Luc sur le lit conjugal.

Le temps que le fruit arrive à maturation, les grappes des coteaux exposés au sud s'étaient flétries, entraînant une perte de près de mille neuf cents bouteilles. Le dernier jour, tandis que les vendangeurs parcouraient les vignes à la recherche des dernières grappes, Rose rejoignit Sarah, paniquée.

Luc brûlait de fièvre.

*

Après avoir abondamment transpiré et pleuré pendant trois jours, Luc retrouva enfin la paix. La fièvre reculait, au grand soulagement de Sarah.

Même la tisane aux baies de sureau d'Aurora n'y avait rien fait. Épuisée pour avoir porté l'enfant plusieurs fois par jour jusqu'au ruisseau afin de le baigner à l'eau froide, Sarah avait mal partout. Elle se laissa tomber dans son fauteuil à bascule noir, un coussin dans les reins. Au-delà des courbatures, elle souffrait constamment des articulations.

Elle se mit au lit dès le début de soirée et trouva la place de Philippe vide après une nuit réparatrice. Elle eut peur que la fièvre de Luc eût repris en voyant les joues cramoisies du petit garçon lorsqu'il vint la rejoindre, mais le front de l'enfant était frais comme une rose. Elle constata toutefois qu'il avait les bras et le torse couverts de plaques rouges. Elle se promit de solliciter le médecin si la fièvre remontait ou bien si Luc se grattait. En attendant, la maison et la vigne l'attendaient.

Rose préparait des œufs sur le plat avec des toasts beurrés lorsqu'elle pénétra dans la cuisine. Elle avala une gorgée du café noir brûlant que la gouvernante lui avait préparé.

— Bonjour, Rose. Merci, j'ai une faim de loup.

— Y a pas de quoi, madame, lui répondit Rose avec bonne humeur. Quant à toi, mon bonhomme, tu as repris du poil de la bête, pas vrai ?

Elle passa la main dans les cheveux de Luc avant de l'installer dans sa chaise haute. Sarah allait s'asseoir à table lorsque Rose afficha une mine affolée.

— Madame ! s'écria-t-elle en montrant du doigt une mare de sang aux pieds de la jeune femme. Celle-ci fit un bond en arrière, souleva ses jupes et constata qu'un filet de sang courait le long de ses mollets.

— Appelez-moi Philippe, tout de suite. Et faites venir le docteur.

Sarah regagna sa chambre à pas lents, le cœur battant, et se laissa tomber sur sa couche en s'agrippant à la colonne de lit, brusquement prise de nausées.

Très vite, la douleur qui lui traversait le ventre fut telle qu'elle se recroquevilla sur elle-même, les genoux serrés contre la poitrine. Philippe la rejoignit bientôt. Penché au-dessus d'elle, il lui massa doucement le dos tout en maintenant un linge humide et frais sur son front. Ni l'un ni l'autre n'avait desserré les dents lorsque le docteur Pratt se présenta vers 10 heures. Il demanda à Philippe de quitter la pièce. Moins d'une demi-heure plus tard, Sarah expulsait son bébé au milieu d'un flot de sang sur les draps jaunes de son lit.

Le médecin enveloppa l'enfant dans un linge blanc avant que Sarah eût pu le voir, puis il le déposa au pied du lit. Il procéda ensuite à un examen de la patiente et la rassura en lui disant que tout allait bien et qu'elle serait en mesure d'avoir d'autres enfants. Sarah se demanda si c'était ce qu'elle souhaitait le plus entendre.

Le docteur Pratt rejoignit Philippe dans le couloir et lui glissa quelques mots à l'oreille avant de l'introduire dans la chambre. Sarah se couvrit jusqu'au cou à l'aide de l'édredon et se tourna vers le mur.

— Oh, Sarah, murmura Philippe d'une voix tremblante en massant les épaules de sa femme.

Secouée par les sanglots, aveuglée par les larmes, elle l'entendit échanger quelques phrases avec le docteur Pratt. À moins de se reprendre, elle risquait fort de perdre le contrôle de la situation. Elle sécha ses pleurs avec sa manche et se redressa sur ses oreillers.

— Est-ce un garçon ou une fille ?

— C'était une fille, madame Lemieux, répondit le médecin d'une voix douce.

— Je veux la prendre dans mes bras, exigea-t-elle d'une voix brisée par l'émotion.

Le médecin fronça les sourcils, hésitant.

— Je ne pense pas que cela soit très sage, madame Lemieux, déclara-t-il d'un air sombre. Le mieux est encore de vous remettre, de façon à avoir un autre bébé dès que possible.

Un autre bébé ! Le cadavre de sa petite fille était encore tiède, enrobé dans une couverture au pied du lit, et on lui parlait d'un *autre* bébé ! Elle fusilla le médecin du regard.

— Donnez-moi mon enfant.

Philippe lui posa une main sur l'épaule, sans doute pour la calmer, mais elle le repoussa brutalement.

— Sarah, le docteur pense que ce n'est pas bon pour toi.

— Madame Lemieux, insista Pratt. Le cœur de votre bébé n'a pas résisté et… et son corps est anormalement gonflé.

Mais Sarah ne quittait pas des yeux la couverture.

— Sortez ! dit-elle en adressant un regard dur à Philippe. Dehors ! hurla-t-elle.

Les deux hommes quittèrent la chambre.

Sarah saisit le paquet avec des mains tremblantes en aspirant de longues bouffées d'air dans l'espoir de recouvrer ses sens, puis elle écarta la couverture de flanelle et découvrit un petit visage tout gris, deux yeux fermés au-dessus de joues bouffies, avec une jolie bouche à peine dessinée et des oreilles en forme de bourgeons. Il émanait de l'enfant beaucoup de sérénité. Une vague de chagrin submergea Sarah.

Elle acheva de démailloter le bébé dont les bras ronds apparurent. La petite fille était plus fragile encore que Sarah ne l'avait imaginé, en dépit de son corps anormalement gonflé. L'enfant blotti dans le creux de son bras, elle se leva et s'approcha de la bassine d'eau chaude bouillie à son intention par Philippe une heure plus tôt et trempa les doigts dans le liquide tiède.

Elle traça une croix sur le front de sa fille en y déposant quelques gouttes.

— Je te baptise au nom du Père, du Fils et du Saint-Esprit. Amen.

La cérémonie était bien différente de celle à laquelle Luc avait eu droit au couvent. Cette fois, nul visage ne reflétait la joie ou l'espoir.

Sarah trempa le linge dans la bassine et l'essora, puis elle lava la peau de l'enfant du sang et du liquide blanchâtre qui la recouvraient. À ce stade, c'est tout ce qu'elle pouvait offrir à son enfant.

Sa tâche terminée, elle emmaillota la petite fille dans une serviette propre et lui baisa le front. La peau de l'enfant était douce et souple comme celle d'une pêche mûre. Mais elle avait beau fixer le visage du bébé, les paupières de celui-ci refusaient désespérément de s'écarter.

La bouche tremblante, les épaules secouées par un sanglot, elle berça longtemps cet enfant qui n'aurait jamais droit à la vie en lui murmurant ses adieux.

*

Sarah se réveilla en entendant frapper. Elle avait dû s'endormir au milieu de ses oreillers, son bébé dans les bras. Philippe s'avança dans la chambre dont il referma la porte derrière lui. Il se figea, pétrifié par le chagrin, en apercevant le tableau que formaient la mère et l'enfant.

— Sarah, le père Price est là. J'ai discuté avec lui des arrangements nécessaires pour le bébé.

Elle battit des cils. De quels arrangements parlait-il ?

— Le bébé sera enterré ici, à Eagle's Run. Nous lui trouverons un coin tranquille, de façon à pouvoir… passer du temps avec lui.

Il eut toutes les peines du monde à terminer sa phrase, sa main posée sur la tête de l'enfant.

Sarah peinait à comprendre.

— Pourquoi ? Pourquoi ne pas l'enterrer dans le cimetière de Tulocay ?

— Parce que la terre y est consacrée.

— Elle est baptisée. Je l'ai baptisée. Son âme a rejoint Dieu au ciel.

Philippe ne sut que répondre et un silence gêné s'installa entre eux. Il finit par prendre dans la sienne la main de Sarah et appela le curé qui prit place sur la chaise disposée à côté du lit.

Sarah observa longuement le prêtre dans sa soutane impeccable. Il apportait avec lui une odeur de cuir et de cirage. Sous l'édredon, ses propres cuisses étaient encore poisseuses de sang.

— Madame Lemieux, je vous présente mes…

L'abbé Price se tut brusquement en apercevant la minuscule créature emmaillotée que Sarah tenait dans ses bras.

— Mon père, ma femme a baptisé notre enfant. J'imagine que cela change la situation ? demanda Philippe d'une voix empreinte de désespoir.

Sarah lança à son mari un coup d'œil étonné. Pourquoi une telle question ?

Le prêtre sortit un mouchoir à l'aide duquel il s'épongea le front avant de le rempocher.

— Madame Lemieux, je suis sincèrement désolé de la perte de votre enfant. Il est toutefois de mon devoir de vous expliquer que faute d'avoir été baptisée de son vivant et lavée du péché originel, l'âme de votre petite fille ne peut rejoindre Dieu. Elle restera dans les limbes.

Sarah savait que les limbes, situés aux confins du paradis, accueillaient les âmes des justes n'ayant pas été baptisés. Il ne s'agissait nullement de l'enfer, où se trouvaient les âmes privées à jamais de la vision de Dieu. Néanmoins, les âmes rassemblées dans les limbes restaient dans l'ignorance du Divin, sans pouvoir côtoyer celles des habitants du paradis. N'y avait-il donc aucun espoir ? La séparerait-on à jamais de sa fille ?

— Ma femme l'a baptisée, elle peut donc être inhumée en terre consacrée, insista Philippe.

— J'entends votre chagrin, monsieur Lemieux, mais votre femme a baptisé l'enfant *après* sa mort, trop tard pour sauver son âme. L'Église ne peut donc accepter son inhumation au cimetière. Le pape lui-même n'en déciderait pas autrement.

Sarah le gratifia d'un regard mauvais, curieuse de savoir comment ce curé, ou le pape, aurait pu savoir si Dieu avait ou non sauvé l'âme de sa fille. Toutes ces histoires étaient des balivernes. Comprenant que sa femme s'apprêtait à dire son fait au curé, Philippe entraîna ce dernier hors de la chambre avant que Sarah pût commettre un acte susceptible de compromettre leurs relations avec l'archevêché.

*

Sarah, debout au pied de la future tombe de sa fille, tressaillait chaque fois que la bêche de Philippe faisait crisser la terre en agrandissant l'étroite fosse. Sa tâche terminée, il lâcha la bêche et s'approcha de Sarah sans un mot d'un pas mal assuré. Il voulut lui prendre l'enfant des bras, mais elle était incapable de lui abandonner sa fille, ou même de le regarder. Elle écarta le linceul de mousseline et posa sa joue contre celle, glacée, de l'enfant.

La respiration saccadée de Philippe rythmait le silence et elle baissa la tête en lui tendant le bébé, incapable de regarder son mari. Elle le vit s'éloigner du coin de l'œil. Sa fille serrée dans ses bras, Philippe se mit à genoux et déposa l'enfant au fond du trou avec un geste d'une douceur infinie, puis il saupoudra de terre la petite dépouille emmaillotée.

Ils avaient choisi d'enterrer l'enfant en bordure de vigne dans un coin de verdure, avec l'intention de planter un poirier. Philippe, sans réfléchir, avait parlé d'un pommier, mais Sarah avait refusé. Il n'était pas question qu'une espèce associée à la chute d'Adam et Ève, qui avaient privé de paradis sa fille, pût pousser sur la sépulture de celle-ci.

Sarah ramassa dix pierres de la taille de son poing et les disposa en cercle tout autour de la tombe tandis que Philippe enfonçait dans la terre une petite croix réalisée à l'aide de deux planches, découpées dans un tonneau, qu'il avait longuement poncées avant de les clouer ensemble.

Ils récitèrent le *Je vous salue, Marie*, suivi d'un *Notre Père*. Sarah, agenouillée au bord du trou, enfonça alors ses doigts dans la terre à s'en faire saigner les ongles. Au bout d'une demi-heure, Philippe releva le corps inerte de sa femme et l'emporta dans la maison.

*

De longues semaines s'écoulèrent avant que Sarah reprît des forces. Aurora lui entourait la poitrine d'une bande de coton sous son corset pour que ses seins douloureux cessent de lui rappeler que son enfant ne pourrait pas téter. Sarah, désobéissant aux instructions du médecin, avait refusé de rester couchée. Chaque fois qu'elle se retrouvait seule, elle revoyait dans sa tête le visage angélique de sa fille, ses yeux qui ne s'ouvriraient jamais, ses doigts minuscules qui ne se refermeraient jamais sur les siens.

Elle avait voulu dans un premier temps dormir dans la chambre du rez-de-chaussée, avant de la trouver trop bruyante pour ses nerfs fatigués. Alors elle passait des heures à se balancer dans son fauteuil noir dans l'espoir que ce mouvement répétitif finît par anesthésier ses sens. La manœuvre fonctionnait parfois, mais elle avait le plus souvent l'impression d'étouffer. Ce n'était pas la première fois qu'elle perdait un être aimé, pourquoi était-ce donc si différent ? Tout simplement parce qu'il s'agissait de son enfant, et que tout était de sa faute.

Sarah souffrait à en perdre la tête.

*

Aurora frappa un jour à la porte de la maison avec un panier à pique-nique, une carafe de vin et un bouquet de fleurs de sa serre.

— J'ai pensé que ça vous remonterait le moral, sourit-elle en offrant les zinnias à Sarah.

— C'est Philippe qui vous envoie ? s'enquit sèchement la jeune femme.

Elle n'avait jamais reparlé à son mari de leur petite fille. Philippe vaquait à ses occupations habituelles dans le chai. Il faisait preuve de la plus grande prudence lorsqu'il la prenait par les épaules ou déposait un baiser affectueux sur sa joue. Sarah s'était transformée en une fragile poupée de porcelaine. Pour l'heure, son désir pour lui, s'il avait survécu, restait tapi sous l'épais manteau de son chagrin.

— Et alors ? rétorqua Aurora. Il se fait du souci pour vous. Vous avez perdu vos couleurs et vous ne ressemblez plus à rien.

Elle ponctua sa phrase d'un regard désapprobateur qui glissa sur Sarah.

— Je vous remercie, Aurora. Mes tâches ménagères m'attendent et il me faut aussi remuer les cuves de fermentation.

— Ah, ça non, madame ! la coupa Rose. Vous sortez avec Mme Aurora. Je m'occupe de Luc et du ménage. Quant au vin, il attendra.

Aurora marqua son approbation d'un mouvement du menton et prit Sarah par le coude.

— Allons, venez. Vous avez besoin de manger, pourquoi ne pas pique-niquer sous le grand chêne au bord de l'eau ?

Sarah, incapable de se rebeller, la suivit avec un haussement d'épaules.

Les deux femmes étendirent un vieux couvre-lit dans un coin d'ombre et Aurora mit la carafe de vin à rafraîchir dans la rivière, coincée entre deux roches.

Elles déballèrent le contenu du panier en silence et déjeunèrent de jambon fumé, de fromage et de pain avant de conclure leur repas par des génoises et des pommes. Cette collation, arrosée de vin blanc frais, eut le mérite de détendre Sarah.

Le parfum sucré des magnolias et le murmure de la brise dans les arbres incitèrent la jeune femme à s'allonger. Les paupières closes, elle s'efforça de mettre à distance le tourbillon de ses pensées en se concentrant sur le chant du cours d'eau et la terre ferme sous elle.

Elle n'aurait pas su dire combien de temps elle avait dormi lorsqu'elle rouvrit les yeux. Elle chassa de la main les coccinelles réunies sur sa jupe, se mit en position assise et posa un regard engourdi sur le paysage qui l'entourait. Aurora, un énorme filet à la main près du cours d'eau, s'efforçait d'attraper des poissons et des crabes pour le dîner. Pieds nus, elle sautait d'un rocher à l'autre avec l'aisance de quelqu'un qui n'a pas un souci en tête. Sarah se demanda comment cette femme qui avait perdu son fils et son mari bien des années plus tôt pouvait afficher un tel détachement. Comment parvenait-on à surmonter une telle épreuve ?

— Holà ! s'écria Aurora en s'étalant dans l'eau après avoir glissé sur une pierre humide.

Trempée de la tête aux pieds, elle partit d'un grand rire qui fit trembler son opulente poitrine. Sarah se précipita à sa rescousse.

— Je vous remercie, ma chérie, réagit Aurora en mettant un semblant d'ordre à sa coiffure. Quelle mésaventure amusante !

— Il faut rentrer au plus vite vous changer.

— Ne vous inquiétez pas pour si peu, la rassura Aurora. Le soleil finira bien par sécher mes vêtements, cela ne me dérange aucunement de rester mouillée un petit moment.

Elle s'assit sur l'herbe, échevelée.

— Je suis désolée que vous n'ayez rien attrapé. Je ne vous savais pas passionnée de pêche, reprit Sarah, soucieuse pour une fois d'alimenter la conversation.

— Pêcher avec une canne ne m'intéresse pas vraiment. Je venais de capturer dans mon filet une truite de trente centimètres quand j'ai glissé. Elle en a profité pour s'enfuir. Vous en serez réduite à manger nos restes de jambon au dîner, répondit Aurora avec légèreté en essorant sa jupe.

Elle posa sur Sarah des yeux brillants.

— Je suis extrêmement perturbée par ce qui vous arrive. Je sais combien vous souffrez.

— J'ai bien conscience que perdre votre fils René était pire encore. Ma fille n'a jamais eu l'occasion de connaître la vie.

— Sans doute, mais elle a emporté avec elle tous les espoirs que vous mettiez en elle.

Aurora s'était exprimée avec une telle force que Sarah en eut le cœur serré, sachant que son amie était passée par les mêmes affres qu'elle. Elle repensa au visage de sa petite fille. Elle pouvait bien se l'avouer, elle n'avait jamais désiré porter l'enfant de Philippe, et voilà qu'elle aurait tout donné pour la sentir vibrer dans son ventre.

Aurora lui tapota le genou.

— Pour avoir perdu mon conjoint et mon fils, je peux vous dire que perdre un enfant est l'épreuve la plus douloureuse.

— Comment l'expliquez-vous ? lui demanda Sarah entre deux larmes.

— Nous avons toujours le devoir de protéger nos enfants, qu'ils soient mort-nés, qu'ils aient deux ans ou trente-cinq avec une famille. Nous restons irrémédiablement attachés à eux par les liens du sang.

Sarah baissa la tête.

— J'avais peur, Aurora. J'ai vu ma sœur mourir en accouchant de Luc, et je ne voulais pas d'enfant. Je craignais de mourir, murmura-t-elle.

Aurora se pencha vers elle.

— Vous croyez donc que c'est de votre faute, c'est ça ? Ma chérie, votre bébé est très certainement mort de la fièvre contractée par Luc. Il vous aura transmis sa maladie. Vous n'y pouvez rien.

Sarah en resta bouche bée. Quand bien même Aurora aurait raison, cela ne changeait rien à l'inéluctable de sa séparation avec sa fille. Elle fut à nouveau prise de nausées.

— Le curé m'a expliqué…

— Je sais pertinemment ce que vous a dit ce satané prêtre.

Aurora observa les alentours afin de s'assurer qu'elles étaient seules avant d'ajouter dans un murmure :

— Ce curé ne sait pas reconnaître sa tête de son cul ! Les limbes ont été inventés par le pape dans le seul but d'effrayer les gens et de les obliger à baptiser leurs enfants. Il suffit de lire Matthieu, chapitre 19, verset 14 : « Jésus dit : "Laissez les petits enfants, ne les empêchez pas de venir à moi, car le royaume des cieux est pour ceux qui leur ressemblent." »

Aurora hocha la tête d'un air de défi.

Sarah caressa le panier de pique-nique tressé. Elle avait les tempes bourdonnantes et son dos lui faisait mal. La mort leur avait rendu visite à quatre reprises en autant d'années, comment savoir si elle ne reviendrait pas une cinquième fois ? Cette pensée lui donna la chair de poule.

Aurora s'allongea sur l'herbe, les mains sous la nuque, et ferma les yeux.

— Je connais ce sentiment de peur et de désastre imminent qui vous assaille, dit-elle d'une voix douce. On a le cœur qui bat trop vite, les mains moites, l'impression d'avoir une épée de Damoclès au-dessus de la tête.

Elle écarta les paupières et observa les cumulus qui dessinaient des boules de coton dans le ciel.

— Curieusement, j'ai cessé d'avoir peur de la vie le jour où j'ai décidé de ne plus craindre la mort.

*

L'après-midi était bien avancé lorsque Sarah sursauta en entendant frapper à la porte.

— Je me présente, W. H. McNeill de San Francisco, dit l'homme qui se tenait sur le seuil.

Le petit homme en costume et chapeau melon lui tendit sa carte.

— M. Philippe Lemieux est-il chez lui ?

Sarah caressa d'un doigt la carte aux caractères en relief.

— Oui, il se trouve actuellement dans notre chai. Je vais vous conduire, proposa-t-elle au visiteur en dénouant son tablier.

— Vous possédez un beau domaine, commenta McNeill qui lui avait emboîté le pas. Depuis combien de temps travaillez-vous la vigne ?

— Il s'agit de notre troisième véritable vendange. Vous vendez du matériel agricole, sans doute ? J'ai bien peur de vous décevoir, nous disposons des équipements les plus modernes, nous n'avons besoin de rien.

— Vous vous trompez, madame. Je suis ici pour une raison autrement plus importante.

Sarah pivota sur elle-même et se planta devant l'entrée du chai, les mains sur les hanches.

— Puis-je savoir laquelle ?

— Je vous apporte une invitation.

Sans doute quelque événement organisé par la Coopérative.

— Ah, très bien ! marmonna-t-elle d'un air sceptique en lui faisant signe d'entrer. Philippe ! M. McNeill de San Francisco demande à te voir !

La tête de Philippe apparut à l'étage et il dévala les marches, la main tendue.

— Monsieur McNeill, c'est un grand honneur pour nous ! déclara-t-il avec déférence.

Sarah marqua son étonnement en constatant que son mari connaissait leur visiteur.

— Tout l'honneur est pour moi.

McNeill tira de son sac une enveloppe et la tendit à Philippe.

— Vous avez été sélectionné pour représenter les États-Unis d'Amérique à l'Exposition universelle de Paris le printemps prochain. Je suis venu chercher vos vins.

13

Octobre 1899 – San Francisco

Linnette, assise sur le bord de son lit, mâchonnait le capuchon de son stylo à plume, une feuille de papier à la main. Elle aurait été bien incapable de dire s'il ignorerait son courrier, ou bien s'il y répondrait. Elle ne savait pas davantage quelle solution serait la plus douloureuse : essuyer un refus de sa part, ou bien le revoir en sachant qu'il n'était plus son amant, mais le père de sa fille.

Elle n'avait pas le choix, le sort de Pippa en dépendait.

Elle rédigea le courrier en veillant soigneusement à ne fournir aucun détail susceptible d'inquiéter la femme de Philippe si d'aventure elle la lisait.

Cher Monsieur Lemieux,
Je suis en possession d'un objet qui vous appartient. Je vous prie de bien vouloir me rendre visite entre 10 heures et midi le 29 ou le 30 novembre prochains.

M. L. Cross
2390 Lombard Street
San Francisco

14

Novembre 1899

Philippe descendit de l'omnibus bondé à quelques rues de Scott Street et décida de rejoindre Lombard Street à pied afin de s'éclaircir les idées. Il se sentait dans la peau d'un goujat rendant visite en cachette à sa maîtresse. Sans doute aurait-il mieux fait d'en parler à Sarah, mais il s'en était abstenu, la sachant terriblement déprimée depuis la mort du bébé. Du moins était-ce la raison qu'il s'était donnée officiellement.

Que pouvait bien lui vouloir Linnette ? Son petit mot était mystérieux, sans doute par souci de ne pas lui nuire. *Un objet qui vous appartient…* Le message était limpide : elle était amoureuse de lui et souhaitait renouer. Mais autant elle avait figuré à ses yeux une distraction agréable à l'époque où il était célibataire, autant il entendait se consacrer exclusivement à Sarah et Luc désormais.

Linnette lui ouvrit la porte, plus ravissante que jamais avec sa blondeur lumineuse et sa peau de nacre. Il la trouva pourtant amaigrie et les poches qu'elle avait sous les yeux assombrissaient ses traits. Elle afficha son soulagement en le voyant.

— Je savais que tu viendrais !

Elle tendit la main pour lui toucher l'avant-bras avant de se reprendre vivement.

— Je ne m'attendais pas à recevoir ton courrier, déclara Philippe en s'avançant dans la petite entrée.

Sa gorge se noua lorsqu'il vit les murs dont la peinture s'écaillait, les mauvais meubles et le plancher poussiéreux.

— Jamais je ne t'aurais écrit s'il ne s'agissait pas d'un sujet urgent.

— Je t'écoute, Linnette, s'inquiéta Philippe.

Elle hésita et jeta un coup d'œil furtif en direction de la porte fermée à l'extrémité du couloir.

— Je ne souhaite nullement bouleverser ta vie. J'ai tout essayé avant de t'écrire, Philippe.

— Oui ? insista-t-il, inquiet.

Un grattement se fit entendre à la porte, suivi d'un bruit de voix étouffé.

— Maman ?

Linnette ouvrit le battant et prit dans ses bras une petite fille aux cheveux de paille. L'enfant était âgée de deux ans tout au plus et Philippe vit avec étonnement qu'elle avait un bec-de-lièvre, ainsi que des yeux du même bleu que les siens.

Linnette donna un baiser à sa fille devant Philippe, interdit.

— Je te présente Philippa, mais je l'appelle Pippa. C'est ta fille, ajouta-t-elle.

L'annonce fit à Philippe l'effet d'un coup de poing à l'estomac. Comment était-ce possible ? Il dévisagea l'enfant, détailla ses cils fournis et sombres, attarda son regard sur cette bouche déchirée, comme si le Créateur avait voulu lui ouvrir la lèvre d'un coup de couteau. La fillette caressait affectueusement le visage de sa mère, inconsciente du handicap qui la défigurait.

Philippe se sentit mal. Il avait toujours pensé que sa fille serait une reproduction miniature de Sarah, et non l'enfant défigurée d'une ancienne maîtresse.

Linnette attendait sa réaction en l'observant. Il crut voir la véritable Linnette pour la première fois en relevant la tête. Jusqu'alors, elle n'avait été à ses yeux qu'un amusement et voilà qu'il la découvrait mère, sans ses tenues de soie, ses boucles savamment coiffées, sa peau parfumée à la violette, une petite fille dans les bras. Un sentiment de honte enflamma sa poitrine. Il ne se reconnaissait pas.

Sans doute son malaise se lisait-il sur son visage car Linnette lui proposa de s'asseoir. Elle prit place en face de lui tandis que Pippa retrouvait ses jambes et entamait une promenade à travers la pièce.

— Pippa est née le 9 décembre 1897.

Philippe en resta ébahi. La naissance avait donc eu lieu quelques jours avant son mariage avec Sarah.

— Quand tu es passé me voir au mois d'avril de cette année-là, je ne savais pas que j'étais enceinte. Je m'en suis aperçue quelques semaines après, mais je n'ai rien voulu te dire puisque tu avais fait ton choix, lui expliqua Linnette en regardant fixement ses mains sur lesquelles ne brillait plus aucune bague. Je ne voulais pas être un poids pour toi.

Philippe acheva de prendre conscience de sa bassesse.

— Tout s'est bien passé au début, mais à cause de son bec-de-lièvre, Pippa souffre fréquemment d'infections à l'oreille, je dois lui acheter des médicaments et nous ne mangeons pas toujours à notre faim. J'ai bien essayé de gagner de l'argent, mais je ne peux plus vivre comme avant avec une fille. C'est pour cette raison que je suis contrainte de te demander de… lui verser une pension.

— Peut-elle… puis-je lui parler ? demanda Philippe en s'intéressant à l'enfant.

— Oui, mais tu risques de peiner à la comprendre. Elle a du mal avec certains sons, il faut avoir l'habitude, répondit Linnette avec un sourire timide.

Philippe s'assit par terre face à l'enfant. Elle lui tendit une poupée de chiffon usée qu'elle s'empressa de lui reprendre en éclatant d'un rire joyeux.

— Comment ? Tu me la donnes et puis tu me la reprends ? s'amusa Philippe, séduit par le regard vif de la fillette. Dites-moi un peu, mademoiselle, puis-je vous serrer la main ?

Pippa se plia aussitôt à sa demande, à la surprise de Philippe. Sa menotte avait la tiédeur d'une petite boule de pâte et il s'émerveilla de la délicatesse de ses doigts. Il pensa à Luc et à sa petite fille disparue, pétri de culpabilité.

— Est-elle en bonne santé ? Que dit le médecin ?

— Elle est parfaitement normale, en dehors de ces infections et de ce bec-de-lièvre qui l'empêche de parler normalement. Elle est extrêmement vive, ajouta fièrement Linnette.

— Cela se voit. Tu es une excellente mère, Linnette.

Comme ils avaient toujours fait preuve de franchise l'un avec l'autre, il n'hésita pas à aborder un sujet difficile.

— Sais-tu s'il est possible d'opérer sa lèvre ?

Philippe n'avait jamais vu Linnette pleurer auparavant.

— Oui, mais l'opération coûte plusieurs centaines de dollars, d'après le docteur.

Philippe ne disposait pas d'une telle somme, car il avait placé ses économies dans le verger, le salaire de Mac et le remboursement de Lamont. Il allait en outre devoir financer son périple à Paris.

— Mais c'est possible ?

Linnette hocha la tête. Tout espoir n'était donc pas perdu.

— Je n'ai pas les moyens de payer le chirurgien pour l'heure, mais je t'enverrai ce que je peux tous les mois.

— Merci, Philippe.

— Linnette, ajouta-t-il. Tu sais que j'aime ma femme.

— Oui, acquiesça-t-elle avec une petite voix.

— La situation est compliquée en ce moment.

— Lui as-tu parlé de moi ? s'enquit Linnette en triturant un vieux coussin dévoré par les mites.

— Oui, avant notre mariage.

Cette réponse ne parut pas satisfaisante à la jeune femme.

— Elle ne sait pas que tu es venu me voir aujourd'hui ?

Ma femme... Pourquoi se refusait-il à nommer Sarah devant Linnette ? Sans doute parce qu'elles appartenaient à deux chapitres différents de son existence et qu'elles ne se croiseraient jamais. Linnette se conjuguait au passé, Sarah au présent et au futur.

Il se releva et s'approcha de la fenêtre qui donnait sur une ruelle. Un vieil homme à cheveux blancs fumait une cigarette en se grattant la barbe, assis sur un banc. Leurs regards se croisèrent brièvement et

Philippe tressaillit. L'homme avait le même regard bleu et dur que son père.

— Philippe ?

Il se retourna. Linnette paraissait frêle et usée. Il allait devoir lui expliquer la situation s'il voulait qu'elle comprît.

— Ma femme est très fragile en ce moment.

— Nous sommes tous fragiles, Philippe.

Était-ce une menace voilée ? Il reprit d'une voix ferme :

— Nous venons de perdre notre fille, qui est morte à la naissance. Je compte lui révéler l'existence de Pippa, mais pas tout de suite.

Son ton s'adoucit.

— Tu me comprends ? Tu comprends pourquoi j'ai besoin de ta compréhension ?

Linnette s'agita sur son siège, mal à l'aise.

— Je suppose.

Pippa s'approcha de sa mère dont elle tira la jupe. Linnette la prit sur ses genoux et lui fredonna une mélodie. Philippe fut touché par ce tableau. Celui de sa seconde famille. Il s'en voulait terriblement. Sarah serait inconsolable si elle découvrait qu'il avait une autre fille, même en sachant qu'elle avait été conçue avant leur mariage.

Il était hors de question qu'elle apprît la vérité.

*

Philippe ne rentra pas à Eagle's Run ce soir-là. Il avait refusé que Sarah l'accompagnât à San Francisco, alors qu'elle souhaitait y passer la journée afin d'acheter à Luc un costume du dimanche et des chaussures noires à boutons bleus. Il s'était contenté de seller Lady et de s'évanouir dans la brume matinale sans une explication.

À midi le lendemain, Sarah entendit claquer la porte des écuries et un hennissement de Lady lui confirma le retour de son mari. Elle se précipita à sa rencontre.

— Où étais-tu ? s'écria-t-elle, après des heures d'angoisse à l'avoir cru mort au fond d'un fossé.

Philippe enleva son chapeau et passa la main dans sa tignasse.

— Je suis désolé, Sarah, s'excusa-t-il en l'embrassant distraitement sur le front. J'aurais dû te prévenir que je restais la nuit là-bas.

Il avait les yeux rouges et brillants. Son séjour à San Francisco ne s'était pas bien passé.

Sarah le serra contre elle. Il émanait de lui une odeur de transpiration et de poussière. La tête contre sa poitrine, elle sentit battre son cœur.

— Sarah, soupira-t-il en lui caressant les cheveux.

Elle s'écarta de lui, de crainte qu'il ne fût encore trop tôt, bien qu'elle brûlât d'envie de sentir sa chaleur.

— Tu as besoin d'un bon bain, et de te raser, le tança-t-elle en caressant sa joue rugueuse.

— Tu as raison.

— Attends-moi un instant.

Sarah ouvrit la porte de la cuisine et demanda à Rose de remplir d'eau chaude la baignoire en zinc. Sa mission accomplie, la gouvernante s'éclipsa discrètement en compagnie de Luc qu'elle emmena prendre l'air.

Si le poêle chauffait la cuisine, l'eau du bain était tout juste tiède et Philippe ressortit de la baignoire au bout de cinq minutes. Sarah, qui lui tournait le dos près de la fenêtre, vit Rose et Luc s'éloigner au milieu des vignes.

Philippe se sécha, enfila une tenue propre, et s'assit à la table de la cuisine où Sarah s'employa à le raser. Elle commença par passer la lame dix fois de chaque côté sur la pierre, comme sa mère l'avait fait si souvent pour son père, puis elle acheva de l'affûter en la frottant vingt fois sur la lanière de cuir jusqu'à ce qu'elle fût capable de couper un cheveu en deux. Elle déposa quelques gouttes de crème à raser au fond d'un bol et la fit mousser à l'aide d'une brosse humide. L'odeur de savon frais qui s'échappait du récipient aida à la détendre.

Elle constata que Philippe l'observait en relevant la tête.

— Viens ici, lui dit-il d'une voix rauque.

Le bol et la brosse dans la main gauche, le rasoir affûté dans la droite, Sarah se positionna entre les jambes de son mari.

Philippe posa ses mains sur les hanches de la jeune femme. Ignorant le désir qui brillait dans ses yeux, elle lui barbouilla le visage de mousse. Le rasoir légèrement incliné, elle en glissa la lame sur sa barbe par petites touches en veillant à tendre la peau avec ses doigts, dans le sens du poil.

— Ne bouge pas, lui recommanda-t-elle.

Elle savait la peau particulièrement fragile sous le menton de Philippe et ne souhaitait pas la laisser tout irritée. L'opération achevée, elle humecta une serviette avec l'eau chaude de la bassine, essuya les restes de savon et admira son travail.

— Voilà, déclara-t-elle avec la satisfaction de constater qu'elle avait mené une tâche ordinaire jusqu'à son terme.

Philippe l'attira contre lui. Ses lèvres humides caressèrent son cou tandis que ses doigts frôlaient l'arrière de ses cuisses. Il s'enhardissait prudemment, comme s'il s'agissait d'une figurine en cristal. Sarah s'était détachée de son propre corps depuis des mois, et voilà que les caresses de son mari lui redonnaient vie.

Elle effleura les épaules de Philippe, habituées à porter tous les fardeaux, et sa bouche s'attarda sur celle de son compagnon dont elle retrouvait le goût, la texture, le parfum. Lorsqu'elle se détacha de lui, le souffle court, il lui prit la tête entre les mains en l'obligeant à le regarder. À cet instant décisif, Sarah se trouva confrontée à tout ce qu'elle craignait, l'amour, mais aussi les tourments de son mari, brusquement révélés. Emportée par son propre chagrin, elle avait oublié de regarder le sien. Elle décida alors de réunir en une seule leurs deux âmes blessées par des mois de tristesse.

Désireuse de se fondre en lui, Sarah déboutonna le pantalon de Philippe et releva ses jupons, puis elle ferma les yeux et se laissa aller. Elle se balança très lentement tout d'abord en se laissant guider par les soupirs de plaisir de son mari, la douceur de son haleine dans ses cheveux. Très vite, elle se cambra et se raidit afin de mieux contenir la sensation explosive qui la traversait. Philippe céda à son tour quelques instants plus tard et ils s'unirent dans un même élan charnel.

Épuisée par tant d'émotions, Sarah posa la tête contre la poitrine de Philippe. Au-delà du soulagement qu'elle éprouvait à le retrouver, elle brûlait du souvenir coupable de l'avoir tant négligé.

— Je suis désolée, murmura-t-elle.

Il lui massa la nuque du bout des doigts.

— Non, Sarah. Tu n'as rien fait de mal.

Elle s'étonna de cette réaction. Elle avait encore tant de détails à découvrir chez lui.

Elle se redressa et laissa retomber sa jupe, sachant que Rose et Luc ne tarderaient plus. Philippe s'empressa d'enfiler une chemise propre prise dans le panier à linge. Ses traits portaient l'empreinte ravie d'un adolescent qui vient de connaître son premier baiser.

— Viens à Paris avec moi, lui enjoignit-il. Nous emmènerons Luc. Il restera avec ta mère et Jacques pendant que nous nous rendrons à l'Exposition universelle.

— Tu n'as donc pas besoin de moi ici pour m'occuper des vignes ?

— Non, j'ai besoin de toi à mes côtés. Mac et Aurora géreront le domaine en notre absence.

Sarah sentit son cœur battre plus vite à l'idée de revoir Paris, d'arpenter les pavillons exotiques de l'exposition, d'avoir la possibilité de présenter les crus d'Eagle's Run aux amateurs du monde entier. Comment aurait-elle pu refuser ?

Ce long périple l'inquiétait pourtant. Et si Luc tombait malade dans le train ou sur le bateau ? Et si l'un d'eux, empêché d'entreprendre la traversée, se voyait contraint de rester à New York ? Et si, et si… Elle sentit monter en elle des bouffées d'angoisse avant de se souvenir brusquement des paroles d'Aurora : *J'ai cessé d'avoir peur de la vie le jour où j'ai décidé de ne plus craindre la mort.*

— Oh oui ! s'écria-t-elle en embrassant Philippe à pleine bouche.

Il la serra à l'étouffer, et lorsqu'il relâcha son étreinte, il constata qu'elle souriait pour la première fois depuis des mois. Il retrouvait enfin la Sarah qu'il connaissait, prête à affronter les épreuves de la vie.

15

Juin 1900 – Paris, Exposition universelle

La Ville Lumière dans tout son apparat offrait à la vue un kaléidoscope de couleurs, pour le plus grand bonheur de ses hôtes. Même le ciel s'était mis à l'unisson de la fête cette nuit-là en recouvrant la cité d'un manteau indigo percé d'étoiles scintillantes, dans le ballet des projecteurs électriques mobiles. L'air frais, que traversaient épisodiquement les effluves chauds des stands de nourriture, vibrait des parfums des gâteaux à la cannelle et des plats épicés exotiques. Paris était une merveille.

Sarah et Philippe, serrés l'un contre l'autre au milieu de la foule des visiteurs venus du monde entier, franchirent l'imposante Porte de la Concorde, dont le dôme à trois piliers et les minarets colorés n'étaient pas sans évoquer aux yeux de Sarah une pâtisserie au glaçage décoré de friandises.

Ils restèrent sans voix, à peine franchi l'entrée de l'exposition, en découvrant le spectacle qui les attendait. Une multitude de danseurs algériens et égyptiens en tenues lamées argent et or se trémoussaient de façon enjôleuse à l'accompagnement de harpes, de lyres et de luths. D'autres s'agitaient un peu plus loin, dissimulés derrière de grands masques bigarrés aux yeux exorbités, en contrepoint d'Espagnols qui virevoltaient au rythme de tambours et de castagnettes. Leurs déhanchements primitifs, l'abandon avec lequel ils tournoyaient, subjuguaient Sarah. Les vibrations produites par leurs instruments faisaient trembler le sol sous ses pieds en faisant frissonner son corps tout entier. Elle serra le bras de Philippe et se colla contre lui avant de rougir en le voyant lui adresser un sourire aguicheur. Si la moitié de la planète ne s'était pas trouvée réunie à leurs côtés, elle l'aurait volontiers enlevé sans autre forme de procès.

Les pavillons des pays représentés à l'exposition se dressaient le long de la Seine. Tous ces « palais » affichaient des façades différentes qui laissaient entrevoir la diversité des trésors présentés à l'intérieur. Tandis qu'ils descendaient les Champs-Élysées en direction de l'hôtel des Invalides, Sarah fut frappée par l'ampleur de la manifestation et la modestie qu'y jouerait Eagle's Run. Toutes les nations étaient représentées, même si la France dominait la manifestation avec une débauche de présentations liées à ses arts, son agriculture, sa technologie, son architecture. Jamais ils n'auraient la possibilité de tout voir avant de rentrer en Californie.

Sarah se pencha sur le plan de l'exposition, qui s'étendait sur plusieurs quartiers de Paris, de part et d'autre de la Seine. Ils commencèrent par visiter le Grand Palais, célébré pour son immense dôme de verre et ses escaliers de fer forgé en volute, où Sarah put admirer d'abondantes collections de sculptures modernes. Les silhouettes musclées et fluides de ces hommes, de ces femmes, de ces oiseaux et de ces animaux taillés dans le marbre ou façonnés dans le bronze la fascinaient. La patience et la minutie nécessaires à la réalisation de ces silhouettes élaborées avaient dû représenter un défi inouï pour les artistes concernés, et le spectacle n'en était que plus réjouissant pour celui qui l'admirait. Comment choisissait-on un bloc de pierre ? Quels outils utilisait-on ? Sarah aurait pu passer la journée entière à détailler les formes, les visages, les yeux de ces personnages, à leur imaginer une histoire. Philippe était quant à lui plus pressé de découvrir le pavillon des États-Unis dont la silhouette s'élevait de l'autre côté de la Seine, sur la rive gauche.

Ils aperçurent de loin l'immense dôme blanc du pavillon américain, au sommet duquel était fièrement posé un aigle. L'arche qui surmontait l'entrée était peuplée de personnages musclés des deux sexes tentant de freiner les quatre chevaux sauvages tirant l'attelage du progrès que menait la déesse triomphante de la liberté. Les Américains n'avaient visiblement pas lésiné sur les moyens.

— On dirait un panthéon grec, tu ne trouves pas ? déclara Sarah qui n'était pas certaine de trouver à son goût ce bâtiment grandiose, tout en reconnaissant sa sophistication.

— Tu as raison, approuva Philippe, mais ne trouves-tu pas qu'un gratte-ciel new-yorkais aurait mieux symbolisé le progrès tel qu'il se vit en Amérique ?

Dès leur entrée dans le pavillon, Sarah se montra déçue par la banalité du décor intérieur, avec ses murs nus et son sol en linoléum. Les quatre niveaux, auxquels on accédait facilement par des cages d'escalier et des ascenseurs, étaient une longue suite de salles d'attente et de bureaux.

Sarah se rassura en se disant qu'on était seulement à la mi-juin, l'exposition ne faisait que commencer. Elle se laissa guider le long d'un couloir lambrissé par les mélodies délicates d'un quatuor à cordes et s'arrêta brusquement sur le seuil d'un grand salon en retenant d'une main Philippe, le nez plongé dans le guide de l'exposition.

Les fenêtres de l'immense salon étaient drapées de soie ivoire et les murs décorés de chandeliers en cristal, mais les feux les plus étincelants étaient sans nul doute les diamants, les perles et les turquoises qui brillaient au cou, aux poignets et aux oreilles des Américaines présentes dans la pièce. Quelle opulence ! Sarah resta sans voix à la vue de tous ces damas satinés brodés de fil d'argent, ces robes de la soie la plus précieuse, hypnotisée par une femme qui agitait devant son visage un éventail en soie peinte incrusté de nacre.

Philippe tenta d'entraîner sa femme, mais elle s'était transformée en statue. C'était la première fois de sa vie qu'elle se trouvait en présence de la haute bourgeoisie américaine. Au prix où se négociait la traversée, les femmes qui se trouvaient là étaient riches, à l'exception des exposantes, comme elle, qui avaient peiné à financer leur voyage.

Sarah fit taire son mari et voulut le pousser derrière une grande fougère en pot derrière laquelle elle entendait se cacher afin d'observer le public. Il leva les yeux au ciel et se dirigea vers le bar à l'autre extrémité du grand salon. Sarah n'avait nulle envie de l'accompagner, quand aurait-elle à nouveau l'occasion d'observer toutes ces femmes de la haute société dans leur élément ? Elle fit le compte de celles qui avaient un gobelet de vin à la main, évalua leur âge moyen, nota la proportion de celles qui préféraient le vin blanc au vin rouge, estima le temps qu'il leur fallait pour vider leur verre. Toutes les informations étaient bonnes à recueillir lorsqu'il s'agissait de comprendre les envies de riches clients potentiels.

*

Sarah et Philippe avaient dû parcourir plus de six kilomètres ce soir-là, sans visiter plus de la moitié des cent quarante hectares de l'exposition. Il était prévu qu'ils arrangent leur stand le lendemain avant de visiter le Champ-de-Mars où s'alignaient les théâtres, les restaurants et les manèges le long du fleuve.

Il était 1 heure du matin lorsque le couple se mit au lit, pour se réveiller à 10 heures. Jamais ils n'étaient levés après 5 h 30 au domaine, et Sarah avait l'impression de vivre une nouvelle lune de miel.

Elle ne s'inquiétait pas pour Luc, qui devait profiter de son séjour à Saint-Martin chez sa mère et Jacques. Sa seule appréhension en le laissant là-bas était que Jean Lemieux demandât à voir son petit-fils. Elle chassa cette pensée en se souvenant qu'ils devaient visiter Paris ce jour-là.

Après avoir dégusté, dans leur chambre de l'hôtel Meurice rue de Rivoli, du café arrosé de lait chaud, servi avec des petits pains et du beurre, ils s'assurèrent les services d'un chauffeur de taxi qui les déposa devant les bureaux du commissaire américain de l'exposition. Philippe salua en anglais l'employé de l'accueil. Ce dernier étouffa un bâillement, remonta ses lunettes sur son nez et donna à Philippe un formulaire en lui demandant de le remplir et de le signer. Cette formalité accomplie, l'employé tendit à Philippe ses accréditations. Sarah serra discrètement le bras de son mari qui lui répondit par un clin d'œil.

Le cœur de la jeune femme battait si vite qu'elle se demanda s'il résisterait longtemps. Ils avaient décidé de soumettre le cabernet et le chardonnay 1897 d'Eagle's Run à l'appréciation des juges la semaine suivante.

Le chauffeur les conduisit ensuite au palais de l'Agriculture où Sarah comptait bien aménager le stand le plus agréable de l'exposition. Elle avait dans son sac les ravissantes nappes de dentelle que sa mère avait tenu à lui prêter, ainsi que l'élégant livret relié de cuir, préparé par ses soins, dans lequel elle décrivait l'histoire et détaillait les vins d'Eagle's Run. Elle serrait sous son bras droit un plateau d'argent poli comme un miroir et tenait à la main le *Guide de l'Exposition universelle* qui lui servait de bible. De son côté, Philippe s'était muni d'une boîte à outils prêtée par Jacques.

Ils pénétrèrent dans l'annexe de quatre mille cinq cents mètres carrés et s'avancèrent entre les étalages de coton, de chanvre et de laine, longèrent d'impressionnantes machines agricoles et aperçurent enfin les vitrines des frères Beringer, près de celles de l'Association viticole californienne. Ils découvrirent à leur arrivée que l'une des tables intermédiaires était réservée à Eagle's Run, et qu'ils allaient devoir supporter la présence de Boone Sumter qui serait leur voisin durant toute l'exposition.

— Quelle guigne, maugréa Philippe à l'oreille de Sarah en voyant son nom.

— Ne dis-tu pas toujours qu'il est avisé de garder ses ennemis près de soi ?

— Pas aussi près, tout de même.

Sarah pouffa.

— Avec un peu de chance, il n'arrivera pas jusqu'ici. En outre, les frères Beringer sont des voisins autrement plus agréables.

Jacob et Frederick Beringer, originaires de Mayence en Allemagne, s'étaient installés en Californie en 1875 lorsqu'ils avaient acheté Los Hermanos. Leur domaine de Saint Helena était l'un des plus appréciés de Napa Valley et Sarah considérait les deux frères comme de véritables pionniers.

Elle travailla tout l'après-midi avec Philippe. Ils avaient eu la chance que les caisses contenant des verres et leurs meilleurs vins arrivent intactes. Les produits de certains de leurs concurrents avaient gelé pendant la traversée, si bien qu'ils se trouvaient dans l'impossibilité de concourir.

La pancarte rouge sur laquelle figuraient en lettres dorées le nom d'Eagle's Run et le détail de leurs crus, si elle n'avait pas été cassée pendant le voyage, présentait en revanche une longue éraflure sur le bord inférieur. Sarah allait devoir se procurer de quoi la repeindre le lendemain. En attendant, Philippe la cloua sur un fût de chêne qu'il avait fait venir de Saint-Martin.

Ils étalèrent la nappe en dentelle, arrangèrent quatre verres à vin et un tire-bouchon sur le plateau en argent et disposèrent les bouteilles en arc de cercle au-dessus. Enfin, Sarah ouvrit son élégant catalogue en cuir noir sur la table avant de noter à l'intérieur de son guide qu'il lui faudrait se procurer des fleurs, un livre d'or et un stylo en plus de la peinture rouge.

Une femme vêtue avec la plus grande élégance lui demanda l'autorisation de prendre en photo le stand, derrière lequel Sarah et Philippe posèrent fièrement pendant qu'elle les immortalisait à l'aide de son appareil Kodak.

Sarah s'éloigna quelques instants, le temps d'emprunter une paire de ciseaux et de la ficelle à un autre vigneron. À son retour, elle trouva Philippe en grande conversation avec un homme qui lui tournait le dos. Philippe, qui souriait et hochait initialement la tête, changea brusquement d'expression. Qu'avait bien pu lui dire son interlocuteur ? En s'approchant, elle constata que les deux hommes discutaient en français et reconnut, en voyant l'individu grisonnant de petite taille tourner la tête, qu'il s'agissait de Gilles Bellamy, un ami et compagnon de débauche de Bastien Lemieux qui possédait des vignes près de Tours. Il était trop tard pour rebrousser chemin, et Sarah s'avança d'une démarche assurée.

— Je vous présente ma femme, Sarah Lemieux, déclara Philippe sur un ton de défi.

Bellamy la toisa d'un air dégoûté.

— À quoi pensiez-vous, mon vieux ? s'écria-t-il en secouant Philippe par le bras. Pour l'amour du ciel, elle a *assassiné* votre frère !

Sarah recula sous le choc, honteuse, inquiète de la suite.

Philippe s'interposa vivement entre elle et Bellamy.

— Vous êtes ivre, vous feriez mieux d'aller cuver ailleurs.

Il passa un bras autour des épaules du viticulteur et le dirigea vers l'allée, mais Bellamy se retourna en titubant.

— J'imagine que cette traînée vous en donne pour votre argent. Pas vrai, Lemieux ? cracha-t-il.

— Taisez-vous, Bellamy.

— J'ai compris, répliqua l'autre avec un rire éraillé. Vous étiez de mèche depuis le début, c'est ça ? Maintenant que Bastien est mort, vous voilà libres de récupérer Saint-Martin !

Sarah crut défaillir en voyant son mari envoyer un crochet du droit à la mâchoire de Bellamy qui s'étala de tout son long avec un bruit sourd. Philippe l'obligea à se relever en le tirant par le bras, lui fit une clé et le sortit de force du pavillon avant de l'envoyer rouler sur le pavé. Il rajusta son gilet, se passa une main dans les cheveux et regagna le stand où l'attendait Sarah.

Tous ceux qui se trouvaient là avaient assisté à la scène avec ébahissement. À commencer par Boone Sumter.

Les joues cramoisies, les yeux brillants, Sarah se demanda si leurs voisins avaient entendu les accusations de Bellamy et, surtout, s'ils y avaient accordé le moindre crédit.

— Comment te sens-tu ? s'inquiéta Philippe.

— Très bien, mentit-elle. Et toi ?

Il se massa les phalanges.

— Je me sens nettement mieux, répliqua-t-il en souriant de toutes ses dents.

Tant de forfanterie fit naître chez elle un rire nerveux et c'est bien volontiers qu'elle saisit le bras qu'il lui tendait.

Philippe salua d'un coup de chapeau ses voisins abasourdis et s'éloigna en compagnie de son épouse. Au sortir du pavillon, ils prirent soin de passer le plus loin possible de Bellamy qui restait prostré dans la rue.

*

Usés et affamés par leurs émotions, Sarah et Philippe s'installèrent avec soulagement à une table du restaurant La Terrasse, sur le boulevard Montmartre. Ils déjeunèrent d'un filet de bœuf servi avec des pommes de terre et des haricots verts, suivi de fromage et d'un dessert, le tout pour quatre francs chacun. Renonçant à boire du vin, ils optèrent pour une bouteille d'eau de Saint-Galmier.

Philippe était anormalement silencieux. Sarah tenta de l'égayer, s'efforçant d'afficher une sérénité qu'elle ne ressentait pas.

— Alors, quelle tâche nous attend ? s'enquit-elle sur un ton badin entre deux bouchées de gâteau au chocolat.

— C'est à toi de me le dire, je t'ai vue prendre des notes détaillées, répondit Philippe avec un sourire fatigué en lui volant sa dernière bouchée de gâteau.

— Il faudra acheter de la peinture, des fleurs, un livre d'or et un stylo.

— Tu comptes demander à tous les visiteurs de te noter leur adresse ?

— Bien sûr. Leur nom seul ne nous serait d'aucune utilité. Tous ceux qui s'arrêteront devant notre stand sont des clients potentiels. Les gens achètent plus volontiers un vin dont ils ont rencontré le producteur, ne crois-tu pas ?

— Absolument, acquiesça-t-il distraitement.

Sarah sentait bien qu'il avait la tête ailleurs. Elle porta sa tasse de café à ses lèvres en se demandant si elle devait l'interroger franchement. Le doute et les non-dits risquaient fort à terme d'ériger une barrière entre eux.

— Philippe ?

Surpris, il reposa sa tasse bruyamment sur la soucoupe.

— Oui ?

— À quoi pensais-tu quand tu as envoyé ton poing à la figure de Bellamy ?

Philippe haussa un sourcil.

— Je ne sais pas ce que je pensais précisément, je sais juste qu'il ne l'avait pas volé.

— À cause de ce qu'il a déclaré à mon sujet ?

— À cause de tout ce qu'il a dit à *notre* sujet.

Philippe glissa ses doigts entre ceux de Sarah.

— Notre mariage n'a rien d'illégitime. Je le considère comme la plus sacrée des alliances. Elle est une preuve de pardon et de courage. De ta part comme de la mienne. Nous nous sommes battus pour cette union, et rien ne nous séparera jamais.

Il était rare que Philippe s'explique aussi longuement. Sarah lui caressa la joue de sa main libre. Le contact de ces doigts frais sur sa peau le rassura.

— Nous achèverons la préparation du stand demain matin, mais en attendant, j'aimerais t'emmener dans un endroit particulier avant le coucher du soleil.

— Où donc ?

— As-tu déjà visité la tour Eiffel ?

*

Le ciel de Paris était clair et sans nuages lorsque Sarah et Philippe atteignirent le troisième étage du monument en cette fin de mardi après-midi. Cette visite leur coûta cinq francs chacun, le prix initialement prévu pour leur dîner, mais Sarah avait trouvé le moyen d'emporter dans son sac une demi-baguette, un morceau de brie et un couteau. Philippe, de son côté, avait dissimulé dans la poche de sa veste une flasque de la meilleure fine des frères Beringer, troquée contre du vin.

Le couple attendit que la foule des visiteurs se fît plus clairsemée pour rejoindre la partie surplombant le Champ-de-Mars et la Grande Cascade. Celle-ci, aménagée spécialement pour l'Exposition universelle, se présentait sous la forme d'une immense grotte équipée de fontaines électriques. L'horizon était d'une clarté parfaite et l'on voyait tout à cinquante kilomètres à la ronde. À leurs pieds, Paris offrait un spectacle à couper le souffle.

Philippe rompit le charme en tendant la flasque à Sarah. Elle avala quelques gouttes de fine et sentit aussitôt l'alcool lui réchauffer la gorge. Ils s'aperçurent soudain qu'ils se trouvaient seuls dans le coin où ils s'étaient réfugiés. Sarah étala son châle sur la plate-forme métallique et entreprit d'étaler du brie sur la baguette coupée en deux. Elle en tendit la moitié à Philippe.

— Quand tu m'as demandé tout à l'heure si j'avais déjà visité la tour Eiffel, je ne t'ai pas répondu.

— C'est vrai, reconnut-il en posant sur elle un regard curieux.

— Je suis venue ici avec mon père quand j'avais dix ans, la tour venait tout juste d'être achevée pour l'exposition de 1889. Comme nous n'avions pas les moyens d'acheter des billets, je me suis placée en dessous et j'ai levé les yeux. La flèche était tellement immense, j'en ai eu le tournis et je suis tombée en arrière. Papa m'a rattrapée en riant, juste à temps. J'ai le souvenir d'une journée merveilleuse.

Sarah sourit en se souvenant du gloussement de son père.

— C'était un homme formidable.

— Le meilleur, renchérit Sarah qui tentait désespérément de voir ressurgir dans sa mémoire le brun exact des yeux paternels.

— Je suis heureux que nous soyons venus ici ensemble, se réjouit Philippe en repoussant derrière l'oreille de sa femme une mèche rebelle.

Elle mordit dans sa moitié de baguette. Les joies simples de son ancienne vie lui manquaient : le chèvre frais de la fromagerie de Vouvray, le menton rugueux de son père en fin de journée, les joues potelées et roses de sa sœur.

— On dirait que le vent se lève, remarqua-t-elle en reniflant, alors qu'une brise venue de l'est faisait surgir des larmes qui roulaient le long de ses joues. Philippe passa un bras autour de ses épaules d'une geste affectueux.

— J'oublie parfois tout ce que tu as perdu, déclara-t-il en lui tendant un mouchoir.

Sarah se tamponna les joues.

— J'ai beaucoup gagné en contrepartie.

— Nous avons beaucoup gagné tous les deux, dit-il avec conviction.

À leurs pieds, les milliers de visiteurs de l'exposition circulaient entre les pavillons.

— Tu sais, Sarah. Nous repartirons d'ici avec une médaille. Je le sais.

Tant d'assurance provoqua l'admiration de Sarah.

— Peut-être, mais la concurrence est rude. On m'a dit qu'il y avait trente-six mille vins différents en compétition.

— Sans doute, mais une centaine seulement en méritent le nom, remarqua Philippe en croquant dans son pain. Il faut avoir la foi, madame Lemieux.

Elle posa un léger baiser sur ses lèvres.

— J'ai foi en toi.

S'était-elle trompée, ou bien un éclair de tristesse, ou de regret, avait-il traversé son regard ?

Les projecteurs qui illuminaient la tour Eiffel donnaient une couleur particulière au crépuscule. Les lumières de la Grande Cascade dansaient sur les chutes d'eau qui s'étageaient de bassin en bassin. Le couple se leva afin de profiter pleinement de cette vision magique.

— Magnifique, murmura Sarah en s'appuyant contre le grillage.

— Je voudrais que tu conserves toujours ta foi en moi, Sarah, lui enjoignit Philippe.

Frappée par cette insistance, elle lui prit les mains et les noua autour de sa taille.

— Toujours.

*

Le concours des meilleurs vins se déroulait tous les matins de 9 heures à midi dans la salle de dégustation de l'entrepôt Saint-Bernard, sur la place Jussieu. Vingt groupes de cinq juges circulaient de table en table, goûtant les crus avant de recracher tout en prenant des notes dans des carnets marron en cuir. Les décisions finales ne seraient annoncées qu'une fois goûtés les trente-six mille crus testés, d'ici plusieurs mois, au moment de l'attribution des prix : le Grand Prix du jury, la médaille d'or, la médaille d'argent et la médaille de bronze. De façon évidente, l'immense majorité des concurrents repartiraient les mains vides.

Sarah était aussi ravie qu'impatiente à l'idée de présenter leurs vins à un jury international. Parmi les 101 jurés ou jurés suppléants, 77 étaient français et seuls 24 représentaient d'autres nations. Philippe s'inquiétait des préjugés des Européens, surtout des Français, contre les vins américains. Le problème était si bien identifié que les producteurs concernés avaient conçu des crus aux noms européens en insistant sur l'utilisation de cépages français. Heureusement, les juges anglais et canadiens n'avaient pas l'intolérance de leurs collègues du Vieux Continent, ce qui redressait la balance.

Le 19 juin, Sarah et Philippe prirent place avec plusieurs autres producteurs américains dans la salle où devaient être goûtés leurs vins. On achevait de remonter les bouteilles de la cave lorsque les juges furent appelés dans la salle du jury.

Philippe refusa d'aller déjeuner tant que les juges ne seraient pas revenus, craignant une mauvaise nouvelle. Lorsque les officiels émergèrent de la salle du jury en fin d'après-midi, le docteur Wiley, le seul juré que connaissaient Philippe et Sarah, était livide.

— Que se passe-t-il ? s'inquiéta Philippe.

— Le président de l'exposition a recommandé aux juges de disqualifier la plupart des vins américains, lui répondit Wiley, catastrophé.

— Sous quel prétexte ?

— On nous accuse de présenter des vins aux noms usurpés, sauternes, champagne, bourgogne, chablis et autres, au risque de tromper les consommateurs en leur faisant croire qu'ils boivent des vins européens.

Sarah manifesta sa consternation.

— Les étiquettes précisent pourtant l'origine des crus présentés, le nom du récoltant, ainsi que sa localisation géographique. Quiconque sait lire est forcément au courant que nos vins sont fabriqués en Amérique.

Le docteur Wiley haussa les épaules, dépité.

— C'est ce que je me suis évertué à expliquer, mais je suis le seul juge américain. Ma voix n'est d'aucun poids face à la majorité.

— C'est inadmissible ! Nous devons protester, s'écria Philippe, soutenu par tous ses collègues d'outre-Atlantique.

Wiley fit taire la clameur.

— C'est bien mon intention, messieurs. À présent, si vous voulez bien m'excuser, je compte porter plainte auprès du commissaire de l'exposition.

16

Juin 1900 – Saint-Martin

Sarah et Philippe, désireux de se changer les idées, prirent un train à destination de Tours où un fiacre les conduisit à Saint-Martin. Au cours des deux ans et demi qui s'étaient écoulés depuis leur dernier séjour en Europe, Jacques et la mère de Sarah avaient patiemment rebâti une version plus modeste de l'ancienne demeure du domaine. Les pierres qui avaient pu être sauvées avaient servi à construire la petite cuisine qui flanquait la maison, tandis que des poutres et des pierres neuves avaient permis d'ériger la salle à manger, le salon et les toilettes du rez-de-chaussée, ainsi que trois chambres à l'étage. La mère de Sarah avait cousu des rideaux en épais coton afin d'éviter les courants d'air en hiver, et réalisé des coussins au crochet qui rendaient les chaises moins inconfortables. Des couvertures et des couvre-lits, donnés par les dames patronnesses de la paroisse, rendaient les lits plus douillets.

Jacques et sa femme furent comblés de voir arriver Sarah et Philippe plus tôt que prévu. Ce ne fut pas le cas de Luc qui serra les poings et se réfugia dans la cuisine.

— Ne vous inquiétez pas, mes chéris. Il va très bien, expliqua sa grand-mère aux jeunes parents. Il n'est pas content de n'avoir pas pu vous accompagner dans vos aventures, rien de plus.

— Mais il n'a que trois ans, se justifia Philippe.

— Presque quatre, puisque son anniversaire est au mois d'août. Il vous en veut de nous l'avoir laissé, c'est tout.

— Je suis certaine qu'il est heureux d'être ici, maman, intervint Sarah d'une voix sonore. Et puis, si mon petit Luc chéri ne vient pas tout de suite embrasser sa maman, comment pourra-t-elle lui offrir les jolies cartes-vues en couleurs que je lui ai rapportées ?

En voyant une petite tête à travers l'entrebâillement de la porte du salon, Sarah sut qu'elle avait piqué la curiosité de l'enfant. Elle fouilla son sac à la recherche des cartes postales. Au crissement de papier ciré, le petit garçon ne put résister à la tentation.

— Regardez un peu ! Des cartes-vues de la tour Eiffel. Connaîtriez-vous quelqu'un que cela pourrait intéresser ? demanda Sarah à la cantonade.

Luc se précipita et faillit la renverser en la prenant dans ses bras. Sarah le couvrit de baisers, réalisant combien l'enfant lui avait manqué.

— Je peux voir les cartes ? demanda Luc avec un sourire qui faisait ressortir les fossettes de ses joues rondes comme des pommes.

Une carte postale dans chaque main, il agita les bras en l'air.

— C'est la tour Eiffel, lui expliqua Philippe. Elle est si haute qu'elle touche presque le soleil. Et cette grande maison, c'est le palais des ingénieurs, où l'on trouve les derniers modèles d'automobiles.

Philippe produisit une boîte enrubannée.

— C'est pour toi !

Luc arracha le ruban sans ménagement et souleva le couvercle de la boîte. Son nez se retroussa de plaisir lorsqu'il vit apparaître le trésor que lui rapportait Philippe. Ce dernier s'agenouilla à côté de lui.

— Regarde ! Une Mercedes 35 chevaux, une automobile dernier cri ! Regarde, tu peux la conduire.

Philippe fit rouler la voiture en fer-blanc sur le sol du salon. Le visage de Luc s'illumina à la vue du jouet dont les roues grinçaient. Il le tourna et retourna entre ses mains, à l'affût du moindre détail.

— Papa ?

— Oui ? fit Philippe en lui montrant comment ouvrir le coffre et tourner le volant.

— Où il est le cheval ? demanda l'enfant, le front barré d'un pli.

Sa question provoqua un éclat de rire général. Philippe tapota d'un doigt le capot métallique de l'auto.

— On l'a rapetissé et on l'a caché là-dedans, sous le capot. Essayons de voir si on parvient à le trouver.

*

Jacques et sa femme mitraillèrent de questions leurs visiteurs au sujet de l'Exposition universelle lors du dîner. Lorsque Philippe expliqua comment les producteurs de vin américains avaient été disqualifiés, Jacques se montra scandalisé.

— J'éprouve un sentiment de honte à l'idée qu'un jury international essentiellement composé de compatriotes puisse se comporter de la sorte dans le seul but d'empêcher les Américains de leur ravir une médaille. À bien y réfléchir, il faut y voir un hommage à la qualité des vins américains, ajouta Jacques en agitant un doigt menaçant. Vous les faites trembler dans leurs bottes.

— Merci de votre confiance, Jacques.

Ce dernier gloussa de plaisir et donna à Philippe une tape amicale dans le dos.

— Être venus de si loin en engageant autant de frais, et pour rien ? Décidément, nous ne sommes que des moutons, se plaignit Philippe en se frottant les yeux.

— Jacques, enchaîna Sarah. Nous n'avons pas les moyens de rester beaucoup plus longtemps à Paris. Nous repartons dimanche, que le jury ait écarté notre vin de la compétition ou non. D'autant que cela va durer encore longtemps, le jury en a encore pour deux mois à goûter tous les vins.

— Nom d'un chien ! Deux mois ?!! fit Jacques, stupéfait.

— C'est un peu exagéré, vous ne trouvez pas ? renchérit sa femme en servant à chacun une louche de soupe de légumes aux croûtons.

— Nous aimerions vous emmener avec nous afin que vous puissiez visiter les pavillons. C'est une expérience unique de pouvoir découvrir autant de cultures et d'inventions nouvelles.

Jacques porta à sa bouche un morceau de viande sans attendre le bénédicité.

— Où logerions-nous ?

— Nous vous avons réservé une chambre à côté de la nôtre.

La mère de Sarah prit place à table en face de sa fille, une serviette sur les genoux.

— Nous n'avons jamais eu de vraie lune de miel, Jacques, remarqua-t-elle.

Son mari lui adressa un clin d'œil complice.

— Nous serons ravis de venir ! s'enthousiasma la mère de Sarah.

Cette invitation venait à point nommé pour un couple qui n'avait guère l'occasion de se distraire. Luc, écrasé de fatigue, s'était endormi sur sa chaise haute, sa voiture serrée dans ses mains.

*

La visite de l'exposition était synonyme de kilomètres de marche, et c'est avec soulagement que Jacques et sa femme empruntèrent le trottoir roulant, une invention révolutionnaire permettant de se rendre sans effort d'un point à un autre. Philippe, Sarah et Luc profitèrent de leur côté de la grande roue. Sarah avait initialement redouté que Luc, impressionné par la hauteur du manège en mouvement, fût malade, mais Philippe avait insisté. Il s'en trouva récompensé par les cris de joie de l'enfant.

Le petit garçon apprécia tout particulièrement le navire en chocolat et les vaches grandeur nature sculptées dans du beurre, alors que Sarah s'extasiait devant la bouteille de champagne Moët & Chandon haute de cinq mètres, décorée à la feuille d'or. La bouteille s'éclaira soudain et sept danseuses en sortirent, l'une d'elles enfermée dans le bouchon.

Jacques et Philippe, qui portait Luc sur ses épaules, visitèrent le camp de bûcherons et les expositions de minéraux du Canada pendant que Sara et sa mère arpentaient les allées de l'exposition que le même pays consacrait à l'éducation. Sans doute parce qu'elle se sentait en harmonie avec les oubliés de la société, Sarah s'intéressa tout particulièrement à l'éducation des handicapés. Les Canadiens affichaient fièrement leur désir de donner sa chance à chacun, qu'il s'agît de prévoir des accès aux fauteuils roulants ou de proposer des appareils conçus pour faciliter l'alimentation des moins autonomes. Il restait à espérer que les États-Unis mettent rapidement en place des programmes similaires.

Les deux femmes découvrirent un univers futuriste au palais de l'Électricité. Il serait un jour possible à Luc de discuter avec un correspondant à l'autre bout du monde grâce au téléphone. Il piloterait également une automobile en lieu et place d'une carriole, autant de progrès qui paraissaient inconcevables à la jeune femme.

Sa mère fut comblée par le Vieux Paris, avec ses comédiens vêtus de costumes médiévaux qui déambulaient entre les façades en s'adressant aux passants comme si l'on était au Moyen Âge. La famille visita ensuite le pavillon russe où Luc se montra fasciné par son « voyage » à bord du Transsibérien. Installé avec les siens dans la réplique d'un wagon, il vit défiler de l'autre côté de la vitre des tableaux peints de la Sibérie, animés par des acteurs déguisés en autochtones et en Chinois. Le « périple » terminé, un steward chinois parcourut le wagon, qui proposait du thé aux voyageurs en criant : « Pékin, tout le monde descend ! »

Deux jours avant le retour à Saint-Martin, les juges du concours des vins revinrent sur leur décision initiale. La presse du monde entier s'empressa d'annoncer que les vins américains seraient finalement autorisés à participer à la compétition.

Philippe et Sarah finirent par trouver le docteur Wiley à l'entrepôt Saint-Bernard et le jeune homme lui serra vigoureusement la main en guise de remerciement.

– Comment avez-vous pu les convaincre ? s'enquit-il.

– Nous avons envoyé une lettre officielle au commissaire général de l'exposition en lui exprimant notre colère. Nous lui avons rappelé que lors de l'exposition de 1889, les vins concernés avaient obtenu de nombreuses médailles, en dépit d'appellations similaires. À la lumière de ces éléments, les Français ont été contraints de capituler.

– Bon sang, Wiley, je vous ferai parvenir une caisse de mon meilleur vin rouge dès mon retour en Californie.

– Celui qui vous aura valu une médaille ? plaisanta Wiley.

*

Aussi dure que fût la décision de quitter la France, Sarah et Philippe allaient devoir reprendre bientôt le chemin de la Californie s'ils entendaient être présents à Eagle's Run pour les vendanges.

Ils passèrent leurs deux derniers jours à Saint-Martin où Sarah en profita pour préparer les bagages et sécher du linge près de la cheminée. Le soir précédant le départ, les vignes étaient désertes et tout était calme dans la maison où flottait un délicieux fumet de dinde rôtie et de petits pains aux raisins lorsque deux coups de feu retentirent à l'extérieur.

Sarah, qui aidait sa mère en cuisine, l'obligea à se coucher à terre.

— Ne bouge pas ! lui recommanda-t-elle.

Philippe avait emmené Luc se promener du côté des grottes où le petit garçon adorait courir, fasciné par l'écho de ses cris.

Sarah tendit l'oreille sans remarquer de bruit anormal à travers la fenêtre ouverte. Elle atteignait la porte d'entrée de la maison en rampant lorsqu'un cri étranglé lui parvint.

Elle venait d'engager le verrou quand Jacques déboula de l'escalier derrière elle, un Colt à la main.

— C'est Lemieux ! s'écria-t-il en se tapissant sous la fenêtre de l'entrée.

Les cris de Jean Lemieux traversèrent l'air du soir.

— Bastien ! Bastien !

Les appels du vieil homme à son fils disparu trahissaient sa souffrance. Sarah passa un œil à travers la fenêtre et vit son beau-père tomber à genoux, un vieux fusil Enfield à la main.

— Où est mon fils ? pleura-t-il en agitant les bras.

— Le pauvre homme prend Luc pour Bastien, murmura Jacques.

Sarah posa sur lui un regard horrifié.

— Comment ?

Après avoir joué un rôle crucial dans la mort de Bastien, voilà que Jean Lemieux menaçait son petit-fils.

— Faut-il l'abattre ? demanda-t-elle, la gorge nouée.

— S'il s'agit d'éviter qu'il ne me tue, certainement.

Lemieux tourna brusquement la tête à droite, son regard attiré par le côté de la maison, sans que Sarah pût voir ce qui s'y passait. Elle tressaillit en voyant apparaître Philippe. Ce dernier, Luc dans les bras, s'avança vers son père. Lemieux leva le canon de son fusil d'une main tremblante et mit en joue son fils et son petit-fils.

À quoi jouait donc Philippe ? Sarah se rua vers la porte avec l'intention de se jeter entre Jean Lemieux et son petit garçon, mais Jacques l'en empêcha. Elle tenta aussitôt de se dégager.

— Si jamais Lemieux t'aperçoit, il n'hésitera pas à t'abattre. Tu as tué son fils, et il se moque bien de savoir pour quelle raison. Philippe sait très bien ce qu'il fait. Je te conseille de garder ton sang-froid.

Sarah s'exécuta, la mort dans l'âme. Jacques la libéra et passa le canon de son Colt à travers les persiennes entrouvertes.

Sarah, interdite, vit Philippe désarmer son père d'un geste doux. Sans doute avait-il pu apaiser le vieil homme. Le visage de Jean Lemieux se chiffonna et il serra son petit-fils contre lui, les épaules secouées de sanglots.

La mère de Sarah accourut de la cuisine. Jacques fit signe aux deux femmes de ne pas bouger, puis il glissa son Colt dans sa ceinture et sortit de la maison. Il s'approcha lentement de Philippe et lui confia son fusil afin de récupérer l'enfant. Luc se jeta dans ses bras et Lemieux s'effondra à leurs pieds en se tenant la tête à deux mains.

*

Philippe raccompagna son père chez lui et le mit au lit. Le vieil homme avait maigri depuis sa dernière visite, deux ans et demi plus tôt. Ses yeux bleus avaient perdu de leur éclat, ses cheveux avaient blanchi et s'étaient clairsemés, il arborait un teint gris maladif. Dans son sommeil, pourtant, son front lisse donnait à son visage un semblant de sérénité.

La mort de Bastien avait-elle déclenché la folie de son père, ou bien Jean Lemieux avait-il toujours été instable ? Qui sait si sa brutalité, ses accès de colère, son égocentrisme et son besoin de régenter les siens n'étaient pas autant de signes de sa démence ?

Pendant que son père dormait, Philippe en profita pour dissimuler sous une vieille couverture dans sa carriole les trois fusils et les quatre revolvers dénichés dans un placard. De vieux papiers, des bouteilles vides, des assiettes et des vêtements sales avaient désormais pris possession de la maison de son enfance. Il y en avait partout : sur les tables, les chaises, le plancher.

Personne n'avait remis de l'ordre dans la vieille demeure depuis le dernier passage de Philippe. Il soupira. Son père avait des défauts, c'est vrai, mais il était en souffrance et Philippe s'était clairement dérobé à ses responsabilités.

Il régnait dans le petit salon une puanteur telle que Philippe ouvrit les fenêtres afin de laisser la brise d'été rafraîchir la pièce. Il se remplit les poumons, histoire de trouver le courage de tout ranger.

Il commença par organiser des piles de linge et réunir tous les déchets. Une fois les meubles débarrassés de ce qui les encombrait, il fouilla la cuisine à la recherche de produits de nettoyage. Muni d'huile d'olive, de citron, de soude, d'une serpillière et de quelques vieux chiffons, il entreprit de récurer la table de la cuisine sans parvenir à effacer complètement les taches vieilles de plusieurs décennies.

La vaisselle lavée et séchée, il s'intéressa au linge. Il allait devoir engager une lavandière tant il y avait de vêtements sales. Il découvrit avec surprise dans le bureau paternel des documents empilés sur une hauteur impressionnante. Avisant des chandelles sur la table de travail de son père, il frissonna à l'idée de ce que risquait le vieil homme si un tel amoncellement de papier venait à prendre feu. Épuisé, il retourna dans le salon, se laissa tomber dans une bergère au tissu usé jusqu'à la trame et ne tarda pas à s'endormir.

Il se réveilla en sursaut en entendant crier son père. Les nerfs à fleur de peau, il se précipita vers la chambre, mais une détonation se fit entendre avant qu'il en eût franchi le seuil, le stoppant dans son élan.

Le cœur battant et le souffle court, Philippe ouvrit la fenêtre du couloir et respira longuement l'air de la nuit. L'opération ranima sa mémoire et il se souvint brusquement ne pas avoir pensé au pistolet dissimulé sous le matelas.

Redoutant le pire, il chercha un appui contre le mur et c'est d'une main tremblante qu'il poussa le battant de la chambre. Son père gisait de l'autre côté du lit, si bien qu'il ne vit que ses pieds en chaussettes. Les jambes lestées de plomb, il s'approcha et tomba à quatre pattes en découvrant le spectacle qui l'attendait.

Jamais il n'avait vu autant de sang. Les mains de son père étaient crispées et un nuage de fumée s'échappait du pistolet tombé à côté de lui. Les yeux du mort regardaient fixement le vide, mais ce furent l'odeur prégnante de poudre et les éclats de boîte crânienne éparpillés sur le tapis qui provoquèrent chez Philippe une violente nausée. Tournant le dos à cette vision d'horreur, il se posa sur le rebord du lit en essayant vainement de rassembler ses pensées, replié sur lui-même comme un enfant traumatisé.

*

Jean Lemieux fut enterré quelques jours plus tard. Debout au bord de la tombe, Philippe repassa le drame dans sa tête. Si seulement il était resté auprès de son père, s'il n'avait pas l'oublié la présence de l'arme sous le matelas, si… Il s'obligea à mettre un terme à ces hypothèses. Son père, en dépit de l'horreur de sa mort, en était seul responsable pour avoir chassé sa femme et ses fils, fait de Bastien un noceur invétéré qui avait voulu violenter Sarah. Loin de se repentir, Lemieux avait fini par commettre l'irréparable.

Son père les avait-il seulement aimés, ou bien s'était-il repu du pouvoir qu'il exerçait sur eux ? Philippe n'aurait jamais la réponse à ses questions, quand bien même il tenterait l'impossible pour comprendre cet homme qu'il avait passé sa vie adulte à vouloir oublier.

17

Juillet 1900 – San Francisco

Linnette ne parvenait pas à enrayer la fièvre. Sa gorge la brûlait et elle avait des démangeaisons. Depuis deux jours qu'elle gardait Pippa lovée contre elle, la petite fille profitait de la chaleur maternelle.

Linnette s'était enfin résolue à envoyer Tildy chercher le médecin en voyant son cou enfler et son cœur avoir des ratés. Plusieurs heures s'étaient écoulées depuis et elle ne parvenait quasiment plus à respirer. Ses doigts ne lui obéissaient plus. Incapable de bouger la tête pour regarder sa fille, elle se rassura en humant l'odeur de savon qui s'échappait de ses cheveux, en sentant le petit cœur de Pippa qui battait aussi vite que les ailes d'un oiseau-mouche.

Hypnotisée par la peinture écaillée du plafond au-dessus de sa tête, Linnette avala péniblement une bouffée d'air. Prise de panique, elle serra les paupières et s'obligea à écouter le babil de Pippa, inconsciente du calvaire de sa mère.

Après avoir péché sept années durant, elle s'était repentie en donnant tout son amour à sa fille. À défaut de craindre la mort, elle était terrorisée à l'idée d'abandonner Pippa. La pièce se referma sur elle, jusqu'à ce que s'éteignît l'ultime lueur qu'elle percevait. Linnette ne voyait plus sa fille, elle ne sentait même plus sa chaleur contre elle, mais elle l'entendit lui glisser dans un murmure :

– Maman ?

Pippa…

18

Août 1900 – Eagle's Run

Philippe enfonça la pointe de sa botte dans une motte de terre et sentit les grains de calcaire crisser sous sa semelle. Après une semaine de pluie, la terre avait eu le temps de sécher. Il se serait donné des gifles. Pourquoi n'était-il pas rentré une semaine plus tôt ? Les fortes précipitations de la mi-juillet avaient gorgé d'eau les grappes de raisin, au risque de les exposer au mildiou.

Mac, après avoir pris conseil auprès d'Aurora, avait décidé de rabattre les feuilles afin de permettre au soleil d'atteindre les grappes, mais ses hommes avaient trop taillé les vignes du coteau sud, le plus ensoleillé. L'air penaud, Mac vit croître l'inquiétude de Philippe qui grimaça en retournant quelques grappes au hasard. Le raisin, trop exposé au soleil, avait dépéri. La plupart des viticulteurs de Napa Valley avaient eu le même réflexe que Mac, mais jamais Philippe n'aurait commis une telle erreur. Il estimait à dix tonnes les pertes que lui coûterait cette bourde.

Sarah, qui effectuait la visite avec lui, ouvrit plusieurs grains de raisin dont certains étaient exposés au soleil du matin, et d'autres à celui de la fin de journée. Les peaux étaient souples, la pulpe blanche, les pépins d'un beau brun. Le jus, sucré, était délicieux. Ils furent du même avis : il fallait vendanger au plus vite.

Ce soir-là, une fois Sarah et Luc couchés, Philippe prit le temps de regarder la pile de courrier arrivé pendant leur absence. Il trouva au bas de la pile la lettre expédiée à Linnette avant son départ pour Paris. Le courrier lui avait été retourné.

Il déchira le rabat et constata que les cinquante dollars qui accompagnaient sa missive se trouvaient toujours dans l'enveloppe. Linnette avait-elle pu déménager ? Dans ce cas, pourquoi ne pas l'avoir averti ?

*

Sarah traversa les vignes à la vitesse de l'éclair, aussi excitée qu'une écolière, en agitant un journal. Elle rejoignit Philippe tout essoufflé, mais il comprit immédiatement : ils avaient remporté une médaille.

L'article était illustré par une photographie du couple derrière leur stand de l'annexe du palais de l'Agriculture. Les vins californiens avaient été récompensés par un total de neuf médailles d'or, sept d'argent et douze de bronze. Le Grand Prix avait été attribué à un producteur français, mais le cabernet sauvignon d'Eagle's Run avait remporté l'or !

Philippe, qui tendait le dos depuis leur retour, poussa un soupir de soulagement. Il avait beau savoir que son vin était excellent, comment aurait-il pu avoir la certitude, ainsi qu'il s'en était vanté auprès de Sarah, d'être distingué face à plus de trente mille concurrents ? Il enlaça Sarah et la fit valser dans ses bras, au comble de la fierté. Elle partit d'un rire heureux et l'embrassa avec fougue. Aux côtés d'une telle femme, Philippe avait la conviction que rien ne lui résisterait dans la vie.

— Il faut que j'annonce la nouvelle à Aurora, fit Sarah. Tu m'accompagnes ?

— Non, vas-y. Je sais qu'elle attendait la nouvelle avec impatience. Elle est capable d'avoir soudoyé le livreur de journaux pour qu'il lui apporte un exemplaire avant nous !

Philippe était infiniment reconnaissant à leur amie de l'avoir poussé à participer au concours.

Sarah l'embrassa à nouveau, puis elle releva sa jupe et partit comme une flèche. Philippe, qui aurait tant aimé que rien ne vînt jamais assombrir la bonne humeur de sa femme, sentit son cœur se serrer. Un jour ou l'autre, il allait devoir parler à Sarah de Linnette et de Pippa.

*

Les vendanges terminées et les cuves de fermentation pleines des six mille hectolitres de jus de raisin ainsi recueillis, Philippe trouva enfin le temps de se rendre à San Francisco. Le silence de Linnette l'inquiétait.

Tildy, dont il avait fait la connaissance lors de sa précédente visite, lui ouvrit la porte.

— Ah, Philippe ! Entrez, je vous en prie, l'invita la jeune femme, étonnée.

— Linnette est-elle là ?

Tildy porta la main à sa bouche.

— Je ne savais pas comment vous joindre, s'exclama-t-elle. Linnette… Linette a été emportée par la diphtérie.

Philippe la dévisagea sans comprendre. Linnette était jeune et en pleine santé, jamais il n'avait imaginé une telle possibilité.

— Quand ? demanda-t-il d'une voix brisée par l'émotion.

— Au mois de juillet, répondit Tildy sans une hésitation, ni une larme.

— En juillet ?!

Et Pippa ? Il écarta Tildy et se précipita à l'intérieur de l'appartement.

— Où est l'enfant ?

— Elle a été emmenée par les services sociaux. J'imagine qu'elle a été placée dans un orphelinat.

Philippe aurait voulu étrangler son interlocutrice.

— Ma fille a été placée en orphelinat parce que vous n'avez pas eu la décence, ou le bon sens, de trouver où j'habitais ?

Tildy fit la grimace.

— J'ai donné votre nom à ces gens, je pensais qu'ils vous contacteraient.

— Où se trouvent les bureaux des services sociaux ?

Tildy haussa les épaules d'un air morne.

Philippe, dégoûté par tant d'indifférence, allait repartir lorsqu'elle lui prit le bras.

— Linnette me devait de l'argent pour le loyer, fit-elle d'une voix sirupeuse. Vingt-cinq dollars.

Philippe la fit grimacer de douleur en lui serrant le poignet.

— Linnette ne vous doit plus rien, elle est morte !

Sur ces mots, il quitta l'appartement en claquant la porte.

*

Philippe était déterminé à retrouver Pippa, affolé à l'idée que sa fille pût connaître la misère dans l'un des orphelinats de la ville. Il n'était pas question de perdre une minute à retourner voir Sarah ou Aurora afin de solliciter leur aide, il entendait rester jusqu'à ce qu'il trouvât l'enfant.

Il se contenta de télégraphier à sa femme qu'il était retenu à San Francisco, puis il sollicita les passants en leur demandant s'ils savaient où étaient logés les services de l'aide sociale. Une jeune femme finit par lui indiquer l'adresse de l'orphelinat protestant.

Celui-ci se trouvait loin du centre et Philippe découvrit, coincé entre les rues Haight, Buchanan, Hermann et Laguna, une bâtisse sinistre de trois étages dont les flèches perçaient le ciel lumineux de cet après-midi de fin d'été. L'allure austère de l'ensemble aurait suffi à effrayer n'importe quel enfant. En s'approchant, Philippe fut surpris d'entendre des rires et de voir des enfants de tous âges s'ébattre sur un tertre couvert d'herbe. Tous paraissaient heureux et en bonne santé.

Philippe, n'apercevant pas Pippa, fut pris d'angoisse à l'idée que l'enfant fût morte, seule et abandonnée de tous, comme sa mère. Le destin ne pouvait pas lui avoir ravi ses deux filles en l'espace d'un an.

Il poussa la porte du bâtiment et fut accueilli par une femme d'allure très maternelle.

— En quoi puis-je vous aider, monsieur ? lui demanda-t-elle sur un ton qui aurait convenu à une personne de la bonne société, et non à la gardienne de plusieurs dizaines d'enfants turbulents.

— Je cherche ma petite fille, qui s'appelle Pippa. Elle a presque trois ans.

Le visage de la femme s'éclaira et elle le dévisagea avec curiosité.

— Vous ne m'en voudrez pas de vous le dire, mais il est rare qu'un parent vienne réclamer une enfant comme Pippa.

— Elle se trouve donc ici ? s'écria-t-il, plein d'espoir.

— Absolument, mais je vais devoir vous demander une preuve d'identité. Je souhaiterais également que vous me décriviez l'enfant.

Philippe tira de sa poche le certificat de citoyenneté qui ne le quittait jamais en voyage.

— Je me nomme Philippe Lemieux et la mère de Pippa s'appelait Linnette Cross. On m'a expliqué qu'elle était morte de diphtérie cet été. J'ai vu Pippa pour la dernière fois il y a bientôt un an, j'ai fait un long séjour en France dans l'intervalle, ce qui explique que l'on ne m'ait pas mis au courant. Pippa a de très beaux yeux bleus, des cheveux blonds comme ceux d'un lutin, et un bec-de-lièvre.

La femme tendit la main à Philippe.

— Je m'appelle Katherine Miller. Suivez-moi.

Elle le conduisit dans un dortoir où étaient allongés trois petits. Une jeune femme, sans doute une infirmière, lisait un livre près de la fenêtre à la lumière du jour déclinant. Philippe se figea en apercevant Pippa. Le visage caché par sa tignasse ébouriffée, elle dormait sous une couverture, une poupée dans les bras. En la voyant si fragile, Philippe éprouva le besoin de la serrer contre lui, de la protéger contre les aléas de la vie, mais Mme Miller lui expliqua la nécessité d'une enquête avant de pouvoir lui confier l'enfant. Il allait devoir prouver qu'il disposait d'un logement adéquat et de moyens financiers suffisants.

La directrice de l'orphelinat lui fit part des difficultés qu'avait connues Pippa à son arrivée. Au-delà du traumatisme lié à la perte de sa mère, il avait fallu la mettre en quarantaine afin de s'assurer qu'elle n'était pas porteuse de la diphtérie.

Lorsque l'enfant se réveilla, Philippe constata avec satisfaction qu'elle avait grandi de plusieurs centimètres et que ses joues roses respiraient la santé. Elle battit des cils en le voyant, lui adressa un léger sourire et retourna à ses jeux. Elle ne se souvenait pas de lui.

*

Sarah n'était pas mécontente de disposer d'un peu de temps pour elle en l'absence de Philippe. Elle n'avait dormi que par bribes depuis le début des vendanges, il n'était pas rare qu'elle trouve la place de son mari vide dans le lit conjugal en s'éveillant. Et lorsqu'elle descendait au rez-de-chaussée, elle le trouvait invariablement occupé à effectuer des calculs dans son journal. Le voyant pris dans ses pensées, elle n'osait jamais l'interroger sur le détail de ce qu'il faisait. Un séjour à San Francisco ne pourrait que lui changer les idées.

Elle avait prévu de passer ce samedi chez elle à remettre de l'ordre dans les placards et cirer les meubles avec l'aide de Rose. Sarah n'aimait guère les tâches ménagères et préférait de loin vivre dehors, mais Luc était désormais suffisamment grand pour laisser dans son sillage jouets, brins d'herbe, insectes et traces de boue.

Sarah s'attaqua en premier au placard de Philippe. Elle posa ses vêtements sur le lit et mit de côté ses chaussures à boutons et ses bottes crottées afin de les nettoyer plus tard.

Elle sortit ensuite du réduit deux boîtes pleines de vieux papiers. Elle s'apprêtait à laver le plancher lorsqu'elle aperçut une enveloppe marron dans un coin. Elle voulut la ranger dans l'une des boîtes mais plusieurs billets de dix dollars s'en échappèrent. Intriguée, elle examina l'enveloppe. Adressée à L. Cross, poste restante, à San Francisco, elle avait été renvoyée à l'expéditeur.

Elle se souvint brusquement d'avoir vu cette lettre en triant le courrier de Philippe à leur retour. Elle avait alors pensé que ce Cross était un négociant, ou bien un ami de son mari, et ne s'en était pas inquiétée davantage.

Que lui cachait-il ? Devait-il de l'argent au Cross en question ?

Le mieux était encore de poser la question à Aurora.

*

C'était une douce soirée de fin d'été, aussi réunit-elle dans un panier du poulet, du fromage et du pain avant de se rendre à la maison d'Aurora. Luc courait en avant entre les vignes, fort de l'énergie de ses quatre ans.

Aurora, un sécateur à la main, taillait un buisson d'azalées au cordeau. Cette vision fit remonter dans l'esprit de Sarah le souvenir des haies du parc de Versailles. Elle se revit au bras de Philippe longeant le bassin de Bacchus et visitant l'orangerie dans un nuage de parfums citronnés.

Luc poussa des cris de joie en voyant Aurora.

— Tante Rora !

L'intéressée s'accroupit en lui ouvrant grand les bras.

— Mon petit Luc !

— Que diriez-vous d'un petit pique-nique ? lui proposa joyeusement Sarah.

— Avec plaisir ! accepta Aurora en lissant les cheveux du petit garçon avant de se laver les mains à la pompe et de les essuyer sur son tablier.

Le trio s'installa sous un pommier nain dans le jardin d'Aurora et dîna avec appétit. Le repas terminé, Luc voulut se balancer aux branches basses de l'arbre, comme à son habitude. Sarah aurait eu tendance à le lui interdire, mais Philippe la mettait toujours en garde : « Les garçons ont besoin d'explorer. » Elle le laissa jouer à contrecœur tout en le surveillant.

— Nous sommes seuls ce week-end, Philippe est à San Francisco.

— Il avait rendez-vous à l'archevêché ?

— Je ne crois pas, répondit Sarah en émiettant un morceau de pain. J'ai cru comprendre qu'il rendait visite à un certain M. Cross. Ce nom vous est familier ?

Aurora, occupée à grignoter une cuisse de poulet, haussa les épaules.

— Non, ça ne me dit rien.

— Vous connaissez la plupart des relations d'affaires de Philippe, puisque vous avez les mêmes que lui, je pensais que vous pourriez éclairer ma lanterne.

Aurora remplit à moitié leurs deux verres de chardonnay.

— Ce n'est pas le cas.

— Son prénom commence par la lettre L.

Aurora dirigea son regard vers le panier.

— Des petits gâteaux ? Tu sais, mon petit Luc, ta tante Aurora a le bec sucré.

— Aurora ? insista Sarah.

— Vous êtes certaine que Philippe avait rendez-vous avec ce L. Cross ?

— Non, mais il a été récemment en contact avec lui. J'ai trouvé dans ses affaires un courrier qui lui a été retourné. Un courrier contenant de l'argent, Aurora.

— Mon Dieu, soupira Aurora de toute la masse de son opulente poitrine. N'allez pas tirer de conclusions hâtives, mais… L. Cross n'est autre que Linnette Cross.

Sarah posa sur elle un regard interrogateur.

— Vous ne savez pas de qui il s'agit ?

— Non…

— Jésus Marie Joseph ! Il aurait pu vous mettre au courant, marmonna Aurora. Linnette était celle qui vous a précédée.

— Sa maîtresse ? s'écria Sarah, décontenancée.

Cet argent faisait-il partie d'un règlement, ou bien avait-il renoué avec cette femme ? Elle en lâcha l'assiette qu'elle tenait entre les mains, prise de nausées.

— Je suis désolée de vous avoir révélé son nom. Si Philippe continue de lui écrire, demandez-lui de vous rendre des comptes, réagit Aurora en secouant la tête d'un air offusqué. Croyez-moi, rien ne peut justifier qu'un homme marié fasse des cabrioles avec une catin.

*

Le télégramme de Philippe, dans lequel il s'excusait d'être retenu en ville, était arrivé à Eagle's Run le lundi matin. Le mardi après-midi, Sarah tournait en rond dans sa cuisine en imaginant son mari dans les bras de cette femme, à ressasser les accusations qu'elle porterait contre lui à son retour.

Elle sursauta en entendant une voix de l'autre côté de la porte moustiquaire.

— Madame Lemieux ?

Un gamin écarta la porte et lui tendit un autre télégramme. Philippe faisait savoir à sa femme qu'il serait de retour jeudi à l'heure du dîner avec un invité, il demandait à Sarah d'inviter Aurora à cette occasion. Rien de plus. Pas un mot d'excuse ou une explication.

Sarah roula en boule le télégramme en essayant de se convaincre que l'invité en question pouvait être n'importe qui, tout en hurlant intérieurement à l'idée qu'il osât ramener cette femme chez eux !

*

Sarah se précipita au bruit des roues sur le gravier. Philippe descendit de cheval, ouvrit la porte de la voiture noire et aida à descendre la passagère, une femme aux cheveux noirs tirée à quatre épingles, des lunettes sur le bout du nez, une ombrelle et un sac à la main.

Il ne pouvait décemment pas s'agir de Linnette, cette femme aurait pu être la mère de Philippe.

— Sarah, je suis désolée d'avoir tardé autant, s'excusa-t-il en déposant un baiser sur la joue de sa femme. Je te présente Mlle Carmichael, de San Francisco. Et voici ma femme, Sarah.

— Ravie de vous accueillir, madame, dit poliment Sarah alors qu'elle éprouvait une furieuse envie de hurler.

— Je vous remercie. Cela vous ennuierait-il que je fasse quelques pas ? J'ai envie de me dégourdir les jambes après ce périple.

— Bien sûr, acquiesça Philippe avec un grand sourire. Ce petit sentier vous conduira jusqu'à la rivière.

Mlle Carmichael le remercia d'un hochement de tête et s'éloigna dans la direction indiquée. Philippe prit la main de Sarah et l'entraîna dans la cuisine. On le sentait nerveux et excité tout à la fois.

— Philippe, qui est cette femme ? s'enquit-elle sèchement.

— Elle est enseignante à l'orphelinat protestant de San Francisco.

— Un orphelinat ?

Philippe tira une chaise et l'offrit à Sarah. Lui-même choisit de rester debout et entama une ronde dans la cuisine.

— J'ai une nouvelle à t'annoncer, Sarah.

Moi aussi, pensa-t-elle.

— Est-ce au sujet de ta maîtresse, Linnette Cross ? écuma-t-elle.

Philippe se tourna vers elle, interloqué.

— Oui, d'une certaine façon.

Sarah se raidit, prête à encaisser le coup auquel elle s'attendait.

— Comme tu le sais, j'ai rompu avec Linnette lorsque je t'ai rencontrée. Je ne le savais pas à l'époque, mais elle était enceinte. Elle ne m'a jamais parlé de cet enfant pendant deux ans, jusqu'à ce qu'elle me contacte l'automne dernier en me demandant de l'aider à payer les médicaments et la nourriture de son enfant. Je lui ai donné un peu d'argent à cette occasion.

L'automne dernier… c'est-à-dire au moment où Sarah avait perdu son enfant. Elle serra les paupières, les mains à plat sur la table. Philippe s'agenouilla près d'elle.

— Sarah, je ne t'en ai rien dit à l'époque parce que tu étais très perturbée par la mort de notre enfant. Je ne voulais pas remuer le couteau dans la plaie. J'ai pensé que si je t'en parlais, tu ne sortirais jamais de ta dépression.

Elle passa en revue dans sa tête les indices dont elle disposait. Philippe toujours préoccupé, l'enveloppe contenant de l'argent retrouvée dans son placard. Qu'il lui eût menti était déjà suffisamment grave, mais avoir un enfant avec sa maîtresse était inexcusable. Elle se sentait humiliée au point de peiner à respirer. Elle se leva en faisant crisser les pieds de sa chaise sur le carrelage et gagna le fond de la cuisine où Philippe s'empressa de la suivre.

Elle le repoussa brutalement.

— Pourquoi avoir demandé à Aurora de venir ce soir ? Pour éviter que je te crache à la figure ?

Philippe la regarda comme si elle avait perdu la tête.

— Reprends-toi, Sarah, déclara-t-il en lui prenant le bras. Linette est morte pendant notre séjour à Paris. Sa petite fille, Pippa, a été recueillie dans un orphelinat où je l'ai découverte samedi. J'ai décidé qu'elle viendrait vivre avec nous.

Il désigna la porte d'entrée.

— Cette femme, Mlle Carmichael, vient s'assurer que notre cadre de vie conviendra à l'enfant. J'ai invité Aurora afin qu'elle se porte garante de notre moralité.

Sarah écarquilla les yeux, perdue. Il n'avait donc pas renoué avec Linnette, mais cet enfant… leur petite fille était une épine de plus au rosier de sa trahison.

La voix de Mlle Carmichael s'éleva à l'extérieur.

— Monsieur et madame Lemieux ?

Philippe déposa un baiser sur le front de sa femme en lui glissant dans un murmure :

— Je t'en prie, Sarah.

Puis, sans attendre sa réponse, il alla ouvrir la porte.

— Entrez, accueillit-il la visiteuse sur un ton cordial. Je vous propose de visiter la maison.

Sarah resta plantée dans la cuisine, comme pétrifiée, jusqu'à l'arrivée d'Aurora quelques minutes plus tard. Elle s'empressa de se réfugier dans les toilettes, incapable d'affronter son amie. Elle aurait éclaté en sanglots. Autant que Philippe lui explique comment il avait l'intention d'imposer une bâtarde à sa femme. Comment pouvait-il en paraître si réjoui ?

*

Philippe, Aurora et Mlle Carmichael prirent place autour de la table de la salle à manger pendant que Sarah donnait à manger à Luc dans la cuisine. Elle n'avait pas l'intention de s'asseoir en face de son mari comme si de rien n'était en feignant d'accepter l'inacceptable.

Philippe se montra particulièrement charmant tandis qu'Aurora jouait le rôle de l'amie fidèle. C'est à peine si Sarah avala quelques bouchées, circulant de la cuisine à la salle à manger comme si elle marchait sur des charbons ardents en assurant le service sans prendre part à la conversation.

Mlle Carmichael trouva pourtant le moyen de la coincer dans un coin avant de repartir.

— Madame Lemieux, accepteriez-vous de m'accorder quelques instants ?

Sarah l'entraîna sur la véranda.

— À en croire ce que me dit M. Lemieux, cette nouvelle vous déstabilise. Pippa, qui aura trois ans au mois de décembre, a besoin qu'on s'occupe d'elle plus qu'un enfant ordinaire, ainsi que vous l'aura certainement expliqué votre mari. Avant de donner mon accord à sa sortie de l'orphelinat, j'ai besoin de m'assurer que vous acceptez de vous occuper d'elle du mieux que vous le pourrez, comme s'il s'agissait de votre propre fille.

À ceci près que Pippa n'était pas la fille de Sarah.

Cette dernière revit soudain le visage de son bébé et elle chercha des yeux le bosquet sous lequel brillait au soleil de cette fin de journée le cercle de pierres blanches matérialisant la tombe.

Elle ravala sa bile.

— Je vais en discuter avec mon mari.

— Je compte sur vous pour me tenir informée, madame Lemieux.

Sarah regagna l'intérieur de la maison, prit Luc par la main et monta à l'étage sans un regard pour Philippe et Aurora. Tandis que Philippe raccompagnait Mlle Carmichael à son hôtel, Sarah lut au petit garçon son livre préféré avant de le border dans son lit. Elle avait l'impression d'être pendue à un croc de boucher. Comment Philippe avait-il pu ?

Pourquoi cette enfant ne pouvait-elle pas rester à l'orphelinat ? Ils veilleraient à subvenir à ses besoins, ce n'était pas si terrible. Ils avaient déjà les vignes à gérer, sans parler du reste de la famille.

Elle enfila une chemise de nuit et se démêla les cheveux. Deux heures plus tard, elle entendit le bruit de la porte et le claquement du verrou. Philippe était rentré.

Sarah se brossa les dents et se glissa dans le lit en se tournant vers le mur. Elle feindrait de dormir pour ne pas avoir à lui parler. Philippe longea le couloir et s'assura en passant que Luc sommeillait paisiblement, comme à son habitude. Il pénétra dans la chambre, posa sa lampe sur la commode et retira sa chemise. Sarah ne put s'empêcher d'entrouvrir les paupières.

Il était mince et musclé, les bras bronzés dans la pénombre, et elle sentit monter en elle une bouffée de désir. Les dates surgirent brusquement dans sa tête : la fille de Linette était née en décembre, le mois de leur mariage. Elle se mordit la lèvre. S'il s'était montré capable de lui cacher un tel secret, que lui dissimulait-il d'autre ?

Philippe se coucha à côté d'elle. Sarah, qui espérait l'avoir dupé en feignant de dormir, fut déçue.

— Sarah ?

Elle continua de fixer le mur alors que la main de Philippe frôlait sa hanche.

— Pourquoi ne pas me dire ce qui te gêne autant ?

À l'entendre, elle aurait pu croire qu'il l'accusait de réagir avec excès. Quel culot !

— Je suis bien conscient de t'avoir mise devant le fait accompli, mais je n'ai pas eu le choix. Pippa a besoin d'une famille.

On aurait dit qu'il s'efforçait de se convaincre lui-même.

— Tu m'en veux d'avoir conçu cet enfant, ou bien de l'amener ici ?

Il lui prit l'épaule et la força à le regarder.

— Les deux, répondit-elle.

— En quoi est-ce différent de Luc, que tu élèves comme si c'était ton enfant ?

— La situation n'a aucun rapport. Cette enfant est une bâtarde, Philippe, la fille de ta putain.

À peine les mots avaient-ils franchi ses lèvres qu'elle les regretta.

Philippe se redressa sous l'insulte.

— Tu as raison. Il est normal de punir cet enfant au nom des péchés de sa mère et de son père ! C'est une réaction chrétienne normale.

— Sais-tu seulement si cet enfant est vraiment de toi ?

— Je le sais, et tu n'en douteras pas non plus quand tu la verras.

Il enfonça le clou.

— Après tout ce que nous avons vécu, après t'avoir pardonné ce qui est arrivé à mon frère, comment peux-tu te comporter de la sorte avec moi ? Il s'agit de ma *fille*, Sarah !

Elle sonda son regard implorant et sentit son cœur se durcir.

— Non.

*

Philippe, faisant fi de la position de Sarah, organisa l'arrivée de Pippa le mercredi suivant. Sarah se posa aussitôt deux questions : l'enfant se souvenait-elle de sa mère ? Linnette avait-elle aimé Pippa comme Sarah aimait Luc et la fille sans prénom enterrée sous le poirier ?

Elle sortit sur la véranda en entendant la voiture, laissant Luc dans la cuisine en train de jouer avec un camion de bois. Malgré ses réserves, Sarah veillerait à ne pas en vouloir à la petite fille. Celle-ci était plus jeune encore que Luc, et rien n'était de sa faute.

Pippa se débattit dans les bras de Philippe en approchant de la maison, sans jamais quitter Sarah des yeux. Philippe avait pris garde de prévenir Sarah au sujet du bec-de-lièvre. Sarah jugea que le visage de l'enfant, sans être normal, n'avait rien d'effrayant. Une masse de fins cheveux blonds encadrait deux joues rouges et des yeux du même bleu que ceux de Philippe. Le cœur de Sarah se serra. Leur fille aurait-elle ressemblé à cette enfant ? Pippa était toute menue et n'avait que la peau sur les os. Elle avait tout d'un papillon à qui l'on aurait coupé une aile. Sarah pouvait compter sur Rose pour la remplumer.

Comme la petite ne la quittait pas des yeux, Sarah l'accueillit par un sourire. Le visage de l'enfant s'éclaira et elle poussa un grand soupir.

Sarah fut la première étonnée lorsque Pippa, à peine posée par terre, se précipita vers elle et entoura ses jambes de ses bras en enfouissant sa tête au milieu de ses jupes. Elle caressa timidement les cheveux de la fillette, partagée entre la honte et la pitié. En relevant la tête, elle vit combien Philippe était ému. Il lui adressa un merci muet en remuant les lèvres.

Pippa ne quitta pas Sarah d'une semelle au cours des deux semaines qui suivirent. Lorsque Sarah nourrissait les chevaux, elle s'accrochait à sa jupe d'une main tout en tendant de l'autre une pomme à Lady, prise de fou rire lorsque la langue râpeuse de l'animal s'attardait sur la paume de sa main. À l'heure de cueillir les premières pommes de la saison, Pippa assista Sarah en ramassant les fruits tombés qu'elle déposait avec douceur dans le panier. Et lorsque Sarah s'isolait aux toilettes, Pippa montait la garde devant la porte en secouant la poignée tout en babillant dans une langue indéchiffrable.

Quand bien même Sarah s'évertuait à s'enfermer dans le détachement, Pippa trouvait invariablement le moyen, par un soupir ou un battement de ses grands cils, de toucher son cœur.

Pippa vivait à Eagle's Run depuis une semaine lorsque Philippe, désireux d'obtenir le pardon de sa femme, lui tendit une enveloppe.

— C'est pour toi. Tu en feras l'usage qui te plaira.

Sarah, en ouvrant l'enveloppe, y trouva près de sept cents dollars.

— C'est peu, expliqua Philippe avec un haussement d'épaules, mais c'est tout ce qui reste de la succession de mon père.

Sarah, bien que tentée, lui rendit l'argent.

— Je n'ai besoin de rien, Philippe.

— Je t'en prie. Pour apaiser ma conscience.

Elle n'osa pas lui demander si le sentiment de honte auquel il faisait allusion était lié à Pippa, ou bien aux souffrances que sa famille avait fait endurer à Sarah. Quelle que fût la vérité, l'expression troublée de Philippe la poussa à accepter.

— Je te remercie, murmura-t-elle.

Sarah, tout en se sentant triste pour Philippe, se réjouit à l'idée de pouvoir aider sa mère et Jacques. Cette somme ne suffirait pas à replanter les vignes perdues de Saint-Martin, mais c'était un début. Sarah se promit de déposer l'argent à la banque, de réunir au printemps des sarments résistants au phylloxéra, de les emballer dans de la sciure humide et de les expédier à Tours. Maman et Jacques n'auraient plus qu'à s'adresser à des spécialistes pour greffer les sarments sains sur leurs vignes. Elle leur ferait part de la bonne nouvelle dans une lettre le soir même.

19

Les nouveaux arrangements furent couronnés de succès. Après avoir tout tenté avec Pippa pendant une semaine, Sarah s'était résolue à installer la fillette dans un lit d'enfant à côté de celui de Luc. Ce dernier ne se montra pas enthousiaste à l'idée de partager sa chambre avec la nouvelle arrivante qui le suivait comme son ombre.

Ce soir-là, voulant s'assurer que tout allait bien dans la chambre des enfants avant de se mettre au lit, Sarah trouva Pippa lovée contre Luc. Les deux enfants dormaient du sommeil du juste. Le cœur de Sarah acheva de fondre à la vue de ce tableau. Elle comprit alors que Pippa était son enfant, au même titre que Luc. Comment croire qu'elle pût être, à vingt-deux ans, la mère de deux enfants adoptifs ?

Elle referma la porte de sa chambre et se mit au lit avec soulagement. Philippe la tira du sommeil quelques heures plus tard en la secouant brutalement par l'épaule.

— Sarah ! Sarah, lève-toi ! Il y a le feu !

Il enfila un pantalon à la hâte et dévala les marches de l'escalier. Quelques instants plus tard, Sarah entendit sonner la cloche à incendie conformément à un signal convenu : *dong-dong*, *dong-dong*, *dong !* Il répéta l'opération à trois reprises dans le vacarme des hennissements de chevaux, des aboiements et des cloches qui répondaient à son appel dans la vallée.

Sarah, voyant la lueur orangée de l'incendie à travers la fenêtre de sa chambre, se précipita dans celle des enfants et constata en jetant un coup d'œil à l'extérieur que des flammes s'échappaient du chai. Une ombre traversa la nuit, qui monta à l'échelle jusqu'à l'étage. À quoi pensait donc Philippe, de s'introduire ainsi dans un bâtiment en feu ?

Elle vit soudain que Pippa manquait à l'appel. Elle eut beau l'appeler, cette dernière ne lui répondit pas. Luc, tiré de son sommeil par tant d'agitation, se mit à pleurer en se frottant les yeux. Rose monta aussitôt à l'étage pour le consoler tandis que Sarah se précipitait à l'extérieur en hurlant le nom de Pippa. Elle se figea en voyant que la vigne voisine du chai était également la proie des flammes.

Philippe n'était pas monté à l'étage sans raison. Sarah se rua dans la grange, constata que les deux haches avaient disparu, s'empara du pic et de la scie, et regagna le chai en courant. De la fumée plein les poumons, elle examina les alentours, à la recherche de la fillette. Pippa aurait forcément eu la présence d'esprit de s'éloigner de l'incendie, mais où pouvait-elle bien être ?

Au même moment, elle entendit l'appel de Philippe.

— Sarah !

Le pic coincé dans la ceinture de sa robe de chambre et la scie serrée dans sa main gauche, elle grimpa tant bien que mal à l'échelle dont les flammes léchaient dangereusement les barreaux. Elle fut assaillie par une odeur âcre de raisin fermenté en franchissant la porte de l'étage et ses pieds se trouvèrent noyés dans une mer de vin. Au milieu du rugissement des flammes lui parvinrent les coups de hache de Philippe qui démolissait les cuves de fermentation l'une après l'autre, libérant des hectolitres de vin qui ruisselaient à travers le plancher et l'escalier en étouffant l'incendie. Philippe, les traits crispés par l'épuisement, s'acharnait sur les cuves, du vin jusqu'aux mollets. Sarah se précipita à sa rescousse et s'attaqua aux épaisses planches à grands coups de pic, sans grand résultat. Elle vit arriver Mac avec soulagement et tandis qu'il prenait le relais, elle repartit à la recherche de Pippa.

Elle parcourut les écuries au pas de course, fouillant des yeux chaque stalle sans y trouver l'enfant. Elle attacha les chevaux à la carriole chargée de sacs de jute et de tonneaux remplis d'eau et dirigea l'attelage vers les vignes en feu, au grand désarroi des bêtes, en veillant à ne pas écraser la fillette accidentellement au cas où elle surgirait sur son passage. Les nuages de fumée qui s'élevaient du grand chêne en feu tournoyaient dans le ciel indigo, empêchant Sarah de respirer à mesure qu'elle approchait. Les immenses flammes qui s'échappaient du chai un peu plus tôt commençaient à faiblir. Le plan imaginé par Philippe pour éteindre l'incendie, au prix de la récolte de l'année, avait fonctionné.

Sarah stoppa l'attelage au bord des vignes, à distance respectable du feu, sauta à bas de la carriole et humidifia avec l'eau des tonneaux deux sacs de jute avec lesquels elle repoussa les flammes. De loin, à la lueur du brasier, elle aperçut soudain la silhouette de Philippe à l'extérieur du chai. Des larmes de soulagement jaillirent de ses yeux, qu'elle ravala aussitôt.

Au même moment apparut sur le chemin un convoi d'attelages que leurs conducteurs poussaient à fond à grands coups de fouet. Comme la sienne, les carrioles des voisins contenaient en permanence trois tonneaux d'eau et une douzaine de sacs de jute, conformément au règlement de lutte contre les incendies dans le comté. Sarah ne fut pas peu surprise de constater que Boone Sumter avait pris la tête des secours. Son visage trahissait sa détresse davantage que l'hostilité.

Sumter prit la direction de l'opération, ordonnant que l'on plaçât une échelle contre le tronc du grand chêne afin d'éteindre les flammes par le haut. En moins de deux minutes, les nouveaux arrivants armés de sacs de jute humides luttaient contre le brasier de tous côtés.

De la fumée plein les yeux, Sarah se mit en quête de Pippa, sans succès. Le cri de Sumter s'éleva du chaos ambiant et elle le vit s'échapper d'un nuage de fumée en tenant la forme inanimée d'un enfant dans ses bras. Un hurlement s'échappa de la gorge de Sarah qui se précipita à sa rencontre, lui arracha la petite fille des bras et regagna la maison au pas de course. L'incendie était encore loin, mais il progressait à une vitesse terrifiante. Elle pria Dieu que les flammes n'atteignent pas la maison.

Elle trouva Rose dans la cuisine en train de bercer Luc qui s'était rendormi. Aurora, un manteau passé au-dessus de sa robe de chambre, se précipita à sa rescousse.

— Que dois-je faire ? demanda Sarah sur un ton déchirant.

— Portez-la dans la chambre d'amis, lui enjoignit Aurora. Installez-la sur des oreillers, fermez toutes les fenêtres et bloquez toutes les ouvertures avec des chiffons mouillés.

Sarah s'exécuta en toute hâte et retourna transmettre ces instructions à Rose, incapable de laisser l'enfant seule longtemps.

Elle constata à son retour que Pippa, les yeux ouverts, suffoquait. Un râle inquiétant s'échappait de sa poitrine.

— Là, ma chérie ! tenta-t-elle de l'apaiser en embrassant sa joue noircie par la fumée. Tu verras, tout ira bien. Calme-toi, tante Rora va te préparer une potion.

Elle souligna son propos d'un sourire tremblant.

Pippa peinait à respirer. Aurora l'obligea à s'asseoir et colla l'oreille entre ses omoplates.

— Elle a une respiration sifflante. Il nous faut de l'eau et du savon. Commencez par lui nettoyer le visage, les cheveux et les mains afin de la débarrasser de toute cette suie. Pendant ce temps, je vais lui préparer une tisane avec de la teinture d'iode.

Sarah s'empressa d'obéir, bientôt rejointe par Rose qui administra un verre d'eau à Pippa. L'enfant but si goulûment que la moitié du verre lui coula le long du menton.

Aurora revint quelques minutes plus tard et Pippa l'observa d'un œil prudent.

— Comme tu es maline, ma chérie. Tu sais ce que c'est.

L'enfant hocha la tête entre deux quintes de toux. Elle paraissait plus vaillante.

— Je t'ai concocté une tisane de pêche et de feuille de mûrier, avec une cuillère de miel pour l'adoucir, expliqua Aurora avec un sourire.

Pippa huma le breuvage à deux reprises avant de répondre par une grimace.

— Sa réaction est un bon signe, murmura Aurora à l'adresse de Sarah. La tisane devrait calmer l'inflammation des poumons et l'aider à respirer.

— Allez, Pippa, l'encouragea Sarah. Il faut boire.

— Laissez-moi tenter ma chance, s'interposa Aurora avant de s'adresser à l'enfant : L'intérieur de ta poitrine est tout noir à cause de la fumée, cette tisane va le laver pour qu'il brille. Tu ne veux pas que ton ventre brille comme un sou neuf ?

Pippa plissa les paupières et avala le contenu de la cuillère que lui tendait Aurora. Elle finit par s'endormir après avoir vidé deux tasses. Aurora lui caressa doucement la jambe.

— Allez rejoindre Philippe, je m'occupe d'elle, suggéra Aurora à Sarah.

Cette dernière ne se fit pas prier. La marmite en cuivre de la cuisine à la main, elle quitta la maison en trombe. L'air était chargé de fumée et de cendres. Elle regretta de n'avoir pas pensé à se couvrir le visage. Elle dénoua son foulard, le mouilla à la pompe et s'en couvrit le nez et la bouche, puis elle remplit la marmite et se dirigea vers le coteau à grandes enjambées.

Elle ne s'attendait pas au spectacle qu'elle découvrit une fois franchie la colline. Des dizaines d'hommes et de femmes formaient la chaîne depuis le bord de la rivière jusqu'aux premières flammes. Le feu se dirigeait vers l'ouest, au risque d'atteindre un petit bois de grands eucalyptus à cinquante mètres de là. Dieu nous vienne en aide, pensa Sarah, sachant combien ces arbres étaient sensibles aux flammes. Si jamais le feu s'en approchait, leur feuillage s'embraserait instantanément.

Il fallut plus d'une heure pour que l'incendie du chai s'éteigne et que des volutes grises succèdent aux flammes orangées qui avaient fait fondre les vitres du bâtiment. Avec l'aide de leurs voisins, Sarah et Philippe continuaient de lutter de toutes leurs forces. La jeune femme n'en revenait pas de la force avec laquelle les flammes partaient à l'assaut des troncs d'arbres, se glissant entre les vignes et les rochers. Elle humidifiait inlassablement les sacs de jute avant de les donner à ses voisins, électrisée par l'adrénaline, les yeux brûlés par la chaleur du brasier.

Quelques heures plus tard, le moral en berne, elle prit la mesure des dégâts. Le chai avait subi des dégâts irréparables. Philippe avait en outre utilisé quatre mille hectolitres de leur meilleur jus de raisin pour éteindre l'incendie à l'intérieur du bâtiment, et le vin conservé en tonneau à la cave était perdu, contaminé par la fumée. Le labeur de toute une année avait été gâché en l'espace d'une nuit. Quant aux vignes plantées de cabernet vieilles de sept ans qui brûlaient encore, elles étaient au summum de leur capacité de production, évaluée à quinze tonnes par hectare. Sarah, les bras ballants, acheva de regarder se consumer leurs meilleures vignes, celles qui leur avaient valu une médaille d'or et fournissaient le vin consacré du diocèse.

Elle rebroussait chemin lorsque tombèrent les premières gouttes de pluie. Un murmure s'éleva de la foule et Sarah leva la tête vers le ciel, ravie du contact de l'eau sur son visage couvert de suie. Elle poussa un grand soupir de soulagement. L'averse se chargerait d'éteindre le reste de l'incendie.

Quelques voix féminines s'élevèrent en chantant *Blessed Assurance*. L'hymne prit peu à peu de l'ampleur, jusqu'à ce que ce chœur improvisé acquît la puissance d'une armée d'anges. La centaine d'hommes et de femmes qui se trouvaient là poursuivirent la lutte contre le brasier deux heures durant, jusqu'à le voir s'éteindre progressivement. Tous exprimèrent au ciel leur gratitude, à une exception près.

Sarah découvrit Philippe agenouillé à même la terre, ses mains couvertes de suie sur les cuisses. Il toussait à ne plus pouvoir respirer. Elle le serra dans ses bras à l'étouffer, honteuse d'avoir pu douter de son dévouement.

— Sarah, Sarah, murmura-t-il, la poitrine secouée d'un sanglot.

*

Les premiers rayons du soleil entourèrent le levant d'un halo doré. L'incendie avait été maîtrisé, mais il fut décidé que les hommes se partageraient les hectares de vignes afin de s'assurer que les ultimes braises étaient bien éteintes. Le dernier arpent de terre visité, Sarah et Philippe serrèrent la main de tous ceux qui leur étaient venus en aide. Les mots leur manquaient à ce stade.

Sarah voulut s'assurer qu'Aurora avait fini par s'endormir avec Pippa. Elle reprenait le chemin de la maison lorsque Philippe lui saisit la main.

— As-tu été blessée ?

Elle répondit par la négative d'un mouvement de tête en refoulant ses larmes.

— Les enfants ?

Sarah tourna machinalement son regard vers l'arbre au pied duquel avait été retrouvée Pippa. Le visage de Philippe se décomposa.

— Luc va bien, Rose s'en occupe. Pippa…

Sarah, épuisée, peinait à trouver ses mots.

— Pippa était dehors. Sumter l'a trouvée sans connaissance au pied de cet arbre. Elle a avalé beaucoup de fumée et peine à respirer. Aurora se trouve avec elle.

Philippe serra les paupières.

— Que diable faisait-elle là-bas ?

— Aucune idée. Une crise de somnambulisme, peut-être. Avais-tu bien mis le verrou hier soir ?

— Je… je ne sais pas.

Philippe fut pris d'une violente quinte de toux.

— Cela n'a aucune importance, le rassura Sarah en posant la main sur sa poitrine brûlante et noircie par la cendre. Elle s'en remettra, avec l'aide de Dieu. Et toi ?

Elle lui prit le bras en voyant brusquement de mauvaises brûlures sur la main gauche de son mari. La peau, rouge et gonflée, avait disparu en plusieurs endroits.

— Oh, Philippe !

Il grimaça.

— Aurora me donnera un onguent quelconque.

Il passa son bras blessé autour des épaules de Sarah et ils prirent le chemin de la maison. Le visage de Philippe trahit son angoisse lorsqu'ils passèrent devant le chai en ruine. Comment allaient-ils pouvoir s'en sortir ?

*

Aurora arrêta Philippe d'un geste alors qu'il franchissait le seuil de la maison.

— Vous ne pouvez pas entrer avec toute cette suie. Les poumons de Pippa sont encore trop fragiles.

— Va-t-elle s'en tirer ? demanda-t-il, paniqué.

Aurora s'approcha et lui glissa dans un murmure :

— Il est encore trop tôt pour en avoir la certitude, mais elle respire déjà mieux.

Il laissa échapper un soupir de soulagement. Sarah s'interposa.

— Aurora, que faut-il mettre sur ces brûlures ? s'enquit-elle en montrant les cloques qui mutilaient la main de Philippe.

— Mon Dieu ! Sarah, allez vous laver et rentrez surveiller Pippa. Je m'occupe de Philippe.

Même avec le baume que lui avait appliqué Aurora avant de panser sa main, Philippe souffrait le martyre. Il se réveillait constamment en expectorant du mucus noir, incapable de trouver une position confortable. Avait-il pu oublier de mettre le verrou ? Pourquoi Pippa avait-elle quitté la maison ? Et si c'était elle qui avait déclenché l'incendie sans le vouloir ?

Il finit par descendre dans la cuisine en veillant à éviter les marches qui craquaient. Aurora dormait dans le fauteuil à bascule et Sarah ronflait doucement à côté de Pippa. Ses longs cils ne suffisaient pas à cacher les poches sombres qui lui cerclaient les yeux. Philippe lui caressa avec douceur les cheveux, sa natte en bataille après cette nuit interminable.

La main de Sarah tenait le petit poignet de Pippa. L'enfant, la tête maintenue par des oreillers, avait une respiration courte. En plein sommeil, délivrée du besoin de former maladroitement ses mots avec sa lèvre abîmée, elle présentait un visage serein.

Philippe, qui n'avait jamais vraiment cru au pouvoir de la prière, marmonna un *Je vous salue, Marie* avant de se glisser hors de la maison. Il arpenta longuement les vignes en tâtant du pied la terre noircie au milieu d'une forte odeur de cendres humides et de végétation brûlée. Il ramassa un cep calciné qui s'effrita entre ses doigts.

Il avait travaillé sans relâche pour faire d'Eagle's Run le domaine le plus rentable de Napa et il était arrivé à un doigt de la réussite. Il avait péché par orgueil, trop sûr de sa chance. Ses espoirs s'étaient brisés en l'espace d'une nuit, et sa petite fille luttait péniblement pour sa survie. Comment un tel drame avait-il pu se produire ? Aucune chandelle ne brûlait sur la propriété lorsqu'il s'était couché, il n'y avait pas eu d'orage non plus. Perdre sa récolte et quatre hectares de vignes relevait déjà de la punition, mais voir sa fille se battre pour la moindre bouffée d'air l'avait achevé.

Il se dirigea vers le chai qui avait fait sa fierté. Le feu avait consumé le plancher du rez-de-chaussée dont les murs restaient intacts. À l'inverse, les flammes avaient entièrement détruit le premier étage, entraînant le second dans sa chute, avec des milliers de dollars de machines, de cuves et de tonneaux de chêne. Le vin enfermé à la cave dans des fûts était devenu impropre à la consommation, le verre des bouteilles vides formait des flaques congelées sur le sol.

Philippe contempla le spectacle désolant des cuves de fermentation. Toute sa récolte 1900 avait été détruite. Ironie du sort, le prix du vin venait de remonter à cinq cents le litre et il venait de renégocier à la hausse son contrat avec l'archevêché. Loin de profiter de la hausse des cours, Philippe avait perdu quinze mille dollars de bénéfice en l'espace de vingt-quatre heures.

Apercevant la hache à ses pieds, il la ramassa de sa main valide et s'acharna avec désespoir sur les débris des tonneaux en jurant comme un possédé. Sa rage passée, il se laissa tomber sur un seau renversé. Il avait déjà reçu commande de mille deux cents hectolitres de son cabernet 1900 : un peu moins de la moitié pour alimenter l'archidiocèse, le reste acheté par divers négociants locaux et de la côte Est. Comment pourrait-il répondre à la demande à présent ?

Le soleil projetait des ombres macabres sur les ruines, et son attention fut attirée par un éclat argenté. En s'approchant, il découvrit un canif Barlow comme on en trouvait par centaines dans la région. Mac l'aurait perdu cette nuit. Philippe le ramassa et lut les mots *B. SUMTER* gravés sur le manche.

Son premier réflexe fut de rendre le couteau à son propriétaire en le remerciant d'avoir sauvé Pippa. En dépit de sa détresse et de sa fatigue, il eut toutefois le sentiment que cette histoire ne collait pas. Comment le canif de Sumter aurait-il pu se retrouver dans le chai alors que seuls Mac, Sarah et lui-même y avaient pénétré pour combattre l'incendie ?

20

Pippa retrouva rapidement des couleurs à mesure que se décongestionnait sa poitrine. Le père Price se déplaça en personne le dimanche suivant afin de dire la messe pour la famille Lemieux et leurs voisins, enjoignant à Dieu de les préserver de telles épreuves à l'avenir. Il en profita pour baptiser Pippa, allant jusqu'à dessiner une croix au niveau de ce bec-de-lièvre qui effrayait tant les gens. Sarah se montra surprise de tant de compassion.

L'incendie s'était déclaré dans la nuit du lundi au mardi et le garde-manger des Lemieux ne désemplissait pas depuis, rempli des pains, fromages et autres rôtis apportés par les voisins. Sarah et Philippe avaient tant de provisions qu'ils invitèrent l'ensemble des fidèles à partager un pique-nique après la messe. Tout le monde se regroupa autour de la vieille carriole sur le plateau de laquelle avaient été disposés tourtes, viandes et fruits. Sarah s'approchait d'un groupe de femmes attablées avec l'intention de les remercier lorsqu'elle entendit l'une d'elles chuchoter :

— Cette enfant est la fille du diable, croyez-moi.

— Qu'il a eue avec une catin, renchérit une autre.

— C'est elle qui aura allumé l'incendie en jetant un sort, ajouta d'un air narquois une vieille toute ratatinée.

Aucune d'elles ne semblait se soucier de la présence à quelques mètres de Sarah. Celle-ci se mordit la lèvre et s'isola précipitamment derrière la maison contre laquelle elle s'adossa, tremblante de rage.

Peut-être était-ce de sa faute, après tout. Très occupée par la propriété et les enfants, elle n'avait pas pris le temps de participer aux réunions de suffragettes dans lesquelles se retrouvaient les femmes de Napa. On la trouvait probablement distante.

Elle regagnait le pique-nique en espérant que personne ne remarquerait ses paupières gonflées lorsque Philippe la rejoignit.

— Que se passe-t-il ? s'inquiéta-t-il en la prenant doucement par le coude.

— Rien de grave, tout va bien. Quelques mégères qui cancanent au sujet de Pippa qu'elles accusent d'être responsable de l'incendie.

— Quelles mégères ? gronda-t-il, furieux.

Elle poussa un soupir de découragement.

— Cela n'a aucune importance, Philippe. Toutes le pensent.

Il eut du mal à contenir sa colère.

— Elles ne gardent pas leur langue dans leur poche, c'est certain, réagit-il à mi-voix. Le père Price m'a pris à part tout à l'heure. L'archevêché met un terme au contrat qui nous lie au prétexte que l'archevêque a « des affres au sujet de cet enfant illégitime ». Que fait-on de tous les prêtres qui font des enfants à leurs paroissiennes ? Quelle hypocrisie !

Sarah n'arrivait pas à croire que le père O'Brien eût pu les trahir de la sorte.

— Es-tu certain de ce que tu avances ? Le père O'Brien ne t'aurait pas écrit ou rendu visite pour t'avertir ?

— Il est probablement aussi fourbe que les autres, répliqua Philippe d'un air dégoûté.

*

Sarah confia Luc et Pippa à la garde de Rose pour la journée. Philippe avait quitté le domaine tôt ce matin-là en emportant avec la carriole plusieurs caisses et tonneaux de leur zinfandel 1899 afin de les expédier à des négociants dans l'Est. Sarah, sachant qu'il en avait pour la journée, avait décidé de se rendre à son insu à San Francisco en compagnie d'Aurora.

Les deux femmes descendirent de l'omnibus au niveau des bureaux de l'archevêché, sur Franklin Street. Sarah hésita un instant à rebrousser chemin en découvrant la façade imposante du bâtiment avant de se reprendre. Plusieurs milliers de dollars étaient en jeu, elle ne pouvait se résoudre à rester sans réaction face à tant d'injustice.

Imitant l'exemple d'Aurora, elle déposa sur le perron la caisse qu'elle portait et abattit son poing sur l'huis. Un prêtre d'un certain âge lui ouvrit aussitôt. Il eut une moue agacée en découvrant les visiteuses sur le seuil.

— Bonjour, mon père. Je suis madame Philippe Lemieux et je vous présente Mme Aurora Thierry. Nous aimerions nous entretenir brièvement avec le père O'Brien, s'il est là.

— Que lui voulez-vous ? Les femmes ne sont pas admises à l'archevêché, ajouta-t-il.

Sarah, décidée à dissimuler sa fureur derrière un sourire, incita Aurora à agir de même d'un coup d'œil.

— J'en suis bien consciente, mon père, mais nous souhaiterions voir le père O'Brien pour des raisons d'ordre privé. Mon mari et moi le connaissons bien.

— Il est très occupé, insista le prêtre en lui adressant un regard glacial, dans l'espoir de la voir disparaître.

— Il s'agit de régler un problème urgent au sujet de la pureté du vin consacré que nous fournissons à l'archidiocèse, mentit-elle.

— Veuillez patienter quelques instants.

Quelques minutes plus tard apparaissait le père O'Brien en personne.

— Madame Lemieux ! Quel plaisir de vous revoir !

Il sortit sur le perron et se présenta à Aurora.

— Que me vaut l'honneur de cette visite ?

Sarah s'étonna intérieurement qu'il n'eût pas deviné.

— Le père Price, le curé de notre paroisse, nous a annoncé que l'archevêché mettait un terme à notre contrat pour des motifs liés au comportement passé de mon mari. Il a fait allusion à son infidélité et à son immoralité.

— Seigneur Dieu ! Je l'ignorais totalement, s'exclama O'Brien en se grattant le menton. Vous a-t-il fourni d'autres détails ?

Sarah surmonta son déplaisir à exposer ouvertement les frasques de son mari.

— Avant notre mariage, mon mari a entretenu une liaison avec une femme qui lui a donné une petite fille. Ni lui ni moi n'étions au courant de l'existence de cette enfant jusqu'à ce qu'elle soit placée après le décès de sa mère.

— Il s'agit donc d'une enfant illégitime.

Sarah acquiesça, la gorge sèche. Il avait eu la décence de ne pas user du mot « bâtarde ».

— C'est une faute grave, à n'en pas douter. J'imagine que le fait aura été rapporté à l'archevêque, mais je m'étonne de ne pas être au courant dans la mesure où c'est moi qui ai la charge de ce contrat.

— Dites-lui, Sarah, déclara Aurora.

— Mon mari n'est pas au courant de ma démarche. Il y a trois semaines, un incendie a détruit quatre hectares de nos vignes, expliqua-t-elle, sans préciser que le vin consacré de la récolte 1900 était parti en fumée. Perdre ce contrat mettrait en péril notre domaine.

— Mon Dieu, c'est terrible.

— Nous voulions uniquement bien agir.

— De quelle façon ? insista le prêtre.

— En offrant un foyer à une orpheline handicapée de deux ans.

O'Brien se gratta la tête en se balançant sur la pointe des pieds.

— En quoi puis-je vous aider ?

— Mon père, si je suis capable d'élever comme ma propre fille une enfant dont l'existence me rappelle quotidiennement l'inconduite passée de mon mari, il me semble que l'archevêché pourrait fermer les yeux. Au nom de la foi chrétienne, ne serait-il pas injuste de nous punir alors que notre but est de réparer une faute ?

— « Que celui qui n'a jamais péché jette la première pierre », cita Aurora dont les citations bibliques n'étaient pas toujours prononcées au moment le mieux choisi.

Le père O'Brien, loin de s'en offusquer, posa sur ses visiteuses un regard compréhensif.

— Attendez-moi, leur recommanda-t-il.

Aurora fit les cent pas dans la rue pendant que Sarah, assise sur la plus haute marche du perron, trompait son impatience en tapant du pied. Lorsque le père O'Brien réapparut vingt minutes plus tard, aucune expression sur son visage ne trahissait le résultat de son intervention.

— Le contrat passé avec Eagle's Run a effectivement été annulé, mais sans que j'en sois averti, déclara-t-il avec solennité. En plus de l'enfant de votre mari, une autre plainte a été déposée contre vous, dont la nature me semble pour le moins étrange.

Le cœur de Sarah fit un bond dans sa poitrine.

— Une plainte de quelle nature ? s'enquit-elle en adressant un coup d'œil gêné à Aurora.

Le prêtre se racla la gorge.

— On vous accuse d'avoir tué le frère de votre mari. La lettre adressée à l'archevêché nous reproche d'autoriser une meurtrière à entrer en contact avec notre vin consacré.

Sarah comprit brusquement. Boone Sumter avait entendu les accusations portées à son encontre par Gilles Bellamy lors de leur séjour à Paris. Sarah sentit monter en elle une bouffée de colère. Elle aurait explosé si Aurora ne l'avait pas retenue.

— Mon père, mon amie a été agressée un soir par le frère de son mari qui a voulu la violer. Elle l'a tué accidentellement en voulant se défendre. Son mari était au courant de cet épisode lorsqu'il l'a épousée.

O'Brien, ébahi, faillit tomber à la renverse. Sarah serra la main d'Aurora dans la sienne en guise de remerciement. Il n'était pas sûr qu'elle aurait trouvé la force de se justifier.

– Mon père, précisa-t-elle d'un air contrit, sachez que je me suis confessée de ce crime et que l'on m'a accordé l'absolution.

Elle posa un regard inquiet sur son interlocuteur, incapable de savoir ce qu'il pensait.

– Mon père ? insista-t-elle d'une petite voix.

Il la rassura d'un geste de la main.

– Chère madame, si les faits sont avérés, vous n'avez commis aucun péché, auquel cas je ne vois aucune raison de ne pas renouveler notre accord.

Voyant que la bouche de Sarah tremblait, il s'empressa d'ajouter :

– Vous avez beaucoup souffert au cours de votre brève existence. J'entends considérer l'échange que nous venons d'avoir comme une confession. Je ne soufflerai mot à personne de ce que vous m'avez révélé.

– Et si Philippe apprenait que je suis venue vous trouver ?

– À *personne*, répéta-t-il avec un sourire.

Aurora joignit les mains dans un geste de gratitude.

– Je vous remercie, mon père. Vous êtes un vrai chrétien, balbutia Sarah, émue.

Elle désigna la petite caisse qu'elle avait apportée.

– Pour preuve de ma reconnaissance, vous trouverez ici quelques flacons de mon condiment.

– Vous cherchez donc à me soudoyer ? plaisanta le prêtre.

Sarah manifesta son soulagement par un soupir.

— Il est heureux que nous n'en soyons pas arrivés là.

*

Le samedi suivant, Pippa, assise sur son ballon devant la maison, regardait son père montrer à Luc comment jouer aux billes. Philippe alla précipitamment lui chercher un verre d'eau à la pompe en l'entendant s'étouffer dans sa toux. Il porta la timbale à ses lèvres en épongeant à l'aide de son mouchoir les gouttes qui lui roulaient le long du menton. Avant de retourner jouer avec Luc, il lui glissa une bille dans le creux de la main. Elle lui répondit par l'un de ses sourires tordus, les yeux brillants d'excitation.

Chaque fois qu'il perdait une bille, Philippe louchait en tirant la langue, pour la plus grande joie des deux enfants qui gloussaient de plaisir. Luc finit par se lasser des billes et Philippe le serra contre lui tout en prenant Pippa sur ses genoux. Il fit semblant d'écraser un moustique sur sa cuisse.

— Vous ai-je déjà raconté l'histoire du petit garçon et des moustiques ?

— Non ! répondirent en chœur les deux petits.

— Il était une fois un jeune garçon nommé Forrester qui se croyait très malin. Avec son père, ils n'avaient pas leur pareil pour se débarrasser des moustiques. En particulier, ils avaient étalé une mince couche d'huile à la surface de leur étang afin que les mamans moustiques ne puissent plus y pondre leurs œufs. Une année, une armée de moustiques envahit le pays, piquant tout le monde. Il ne s'agissait pas de moustiques ordinaires, précisa Philippe en montrant son poing serré, mais d'insectes gros comme la main de Forrester. Lorsqu'il vit un gros nuage noir de moustiques fondre sur lui, il s'enferma dans la grange et s'empara du marteau de son père avant de se cacher et d'attendre, l'oreille tendue.

« Le bourdonnement des insectes se rapprocha, mais il se rassura en se disant qu'il avait été plus malin qu'eux. Les moustiques s'attaquèrent à la porte, mais Forrester, son marteau à la main, les écrasa un par un à mesure qu'ils traversaient le bois avec leur dard.

Philippe leva un index sentencieux.

— Il n'avait pas imaginé que les moustiques puissent être plus malins que lui. Privés de dard, ils battirent des ailes si fort que la porte de la grange s'envola, et Forrester fut obligé de prendre des bains chauds et de se frotter à l'alcool pendant des semaines pour guérir ses démangeaisons.

Luc en restait bouche bée.

— C'est vraiment arrivé, papa ?

— À ton avis ? répondit-il en lui donnant un léger coup de coude dans les côtes.

— Naaan ! C'est pas possible ! s'écria Luc en riant, imité par Pippa.

À ce moment survint Boone Sumter, qui apportait dans sa carriole des provisions fournies par le voisinage, en compagnie de Jess, son échalas de fils de quinze ans.

Philippe, touché et surpris de cette attention, accueillit chaleureusement Sumter et Jess. Le premier leva son chapeau en guise de salut pendant que le second déposait les provisions près de la porte de la cuisine avant de regagner la carriole sans un mot, ni même un regard pour les enfants qui jouaient à la balle. Peut-être l'adolescent avait-il eu vent des ragots colportés au sujet de Pippa. Philippe soupira, conscient que la plupart des enfants n'accepteraient jamais sa fille, mettant en péril son avenir.

Sumter allait remonter dans la carriole lorsque Luc envoya par mégarde la balle dans ses pieds. Pippa se précipitait pour la ramasser lorsqu'elle se pétrifia en arrivant près de la carriole. Sans se soucier de sa balle, elle fit demi-tour et courut se réfugier dans les bras de Philippe avec des yeux terrorisés.

— Que se passe-t-il, Pippa ? lui demanda son père en s'agenouillant près d'elle.

Elle fondit en larmes en se frottant les yeux.

— Ye garçon ! murmura-t-elle.

— Comment ?

— Ye garçon ! répéta-t-elle en lançant un regard à Jess.

L'adolescent, livide, tendit vers elle un index tremblant.

— Ne m'approche pas, espèce de sorcière !

Sumter le gifla violemment et lui demanda de s'excuser.

— Attendez, l'arrêta Philippe, incrédule.

Pippa aurait-elle raison ? Avait-il bien compris ce qu'elle voulait lui dire ? Il serra entre ses doigts le canif Barlow qu'il avait conservé dans sa poche.

— Tu as vu ce garçon mettre le feu au chai ?

Pippa, toute tremblante, hocha la tête en s'agrippant à la jambe de Philippe.

— Vous n'allez tout de même pas accuser mon fils alors que c'est moi qui ai trouvé la petite cette nuit-là ? Qui nous dit que ce n'est pas elle qui a fait ça ? objecta Sumter.

Philippe sortit le canif de sa poche et le brandit devant son propriétaire qui se tourna vers son fils. Jess craqua sous le regard accusateur de son père.

— Je voulais blesser personne, p'pa !

Sumter se replia sur lui-même, sous le choc. Jamais il n'avait soupçonné que son fils pût commettre un crime pareil.

— Quelle mouche t'a piqué ? hurla-t-il.

— Ils nous ont volé le contrat de l'évêché !

Un curieux mélange de tristesse et de rage s'afficha sur le visage de Sumter.

— C'est toi qui as mis le feu à leur chai ? Tu aurais pu réduire en cendres la moitié du comté !

Philippe s'adressa à Luc en lisant l'inquiétude sur le visage du petit garçon.

— Va retrouver maman avec ta sœur et restez dans la maison. D'accord ?

La lèvre inférieure de Luc se mit à trembler, mais l'enfant obéit à son père.

Philippe attendit que les deux petits se fussent éloignés pour s'approcher de Jess. Ce morveux avait eu le culot de mettre le feu à son domaine, de réduire en cendres un bâtiment de cinq mille dollars, d'anéantir les revenus d'une année entière et de mettre sa famille en danger ? Sumter ne leva pas le petit doigt pour venir en aide à son fils.

— Les incendies criminels sont passibles de prison, menaça Philippe d'une voix acide.

— Oui, monsieur, répondit Jess d'un air piteux, s'attendant à tout instant à ce que son interlocuteur le frappât.

— Tu sais à quoi ressemble la prison du comté ? Elle est bondée et Behr, le gardien, met ensemble les assassins, les voleurs et les incendiaires. Tu passeras le reste de tes jours dans une cellule minuscule, ou alors à creuser des tranchées, des fers aux chevilles.

Sumter triturait son chapeau entre ses doigts d'un air lugubre.

— Ayez pitié de lui, Lemieux, implora-t-il. Nous avons perdu la moitié de nos vignes à cause du phylloxéra, le gamin m'aura entendu pester auprès de sa mère, lui dire que ça irait mieux pour nous si on avait l'archevêché comme client. Jess a été trop loin.

Philippe recula d'un pas en se passant la main dans les cheveux. Il se retourna en entendant un cri aigu derrière lui. Sa femme, les yeux lançant des éclairs, se précipita à leur rencontre. Elle se jeta sur l'adolescent qu'elle colla contre le flanc du chariot. Jess s'écroula à ses pieds. Avant que Philippe eût pu prendre la mesure de la situation, Sarah envoya sa main à la figure de Boone Sumter. Philippe s'interposa en la prenant à bras-le-corps, mais elle se débattait comme une diablesse.

— Espèce de salaud ! aboya-t-elle à l'intention de Sumter. Votre fils a bien failli tuer ma fille en voulant détruire nos vignes, et vous en profitez pour m'accuser auprès de l'archevêché d'être une meurtrière sans même connaître la vérité !

Elle tenta de se dégager, mais Philippe l'emprisonnait entre ses bras. Sans comprendre à quoi elle faisait référence, il partageait sa colère. Il aurait agi de la même façon s'il n'avait pas ressenti un soupçon de bienveillance à l'égard de Jess.

Sumter se frotta la joue, éberlué, tandis que son fils restait prostré à terre en se protégeant le visage du bras. Philippe l'aurait volontiers écrabouillé pour ce qu'il avait fait à sa fille, avant de se souvenir de l'adolescent colérique qu'il était au même âge. Il avait besoin de réfléchir car le sort de Jess Sumter n'était pas le principal problème auquel il se trouvait confronté. Il allait devoir réparer les dégâts provoqués par le jeune garçon.

Il serra Sarah contre lui en la voyant éclater en sanglots.

— Allons, allons, mon amour. Tu es épuisée. Laisse-moi te ramener à la maison.

Elle s'appuya sur lui et il la raccompagna jusqu'à la cuisine. Elle retrouva toute sa fougue au moment d'en franchir le seuil.

— Ne me déçois pas, Philippe. Je compte sur toi pour leur réserver le sort qu'ils méritent.

Il prit le visage de Sarah entre ses deux mains et essuya ses larmes avec les pouces.

— Me fais-tu confiance ? lui demanda-t-il d'une voix douce.

Elle hocha la tête, toujours tremblante de rage.

— Je ferai au mieux tout en punissant Jess Sumter, mais tu vas devoir me laisser agir.

Sarah soutint son regard le temps d'une éternité sans un mot. Il comprit qu'elle hésitait. Décidé à obtenir gain de cause, il posa un baiser sur ses cheveux qui sentaient le savon et le soleil, puis il retourna auprès de Sumter et de son fils.

— J'ai décidé de ne pas porter plainte, leur annonça-t-il d'une voix posée.

Il se tourna vers Jess.

— Te mettre en prison ne servirait à rien ni personne, à commencer par moi. Voici comment nous allons procéder. Tous les jours en sortant de l'école, tu te présenteras ici et tu travailleras jusqu'à l'heure du dîner. C'est à toi de réparer les dégâts que tu as causés.

Il embrassa d'un geste les hectares de vignes calcinées.

— Tu m'aideras à replanter cette parcelle, poursuivit-il en dévisageant alternativement le fils et le père. Ton père te mettra en servitude chez moi pendant deux années, en réparation de ton forfait.

— Oui, monsieur, murmura Jess.

— Tes parents vont y perdre de l'argent, je t'ordonne donc de les aider de ton mieux à la maison quand tu ne travailleras pas pour moi.

Philippe en avait mal au crâne, même s'il savait que c'était la seule solution honorable.

— Quant à vous, Boone, je vous demande de ne pas le battre, j'ai besoin qu'il soit en forme dès demain.

Sumter lança un regard glacial à son fils tout en acquiesçant à contrecœur.

— Ce n'est pas tout, enchaîna-t-il d'une voix rauque. J'entends que tu présentes tes excuses à Pippa pour l'avoir insultée. Elle a failli mourir asphyxiée. Tu la traiteras désormais comme si c'était ta propre sœur, et tu la protégeras de ton mieux. C'est bien compris ?

Jess hocha la tête en enfonçant les mains dans les poches, les épaules secouées d'un tremblement. Philippe se réjouit de constater que l'adolescent avait un cœur.

— Tu as vu ma fille cette nuit-là ? Sais-tu comment elle est arrivée là ?

Jess releva la tête et se moucha dans sa manche.

— Non, monsieur. Je ne l'ai plus revue après… après m'être enfui.

— Comment as-tu allumé l'incendie ?

— Avec une lampe à pétrole et des chiffons. Il n'avait pas plu depuis des semaines, alors le feu a pris facilement.

— Par où as-tu commencé ?

— Par le chai, murmura-t-il.

Philippe serra le poing dans sa poche pour ne pas le frapper.

— C'était aussi bête que dangereux.

— Oui, monsieur, marmonna Jess.

— Je t'attends à 6 heures précises demain matin, décida Philippe.

Jess s'empressa de remonter sur la carriole alors que son père, étouffé par l'émotion, se contentait d'exprimer sa gratitude en soulevant son chapeau.

— Un dernier détail, Boone, ajouta Philippe. Votre gamin m'a coûté les revenus d'une année entière, sans parler de la destruction de mon chai. Le vôtre ne tourne pas à plein régime depuis quelque temps, je veux y avoir accès, me servir de votre matériel à ma guise et entreposer mon vin dans les cuves que vous n'utilisez pas tant que je n'aurai pas reconstruit mon chai. Nous sommes d'accord ?

Le visage de Sumter se ferma.

— Ça me paraît équitable.

— Je veux votre accord par écrit, insista Philippe.

— Ce sera fait, accepta Sumter avant de s'éloigner en compagnie de son fils.

Philippe regretta de ne pas l'avoir interrogé au sujet des accusations portées par Sarah, mais le mieux était encore d'interroger sa femme à ce sujet. Boone Sumter avait suffisamment de soucis comme ça.

*

Le lendemain matin, Jess se présenta à Eagle's Run avec cinq minutes d'avance. Philippe, qui buvait son café, l'observa à travers la fenêtre de la cuisine. Jess fit le tour de la pompe à eau, tête baissée, en donnant des coups de pied dans les cailloux. Philippe avala une dernière gorgée, se coiffa de son chapeau et se décida à rejoindre l'adolescent avec l'intention de lui donner la leçon qu'il méritait.

Il le fit monter dans sa carriole et prit le chemin de la ville. L'adolescent ne pipa pas mot tout au long du trajet, les bras croisés sur sa poitrine. Il n'avait plus rien du gamin apeuré de la veille, Philippe allait devoir le bousculer s'il entendait le remettre sur les rails.

— Où m'emmenez-vous ? demanda Jess, livide, en voyant que Philippe arrêtait la carriole devant la prison du comté.

Le mieux était encore de le laisser mariner dans son jus.

Il était 8 heures du matin et la prison, plongée dans la pénombre, était à moitié vide. Il y régnait une odeur nauséabonde de tabac, d'excréments, de transpiration et d'oignons. Quatre individus étaient allongés sur leur couchette au milieu d'un nuage de fumée dans une cellule minuscule. Le gardien, Behr, se leva de son bureau, surpris de voir des visiteurs à une heure aussi matinale.

— Les visites ne sont pas autorisées en dehors du dimanche après-midi, déclara-t-il sèchement.

Philippe se présenta avant de s'inquiéter de l'absence des autres détenus. Behr regarda Jess de la tête aux pieds avant de répondre.

— Pourquoi ? Vous comptez condamner votre gamin aux travaux forcés ? demanda-t-il avec un rire sifflant qui s'acheva en quinte de toux. Je plaisante. Les prisonniers travaillent sur un chantier derrière le tribunal.

Voilà qui tombait à pic. Philippe posa une dernière question avant de quitter la prison :

— De quoi sont-ils coupables ? s'enquit-il en lançant un coup d'œil en direction des quatre types enfermés dans leur cellule.

— Il y a de tout, mais surtout des meurtriers et des voleurs.

— Pas d'incendiaires ? ajouta Philippe.

À côté de lui, Jess s'était mis à trembler.

Behr se prêta au jeu.

— Des incendiaires ? Non, pas récemment. Le dernier s'est pendu avec sa ceinture en 98.

Philippe le remercia en mettant la main à son chapeau et remonta dans la carriole avec Jess. Quelques minutes plus tard, ils arrivaient en vue du tribunal derrière lequel trimaient des forçats sous la surveillance de l'adjoint de Behr. Les prisonniers avaient tout de fantômes avec leur teint blême et leurs ongles crasseux, leurs barbes graisseuses constellées de mouches et leurs regards fuyants.

— Plus vite, les filles ! les aiguillonna leur gardien, la main sur le manche de sa matraque.

Philippe lui serra la main.

— Vous ne les enchaînez pas ?

— Naaan, ça les ralentirait trop. Le juge a demandé à ce que le terrain soit déblayé avant ce soir.

Un cri interrompit leur échange. Deux des prisonniers en avaient profité pour prendre la fuite. Le gardien tira son revolver de son étui et se lança à la poursuite des fuyards. Parvenu à une vingtaine de mètres d'eux, il s'immobilisa, visa et tira, abattant le second prisonnier d'une balle dans le dos après avoir raté son compagnon. Philippe apprit par la suite que le forçat évadé avait été repris au moment où il tentait de monter dans un wagon de marchandises Southern Pacific à la gare de triage de Napa.

À la suite de cette virée en ville, Philippe n'eut jamais la moindre raison de se plaindre de Jess Sumter. L'adolescent était même plutôt travailleur. Il trayait les vaches, nourrissait les chevaux, assurait l'entretien des écuries. Il nettoya la cave à légumes en prévision de l'hiver avec Philippe et aida ce dernier à trier les gravats du chai, pierre par pierre et planche par planche.

Un jour de la fin du mois d'octobre, alors que ce travail touchait à sa fin, Jess s'essuya le visage avec sa manche et se planta devant Philippe.

— Je voulais vous remercier de m'avoir épargné, monsieur, déclara-t-il, la gorge nouée.

Philippe le dévisagea longuement. Voyant que l'adolescent était sincère, il hocha la tête.

— Il n'y a pas de quoi.

— Monsieur, hésita Jess. Pourquoi… pourquoi avoir agi de la sorte ?

Philippe dénoua le foulard qu'il portait autour du cou et épongea son front couvert de sueur.

— Disons que tu me fais penser à quelqu'un. Contrairement à lui, je ne voudrais pas que tu tournes mal.

21

Sarah s'allongea sur l'herbe fraîche à côté de Pippa et Luc qui regardaient le ciel au-dessus d'eux, bras et jambes écartés, suivant du doigt la course des nuages.

— Un chat !

— Un éléphant !

— Le chapeau de papa !

Le mois d'octobre avait filé sans tambour ni trompette, faute d'avoir du vin à mettre en bouteille. Sarah, Philippe, Jess et Mac passaient leurs journées à nettoyer les ruines du chai, à compter les tonneaux dans les deux caves en pisé, à préparer pour l'expédition des caisses de cabernet, de zinfandel et de chardonnay 1899.

Philippe était d'humeur si sombre depuis l'incendie que personne, pas même Sarah, n'osait l'interroger sur ses intentions. Loin de se laisser contaminer par la dépression de son mari, Sarah passait le plus clair de son temps dans le verger à cueillir pommes et poires avec les enfants. Elle avait décidé de s'accorder une pause ce jour-là. Elle n'aurait pu rêver meilleure entente entre les deux petits. Luc se comportait en parfait grand frère de quatre ans. Il lui arrivait de se renfrogner lorsque sa sœur le suivait comme un toutou, tout en lui apprenant à se servir de la pompe à eau, à capturer des lucioles dans des bocaux de verre, à l'alerter contre les dangers de la rivière. Il lui montrait comment débarrasser les pommes de leurs vers avant de les déposer doucement au fond du panier sans les abîmer.

Sarah s'évertuait à ne plus penser aux événements récents qui avaient causé tant de tort aux siens. Elle avait raconté à Philippe comment Sumter s'était efforcé de la dénigrer auprès de l'archevêché, ce qui ne l'empêchait pas d'accepter au quotidien la présence de Jess, à condition qu'il accomplît en silence les tâches qu'on lui confiait. L'adolescent aidait Philippe en tout, qu'il s'agît de déchaumer dans les vignes ou de livrer des bonbonnes de vin à la clientèle. Au bout d'un mois, l'amertume de Sarah s'était évaporée et elle supportait désormais la vue de Jess. Il s'était attiré les bonnes grâces de tous en montrant à Luc et Pippa comment tirer leurs billes avec le pouce, sauter à la corde, et même accrocher un ver à un hameçon. Jess évitait toutefois de croiser le regard de Sarah ou de lui parler, sinon lorsqu'elle s'adressait à lui directement. Le jour où il aurait des enfants, il finirait par comprendre pourquoi elle lui avait sauté dessus en apprenant qu'il avait mis en danger la vie de ses petits.

Pippa se releva et pourchassa Luc dans les vignes. Ses cheveux blonds lui donnaient si bien l'air d'un ange que Sarah en arrivait à oublier son bec-de-lièvre. Son manteau de laine beige faisait ressortir son teint de pêche et ses yeux d'un bleu vif. Comment leurs voisines pouvaient-elles se montrer aussi impitoyables à son égard ? Comment ces femmes qui communiaient dans la même église le dimanche pouvaient-elles la traiter de sorcière ? Auraient-elles cessé de colporter ces rumeurs absurdes si elles avaient pu la voir courir et rire comme n'importe quel autre enfant ?

Les pensées de Sarah s'envolèrent vers Philippe. Il ne l'avait pas regardée amoureusement depuis longtemps, ni suivie dans la grange en milieu de journée le temps de quelques ébats.

Peut-être avait-il besoin de temps, après tout. La mort de son père et l'incendie l'avaient bouleversé. À condition de s'y prendre adroitement et d'y consacrer tous les efforts nécessaires, il était envisageable de replanter des vignes et de relancer la production, mais cela prendrait des années.

Sarah n'était pas femme à se décourager aisément, elle avait décidé de reléguer le traumatisme de l'incendie dans un coin de sa tête, tout comme elle l'avait fait après la mort de Bastien, de son père et de Lydie, ou encore lorsqu'elle avait appris l'existence de Linnette.

Elle était le cœur de cette famille et n'entendait pas prendre ses responsabilités à la légère. Philippe et elle avaient besoin de construire un projet commun. Elle n'entendait pas se contenter de réparer les dégâts causés par la vie, à l'image de ce chai qu'ils mettraient des années à remettre sur pied, même avec le versement de l'assurance. Cette tâche, si elle était indispensable, était forcément décourageante. Sarah voulait gagner de l'argent, et vite. Ils disposeraient de revenus très limités l'année suivante, puisque la récolte 1900 était partie en fumée. Luc entrerait à l'école, il aurait besoin de livres, de crayons, de vêtements et de chaussures. Depuis longtemps, Sarah envisageait d'installer un stand à la gare de Napa Junction, où les habitants de San Francisco en route pour Aetna Springs ou Napa Soda Springs pourraient acheter du vin, de la citronnade, des fruits, et toute autre marchandise qu'elle pourrait leur proposer. Peut-être était-ce le bon moment de tenter l'aventure. Bien sûr, cela signifiait envoyer moins de boutures de vigne à Saint-Martin. À la place, elle utiliserait une partie de l'argent que lui avait donné Philippe pour monter son affaire.

Elle prit la décision ce jour-là d'ouvrir son stand de Napa Junction dès le printemps, en se faisant aider par les enfants. Elle exposerait les prix attribués à leurs vins lors des foires de la région, ainsi que la médaille d'or de l'Exposition universelle.

Pippa et Luc, qui jouaient à se poursuivre en tournant autour de Sarah, se jetèrent dans ses bras en l'envoyant rouler dans l'herbe. Elle était impatiente de se mettre à l'ouvrage !

22

Février 1901

Philippe remercia le ciel de lui avoir envoyé Mac Cuddy. Les deux hommes inspectaient de concert les quatre hectares de vigne dévastés par l'incendie cinq mois plus tôt. La terre avait été retournée en octobre et labourée le mois suivant sur une profondeur de quarante centimètres avant le passage d'un brise-mottes Deere loué en ville. Faute de pouvoir gérer le chai, Mac s'occupait dans le vignoble, fort de l'expérience acquise auprès des frères Beringer. En attendant de replanter en avril, il suggéra à Philippe l'idée d'installer des treillages, une innovation qui permettait à la vigne de grimper plus haut et de produire plus de raisin, avec un rendement à l'hectare bien supérieur.

— Qu'en pensez-vous ? dit-il en grattant sa barbe d'un jour.

— Si je comprends bien, il s'agit de planter des poteaux à la place des pieux.

— Oui, monsieur. Des poteaux de deux mètres tous les dix mètres, enfoncés de cinquante centimètres dans la terre, avec un pieu entre les poteaux pour mieux soutenir la vigne.

— Le tout parcouru de fil de fer ?

— Tout à fait. Du fil de douze suffira. On cloue le premier fil d'un poteau à l'autre à trente centimètres de hauteur, le deuxième trente centimètres plus haut, et le troisième soixante centimètres au-dessus du premier.

— Ce système est censé apporter davantage d'ombre au raisin, c'est bien ça ? s'enquit Philippe qui n'avait pas oublié sa mésaventure de l'année précédente.

— Exactement, approuva Mac avec assurance.

Il s'agenouilla et traça dans l'air un treillage imaginaire avec ses mains.

— La vigne pousse librement la première année, ce qui permet de l'attacher au treillage dès la deuxième année. Par la suite, on fixe les sarments en éventail, de part et d'autre des deux fils du bas, ce qui permet aux pampres de grimper jusqu'au troisième fil. Cette disposition autorise l'air à circuler librement entre les vignes, tandis que la végétation de la partie supérieure donne de l'ombre aux grappes inférieures.

Philippe pencha la tête de côté en signe de concentration.

— J'imagine que ce dispositif protège également le cep et les sarments contre les vents violents tout en favorisant le mûrissement du fruit ?

— Absolument, répondit Mac en se redressant, droit comme un I.

— Vous êtes certain que ça fonctionne ?

— Oui, monsieur.

— Qui d'autre préconise le treillage ?

— George Husmann a vanté la réussite de ce système qui a fait ses preuves depuis des années dans le Missouri et un peu partout ailleurs dans le Midwest.

Si Husmann, le plus grand viticulteur de la région, recommandait son adoption, Philippe était tout disposé à tenter l'expérience. En outre, ces quatre hectares représentaient une petite partie seulement de son domaine.

— Combien une telle opération va-t-elle nous coûter ?

— J'établirai un devis en tenant compte du nombre de poteaux, du fil de zinc et de la main-d'œuvre.

Où Philippe trouverait-il cet argent ? Il n'avait pas envie d'hypothéquer la propriété, ou de puiser dans l'héritage de Luc. Il ne restait plus qu'une solution : emprunter à Sarah l'argent qu'il lui avait donné.

Sa décision prise, il se tourna vers son maître de chai.

— Dans ce cas, prévoyons de labourer en mars.

— Pour planter en avril.

Philippe avait toujours adoré mettre en œuvre de nouvelles idées. Il serra l'épaule noueuse de Mac en lui adressant un regard reconnaissant.

— Alors c'est décidé. Nous plantons au mois d'avril.

*

Sarah n'en avait soufflé mot à personne. Elle était enceinte de deux mois tout au plus, mais les signes ne trompaient pas. Cette fois, pas question de prendre de risque, elle mangerait bien et dormirait suffisamment. Pas question non plus de tenter le destin en consultant son médecin. L'hiver était la saison idéale pour dissimuler son état sous d'épais vêtements, du moins le temps que Philippe s'aperçût de son embonpoint.

Que sa grossesse se déroulât normalement ou pas, s'inquiéter ne modifierait en rien le résultat final.

Le mieux était encore d'éviter d'y penser en mettant au point son nouveau projet. Il était 21 heures et la maisonnée était calme, seules crépitaient les braises dans le fourneau. Sarah serra son châle autour de ses épaules et but une gorgée de grog fumant en se brûlant le bout de la langue. Le parfum de miel et de clou de girofle qui lui caressait les narines était revigorant et le bourbon la réchauffait tout en l'aidant à se détendre. Philippe se couchait plus tôt que d'habitude les soirs d'hiver, ce qui permettait à Sarah de réfléchir en toute tranquillité le temps de quelques heures.

Sarah prenait des notes depuis un mois, consignant ses idées dans un carnet. Le mieux était d'aménager une carriole et de l'installer à Napa Junction. Elle pourrait y vendre des vins légers, en particulier le chardonnay et le zinfandel, ainsi que les dernières caisses du cabernet 1897 qui leur avait valu un prix, mais aussi de la citronnade fraîche, des sandwiches au fromage et du condiment. Elle en profiterait pour proposer aux amateurs de cure thermale en route pour Aetna Springs des pommes, des pêches, des prunes, ainsi que quelques tartes. Elle avait également pensé aux jeunes mères de famille qui prenaient le train avec un bébé. Il était facile de leur vendre du lait, des langes, des épingles de nourrice et de la compote de pomme. Elle avait dressé la liste de tous les produits dont elle avait besoin, du prix de revient et du prix de vente de chacun.

Il ne lui restait plus qu'à trouver le véhicule idéal. Les carrioles utilisées pour les vendanges étaient trop hautes. De toute façon, Philippe aurait besoin de celles dont ils disposaient pour ses livraisons à Napa City et San Francisco.

Sarah envisagea un instant de se procurer l'une de ces charrettes à bras qui sillonnaient les rues de New York en proposant aux habitantes des quartiers pauvres des fruits et des légumes deux fois par jour, parfois trois. Ces charrettes, très pratiques, étaient néanmoins trop petites pour l'usage que Sarah leur réservait.

Elle dessina sur une page blanche le véhicule idéal : une carriole équipée de roues en bois, tirée par un seul cheval, disposant de ridelles basses peintes du même rouge brique que leur pancarte à l'Exposition universelle. Elle trierait les produits par catégorie et les clients auraient toute latitude de trouver rapidement ce dont ils avaient besoin sur son étalage avant de monter dans le train.

Elle estima qu'une carriole neuve lui coûterait entre trente et soixante-quinze dollars. Qu'en penserait Philippe ? Elle ne comptait pas lui en parler, de toute façon, le sachant très occupé par la parcelle de quatre hectares qu'il devait replanter.

Satisfaite de l'avancement de ses projets, Sarah glissa le crayon à l'intérieur du carnet et rangea le tout derrière le panier à pommes de terre du garde-manger. Elle s'empara de la bassinoire qu'elle remplit de braises, vérifia que Pippa et Luc dormaient paisiblement, bassina sa moitié du lit et se glissa sous les couvertures contre Philippe. Il soupira dans son sommeil, lui prit la main et cala son bras autour de sa taille.

Depuis l'adolescence, jamais elle n'avait gagné son propre argent, pour avoir travaillé successivement avec son père ou Jacques à Saint-Martin, et maintenant avec Philippe. Le commerce ambulant qu'elle comptait ouvrir serait à elle et rien qu'à elle, de son mérite seul dépendrait son échec ou sa réussite.

Quoi qu'il advînt, Sarah avait une certitude. À présent qu'elle attendait un enfant, le moment était venu d'écrire à Marie afin de la convaincre de s'installer en Californie, ses études de sage-femme achevées. Depuis la mort de Lydie quatre ans auparavant, l'amitié d'une femme de son âge manquait à Sarah. Aurora, qu'elle aimait sincèrement, faisait davantage figure de tante que d'amie.

À son réveil le lendemain matin, elle feuilleta la pile de prospectus et de formulaires entassés sur la table. L'Institut de médecine Cooper acceptait encore des candidats pour son cours de chirurgie à l'automne suivant. Sarah s'empressa d'écrire à Marie en lui joignant le formulaire.

*

Sarah fusillait Philippe du regard, les poings sur les hanches.

— Que me demandes-tu, exactement ?

Philippe, les mains posées sur les épaules de sa femme, réitéra sa requête.

— J'ai besoin de cet argent pour acheter le matériel nécessaire et salarier des saisonniers.

Elle le repoussa.

— Tu as *besoin* de cet argent ? L'argent que tu m'as donné pour que j'en fasse « l'usage qui me plaira » ?

Il recula d'un pas.

— C'est exact, mais c'est mon héritage.

— Plus maintenant. Je te rappelle que tu me l'as donné.

— Il s'agit d'un héritage familial, et notre famille en a le plus grand besoin. Si je veux cet argent, Sarah, il me suffit de me rendre à la Caisse d'épargne du comté et de le réclamer. Le directeur ne cillerait pas.

Elle le fit taire d'un geste impérieux.

— Si tu entends m'expliquer qu'un mari est maître de l'argent de sa femme, épargne ta salive, rétorqua-t-elle. Nous ne vivons plus en France.

Elle serra les dents, furieuse, attrapa son manteau au vol et quitta la cuisine en claquant la porte. Quel culot ! Elle se dirigea d'un pas martial vers les écuries, fermement décidée à se rendre en ville afin d'acheter une belle carriole toute neuve.

Elle sellait Red lorsque Philippe surgit derrière elle. Il lui prit la main et lui mordilla les doigts avec espièglerie. Elle se dégagea, plus enragée qu'une tigresse, et lorsqu'il fit mine de l'embrasser dans le cou, elle pivota sur elle-même, à la fois excitée et outrée. Comment pouvait-il banaliser ses sentiments de la sorte ?

— Arrête, l'avertit-elle.

— Acceptes-tu de m'écouter, au moins ? Je te rembourserai.

Elle refusa de se laisser distraire par ses phrases enjôleuses et la douceur de ses lèvres. Elle le connaissait trop bien pour se laisser prendre.

— Non, répondit-elle d'une voix moins agressive, mais avec une détermination intacte.

— Sarah, je veux me servir de cet argent pour replanter. Nous en profiterons tous.

— Eagle's Run a perdu quatre hectares sur quatre-vingts, alors que Saint-Martin a perdu un *tiers* de ses vignes !

— Sarah…

— Pourquoi ne pas utiliser l'argent que t'a donné ton grand-père ?

— Parce que je l'ai utilisé pour offrir un toit à ta mère et Jacques.

Une fois de plus, il déformait la vérité.

— Pas du tout, c'est l'argent de Luc qui a servi à reconstruire la maison. La moitié de *ta* part a servi à planter le verger, et tu as conservé l'autre moitié.

Philippe lâcha la main de la jeune femme et se massa longuement l'arête du nez. Il poussa un long soupir avant de s'expliquer.

— C'est vrai, mais quand Heath & Strong ont fait faillite, il a bien fallu que je rembourse à Lamont les neuf cents dollars que je lui devais.

Sarah en resta pantoise. Il s'était montré bien trop généreux avec Lamont, au détriment de leurs économies. Le commerce est par essence une entreprise risquée, Lamont aurait dû assumer la moitié au moins de la somme perdue.

— Et le reste de nos économies ?

Philippe enfonça les mains au fond de ses poches.

— Nous l'avons dépensé. Comment crois-tu que nous avons financé notre voyage à Paris ? J'ai uniquement besoin de cet argent en attendant de recevoir le versement de l'assurance ainsi que le solde des ventes du cru 1899. Dès que j'aurai encaissé ces sommes, je serai en mesure de te rembourser.

— Quand précisément ?

— Au mois d'août.

C'était trop tard pour Sarah qui avait prévu d'envoyer des greffons à Saint-Martin dès le printemps. Elle allait également devoir acheter sa carriole, des parasols, ainsi qu'une patente si elle voulait lancer son affaire en avril. Elle caressa le garrot de Red, la joue collée contre le cou de l'animal.

— J'en ai besoin plus tôt, rétorqua-t-elle.

— Que veux-tu dire ? s'étonna-t-il d'une voix aigre. Tu sais bien qu'il est moins coûteux de replanter quatre hectares ici que trois en France. Les frais d'expédition sont exorbitants !

Sarah se rangea à son argument de mauvaise grâce.

— Je veux bien te laisser emprunter cinq cents dollars, mais j'ai besoin des deux cents dollars restants.

Elle pointa dans sa direction un index accusateur.

— Et j'exige que tu me rendes cette somme au centime près dès le mois d'août. C'est compris ?

— Bien, madame, murmura Philippe en enfouissant son visage dans les cheveux de sa femme.

Elle le repoussa.

— Je dois aller faire des courses.

— Pas question, insista-t-il en la serrant contre lui tout en écartant ses lèvres du bout de la langue.

Elle refusa de céder en dépit de la vague de chaleur familière qui montait en elle.

— Tu me dois des excuses.

Il recula tout en continuant de lui tenir les mains, son visage partagé entre le désir et le désespoir.

— Tu as raison. J'aurais dû me douter que tu avais des plans secrets.

Sarah sonda longuement son regard, à l'affût du moindre signe de paternalisme de sa part.

— Tu ne veux vraiment pas me pardonner ? lui demanda-t-il dans un souffle en lui chatouillant du nez le lobe de l'oreille.

Sarah sentit ses genoux ployer sous elle, et lorsque les mains de Philippe trouvèrent le chemin de ses cuisses, elle ne put résister plus longtemps. Elle l'embrassa avec une fougue qui tenait autant de l'envie que de la rage. Les caresses de son mari, l'amour qu'ils se portaient l'un à l'autre lui manquaient.

— Où sont les enfants ? s'inquiéta-t-il en déboutonnant le col de Sarah.

— Euh… ils sont allés chercher des œufs au couvoir.

— Avec Rose ?

— Oui. Et Jess.

— Alors nous sommes seuls ? lui souffla-t-il à l'oreille.

Sarah lui sourit en retour.

— Pas complètement.

— Red et Mady ne comptent pas, pouffa-t-il.

Elle posa les mains sur son ventre.

— Je ne faisais pas allusion aux chevaux.

Il se tétanisa.

— Tu es enceinte ? C'est vrai ?

— De trois mois, à peu près.

Il la souleva avec enthousiasme et lui planta un baiser sur la bouche.

— Un bébé ! Exactement ce dont nous avions besoin !

Sarah ne l'avait pas vu aussi joyeux depuis une éternité.

Philippe referma la porte de la stalle afin d'enfermer Red.

— Tout ça ne me dit pas quel projet tu nous prépares, reprit-il. Il n'est pas question que tu en fasses trop, à présent que tu es enceinte.

Il dégagea les pans de sa chemise et chercha des lèvres le poignet de Sarah qui eut toutes les peines du monde à ne pas chavirer.

— C'est un secret, répliqua-t-elle d'un air narquois en posant l'extrémité de ses doigts sur la poitrine couverte de poils de son mari.

Il faisait frais dans les écuries, mais des particules de poussière dansaient dans les rayons de soleil qui filtraient entre les planches de la porte. Jess avait nettoyé les stalles le matin même, il régnait autour du couple une odeur d'herbe sèche, de cuir et de cheval.

— Tu es un véritable sphinx, ma chérie, plaisanta Philippe en attirant sa femme vers des balles de foin entreposées dans un coin.

Sa bouche caressa longuement le corps de Sarah.

Tous deux rassasiés après avoir fait l'amour, ils se relevèrent et Sarah remit de l'ordre dans sa tenue. Elle ne savait pas à qui elle en voulait le plus : à lui, ou bien à elle-même de se montrer si faible. Philippe l'avait embobinée une fois de plus, il n'était pas question qu'elle cédât aussi facilement une prochaine fois.

*

Sarah, au comble de la joie, avait toutes les peines du monde à maintenir la carriole en droite ligne sur la route. Lady tourna à gauche et Sarah se mordilla la lèvre d'excitation en approchant d'Eagle's Run.

Philippe ne pourrait que rendre les armes en voyant une telle merveille. Un Rushford 1901 conçu pour être tiré par un seul cheval, tout droit sorti de chez Hooker & Co. à San Francisco. *Vins Lemieux*, précisaient les lettres peintes en jaune vif sur le rouge du véhicule. Avec ses roues du même jaune, la carriole avait aussi fière allure que le carrosse de la reine Victoria.

Philippe, Luc, Pippa et Rose, attirés par le bruit, accueillirent Sarah à son arrivée. Elle serra le frein en guettant la réaction de son mari. Celui-ci se contenta d'ouvrir de grands yeux en secouant la tête tandis que Pippa et Luc se hissaient tant bien que mal sur le siège à côté de leur mère.

— C'est pour nous que tu l'as acheté ? demanda Luc, émerveillé. On va le garder ?

— C'est pour le nouveau métier de maman, lui expliqua Sarah.

— C'est ma'ifique, balbutia Pippa de façon adorable en sautant sur le siège.

Philippe caressa le bois du plat de la main, secoua l'essieu et recula de quelques pas afin d'admirer le rouge vif du chariot.

— Vins Lemieux ?

Sarah eut du mal à cacher sa déception.

— Il ne te plaît pas ?

— On le voit de loin, en tout cas. Où diable comptes-tu aller avec cette carriole ?

Sarah se redressa sur le siège.

— J'ai décidé de l'installer devant la gare de Napa Junction tous les vendredis et samedis de 10 à 17 heures dès ce printemps. J'ai l'intention de vendre aux voyageurs les crus d'Eagle's Run *et* de Saint-Martin, déclara-t-elle fièrement.

Philippe avait du mal à en croire ses yeux.

— Inouï, bredouilla-t-il enfin. C'est *toi* qui as tout manigancé ?

— Aurora m'a aidée à choisir le chariot le mieux adapté. Je l'ai acheté avec l'argent que tu m'as donné.

— Tu aurais pu m'en parler.

La gorge de Sarah se noua.

— Je… je voulais t'en réserver la surprise.

Philippe fit le tour du véhicule d'un air sombre.

— Eh bien tu peux te vanter de m'avoir surpris au-delà de tes espérances, madame Lemieux, marmonna-t-il avant de regagner l'intérieur de la maison, laissant Sarah toute déconfite.

Pippa, avec l'insouciance propre à son âge, jouait avec les rênes, mais Luc se blottit contre sa mère.

— Je trouve que c'est le plus beau chariot du monde, maman, murmura-t-il.

Sarah lui adressa un sourire entre deux reniflements. Elle se passerait de la bénédiction de Philippe. Et il regretterait d'avoir douté d'elle.

*

À la mi-avril, Philippe se rendit dans la parcelle dévastée par l'incendie afin de contempler les rangées de cabernet plantées avec l'aide de Mac. Ils étaient au bord de la faillite, et voilà que Sarah dépensait plusieurs centaines de dollars pour financer un projet douteux en achetant cette carriole aux couleurs criardes. Cette histoire était une pure folie.

Furieux contre sa femme, il recentra le cours de ses pensées sur l'exploitation. Il venait de recevoir le chèque de l'assurance, grâce auquel il allait pouvoir reconstruire le chai. Il utiliserait les revenus qu'il toucherait au mois d'août pour financer le quotidien, quitte à en mettre un peu de côté pour acheter du matériel et des tonneaux.

Il avait bien envisagé d'emprunter plusieurs milliers de dollars à la banque, mais la viticulture était considérée comme un secteur risqué depuis l'arrivée du phylloxéra et les banquiers proposaient des taux usuraires aux viticulteurs. Tout bien pesé, Philippe préférait économiser sou à sou en attendant de pouvoir racheter le nécessaire.

Heureusement, le domaine de Saint-Martin tournait à plein régime. Dès le mois de novembre, Jacques avait signalé à Philippe que la récolte n'avait jamais été meilleure, sept cent cinquante hectolitres d'excellent vin vieillissaient actuellement dans les cuves du domaine. Philippe s'était empressé d'écrire aux négociants de Chicago, Boston, Saint Louis et Los Angeles avec lesquels il travaillait en leur demandant, au regard de la situation d'Eagle's Run, s'ils accepteraient de commander du chenin blanc 1900 produit à Saint-Martin en lieu et place du chardonnay d'Eagle's Run.

En attendant leur réponse, il avait passé un accord avec le père O'Brien. Il proposait, en accord avec ses voisins, de fournir à l'archidiocèse cent quarante-quatre mille bouteilles de vin consacré au prix de trois cents et demi le litre. Les viticulteurs voisins recevraient quatre-vingts pour cent de la somme totale, ce qui lui en laisserait vingt. Les soixante-douze dollars mensuels ainsi récoltés serviraient à payer le salaire de Mac et les gages de Rose. Restait à savoir si cela leur permettrait de rester à flot.

*

Sarah, partagée entre la crainte et l'excitation, descendit prudemment de la carriole en évitant tout mouvement brusque à cause de son ventre. Avant qu'elle eût pu dételer Lady, le chef de gare sortit du dépôt et s'approcha.

— Vos titres d'expédition, madame ? demanda-t-il.

Grand, les jambes arquées, le visage couvert d'une barbe blanche, coiffé d'une toque aux initiales de la compagnie Southern Pacific brodées en lettres dorées, il portait un gilet bleu marine et une cravate. Pour l'avoir déjà rencontré, Sarah savait qu'il s'appelait Jacobs.

— Je ne viens pas déposer un colis. Je suis venue vendre du vin et des provisions aux voyageurs en transit.

Il tira une montre de son gousset.

— Vous êtes en avance. Votre autorisation ?

Sarah la sortit de son sac en espérant qu'il la laisserait déballer sa marchandise avant l'arrivée du train de 10 heures. Il lui fallait disposer au mieux, sous des parasols, les bouteilles de vin, les pots de confiture et de condiment, ou encore les sandwiches qu'elle proposait à la clientèle.

Elle présenta au chef de gare le document pour lequel elle avait dû verser à la compagnie ferroviaire une redevance annuelle de trente dollars, la moitié de ce que lui avait coûté son chariot ! Et encore cette autorisation ne lui permettait-elle que de vendre sa marchandise les vendredis et samedis, d'avril à octobre.

— Je m'appelle Sarah Lemieux, du domaine d'Eagle's Run, se présenta-t-elle pendant qu'il examinait le permis.

— Ah ! Vous êtes la femme de Philippe Lemieux, alors ?

Le visage de Sarah s'éclaira.

— Oui, c'est moi.

— Il était encore ici la semaine passée, il expédiait des caisses de vin à Chicago. Un excellent homme d'affaires. Où est-il donc ces temps-ci ?

— Il travaille actuellement dans nos vignes. Vous avez sans doute appris que nous avions été victimes d'un incendie, il est occupé à replanter. De mon côté, je me lance dans le commerce ambulant.

Il s'approcha de la carriole et en examina le contenu.

— Vous ne vendez pas de tire-bouchon, au moins ?

— Non, monsieur. C'est interdit par la compagnie.

— C'est surtout Niebaum qui l'interdit, gloussa-t-il. Il n'a pas envie qu'un autre producteur vienne concurrencer les ventes de son Inglenook à bord des trains de la compagnie.

— Il possède donc le monopole ? s'enquit Sarah, poussée par la curiosité.

— Oui, répondit-il en portant la main à sa toque. Je vous conseille de ne pas vous installer trop près. J'ai besoin de place pour le passage des chariots à marchandises.

Sur ces mots, il disparut à l'intérieur de la petite gare.

Pas moins de huit trains faisaient halte à Napa Junction en l'espace de six heures. Sarah ne vendit que deux bouteilles de chardonnay et cinq pots de confiture, mais tous les sandwiches préparés le matin même par Rose avaient disparu. Sarah n'avait pas imaginé que ses meilleurs clients pussent être les viticulteurs de la région, heureux de trouver de quoi déjeuner après avoir chargé leurs caisses de vin dans les convois de marchandise. Ils vidèrent les vingt litres de citronnade jusqu'à la dernière goutte.

Sarah revint les semaines suivantes avec toujours plus de sandwiches et de citronnade, épuisant son stock à chaque fois. Lorsqu'elle eut l'idée de proposer une fourchette en bois avec chaque pot de condiment, les clients les achetèrent sur-le-champ avec délectation. Mais elle avait beau augmenter régulièrement son chiffre d'affaires, c'est tout juste si elle couvrait ses frais.

Un samedi matin du mois de juin, une calèche transportant deux passagères s'arrêta devant la gare. Elles déplièrent leurs ombrelles pendant que le cocher descendait leurs malles. Leur train était annoncé un quart d'heure plus tard, et comme il leur fallait patienter avec la dizaine de passagers rassemblés là, elles s'approchèrent de la carriole près de laquelle se tenait Sarah, son tablier tendu sur l'arrondi de son ventre. La jeune femme veillait toujours à se vêtir du mieux qu'elle le pouvait, son badge doré de suffragette bien visible sur son tablier immaculé. Les deux femmes, quant à elles, arboraient des robes de soie couleur pêche, agrémentées de dentelles. Des plumes blanches décoraient leurs chapeaux de paille à large bord et l'ensemble se trouvait rehaussé par des perles en guise de boucles d'oreilles et des éventails orientaux peints à la main. Sarah, qui n'avait jamais vu deux personnes aussi élégantes, en resta bouche bée. Elle crut deviner qu'il s'agissait d'une mère et de sa fille en remarquant qu'elles avaient les mêmes cheveux blond-roux et les yeux du même bleu.

Sarah songea à ces femmes de la haute société américaine entrevues l'année précédente à l'Exposition universelle. Sans doute ces deux élégantes faisaient-elles partie de l'élite, elles aussi.

— Bonjour, mesdames, les accueillit-elle. Puis-je vous tenter en vous proposant une bouteille de notre excellent chardonnay, ou peut-être notre cabernet médaillé ?

— Un cru médaillé ! s'extasia la plus âgée. Puis-je ? Tout chez elle respirait la courtoisie et les bonnes manières. Sarah s'empressa de glisser une bouteille dans la main gantée de son interlocutrice.

— Mon Dieu, Laura, s'écria-t-elle en se tournant vers sa fille. Il s'agit de l'un des vins servis à nos invités lors de ton bal des débutantes. Charles, le sommelier du Palace Hôtel, nous l'a chaudement recommandé. Regarde donc ! Ce millésime 1897 a remporté la médaille d'or à l'Exposition universelle de Paris.

— Oui, madame, réagit Sarah avec fierté. Nous avons effectué le déplacement avec mon mari, nous sommes ravis d'avoir reçu cette récompense. Nous fournissons régulièrement du vin au Palace Hôtel comme aux particuliers. Si vous habitez San Francisco, nous nous ferons un plaisir de vous livrer tous les mois.

La mère posa un index ganté sur sa bouche.

— Combien coûte une caisse de ce vin ?

— Cinq dollars les douze bouteilles, madame, répondit Sarah.

Son interlocutrice s'exprima soudain dans un français parfait.

— Vous êtes française et vous faites votre vin à l'aide de raisin californien ?

Sarah, un sourire aux lèvres, lui répondit dans sa langue maternelle.

— Oui, mon mari et moi sommes originaires du val de Loire. Notre propriété, Eagle's Run, se trouve à quelques kilomètres d'ici. Nous faisons du cabernet, un chardonnay sec délicieux, ainsi qu'un zinfandel qui convient à merveille aux viandes froides en période estivale. Nous avons également repris le domaine familial de Saint-Martin, en France. Notre chenin blanc se trouve à la carte des meilleurs restaurants de Paris, ajouta-t-elle en exagérant quelque peu.

Un train siffla dans le lointain.

— Mère, s'impatienta la jeune fille. Il nous faut rejoindre le quai.

La mère balaya le conseil d'un geste en plissant les paupières.

— Vous possédez une bien jolie carriole. Je vous félicite surtout pour votre esprit d'entreprise, dit-elle en tendant la main à Sarah après avoir retiré son gant. Je m'appelle Bridget Donnelly, et voici ma fille Laura.

— Enchantée. Je suis Sarah Lemieux, répondit cette dernière en effleurant cérémonieusement les doigts de son interlocutrice.

— Voici ma carte, madame Lemieux. Faites-nous livrer une caisse de votre cabernet tous les mois. Adressez-vous à Clifton, notre majordome, que vous trouverez en sonnant à l'entrée de service. Il s'occupera de vous régler.

Sarah découvrit avec surprise que Mme Donnelly vivait à Saint Helena.

— Une livraison jeudi prochain vous conviendrait-elle ? suggéra-t-elle en se souvenant que Philippe effectuait des livraisons au nord de Napa ce jour-là.

— Ce sera parfait, je vous remercie.

— Madame Donnelly, veuillez accepter ce chardonnay avec tous mes compliments, fit Sarah en glissant la bouteille dans un sac de jute fermé par un brin de ficelle. Si vous aimez le chardonnay français, vous adorerez le nôtre.

Bridget Donnelly glissa son éventail dans une poche de sa robe, referma son ombrelle, et prit la bouteille.

— Je serai ravie d'y goûter, madame Lemieux. Merci à vous, répondit-elle chaleureusement.

Sarah regarda s'éloigner les deux femmes, très contente de cette rencontre. Il s'agissait de ses premiers clients de la journée, et voilà qu'elle avait réussi à leur vendre une caisse de vin !

23

Été 1901

Sarah relut la lettre posée sur son ventre rond. Marie et Adeline annonçaient leur arrivée à la fin de juillet, un mois avant la date prévue pour l'accouchement. Le docteur lui avait annoncé une naissance au plus fort des vendanges. Sarah ferait comme les Chinoises, de façon métaphorique bien sûr : elle donnerait naissance à son enfant dans les champs et reprendrait aussitôt sa tâche.

Marie avait obtenu son diplôme deux ans plus tôt, et voilà qu'elle était la première femme acceptée à l'Institut Cooper. Les cours débutaient en août.

Sarah ne pouvait qu'admirer le cran de Marie : afficher son envie de devenir chirurgienne ! Quel modèle de modernité pour la petite Pippa, pour Adeline aussi qui avait déjà dix ans. Elle fourra la lettre dans une poche de son tablier, un sourire aux lèvres, et se leva péniblement de sa chaise.

Elle quitta la cuisine et se dirigea vers la grange en se tenant le ventre à deux mains. Le bébé lui donna un coup de pied. Garçon ou fille, l'enfant ne manquait pas de caractère. Sarah se sentait particulièrement en forme, elle avait une peau resplendissante, des cheveux épais, un corps musclé.

Luc était occupé à nettoyer les écuries. C'était un très beau petit garçon qui possédait les traits de Philippe, avec les yeux et les cheveux acajou de Bastien. Il avait heureusement hérité de la bienveillance et de la bonne humeur de Lydie. C'était surtout un excellent élève.

Il s'épongea le front avec sa manche de chemise avant de poursuivre sa tâche à l'aide d'une pelle et d'un râteau, le nez retroussé. Sarah, qui avait l'odorat particulièrement développé du fait de sa grossesse, le prit en pitié. Elle le savait récalcitrant au nettoyage des écuries, il préférait de loin cueillir et écraser le raisin.

— Comment te débrouilles-tu ? l'interrogea-t-elle avec sérieux.

Luc se retourna. Son visage s'éclaira et deux fossettes s'imprimèrent sur ses joues.

— N'oublie pas de bien te savonner les mains quand tu auras terminé.

— Oui, maman.

— Quand tu te seras débarbouillé, une tranche de pain d'épice tout chaud t'attend dans la cuisine. Tu trouveras le beurre dans le garde-manger.

— Oh, merci ! s'extasia Luc en mettant les bouchées doubles.

— Où est ton père ?

— Derrière la grange.

Sarah attendit que Philippe revienne de la cabane abritant le petit coin. Pour sa part, elle aurait préféré qu'il se servît des toilettes de la maison, mais il ne s'embarrassait pas de telles considérations pendant la journée, de peur de salir le sol avec ses bottes. En outre, il lui avait expliqué que les ouvriers lui auraient reproché de se donner de grands airs en utilisant d'autres toilettes qu'eux.

Il se dirigea vers la pompe à eau en souriant, se lava longuement les mains et se passa de l'eau fraîche sur le visage. Sarah lui offrit un coin de son tablier en guise d'essuie-main.

— Merci, mon amour, dit-il en posant les mains de part et d'autre du ventre de Sarah. Comment se porte ma petite citrouille aujourd'hui ?

— Ta petite citrouille est bien lourde, répondit Sarah en sortant de sa poche la lettre de Marie. Devine qui va venir vivre chez nous ?

*

Par un vendredi étouffant de juillet, un groupe de prohibitionnistes dirigé par Francine Mason s'approcha de la carriole de Sarah. Cette dernière avait trouvé détestable cette femme revêche au chignon étriqué et à la bouche pincée lorsqu'elle l'avait croisée le mois précédent à un rassemblement de suffragettes. Elle brandissait une bible d'une main et de l'autre le drapeau blanc de la Ligue féminine de tempérance. Le petit groupe, constitué d'épouses et de filles des producteurs de fruits des environs, encercla le chariot et ses membres s'agenouillèrent afin d'empêcher la clientèle d'approcher.

Sarah en était livide de rage. De quel droit l'empêchaient-elles de gagner sa vie ? D'autant qu'elle ne servait pas d'alcool, elle se contentait d'en vendre.

Elles auraient été mieux inspirées de s'en prendre aux vendeurs de fine et de bourbon.

Elle décida de ne pas se laisser impressionner.

— Relevez-vous, Francine ! ordonna-t-elle à la vieille bigote dont les doigts perclus d'arthrite serraient la hampe de son drapeau comme s'il s'agissait d'un talisman capable d'éloigner le diable.

Les yeux durs de la femme se posèrent sur Sarah. Loin de se relever, elle se mit à prier à voix haute pour l'âme des acheteurs de vin. Les autres membres de la Ligue lui répondirent en ponctuant chacune de ses incantations d'un « Dieu les sauve » sonore.

Sarah hésita à s'éloigner de sa carriole, de peur que son stock ne fût détruit. Ces illuminées n'en étaient pas à leur coup d'essai, elles avaient déjà démoli des saloons à la hache et réduit en miettes, à coups de pierres, les bouteilles alignées derrière le bar. En désespoir de cause, elle finit par aller chercher le chef de gare. Elle trouva Jacobs en train de manger l'un de ses sandwiches au jambon en lisant le journal local, une serviette tachée de moutarde autour du cou. Elle toussota afin d'attirer son attention et il la regarda par-dessus ses besicles.

— Oui, madame Lemieux ? s'enquit-il d'un air excédé, pressé de reprendre sa lecture.

Sarah, le cœur battant, se laissa tomber sur un banc pour ne pas défaillir. Le fait que les prohibitionnistes s'en prennent à une femme enceinte rendait leur action d'autant moins acceptable.

— Avez-vous vu ce qui se passait dehors ?

— Je n'ai aucun moyen de les empêcher de protester tant qu'elles ne s'en prennent pas à vos biens ou à ceux de la compagnie.

— Ces femmes m'empêchent de vendre ma marchandise, rétorqua Sarah.

Jacobs haussa les épaules.

— On ne peut rien contre la liberté d'expression.

Sarah avisa une bouteille sur le bord de la fenêtre, derrière le chef de gare.

— Que buvez-vous, monsieur Jacobs ?

Elle crut le voir rougir.

— C'est de la vodka, mais je ne bois jamais pendant le service, se justifia-t-il de façon peu crédible. Je ne suis pas amateur de piquette, sans vouloir vous vexer, madame. Une goutte d'un alcool un peu plus fort me fait du bien.

Une goutte généreuse, pensa Sarah. La flasque devait avoir une contenance d'un demi-litre. Elle sortit un mouchoir de la poche de son tablier et s'essuya le front.

— C'est à la police de décider si ces femmes ont ou non le droit de m'empêcher de travailler, reprit-elle en louchant sur le téléphone accroché au mur.

Il soupira, replia son journal à regret et demanda à l'opératrice de lui passer le commissariat. Il expliqua la situation à son interlocuteur sur un ton trahissant son ennui et raccrocha.

— Ils seront là quand ils pourront. En attendant, madame Lemieux, je vous conseille de retourner là-bas surveiller votre marchandise, déclara-t-il en montrant du doigt les prohibitionnistes occupées à fouiller le contenu de la carriole.

Deux femmes fourrageaient au milieu des oranges, des pêches et des sandwiches. L'une d'elles s'empara de la précieuse médaille d'or que Sarah accrochait fièrement à son cou en temps ordinaire et qu'elle avait oublié de prendre avec elle en abandonnant son commerce ambulant.

Les prohibitionnistes commettaient un délit en fouillant ses affaires, mais Sarah restait impuissante tant que la police n'était pas sur place. Elle sourit brusquement en pensant à ses bonbonnes de citronnade.

Elle s'approcha de la fenêtre et se frappa le front d'un air affolé.

— Seigneur Dieu ! Regardez-moi ça !

Le chef de gare se précipita à la fenêtre et elle en profita pour subtiliser la flasque de vodka qu'elle glissa dans la poche de son tablier.

— J'aurais juré que l'une d'elles goûtait l'une de mes bouteilles de vin, mais je ne vois pas comment elle aurait pu s'y prendre, je n'ai pas de tire-bouchon dans mon chariot.

Sur ces mots, elle laissa le chef de gare perplexe et regagna son poste d'un pas tranquille. À sa vue, les prohibitionnistes s'agenouillèrent à nouveau et reprirent leurs prières.

Sarah se glissa entre deux d'entre elles et reprit son poste. Elle remarqua que la plupart des protestataires priaient les yeux fermés ou tête baissée. C'était le moment ou jamais.

Elle déboucha la plus petite des bonbonnes de citronnade et y déversa le contenu de la flasque de vodka avant de mélanger le tout, puis elle se débarrassa de la flasque sous un cageot de pommes.

À 13 heures, Sarah n'avait pas eu la visite d'un seul client, les passagers en transit se contentant d'observer la scène de loin, mais elle rongeait son frein, refusant de s'avouer vaincue et de plier bagage. Sous l'effet de la chaleur, les prohibitionnistes commençaient à montrer des signes de fatigue. Elles transpiraient abondamment dans leurs robes de lin et s'éventaient tant bien que mal à l'aide de leurs chapeaux.

Perchée sur le tonneau qui lui servait habituellement de siège lorsqu'elle ne s'occupait pas de ses clients, Sarah se versa un verre de citronnade d'une grande bonbonne, déballa bruyamment un sandwich à l'œuf et entama son déjeuner avec un soupir d'aise. Elle se leva en mâchant son sandwich, sa citronnade à la main, et se planta devant les manifestantes.

— Je ne sais pas comment vous faites pour prier pendant des heures sans boire une goutte. Vous n'avez pas soif ?

Une certaine Susan, que Sarah connaissait, se leva.

— Avec plaisir, accepta-t-elle, au grand dam de Francine.

Voyant que Sarah lui servait un verre de citronnade, elle ajouta d'une voix larmoyante :

— Nous n'avons rien contre vous en particulier, Sarah. Nous souhaitons seulement protéger les âmes innocentes. Les hommes qui boivent battent et trompent leurs femmes, ils…

— Je comprends, la coupa Sarah avec une sympathie feinte tout en distribuant des verres autour d'elles.

Elle fit un compte rapide en voyant que la petite bonbonne était quasiment vide. Chacune des prohibitionnistes avait bu au moins deux verres, voire trois pour certaines, à l'exception de Francine Mason, leur chef.

Moins d'une demi-heure plus tard, la moitié des femmes ronflaient alors que les autres titubaient.

Francine tenta de les ramener à la raison, mais elles la repoussèrent en s'exprimant d'une voix pâteuse.

— Vous les avez droguées ! siffla-t-elle en tendant vers Sarah un index accusateur.

— Pas du tout, Francine, répliqua Sarah d'une voix calme. Elles ont bu de la citronnade, comme moi, mais elles ne sont pas habituées à la chaleur. Vous leur en demandez trop.

Et vous avez eu tort de déclarer la guerre à une femme enceinte, ajouta-t-elle intérieurement.

La police arriva sur ces entrefaites. Sarah et le chef de gare se portèrent à leur rencontre tandis que Francine s'efforçait de rallier ses troupes autour d'elle.

— Ces femmes ne créent aucun trouble à l'ordre public, remarqua l'agent en voyant que la plupart des prohibitionnistes dormaient.

— Elles ont fouillé mes affaires sans autorisation et m'empêchent de vendre ma marchandise.

— Je ne peux tout de même pas les arrêter pour si peu, surtout sans preuve. Ce sera votre parole contre la leur.

— Il doit bien y avoir un moyen de les verbaliser ! insista Sarah.

— Lequel, madame ? demanda l'agent.

— Ivresse sur la voie publique ? suggéra Sarah en se mordant la lèvre pour ne pas rire.

*

— Il fait plus chaud qu'en enfer aujourd'hui ! s'exclama Aurora en s'épongeant le front avec son mouchoir avant de sauter à bas de sa carriole. J'ai eu vent de ce qui vous était arrivé, ricana-t-elle. Philippe m'a tout raconté. Il riait si fort, j'ai cru qu'il allait s'étouffer.

Sarah posa un doigt sur sa bouche afin de rappeler Aurora à plus de discrétion. Les fenêtres étaient ouvertes et Sarah n'avait aucune envie que ses invités l'entendent. Aurora lui adressa un coup d'œil surpris tout en attachant son cheval.

— Elles reviendront, ma belle, avec des discours plus enflammés que ceux de Moïse en personne.

Sarah leva les yeux au ciel.

— Je ne crois pas, Aurora.

— Pourquoi donc ?

Sarah entraîna son amie vers la maison.

— J'ai mis au point un plan, murmura-t-elle. Suivez-moi.

Sarah présenta sa compagne aux cinq femmes installées autour de la table de la salle à manger. Il y avait là Ida Sumter, la femme de Boone venue en compagnie de sa cousine Mary Pitt, ainsi que Mabel, Dottie et Susan, trois des prohibitionnistes qui avaient fait le blocus du chariot de Sarah le vendredi précédent. Sarah avait coincé ces dernières deux jours plus tard au sortir de la messe en leur laissant entendre qu'il était de leur intérêt de se présenter chez elle à 15 heures ce jour-là, si elles ne voulaient pas que la terre entière fût au courant de leur mésaventure.

À peine Sarah et Aurora assises, Rose servit à la ronde de la citronnade et des sandwiches. Ida s'exprima la première :

— Merci beaucoup de votre invitation, Sarah.

— C'est moi qui vous remercie de votre présence, mesdames, dit Sarah en faisant des yeux le tour de la table. Je vous ai demandé de venir ici aujourd'hui car j'aimerais vous proposer une affaire.

Toutes redressèrent la tête.

— Quel genre d'affaire ? s'inquiéta Mabel d'un air soupçonneux.

Elle se versa un verre de citronnade qu'elle renifla longuement avant d'y tremper les lèvres. Sarah dut se pincer pour ne pas éclater de rire.

— Vous fabriquez toutes des produits différents et j'imagine que vous ne refuseriez pas de gagner un peu d'argent.

Elle avait sélectionné son auditoire avec le plus grand soin. Ida et Boone Sumter avaient perdu la moitié de leurs vignes à cause du phylloxéra et manquaient de liquidités pour replanter. Mary, la cousine d'Ida, était veuve avec deux enfants en bas âge. Quant aux trois autres, elles avaient des maris en mauvaise santé ou des fermes qui battaient de l'aile. Sarah avait imaginé que leur venir en aide pouvait également servir ses intérêts.

— Vous le savez, je vends des provisions et du vin devant la gare chaque week-end tout au long du printemps et de l'été. J'aurais voulu vous proposer de me confier à la vente vos confitures, vos tartes, votre pain et votre miel.

— Combien prendrez-vous au passage ? lui demanda Mabel d'un air méfiant.

— Rien du tout. Je vous reverserai l'intégralité des recettes de vos produits.

— Vous feriez ça par bonté d'âme, peut-être ?

— Je fabrique du vin et du condiment, je ne suis ni boulangère, ni apicultrice. Et si je peux vous aider, fût-ce modestement, pourquoi pas ?

Elle passa machinalement la main sur son ventre.

— Sans compter qu'à partir du mois d'août, je ne pourrai plus passer mes journées debout en pleine chaleur. Je pensais que nous aurions pu nous relayer.

Dottie prit la parole.

— Elle veut nous amadouer pour éviter qu'on organise de nouvelles manifestations devant la gare.

— Je doute que la Ligue de tempérance revienne m'embêter de sitôt. Ses membres n'ont aucune envie que je raconte à tout le monde ce qui s'est passé vendredi.

Elle fixa successivement les trois prohibitionnistes qu'elle avait enivrées ce jour-là.

— Pourquoi ? Que s'est-il passé ? s'enquit Ida.

— Vous nous avez piégées ! s'empourpra Mabel.

— Rien d'important, Ida, intervint Aurora en adressant à Sarah un clin d'œil. La Ligue de tempérance ferait mieux de s'intéresser aux gros poissons. Il serait plus pertinent d'empêcher la vente des alcools forts, qui représentent un véritable fléau pour la famille. Pour l'amour du ciel, les Lemieux fabriquent essentiellement du vin de messe, mesdames ! Je ne vois pas en quoi ils menacent vos familles.

— Sans compter que je ne sers pas d'alcool à Napa Junction. Je n'ai même pas de tire-bouchon.

Dottie se leva. Avec son nez crochu et ses cheveux noirs tirés en un chignon sévère, elle ressemblait à un corbeau. Son physique risquait fort d'effrayer la clientèle de la gare.

— J'en ai assez entendu ! s'écria-t-elle. Vous cherchez une fois de plus à nous embobiner, Sarah. Vous devriez avoir honte. Je refuse de vendre mon miel en même temps que votre poison, et toute prohibitionniste qui se respecte ferait bien d'imiter mon exemple. Je veillerai à ce que l'on vous raye de la liste des suffragettes de Napa !

— Vous n'aurez pas ce plaisir ! s'exclama Aurora. Sarah et moi avons décidé de démissionner afin de fonder notre propre association. Je peux déjà vous dire que nous entendons défendre les femmes qui travaillent.

Sarah releva fièrement la tête en signe de solidarité alors qu'elle découvrait le projet d'Aurora. Elle crut un instant que Dottie allait avoir une attaque.

— Vous n'oserez pas… vous ne pouvez pas…

— C'est déjà fait, la coupa Aurora en passant son bras autour de celui de Sarah. Notre association soutiendra les syndicats, et non la Ligue de tempérance.

— C'est ridicule, s'emporta Dottie en fusillant du regard Mabel et Ida qui restaient silencieuses. Alors mesdames ?

Mabel se racla la gorge afin de masquer son trouble.

— Je trouve généreuse la proposition de Sarah. J'ai des enfants à nourrir, je n'ai pas les moyens de refuser.

— Sarah Lemieux est une parfaite chrétienne, ajouta Ida. Mary et moi serons ravies de l'aider.

Elle exprimait sa gratitude avec tant de sincérité que Sarah sentit fondre son cœur. Cette femme avait enduré bien des maux ; à la perte de la moitié de ses vignes s'ajoutait la honte que son fils eût incendié le chai des Lemieux. Sarah s'estimait heureuse de pouvoir venir en aide à une telle personne.

— Susan ? demanda Dottie en se tournant vers la troisième prohibitionniste qui n'avait pas dit un mot de toute la réunion.

L'intéressée se leva lentement et se tourna vers son hôtesse.

— Merci pour les sandwiches.

— Je vous raccompagne, mesdames, proposa poliment Sarah.

Dottie se précipita à l'extérieur.

— Venez, Susan ! ordonna-t-elle.

Susan adressa un sourire gêné à Sarah.

— Peut-être sera-t-il possible de vous associer à notre projet un peu plus tard, déclara cette dernière.

— Peut-être, répondit Susan de façon évasive.

De retour dans la salle à manger, elle trouva Mary, Mabel et Ida en pleine discussion avec Aurora.

— Notre association ? s'étonna Sarah. À quoi pensiez-vous donc ?

— Attendez un peu d'entendre ce que propose Aurora, Sarah ! Nous sommes toutes partantes ! s'enthousiasma Ida.

— Je proposais de nous inspirer du Club des femmes de San Francisco, expliqua Aurora.

— Le Club de Napa ? suggéra Mary.

— Excellente idée, réagit Aurora. Pourquoi croyez-vous que la campagne de 1896 pour le droit de vote des femmes a échoué ? Tout simplement parce que l'association des suffragettes de San Francisco était dirigée par des membres de la Ligue de tempérance. Le lobby de l'alcool n'a pas eu le choix, il s'est opposé à elles en toute logique. Si nous créons un club destiné aux femmes qui travaillent, avec l'objectif d'obtenir l'égalité des femmes, nous pouvons bousculer les habitudes tout en continuant à nous battre pour l'obtention du droit de vote.

Sarah commençait à voir où voulait en venir Aurora.

— Vous avez dans l'idée de nous associer aux syndicats de femmes pour exiger des salaires identiques à ceux des hommes ?

— Il faut aller plus loin, obtenir des droits sur le patrimoine, la garde partagée des enfants, et tout le reste !

— Cela signifie créer un très grand club, vous ne croyez pas ? s'inquiéta Mabel.

Sarah et Aurora échangèrent un regard entendu. Sarah quitta la pièce et revint bientôt avec du papier et des stylos.

— Autant commencer tout de suite.

*

Dès la fin du mois de juillet, le système mis en place par Sarah avait trouvé sa vitesse de croisière. Ida et Mary vendaient une trentaine de tartes à la myrtille par jour et Mabel fournissait son lot de pots de miel ainsi que des cageots entiers de pêches et d'abricots. Les prunes et les mirabelles prendraient le relais à la fin du mois d'août, en complément des sandwiches de Rose.

Sarah était ravie de ne plus être seule. C'était la première fois qu'elle menait une grossesse à son terme et elle découvrait les maux de dos, le besoin constant d'aller se soulager dans les bois, sans parler de la chaleur. Entre deux vagues de passagers, elle et ses compagnes évoquaient les actions futures de leur club, envisageant d'organiser une manifestation dans le centre de Napa en octobre, avec le soutien des clubs féminins des villes environnantes.

Un matin, peu avant midi, Aurora rejoignit ses amies en apportant quinze pots de confiture de fraise et rhubarbe, et autant de confiture de mûre. Sara manifesta sa surprise.

— Je ne vous connaissais pas ces talents de cuisinière !

Aurora éclata de rire.

— Ce n'est pas moi ! Vous avez devant vous un échantillon des produits préparés par Susan Pritchard. Je l'ai convaincue de tenter sa chance, même si elle n'était pas prête à nous rejoindre en personne. Elle y viendra, le jour où elle verra combien lui rapporte ce petit commerce.

Sarah battit des mains, ravie. Elle finirait par les rallier toutes à son point de vue.

En l'espace de quelques mois, sa carriole était devenue le point de ralliement de tous les voyageurs. À la fin du mois de juin, elle avait récupéré son investissement initial de cent dollars. Une semaine plus tard, elle enregistrait un bénéfice de trente dollars. Les cinq cents dollars que Philippe devait lui rendre en août lui permettraient d'acheter une autre carriole et un cheval afin de commercialiser ses produits à la gare centrale de Napa, voire à celle de Buchli lorsqu'elle ouvrirait ses portes l'année suivante. Son plan portait ses fruits.

24

Août 1901 – San Francisco

Marie Chevreau se doutait qu'intégrer le milieu très masculin de la chirurgie serait rude pour une femme, mais l'hostilité à laquelle elle fit face dès son entrée à l'Institut Cooper dépassait tout ce qu'elle avait pu imaginer. Alors qu'elle se glissait au milieu de la masse des étudiants ce matin-là afin d'entendre les explications du professeur, elle essuya de nombreux coups d'œil agressifs. Elle décida de les ignorer.

À sa grande gêne, le docteur Burns posa sur elle un regard glacial.

— C'est gentil de vous joindre à nous, mademoiselle Chevreau.

Le médecin tira le drap qui recouvrait le cadavre d'un homme de quarante-cinq ans et localisa du doigt les principaux organes vitaux. Il invita les étudiants à tâter l'un après l'autre le foie, les glandes, la pomme d'Adam. Marie éprouva une impression étrange au contact du mort, mais elle se rassura en pensant à toutes les vies qu'elle sauverait un jour.

Elle se retourna en entendant un grand bruit derrière elle. L'un de ses condisciples venait de s'évanouir.

Les autres étudiants ricanèrent et reportèrent leur attention sur la table de dissection.

Marie s'agenouilla près de l'étudiant en s'apercevant que ses membres étaient agités d'un tremblement. Elle souleva sa tête afin qu'il ne risquât pas de se blesser.

— Ne vous inquiétez donc pas pour lui, mademoiselle Chevreau, intervint le docteur Burns. Ce garçon n'est pas fait pour ce métier. Venez donc nous rejoindre. Vous risqueriez de le gêner lorsqu'il reviendra à lui.

Quel imbécile, pensa Marie.

— Il n'est pas évanoui, docteur. Il est victime d'une crise d'épilepsie.

Les jambes du malade s'agitèrent violemment et il battit des bras. Marie glissa son stylo à l'intérieur de sa bouche afin de l'empêcher de s'étouffer avec sa langue. Deux étudiants se ruèrent à son secours, mais elle leur recommanda de ne pas immobiliser le malade, de peur de lui briser un membre.

Le docteur Burns chuchota quelques mots à l'oreille d'un étudiant qui quitta précipitamment la salle. Il revint quelques minutes plus tard en compagnie de deux brancardiers et de l'homme le plus grand et le plus séduisant qu'eût jamais vu Marie. Vêtu d'une blouse blanche, un stéthoscope autour du cou, il avait des cheveux châtains légèrement ondulés. Sa seule présence suffit à calmer l'émoi des étudiants.

Il attendit que les convulsions du malade se fussent apaisées pour s'adresser à Marie.

— Veuillez m'aider à le tourner de côté afin de faciliter l'écoulement des sécrétions.

Il arrêta son regard bleu-vert un peu trop longtemps sur elle avant de prendre le pouls du patient de ses mains élégantes. Il palpa ensuite les oreilles, les yeux, le nez et la gorge du malade. Son examen terminé, il demanda aux brancardiers de charger le malheureux sur leur civière. Avant de quitter la pièce, il se tourna brièvement vers Marie.

– Bien vu, mademoiselle Chevreau, dit-il assez fort pour que tous entendent.

Marie en resta sans voix. Par quel miracle connaissait-il son nom ?

*

Marie entrebâilla la porte de la chambre d'hôpital afin de voir si le jeune homme, Thad Holmes, avait repris connaissance. Apparemment remis, il était assis dans son lit et mangeait sans appétit un brouet d'hôpital.

Elle frappa contre le battant et le visage du malade s'éclaira.

– Mon ange gardien ! s'écria-t-il en écartant les bras.

La formule amusa Marie.

– Arrêtez un peu. Comment vous sentez-vous ?

– Mieux, je vous remercie.

– Vous n'êtes pas blessé ?

– Seulement à mon amour-propre.

– Ce genre d'accident peut arriver à n'importe qui, mentit Marie en changeant aussitôt de sujet de conversation. Je suis venue vous remercier.

– Me remercier, *moi* ?

— Oui, pour avoir attiré l'attention sur vous, répondit Marie en se laissant tomber sur la chaise voisine du lit. Je n'en pouvais plus d'aimanter tous les regards.

L'explication fit sourire Thad.

— Ravi d'avoir pu vous rendre service, mademoiselle. Ou peut-être madame ?

— Mademoiselle, mais appelez-moi Marie.

Elle regretta sa phrase, de peur d'avoir donné d'elle une mauvaise impression. Elle était là pour apprendre le métier de chirurgien, et rien d'autre.

— D'après ce que m'a dit le docteur Donnelly, vous seule avez compris que j'étais victime d'une crise d'épilepsie.

Le médecin qu'elle avait assisté lors de l'incident était donc le célèbre Matthew Donnelly, dont elle avait souvent entendu parler.

— J'ai tenu à vous accorder le bénéfice du doute, plaisanta-t-elle.

— Tant mieux. Accepteriez-vous de… de prendre un café avec moi lorsque je serai sorti d'ici ?

Marie hésita. Sans vouloir lui donner de faux espoirs, elle savait que la journée de Thad n'avait pas été rose. Il avait besoin qu'on lui remonte le moral.

— Bien sûr, avec plaisir.

Son interlocuteur afficha un large sourire. Elle allait devoir se montrer diplomate.

*

Marie était déjà en passe de se noyer alors qu'elle venait tout juste d'entamer sa deuxième semaine de cours. À l'exception de Thad, tous ses condisciples l'ignoraient. Elle allait devoir mettre les bouchées doubles pour réussir.

Elle descendit l'étroit escalier, les bras chargés de trois ouvrages volumineux, d'un sac et d'une petite bouteille d'eau. Elle louait un appartement de deux pièces au premier étage d'un petit immeuble de Sacramento Street, à quelques rues de l'Institut et des lignes de tramway. Une bouffée d'air froid l'accueillit lorsqu'elle mit le nez dehors. Elle adorait ces petits matins que seul venait troubler le grincement des roues de la voiture à cheval du laitier. Son estomac se mit à gronder, elle avait déjeuné chichement d'un peu de pain avec de la confiture de fraise, le tout accompagné d'une tasse de café. Un peu de lait aurait été le bienvenu, mais elle veillait à économiser le moindre sou.

Ses cours terminés, un ferry la conduirait à Vallejo où elle prendrait un train à destination de Napa Junction afin de passer le week-end avec Adeline, qui vivait chez Sarah et Philippe. Elle savait déjà qu'elle devrait passer le plus clair de son samedi enfermée dans sa chambre à étudier, mais elle se réjouissait d'avance de prendre ses repas avec les siens.

Elle s'arrêta un instant devant l'Institut, intimidée par sa façade de cinq étages surmontée d'arcs et de flèches gothiques. L'école, construite par l'actuel président de l'établissement, Levi Cooper Lane, lui-même chirurgien réputé, se trouvait au coin de Sacramento et de Webster. Une aile plus récente abritait un grand amphithéâtre et plusieurs laboratoires, tandis que l'hôpital Lane, d'une capacité de deux cents lits, était voisin. Marie entretenait l'espoir d'y travailler un jour. En attendant, elle se réjouissait d'avoir été acceptée au sein de l'école. Ses économies l'autorisaient à suivre les quatre années d'études requises, ainsi que l'année obligatoire d'internat.

Elle monta au premier étage et rejoignit ses condisciples en essuyant les regards supérieurs de certains. Les autres paraissaient trop anxieux pour se préoccuper d'elle. Cela n'avait rien de surprenant, sachant qu'avait lieu ce matin-là le cours qu'elle redoutait le plus, celui de chimie.

Elle s'assit dans la rangée du milieu, peu soucieuse d'attirer l'attention sur elle en se mettant au premier rang, sans vouloir non plus se cacher au fond de la salle. Qu'ils le veuillent ou non, ils allaient devoir compter avec elle.

Ses vingt-quatre condisciples caquetaient comme des poules dans une basse-cour, ce qui l'amusait grandement, surtout après avoir passé onze années de son existence dans un couvent. Elle crut comprendre, en surprenant des bribes de conversation, que Matthew Donnelly remplaçait l'enseignant habituel.

Le docteur Donnelly était réputé pour sa méticulosité et son sens de l'innovation. C'était un homme cultivé, apprécié de ses collègues et craint de ses étudiants. Doté d'un caractère tranché, il n'hésitait pas à renvoyer les dilettantes.

La sonnerie retentit et chacun prit sa place précipitamment. Matthew Donnelly pénétra dans la salle d'un pas décidé, les mains dans les poches. Vêtu d'un costume et d'une cravate, il affichait le charme caractéristique des enfants de la verte Irlande. Marie, qui estimait son âge entre trente et trente-cinq ans, s'en voulut de s'être demandé s'il était marié. Seules ses études auraient dû la préoccuper.

Le docteur Donnelly toussota avant d'entamer son cours.

— Je suis chirurgien, et non chimiste, mais en l'absence du docteur Wenzell, actuellement à l'étranger, vous devrez me subir le temps d'un semestre, sourit-il en révélant deux rangées de dents blanches parfaites.

— Monsieur Deaver, poursuivit le chirurgien en s'adressant à un étudiant assis au premier rang. Dites-moi quelle est la différence entre un mélange et un composé.

Larry Deaver feuilleta ses notes, à la recherche de la bonne réponse.

— Monsieur Schmidt ? soupira Donnelly.

— Les éléments d'un mélange peuvent être séparés par des moyens mécaniques ou physiques, alors que ceux d'un composé sont uniquement séparables chimiquement.

— Je vous remercie, monsieur Schmidt. Mademoiselle Chevreau, enchaîna Donnelly qui marchait de long en large sur l'estrade, les mains dans le dos. Quels éléments trouve-t-on dans le composé de l'air ?

Marie releva vivement la tête. Elle hésita un instant, perturbée par les ricanements qui s'élevaient dans son dos.

— L'air est un mélange et non un composé. L'air sous forme liquide peut être distillé afin de séparer l'azote, très volatil, de l'oxygène et de l'argon qui le sont moins.

Le silence se fit dans la salle.

— Fort bien, approuva Donnelly en faisant peser son regard sur la jeune femme. Pouvez-vous m'en indiquer les pourcentages ?

Marie se concentra, en quête de l'information dans son cerveau saturé de données.

— Soixante-dix-huit pour cent d'azote, vingt et un pour cent d'oxygène et un pour cent d'argon et autres gaz rares.

Elle releva la tête et constata que Donnelly passait à la victime suivante.

Elle poussa un soupir : elle venait de réussir le premier test, sans qu'il la traitât différemment de ses condisciples masculins.

Elle regagna son appartement dans l'après-midi après avoir travaillé un moment à la bibliothèque, prépara sa valise et prit le tramway jusqu'au port où elle monta dans le ferry de 16 heures à destination de Vallejo. Moins de deux heures plus tard, elle descendait du train à Napa Junction où l'attendaient Philippe et Adeline.

Elle aurait juré que sa fille avait grandi de plusieurs centimètres et pris deux kilos en deux semaines. Le bon air de la campagne lui réussissait bien, elle paraissait heureuse et en pleine santé.

Philippe soulagea Marie de sa valise et feignit d'être incapable de la soulever.

— Seigneur, Marie ! Que transportez-vous là-dedans ?

— Une bonne vingtaine de kilos de livres et quasiment pas de vêtements, rit-elle.

Adeline, au comble de l'excitation, ne tenait pas en place et Marie comprit que sa joie n'était pas uniquement liée au plaisir de retrouver sa mère.

— Allez ! l'aiguillonna Philippe. Raconte-lui ce que tu as fait.

— Maman, j'ai aidé tante Sarah à avoir son bébé !

— Un beau petit garçon né hier matin, poursuivit Philippe avec fierté.

On le sentait fatigué, mais ravi.

Marie ne s'attendait pas à une telle nouvelle, le docteur ayant affirmé que Sarah n'accoucherait pas avant quinze jours. En son for intérieur, Marie avait espéré être présente.

— Formidable ! Toutes mes félicitations, Philippe ! Quant à vous mademoiselle Adeline, bravo. Il n'est pas donné à tout le monde d'accoucher d'un bébé à dix ans. Tu feras un excellent médecin un jour.

— Merci, maman, répondit Adeline d'une petite voix.

Elle avait retrouvé sa timidité, mais Marie avait vu un éclair traverser son regard lorsqu'elle avait parlé du bébé. Peut-être avait-elle trouvé sa voie ?

Marie bombarda Philippe de questions sur le chemin du retour. Elle voulait savoir combien de temps avait duré le travail, si le médecin avait prescrit à Sarah des médicaments contre la douleur, si la mère avait bon moral.

— Je vous laisse juge, Marie, répliqua Philippe en arrêtant la carriole devant la maison.

Marie poussa un soupir de ravissement en contemplant le spectacle magique des vignes à l'heure des vendanges. À l'odeur du raisin fraîchement cueilli se mêlait le parfum des eucalyptus. Pippa et Luc se précipitèrent à la rencontre de la voyageuse. Marie sauta à terre et Pippa se jeta dans ses jupes tandis que Luc se hissait sur le chariot afin d'aider son père à décharger.

Sarah accueillit Marie sur le seuil de la maison, un paquet blanc dans les bras. La seconde se réjouit de constater que la première connaissait enfin la joie d'avoir un enfant après tout ce que l'existence lui avait imposé. Elle embrassa son amie et s'extasia sur le bébé. Les paupières translucides de l'enfant étaient fermées, ses petites mains sagement repliées sur elles-mêmes, et sa bouche dessinait un bouton de fleur. Il dormait profondément.

— Comment te sens-tu ? s'enquit Marie en suivant Sarah dans la cuisine. Tu es radieuse.

— Je suis un peu fatiguée, mais tellement heureuse !

Marie releva la couverture afin de mieux voir le bébé.

— Comment s'appelle ce petit prince ?

— Vous avez donc gardé le secret ? fit Sarah à l'adresse de Philippe et Adeline. Nous l'avons prénommé Jean-Marie.

Marie, pourtant peu habituée à pleurer, ne put retenir quelques larmes.

— Oh Sarah ! Ce n'était pas nécessaire !

— Nous en avions envie. Sans toi, je ne serais jamais arrivée jusqu'en Californie et je n'aurais jamais rencontré Philippe.

Marie, bouleversée par ce geste d'amitié, ne put que balbutier un merci.

— Qu'est-ce qui sent aussi bon ? s'interposa Adeline.

— Rose prépare un jambon au four avec des petits pains, lui annonça Sarah.

Rose, qui entrait dans la cuisine au même moment, enfila un gant protecteur et tendit une cuillère en bois à Adeline.

— Bonjour, mademoiselle Marie. Mon dîner sera prêt en un rien de temps si vous me laissez ma cuisine. Et toi, Adeline ? Tu veux bien m'aider pour le service ?

Marie se sentit très fière de sa fille. Depuis son arrivée à Eagle's Run, Adeline avait trait une vache, cuit des petits pains, vendangé les vignes et même donné naissance à un bébé. Voilà qui n'était pas banal pour une enfant de la ville.

*

Adeline, assise à côté de Pippa sur un banc à l'arrière de la maison, tressait patiemment un ruban de soie bleu dans les cheveux blonds de la fillette. Sarah, qui lavait du linge un peu plus loin, avait remarqué combien Adeline aimait les occupations manuelles.

— Où as-tu trouvé ce ruban, ma chérie ?

Adeline rougit.

— J'avais des vieux bas que maman voulait jeter, répondit-elle sans se laisser distraire de sa tâche. Alors j'ai récupéré les rubans qui servaient à les serrer autour des cuisses et j'ai fabriqué des poupées avec les bas pour Luc et Pippa.

Elle observa Sarah en coin.

— Tu crois que maman sera mécontente ?

Sarah s'arrêta de frotter les chemises qu'elle nettoyait.

— Je crois au contraire que ta maman sera très heureuse de ta débrouillardise.

— Voilà, c'est fini ! annonça fièrement Adeline. Tu as tout d'une princesse !

Pippa se précipita vers Sarah.

— Miroir, maman ? prononça-t-elle difficilement.

Sarah ne l'avait jamais vue aussi belle, au point qu'elle en eut la gorge nouée.

— Oui, ma chérie, tu as le droit d'aller le chercher, l'encouragea-t-elle.

Adeline enroula les longueurs de ruban bleu qui lui restaient et glissa les petits ciseaux dans la poche de sa robe.

— Ce que tu as fait est très gentil, Adeline.

La petite fille haussa les épaules.

— J'ai envie qu'elle se trouve belle.

— Tu dis cela à cause de son bec-de-lièvre ?

— Non, répondit Adeline avec sagesse. Ce problème-là sera réglé un jour. Je pense surtout au fait qu'elle a perdu sa mère.

Sarah fut profondément émue du discernement d'Adeline. Elle se demanda ce qu'avait pu dire Marie à sa fille des circonstances exactes de la naissance de Pippa.

— Oncle Philippe et toi, vous vous occupez très bien d'elle, tante Sarah. Je sais ce qu'elle ressent. Elle ne se souvient pas de sa vraie mère, pas plus que je n'ai gardé le souvenir de mon père.

Elle fixa longtemps le bout de ses chaussures avant de ramener ses jambes sous elle.

— Tu connaissais mon père, tante Sarah ?

La jeune femme en eut le souffle coupé.

— Un peu, répondit-elle de façon évasive.

— À quoi ressemblait-il ? Maman n'a pas de photo de lui, et quand je lui pose des questions à son sujet, elle parle tout de suite d'autre chose.

Le simple fait de penser à Bastien Lemieux était douloureux pour Sarah, mais elle se devait de répondre aux interrogations de la fillette.

— Il était grand et mince, avec des cheveux acajou un nez aristocratique et des yeux de la même couleur que les tiens.

Adeline releva la tête.

— Alors il était beau ?

— Très, lui confirma Sarah.

— Il est mort dans un incendie. Il n'a jamais épousé maman, il s'est marié avec la mère de Luc à la place, mais ce n'est pas la faute de Luc. Maman dit que mon père ne voulait pas de nous, et qu'oncle Philippe nous a emmenées en Amérique à la place.

Elle s'exprimait avec détachement, et Sarah se demanda si elle avait conscience que Luc était en vérité son demi-frère.

— Tu as beaucoup de chance d'avoir une mère et un oncle qui t'aiment autant.

— Oui, je sais. J'ai plus de chance que la plupart des autres enfants, acquiesça Adeline. Comment as-tu rencontré oncle Philippe ?

Il ne faisait guère de doute que la fillette s'efforçait de reconstituer le puzzle dans sa tête.

Sarah sortit de sa poche de tablier deux pinces à linge et étendit une chemise sur le fil.

— J'ai connu Philippe et ton père il y a très longtemps en France, quand j'étais petite. Nous habitions le même village, Vouvray, près de Tours. La famille de ta maman vit toujours là-bas. Il y a quatre ans, le hasard m'a mis sur la route de Philippe en Californie. Il m'a engagée pour tailler les vignes d'Eagle's Run.

Adeline tendit à Sarah un pantalon à laver.

— Tu as toujours su que tu l'aimais ?

— Que veux-tu dire ?

— Quand tu l'as revu, tu t'es dit que tu n'avais jamais cessé de l'aimer pendant toutes ces années ?

Sarah n'en revenait pas de la sensibilité d'Adeline.

— Je crois bien que oui. Sauf que ce n'était pas de l'amour comme maintenant, c'était un amour d'enfant puisque j'avais neuf ans. J'aimais sa gentillesse, son côté protecteur aussi. Il avait neuf ans de plus que moi, si bien que je ne pouvais pas vraiment l'intéresser.

Elle adressa un clin d'œil complice à la petite fille dont les yeux marron se remplirent instantanément d'espoir.

— Mais le moment venu, tu t'es empressée de le rafler, pas vrai ?

Sarah éclata de rire.

— Je crois que nous nous sommes raflés réciproquement. Nous ne sommes pas d'accord sur tout, mais en fin de compte, nous sommes faits l'un pour l'autre.

Elle s'était exprimée d'une voix songeuse, portée par l'espoir que le temps lui donne raison.

Jess sortit des écuries au même moment et Adeline le regarda en soupirant. Il sourit en l'apercevant et lui adressa un signe de la main. Le visage de la petite fille devint cramoisi. Mon Dieu, pensa Sarah, voilà qu'Adeline Chevreau en pince pour Jess Sumter. J'aurais dû m'en douter.

25

Octobre 1901

— C'est hors de question ! s'énerva Philippe.

Sarah mit un doigt sur ses lèvres pour l'obliger à se taire. Elle venait de déposer Johnny dans son berceau pour la sieste du matin, mais Philippe refusait de céder. Il suivit Sarah dans l'escalier.

Elle se retourna d'un bloc, prête à l'affrontement.

— Nous avons décidé de manifester pour que les ouvrières et les employées de Napa soient mieux rémunérées et obtiennent de meilleurs salaires. Boycotter les commerces et manifester est le seul moyen de contraindre les employeurs à traiter ces femmes convenablement.

Elle gagnait la cuisine lorsque son mari lui agrippa le bras.

— Si les ouvrières et les employées ne sont pas contentes, rien ne les empêche d'aller travailler ailleurs. Sans compter que des gens comme Jed Miller et Paul LeRoy n'enfreignent en rien la loi. Ce sont nos clients, Sarah. Ce sont des amis.

— Eh bien tes amis ont tort, Philippe.

Il leva les bras au ciel.

— Et ensuite, Sarah ? Tu viendras avec les femmes de ton club bloquer l'entrée du domaine en exigeant… je ne sais pas moi ! De meilleurs repas pour les vendangeurs ?

Sarah fut profondément heurtée par l'expression dégoûtée qu'elle découvrait sur le visage de son mari. Interdite, elle avait le sentiment de se trouver face à un étranger.

— Je ne comprends pas ton obsession à vouloir te mêler des problèmes d'autrui, insista-t-il. Il ne t'arrive donc jamais de penser à nos vignes ? À notre famille ?

— Je me bats pour l'avenir de ces femmes, Philippe. J'étais convaincue que tu serais heureux qu'Aurora et moi prenions nos distances avec les fanatiques de la Ligue de tempérance.

Il laissa échapper un long soupir.

— Je trouverais normal que des femmes intelligentes comme toi aient le droit de vote, tu le sais très bien. Il se trouve que la plupart des femmes, si elles avaient le droit de glisser un bulletin dans l'urne, voteraient en faveur de la prohibition. Tu ne vas tout de même pas contribuer à ruiner le métier qui nous fait vivre !

Philippe n'avait pas tort, nombre de femmes défendaient la prohibition, mais Sarah estimait qu'elle avait le devoir de lutter au nom d'Adeline et de Pippa. Elle tourna le dos à Philippe et entra dans la cuisine.

Rose fredonnait une mélodie en faisant frire du poulet. Sarah se sentit gênée à l'idée que la gouvernante les eût entendus se disputer.

— Les enfants ne vont pas tarder à rentrer, annonça Rose en jetant un coup d'œil à la pendule accrochée au mur.

Sarah adorait ces déjeuners en famille. Elle se rembrunit en voyant Philippe s'avancer dans la pièce. Rose s'empressa de s'éclipser au prétexte qu'elle avait besoin de beurre.

— Rose prend son vendredi, précisa-t-elle d'un air décidé, alors qu'elle tremblait intérieurement. Les deux grands seront à l'école, mais j'ai besoin que tu gardes Pippa et Johnny.

Philippe croisa les bras sur sa poitrine.

— Je refuse que tu te donnes en spectacle. Je te l'interdis.

— Tu me l'interdis ? Mais je ne t'appartiens pas !

Il la prit par les épaules et elle vit combien il lui en coûtait.

— C'est vrai, mais si tu t'entêtes à vouloir manifester, Sarah, tu choisis ces femmes au détriment de ta propre famille.

Il la libéra et quitta la pièce en claquant la porte. Sarah se laissa tomber sur une chaise, défaite de voir à quel point son mari était rétrograde. Comment pouvaient-ils avoir des points de vue aussi divergents ?

*

Thad Holmes posa deux tasses de café et des assiettes à gâteau dans le peu d'espace disponible au milieu des traités de chirurgie ouverts devant eux. Cela faisait trois heures qu'il effectuait des révisions dans le couloir de la bibliothèque prise d'assaut, et Marie attendait cette pause avec impatience.

— Du sucre ? lui demanda-t-il.

— Non merci, murmura-t-elle.

Elle le trouvait un peu trop empressé et n'avait aucune envie qu'il s'éprît d'elle. Elle souffla sur sa tasse brûlante. Il était plutôt joli garçon avec ses beaux yeux bruns et ses boucles blondes, mais Marie le considérait davantage comme un frère que comme un soupirant.

— J'ai de mauvaises nouvelles, Marie, déclara-t-il en prenant un air déconfit.

— Je vous écoute, Thad.

— J'ai décidé de quitter l'école.

Il regarda ses mains de façon dégoûtée.

— J'ai été victime d'une nouvelle crise, et il est impossible pour un épileptique de devenir chirurgien. C'est trop dangereux pour les patients.

— Quel dommage, réagit Marie, sincèrement désolée. Quelle voie comptez-vous suivre ?

Elle s'inquiétait de voir Thad renoncer totalement. C'était son seul ami au sein de l'école.

— Je poursuivrai mes études médicales, mais dans un domaine moins excitant. En qualité de généraliste, j'aurai tout le loisir de traiter les cors au pied et les éruptions cutanées, plaisanta-t-il.

Marie rit.

— Ce n'est pas si dramatique, l'encouragea-t-elle. Vous serez un médecin formidable parce que vous aimez le contact humain. Vous avez le don de mettre les gens à l'aise. Y compris les plus susceptibles, dont je fais partie.

— Je ne parlerais pas de susceptibilité chez vous, mais de… prudence.

— Vous avouerez que c'est un trait appréciable chez un chirurgien.

— Absolument, dit-il en remuant son café machinalement. Avez-vous prévu de vous rendre à la réception que donne le docteur Lane chez lui demain soir ?

Le lendemain était un vendredi, le jour où Marie rejoignait traditionnellement Adeline à Eagle's Run.

— Je ne pense pas.

Thad baissa la voix.

— Puis-je vous donner un conseil d'ami, Marie ?

— Je vous écoute.

— Toute l'école sera là. Votre absence donnera une raison supplémentaire à tous ces idiots de vous critiquer dans votre dos.

— Ils continuent donc ? s'étonna-t-elle.

— Oui, répondit-il en lançant un regard courroucé en direction des petits groupes d'étudiants qui discutaient dans le couloir.

— Que dit-on à mon sujet ? demanda-t-elle dans un murmure.

Thad se tortilla sur sa chaise.

— Il se dit que vous partez tôt tous les week-ends parce que…

— Parce que ?

— Parce que… vous avez un amant, dit Thad en rougissant.

Marie éclata de rire.

— Si seulement ! Que dit-on d'autre ?

— Ils prétendent qu'il s'agit d'un médecin et que vous avez intégré Cooper grâce à ses relations.

— C'est ridicule ! Vous devez bien vous douter que tout ça est faux.

Elle ne souhaitait pas pour autant évoquer son jardin secret.

Thad afficha son soulagement.

— Bien sûr, Marie. J'insiste simplement sur le fait que votre côté distant laisse le champ libre aux supputations les plus absurdes.

Elle manifesta son exaspération par un soupir.

— Sans doute avez-vous raison, Thad, mais pour votre gouverne, il n'y a pas de place pour l'amour à ce stade de ma vie. Je préfère me concentrer sur mes études.

— Il s'agit d'une simple réception, Marie. Personne ne compte vous demander en mariage.

Elle cacha son embarras derrière un petit rire gêné.

— Dans ce cas, j'y ferai une courte apparition. Vous serez là, au moins ?

— À vos côtés.

*

Adeline se comportait de façon étrange. Depuis quelques jours, c'est à peine si elle échangeait deux mots avec Sarah en rentrant de l'école. Elle accomplissait les tâches qui lui étaient dévolues avant de s'atteler à ses devoirs en silence. À table, elle grignotait du bout des dents sans terminer son assiette et se contentait de répondre poliment aux questions de Philippe en lorgnant Sarah du coin de l'œil. Elle avait perdu tout entrain.

Elle faisait la vaisselle ce soir-là lorsque Sarah lui passa un bras autour des épaules.

— Tu vas bien, Adeline ?

La fillette tressaillit et se dégagea d'un mouvement brusque.

— Très bien, tante Sarah.

La jeune femme, déroutée par cette hostilité qui ne ressemblait pas à Adeline, se promit d'en parler à Marie le week-end suivant.

*

Sarah étendit son bras dans l'espoir de trouver la main de Philippe, mais sa place dans le lit, encore tiède, était vide. Ils s'étaient peu parlé depuis leur dispute du mercredi précédent et Sarah entretenait l'espoir qu'il changerait d'avis. Elle se trompait.

Elle prépara le petit-déjeuner des enfants avant de conduire Adeline et Luc à l'école à Huichica, de l'autre côté de la rivière, si bien qu'elle arriva à Napa avec une demi-heure de retard. Une foule infiniment plus grande qu'elle ne l'avait imaginée se tenait rassemblée au coin de First et de Main. Il y avait là plusieurs dizaines de vendeuses, d'ouvrières des tanneries locales, de blanchisseuses et autres femmes venues de Napa, Sonoma, Saint Helena, Asti, San Rafael et Mill Valley apporter leur soutien au syndicat. L'atmosphère était électrique. Sarah serra Johnny contre elle, prit la main de Pippa et rejoignit la tête du cortège avec Aurora.

La manifestation débuta dans le calme. Par chance, le temps était clément et la foule parcourut cinq cents mètres au rythme des tambours et des slogans. Sarah se laissa entraîner par la vague humaine, Pippa accrochée à sa jupe. Le long des trottoirs étaient massés des hommes qui insultaient les manifestantes sous les encouragements de la police. Les femmes durent hausser la voix pour être entendues.

Sarah, inquiète, comprit qu'en cas d'incident, Pippa risquait d'être écrasée. Gagner le trottoir l'exposait au risque d'être arrêtée, ou prise à partie par les opposants.

Elle poussa un cri en recevant un coup de pied au tibia. Elle allait tomber lorsque Philippe se matérialisa comme par miracle à côté d'elle. Il prit Pippa dans ses bras, saisit Sarah par la taille et les mit à l'abri dans une ruelle voisine. Sarah, adossée à un mur de brique, tenta de reprendre sa respiration.

— Es-tu blessée ? s'inquiéta Philippe d'une voix rauque.

Elle secoua la tête, mais il s'agenouilla, baissa son bas et posa la main sur son tibia. Elle grimaça de douleur.

Johnny poussa un cri aigu qui les fit sursauter. Philippe s'empressa de prendre dans ses bras le bébé qu'il embrassa sur le front, puis il s'accroupit près de Pippa dont il essuya les larmes. Elle enfouit sa petite tête dans son cou.

— Papa, dit-elle avec un soulagement partagé par Sarah.

Philippe adressa à celle-ci un regard réprobateur et Sarah repensa au jour où il l'avait protégée contre Paul Mittier, à Vouvray, lorsqu'elle avait neuf ans et que Philippe en avait dix-huit. Il l'avait sauvée ce jour-là, alors qu'elle arborait déjà le même sourire forcé qu'aujourd'hui.

*

Marie traversa derrière le majordome le grand hall de la demeure du docteur Lane à Nob Hill. Il y avait là une quarantaine d'étudiants et de professeurs qui discutaient par petits groupes, un verre à la main. Le regard de Marie s'attarda sur le plafond à caissons avant de se poser sur l'escalier monumental en acajou qui dessinait une volute au centre de la pièce. De lourds rideaux de velours vert retenus par des embrasses dorées habillaient les immenses fenêtres. Le décor était trop impressionnant pour que Marie s'y sentît à l'aise.

L'épouse du docteur Lane, dont elle n'avait pas retenu le prénom, l'accueillit en lui tendant les mains, un sourire aux lèvres. C'était une femme de soixante-dix ans passés comme son mari. Ce dernier, chirurgien très en vue de la région et fondateur de l'Institut Cooper, se tenait un peu plus loin, entouré d'une nuée d'étudiants.

– Soyez la bienvenue, mademoiselle Chevreau, déclara Mme Lane d'une voix flûtée. Levi et moi sommes ravis que vous ayez accepté notre proposition d'intégrer Cooper. Il vous a choisie parmi une trentaine de candidates, vous savez.

– Vraiment ? réagit Marie, désarçonnée par la candeur de son interlocutrice.

– Absolument. Votre parcours de sage-femme l'a beaucoup impressionné, de même que votre diplôme du Collège de médecine des femmes.

Marie n'en revenait pas que Mme Lane connût aussi bien son parcours.

– J'y vois une preuve de courage, ma chère, et une preuve de votre désir de devenir chirurgienne.

– Je n'ai jamais rien désiré autant.

Mme Lane posa sur l'avant-bras de Marie une main gantée de blanc.

— Je suis persuadée que vous réussirez. En attendant, profitez de cette soirée pour vous détendre et discuter avec vos camarades.

Elle désigna d'un geste les étudiants rassemblés autour d'un buffet chargé d'assiettes de sandwiches, de viandes froides, de petits gâteaux et de bols de punch. Mme Lane s'éloigna et rejoignit son mari.

Marie s'approcha discrètement des invités en espérant que personne ne remarquerait sa présence. Alors qu'elle parlait l'italien, l'anglais et un peu d'espagnol en plus du français, elle n'avait jamais eu le goût des banalités. Elle chercha des yeux un visage amical.

Les autres femmes présentes étaient vêtues avec élégance de robes de soirée en soie, coton et dentelle. Toutes portaient des gants et beaucoup arboraient des chignons compliqués. Marie avait opté pour sa plus belle tenue de tous les jours, une robe à rayures marine et bleu ciel, mieux adaptée à une sortie en bord de mer qu'à une réception mondaine. Quelle importance, puisqu'elle s'éclipserait bientôt afin de prendre le ferry à destination de Napa ? À l'évocation des collines ensoleillées de ce petit paradis, elle éprouva une furieuse envie de partir.

Elle s'apprêtait à prendre congé de la maîtresse de maison lorsqu'elle aperçut Thad en pleine discussion avec des inconnus. Elle s'approcha.

— Vous êtes venue ! s'écria-t-il, ravi. Je vous soupçonnais de vouloir vous défiler.

— J'allais m'en aller, grimaça-t-elle.

Thad, ignorant sa remarque, se tourna vers ses compagnons.

— Tom Reynolds, Jim O'Hare et Reggie Miller, j'aimerais vous présenter Marie Chevreau qui est en première année, comme moi.

Marie en déduisit que les trois jeunes gens étaient plus avancés dans leurs études. Elle tendit une main que Tom saisit.

— Bienvenue, Marie. Ils ne vous ont pas encore dégoûtée de la médecine ? demanda-t-il avec humour.

— Pas du tout, répondit Thad à la place de la jeune femme. C'est au contraire Marie qui fait peur à tous les autres. Elle a plus d'expérience que nous tous réunis.

— Vraiment ? Comment se fait-il ? répliqua Reggie en avalant un sandwich au concombre.

Il avait des cheveux carotte, un visage couvert de taches de rousseur et une bouche épaisse.

— J'étais sage-femme, expliqua Marie, à l'affût de leur réaction.

— Vraiment ? Combien d'enfants avez-vous mis au monde ? Par vous-même, j'entends ? s'enquit Tom avec scepticisme.

— Neuf cent cinquante-deux.

La foudre ne les aurait pas étonnés davantage si elle était tombée à leurs pieds. Jim recouvra ses sens le premier.

— Et combien d'entre eux ont survécu, si vous m'autorisez cette question ?

— Huit cent trente-cinq enfants et neuf cent six mères.

— D'un point de vue statistique, c'est remarquable, non ? réagit Jim en s'adressant à ses compagnons qui acquiescèrent.

— Ce n'est pas encore assez. C'est pour cette raison que je suis ici. Je voudrais apprendre les techniques de césarienne les plus avancées de façon à sauver plus de vies encore.

— Voilà un objectif admirable, l'encouragea Thad.

— Je l'avoue, approuva mollement Jim. À ce propos, avez-vous lu cet article consacré à Donnelly dans le *Journal médical de Cooper* ?

— Tout le monde le prend pour un fou. Pratiquer une opération à cœur ouvert sur un patient blessé par balle ! rétorqua Tom.

— Le patient a-t-il survécu ? s'enquit Marie qui n'en revenait pas d'une telle audace.

— Non, il est mort en cours d'opération.

— C'est triste, mais il serait probablement mort de toute façon, poursuivit-elle. En pareil cas, pourquoi ne pas opérer, si cela peut conduire au progrès de la science ?

Les quatre jeunes gens la regardèrent avec effroi. Marie meubla le silence gêné qui avait suivi sa remarque en se servant un verre d'eau. Thad se racla la gorge et tenta de relancer la conversation en jouant sur le registre de l'humour.

— Lorsque nous aurons terminé les expériences sur les vivants, nous n'aurons plus qu'à démembrer des cadavres afin de créer un monstre digne de Frankenstein.

Tous éclatèrent de rire, mais Marie sentit le sang lui monter aux joues et elle prit congé poliment. Après avoir craint un instant que Thad ne la suivît, elle fut soulagée de se retrouver seule dans une alcôve isolée, près d'une fenêtre ouverte donnant sur Clay Street. La ville bruissait de vie à ses pieds. Livreurs, cochers et vendeurs de journaux se croisaient dans tous les sens. Cette animation n'était pas sans lui rappeler New York, mais elle rêvait de serrer Adeline dans ses bras et de s'assoupir, bercée par le chant des grillons et le hululement des chouettes.

Des applaudissements la tirèrent de sa rêverie. Elle se retrouva soudain au milieu de ses condisciples face à l'escalier, les yeux rivés sur les chaussures du docteur Lane qui s'était hissé sur les marches afin d'accueillir ses invités par un discours. Elle sursauta en entendant une voix grave.

— Vous avez tort de vous évertuer de la sorte, dit le docteur Donnelly qui se tenait près d'elle, son regard tourné vers leur hôte.

— Je vous demande pardon ?

Les yeux turquoise du chirurgien se posèrent sur elle.

— Vous avez tort de vous évertuer à gagner leur respect, s'expliqua-t-il en montrant d'un mouvement de tête les autres étudiants qui buvaient les paroles du docteur Lane.

Comme Marie ne répondait rien, il poursuivit :

— Vous ne vous êtes pas engagée dans un concours de popularité, mademoiselle Chevreau. Seuls survivent les plus forts.

Des applaudissements crépitèrent, auxquels se joignirent Marie et Donnelly. Elle n'avait pas entendu un mot du discours de Lane, uniquement préoccupée de son échange avec le chirurgien. La masse des étudiants se dispersa et elle profita du calme retrouvé pour répondre à son interlocuteur.

— J'en suis bien consciente, docteur.

— En êtes-vous certaine ? rétorqua-t-il, le front barré d'un pli. Tout à l'heure, près du buffet, on aurait cru que vous étiez en campagne pour l'élection du chef de classe.

Marie rougit de honte, avec le sentiment d'être une parfaite idiote.

Le mieux était encore de mettre un terme à la conversation avant qu'il la ridiculisât davantage. Elle releva la tête et il haussa un sourcil. Il prenait un malin plaisir à plonger dans l'embarras ses étudiants. Pourquoi avait-il cherché à l'observer près du buffet ? Une nouvelle façon de la tester, sans doute. Si elle prenait congé sans lui rabattre son caquet, jamais il ne la respecterait.

Elle afficha un sourire moqueur.

— Peut-être, mais la conversation que j'avais près du buffet m'amusait davantage que si j'étais restée coincée le dos au mur comme vous l'avez fait toute la soirée.

Il glossa en rougissant.

— Vous m'avez vu ?

Elle crut discerner pour la première fois une âme derrière le masque du chirurgien. Il était d'une intelligence vive et elle le trouvait intimidant, mais il n'en était pas moins humain. Et séduisant. Elle s'empressa de chasser cette pensée en sortant une montre de la poche de sa robe. 17 h 30. Le dernier ferry partait dans une demi-heure et il lui fallait encore passer prendre sa valise chez elle en chemin.

— Je dois partir.

— Où ?

— Je prends le dernier ferry, répondit-elle d'une voix posée sans lui en révéler davantage, surprise qu'il s'intéresse à elle de la sorte.

— Ah oui, fit Donnelly aimablement en se balançant sur la pointe des pieds.

Marie se demanda s'il était au courant des rumeurs qui circulaient à son sujet.

— Je vous souhaite un bon week-end, ajouta-t-il.

— Vous aussi, sourit-elle de retour, bien décidée à ce qu'il ne s'imagine pas l'avoir déstabilisée.

Elle se mit en quête de ses hôtes, et tandis qu'elle remerciait de leur accueil le docteur Lane et sa femme, elle sentit peser sur elle le regard de Donnelly. Elle se serait volontiers passée de tant d'attention.

*

Marie entendit des pas d'enfant dans le couloir. Sa porte s'entrebâilla.

— Maman ? fit Adeline en passant la tête dans la chambre où sa mère révisait son examen de chimie.

Elle déposa un mug de café sur une serviette pliée en quatre, à côté d'une pile de manuels. Marie caressa distraitement les longs cheveux de sa fille.

— Oui ?

La fillette avait les paupières gonflées d'avoir trop pleuré.

Sarah avait prévenu Marie qu'Adeline avait un problème, mais elle n'avait rien remarqué d'anormal à son arrivée.

— Que se passe-t-il, ma chérie ?

Adeline se mit à pleurer.

— Tu t'es fait mal ?

Adeline répondit par la négative d'un mouvement de tête, secouée de sanglots.

— Jess m'a révélé un secret au sujet de tante Sarah. Je lui ai dit que c'était un mensonge, mais il a entendu ses parents en parler.

Marie fronça les sourcils.

— De quel secret s'agit-il ? Je t'écoute, ma fille.

— Il m'a dit que tante Sarah avait tué mon père !

Le cœur de Marie s'arrêta de battre. Elle pinça les lèvres et serra les paupières. Le jour tant redouté était arrivé, mais elle avait toujours pensé qu'Adeline apprendrait la vérité de sa bouche, et non par l'entremise d'un adolescent indiscret.

Marie attira sa fille à elle.

— Respire fort, Adeline. Nous en discuterons quand tu seras calmée.

— Alors c'est vrai ? réagit l'enfant d'une voix paniquée.

Comment lui révéler la vérité de façon qu'elle comprenne ?

— Elle l'a tué accidentellement en se défendant.

— De quoi ?

— Ton père n'était pas un homme gentil. Il était marié à la sœur de Sarah, Lydie, et il la maltraitait. Un soir, il s'en est pris à tante Sarah et il lui aurait fait beaucoup de mal si elle ne l'avait pas arrêté.

— C'est pas ce que m'a dit Jess !

Marie pâlit.

— Comment Jess et son père pourraient-ils être au courant ? Ils ont sans doute entendu des rumeurs qui circulent sur notre passé et ils tentent à présent de t'embobiner.

— Mais elle l'a *tué*, maman !

Il ne faisait guère de doute aux yeux de Marie que sa fille craignait pour sa vie.

— Ton père a attaqué Sarah en lui faisant très mal, comme il l'avait fait avec sa sœur, la maman de Luc. Sarah a été obligée de se défendre, sinon il aurait pu la tuer.

— Mais tu m'avais expliqué qu'il était mort dans un incendie, l'accusa Adeline.

Marie posa une main sur le genou de sa fille.

— L'incendie s'est déclenché après. Je pensais que tu étais trop jeune pour te fournir tous les détails.

— Tu comptais m'en parler un jour ?

— Oui. Philippe, Sarah et moi avions décidé de tout te dire avec Luc quand vous seriez plus grands.

— Tu veux dire qu'oncle Philippe est au courant ? demanda Adeline en écarquillant les yeux.

— Bien sûr. Il sait que tante Sarah n'a pas eu le choix, et il l'aime malgré tout.

— Je ne veux plus rester toute seule avec elle ! gémit l'enfant.

— Ma chérie, tenta de l'apaiser Marie en couvrant ses petites mains de baisers. Sarah t'aime et ne te fera jamais de mal. C'était elle la victime, et non ton père. Je suis désolée de te le dire, Adeline, mais ton père méritait ce qui lui est arrivé.

— Sauf qu'à cause d'elle, je ne le connaîtrai jamais !

— Mais c'est aussi grâce à elle que ton demi-frère Luc est encore vivant.

— Mais…

Marie serra les mains de la fillette entre les siennes.

— Ton père a refusé de se marier avec moi et il nous a rejetées toutes les deux.

Elle avait conscience de prononcer des paroles dures, mais c'était la vérité et Adeline allait devoir l'affronter.

— Tu es une petite fille intelligente, belle et douce qui mérite d'être aimée comme nous t'aimons, alors que ton père n'aimait personne.

Les traits d'Adeline se décomposèrent. Marie la prit dans ses bras et elles restèrent longtemps serrées en silence l'une contre l'autre.

*

Le lendemain matin, Sarah déposait sur la paille de la carriole les bouteilles de vin et les pots de confiture que lui tendait à mesure Adeline lorsque celle-ci se décida enfin à lui parler.

— Maman m'a expliqué que tu avais tué mon père.

Sarah, alertée par Marie la veille, lui répondit d'une voix douce :

— C'est vrai. C'était un accident, Adeline, et j'en suis infiniment désolée.

— Pourquoi en serais-tu désolée ? Maman me dit qu'il t'avait fait du mal, comme à ta sœur.

— C'est le cas, mais je n'en reste pas moins désolée d'avoir été contrainte… de me défendre au prix de sa vie.

— Ton père est mort, lui aussi ?

Sarah marqua sa surprise.

— Oui, il a été emporté par une coulée de boue quand j'avais dix-sept ans.

— Tu étais jeune, remarqua Adeline avec compassion.

— C'est vrai, et j'en ai été meurtrie. Je comprends donc très bien ta tristesse.

Adeline se hissa sur le banc de la carriole et posa sur ses genoux la dernière boîte à gâteau.

— Tu ne me feras jamais de mal, tante Sarah, n'est-ce pas ?

La gorge de Sarah se noua.

— Jamais, répondit-elle d'une voix sourde en serrant la petite fille contre elle. Je t'aime comme ma propre fille.

*

Sarah alla trouver Jess le lendemain alors qu'il remplissait de paille les mangeoires des chevaux.

— À quoi pensais-tu donc, en allant raconter des fausses vérités à une gamine de dix ans, au point de l'effrayer de la sorte ?

Jess se défendit en levant les mains.

— Je n'ai fait que lui répéter ce que disait mon père.

Sarah, furieuse, comprit qu'elle n'avait d'autre choix que de rétablir la vérité, même si son passé ne regardait en rien les Sumter.

— Le frère de Philippe était une brute qui battait ma sœur et qui a voulu me violer. Je l'ai tué accidentellement en me défendant.

Elle s'approcha de l'adolescent à le toucher.

— Si tu n'as pas envie de finir tes jours dans la prison du comté, je te conseille d'arrêter de colporter des ragots et d'effrayer les petites filles. C'est compris ?

Jess marqua le coup.

— Oui, madame Lemieux. Je suis désolé.

Philippe les interrompit en s'avançant dans les écuries.

— Que se passe-t-il ? demanda-t-il, surpris.

— Tout va bien, lui répondit Sarah comme si de rien n'était. Jess avait besoin de quelques explications et je les lui ai fournies. N'est-ce pas, Jess ?

— Oui, madame, marmonna-t-il en avalant bruyamment sa salive.

En dépit des difficultés qu'ils traversaient dans leur couple, Sarah savait pouvoir compter sur Philippe, et elle lui serra affectueusement le bras en quittant les écuries.

26

Décembre 1901

Marie avait obtenu d'excellentes notes à ses examens intermédiaires, et c'est d'une main tremblante qu'elle consulta les résultats des tests de fin d'année. Elle avait entre neuf et dix dans toutes les matières, à l'exception du cours de chimie de Matthew Donnelly. Comment avait-il pu la gratifier d'un simple huit avec la copie qu'elle lui avait rendue ? Elle décida de lui demander des comptes avant de retourner à Napa pour les vacances de Noël. Elle s'apprêtait à toquer à la porte de son bureau ce vendredi après-midi là lorsqu'une voix s'éleva dans son dos.

— Mademoiselle Chevreau ?

Elle se retourna et découvrit le chirurgien, une montre gousset à la main.

— Veuillez me suivre, s'il vous plaît.

Elle se précipita à sa suite en le voyant disparaître dans l'escalier.

— Où me conduisez-vous ?

— J'imagine que vous êtes venue me trouver au sujet de votre note ?

— Oui, fit-elle, exaspérée, mais…

— Suivez-moi, répéta-t-il.

Il l'entraîna à l'extérieur du bâtiment et ils traversèrent la rue en direction de l'hôpital.

Marie, ses manuels serrés contre sa poitrine, était essoufflée. Elle s'en voulait de le suivre ainsi, comme un petit chien. Donnelly pénétra dans l'hôpital et la guida jusqu'à un amphithéâtre où avaient déjà pris place une centaine d'étudiants. Au bas des gradins se déroulait une opération en public.

— La gangrène s'est installée, si bien qu'il faut procéder à une amputation au-dessus du genou, chuchota Donnelly à l'oreille de Marie. Regardez bien.

Sur l'estrade, le chirurgien achevait d'aiguiser ses instruments.

À l'inverse des chirurgiens aux opérations desquels Marie avait assisté pendant le premier trimestre, celui-là s'exprimait d'une voix claire pleine d'assurance tout en pratiquant l'opération, ce qui rendait la scène captivante. Le praticien détailla la procédure d'anesthésie, l'amputation à l'aide d'une guillotine, les moyens mis en œuvre pour la guérison du patient. Marie, subjuguée par ce qu'elle voyait, chuchota une question à l'adresse de son voisin en voyant le chirurgien sur l'estrade panser le moignon :

— Pourquoi ne pas achever de suturer la plaie avant d'appliquer un bandage ?

— On posera les points de suture dans quelques jours, une fois la certitude acquise que la plaie ne s'est pas infectée.

Marie remarqua que Donnelly l'observait. Elle lui lança un regard en coin en fronçant les sourcils.

— Qu'y a-t-il, docteur ?

— Vous adorez ça ? demanda-t-il en montrant l'estrade d'un mouvement de tête.

Marie rougit. Il devait la trouver diantrement excentrique de prendre plaisir à un tel spectacle. Il n'avait pas tort, elle éprouvait une fascination proche de l'exaltation.

— Je rêve de pratiquer de telles opérations, avoua-t-elle, surprise de sa propre franchise.

Elle se leva alors que l'amphithéâtre se vidait.

— Restez donc un instant, l'invita Donnelly d'une voix amène avant de s'expliquer : Si je vous avais notée au seul vu de vos résultats, vous auriez eu neuf. Mais si vous souhaitez devenir une chirurgienne de renom, mademoiselle Chevreau, il vous faut vous exprimer davantage. En cours comme à l'extérieur.

Marie ne cacha pas son étonnement.

— Je me suis contentée de répondre aux questions posées pendant l'examen.

— En effet, mais j'ai le sentiment que vous êtes rarement d'accord avec vos condisciples, ou avec moi. Il faut exprimer vos réserves, même au risque d'être dans l'erreur à la fin.

Elle se leva brusquement.

— Je suis une femme, docteur Donnelly. Je n'ai pas le droit à l'erreur, se justifia-t-elle sèchement. Merci de votre temps.

Donnelly se leva à son tour en la voyant s'éloigner.

— Si vous voulez recevoir de meilleures notes, mademoiselle Chevreau, j'ai besoin de savoir ce que vous *pensez*, et pas uniquement ce que vous savez.

Marie quitta l'amphithéâtre, tremblante de rage.

*

Trois jours durant, elle rumina les conseils de Donnelly et ne retrouva un semblant de calme qu'à l'heure du dîner du réveillon. Après avoir récité le bénédicité, elle éprouva un profond sentiment de gratitude. Elle mesurait soudain la chance qu'Adeline et elle avaient d'avoir une telle famille, après des années de solitude auprès des sœurs du convent de Mott Street.

Adeline donnait des cuillerées de purée à Johnny, lové dans les bras de Sarah. Marie avait peine à croire que sa fille eût grandi aussi vite. La fillette, ses longs cheveux retenus librement par un ruban rouge, avait le teint animé par la chaleur du feu. Elle n'avait plus rien de l'enfant gauche que Marie avait toujours connue. Depuis son arrivée à Eagle's Run, elle partageait son temps entre l'école, les tâches ménagères et les jeux partagés avec Luc et Pippa, si bien qu'elle n'était jamais à court d'activités.

L'odeur de dinde rôtie, mêlée à celle des pignons de pin grillés, s'échappait de la cuisine, évoquant à Marie les Noëls de son enfance. Cela faisait plus de dix ans qu'elle n'avait pas vu ses parents ou ses frères et sœurs, aucun d'eux ne connaissait Adeline. Elle en eut un pincement au cœur. Elle recevait des lettres de sa famille tous les mois, mais les étreintes de sa mère lui manquaient, tout comme son parfum de rose poivré de menthe.

Ils avaient achevé de décorer le sapin avec des boules de verre juste avant de passer à table, c'était la première fois que Marie et Adeline découvraient des guirlandes électriques. Les ampoules vertes, rouges et dorées donnaient un air festif au salon.

Pippa, qui venait de fêter son quatrième anniversaire, se hissa sur les genoux d'Aurora. Elle ressemblait aux lutines blondes des livres d'Adeline dont elle avait la vivacité. Le jour où son bec-de-lièvre serait opéré, elle s'exprimerait avec autant d'éloquence qu'Adeline, et la famille ne serait pas au bout de ses peines.

Aurora passa le plat de patates douces au sirop d'érable à Marie, mais Luc s'empara de la cuillère avant qu'elle eût pu la saisir. Marie attendit qu'il eût terminé pour déposer sur son assiette une montagne de légumes, en attendant que Philippe finît de découper la dinde. Sa brûlure à la main n'avait en rien entamé sa détermination naturelle, mais ses yeux rougis par la fatigue trahissaient son épuisement.

Lors de ses visites, Marie le voyait souvent arpenter ses vignes seul, ou bien planté devant les ruines de son chai. Nul doute qu'il devait se trouver en butte à des problèmes financiers. Sarah avait avoué à Marie qu'ils avaient tout juste assez d'argent pour la confection d'un petit gâteau de Noël et l'achat de jouets pour les enfants. Tous les sous qu'ils parvenaient à mettre de côté serviraient un jour à reconstruire le bâtiment détruit.

Marie allait interroger Philippe à ce sujet lorsque Aurora la devança.

— Dites-moi, Philippe, quand donc comptez-vous bâtir un nouveau chai ?

— Vous auriez pu attendre que j'en aie terminé avec cet animal pour m'interroger, répondit-il en riant, le couteau à la main.

Sarah adressa un regard courroucé à Aurora qui l'ignora.

— Vous savez bien que nous sommes en famille, Philippe, se justifia-t-elle en se servant des haricots. Je suis curieuse de connaître vos projets. J'avoue avoir moi-même quelques petites idées.

— Voilà qui ne surprendra personne, Aurora, s'interposa Sarah sur un ton enjoué.

Un large sourire éclaira le visage de Philippe.

— Puisque vous me posez la question, sachez que j'ai décidé d'ériger dès l'été prochain un nouveau chai ainsi qu'une salle de dégustation, annonça-t-il fièrement.

Aurora battit des mains.

— J'en étais sûre ! C'est une idée formidable !

À en juger par son expression abasourdie, Sarah n'était pas au courant. Elle restait comme pétrifiée sur sa chaise. Elle attendit que tout le monde fût servi et commençât à manger pour se tourner vers son mari.

— Quand as-tu pris cette décision ? s'enquit-elle posément.

Au lieu de lui répondre directement, Philippe s'adressa à l'ensemble de la tablée.

— Il s'agit d'un projet compliqué dans lequel je n'ai pas les moyens de me lancer tant que je n'ai pas reçu les avances de nos clients pour la récolte 1901. Sarah m'a montré l'exemple avec le succès de son commerce ambulant, mais j'ai pensé qu'au lieu d'aller à la rencontre du public, le mieux serait encore de l'amener à nous.

— De quelle façon comptez-vous attirer les gens ici ? l'interrogea Aurora en trempant une bouchée de dinde dans la sauce.

Marie en profita pour observer Sarah du coin de l'œil. Loin d'être sensible au compliment de Philippe, la jeune femme broyait méthodiquement ses patates à la fourchette afin de les réduire en purée.

— Je pensais engager un cocher qui prendrait les voyageurs à Napa Junction et aux autres gares de la région. J'ai l'intention de modifier le chai. Le raisin sera pressé au deuxième étage, la fermentation aura lieu au premier et la cave servira à stocker les fûts.

Sarah blêmit. Aurora, qui semblait ne rien remarquer, insista :

— Ce qui vous laisse le rez-de-chaussée pour la salle de dégustation, c'est bien ça ?

— Oui, je devrais pouvoir y accueillir cinquante personnes sans difficulté, approuva Philippe d'une voix qui trahissait son animation.

Sarah attendit qu'il reprît son souffle pour intervenir.

— Puis-je savoir pourquoi tu ne m'as pas consultée ?

Philippe reposa brutalement son couteau.

— Sans doute parce que tu passais ton temps à manifester au nom des vendeuses et des ouvrières de la tannerie, rétorqua-t-il d'une voix dédaigneuse qui dissimulait mal sa colère.

Un silence gêné se fit autour de la table. Aurora s'aventura à réagir la première.

— Je vous en prie, Philippe. Ne gâchons pas cette soirée de fête, dit-elle en tortillant sa serviette entre ses doigts. En outre, c'est essentiellement de ma faute si Sarah consacre autant de son énergie et de son temps à la cause des femmes. Vous connaissez mon caractère entier.

Elle adressa à Sarah un coup d'œil penaud dans le silence retrouvé que seuls troublaient les petits cris de Johnny. La jeune femme se leva brusquement, son bébé dans les bras.

— Je vous prie de m'excuser, déclara-t-elle avec une politesse forcée. Je n'ai pas faim.

*

Marie frappa à la porte de la chambre de Sarah et entra dans la pièce.

— Où est Johnny ? s'inquiéta-t-elle.

Sarah était l'incarnation même de la fragilité, ses longues jambes pendant du lit.

— Il dort, répondit-elle sans entrain.

Marie referma le battant derrière elle.

— Les hommes sont décidément les êtres les plus énervants au monde, tenta-t-elle en prenant place à côté de Sarah avant de lui passer un bras autour des épaules.

Sarah laissa échapper un petit rire sans joie.

— Tu as bien raison, balbutia-t-elle entre deux reniflements, se tamponnant les yeux avec la manche de sa robe.

Marie souffrait de la voir ainsi, en particulier une veille de Noël.

— Je n'y arrive pas, Marie, dit Sarah, proche de la panique. Entre les enfants, la propriété, mon commerce, le club… qu'attend-il d'autre de moi ? Il décide constamment de tout, il n'a même pas sollicité mon avis sur ce projet !

— Je sais, voulut la réconforter Marie. Philippe est têtu, il travaille constamment et il a des principes, c'est vrai, mais tu es exactement comme lui, ma chérie.

— Peut-être, se cabra Sarah, mais il ne comprend pas ce que je fais pour les femmes. Quelle vie auront nos filles si on leur refuse le droit de vote et un salaire honnête ? Elles resteront démunies toute leur vie, comme ma mère.

— Pas tant que tu leur montreras l'exemple. Tu es intrépide, Sarah.

Sarah lui répondit par un sourire narquois.

— Philippe préfère de loin l'adjectif *obstinée*.

Elle prit la main de Marie dans les siennes.

— Je te remercie infiniment de ta gentillesse, Marie, mais j'ai besoin de rester seule. Cela ne t'ennuie pas ?

Marie n'avait pas vu Sarah aussi perdue depuis la mort de sa sœur Lydie, cinq ans plus tôt. Le mot perdu était d'ailleurs trop faible. Sarah était désespérée. Marie lui tapota gentiment le genou.

— Rien d'étonnant à ce que vous soyez aussi à cran tous les deux, après tout ce que vous avez vécu. Tu verras, tout finira par s'arranger. Tu trouveras une solution.

Elle allait quitter la pièce lorsqu'elle ajouta d'un air inquiet :

— Tu n'as pas le choix.

*

Sarah tira de sa poche la lettre de Noël envoyée par sa mère et caressa le papier sur lequel s'étalait la délicate écriture maternelle. Maman lui posait une simple question, à laquelle Philippe s'obstinait à ne pas répondre. *Quand crois-tu que nous pourrons replanter les vignes ?*

Le mois d'août était passé depuis longtemps et Philippe n'avait toujours pas remboursé à Sarah la somme destinée à Saint-Martin. Sa mère et Jacques avaient utilisé la majeure partie des revenus de la propriété à reconstruire la maison, il était grand temps de penser aux vignes dévastées. Sarah ne supportait plus les réponses évasives de Philippe. S'il avait suffisamment d'argent pour ériger un nouveau chai, pourquoi négligeait-il autant Saint-Martin ?

Elle entama une ronde dans la chambre en tapotant nerveusement sur ses lèvres la croix en bois qu'elle portait en pendentif. Ce bijou était un souvenir de Jacques qui avait taillé ce crucifix à son intention bien des années plus tôt. Elle revit en pensée le Saint-Martin de son enfance, le petit pincement qu'elle ressentait à l'estomac lorsqu'elle goûtait aux premières grappes de la saison.

À force de s'agenouiller dans la terre calcaire du domaine de Saint-Martin, et en dépit de ses jupes épaisses, elle avait constamment les genoux rugueux à l'époque. Elle n'avait jamais oublié l'odeur capiteuse de vin et de vieux chêne qui l'accueillait lorsqu'elle poussait la porte de la cave. Prise d'une bouffée de nostalgie, elle se revit dans les champs de tournesols en train de chasser Lydie dont les boucles serrées volaient à chacune de ses enjambées.

Sarah serra les paupières en sentant la main de son père lorsqu'il la soulevait par la taille et la faisait virevolter dans le salon les jours de fête. Papa sentait le tabac et la menthe verte, ses favoris lui râpaient la joue lorsqu'il l'embrassait le soir dans son lit. Elle s'agrippa au montant du lit, prise de vertige, avant de se reprendre en refoulant ses larmes. Le décor qui l'entourait retrouva toute sa netteté et elle prit soudain une résolution. Le domaine de Saint-Martin lui avait été légué par son père et elle n'entendait pas l'abandonner.

Elle se mit à quatre pattes et sortit la valise cachée sous le lit, la posa sur l'édredon et la remplit en prenant des affaires au hasard des tiroirs qu'elle ouvrait l'un après l'autre. Sa décision était prise et elle en était tout étourdie.

Elle sursauta en entendant des pas lourds dans l'escalier. *Philippe.*

Elle se regarda dans la glace. Il était trop tard pour dissimuler ses yeux rougis, mais sa coiffure impeccable contribuait à lui conférer une apparence calme. Elle prit longuement sa respiration, croisa les mains, et attendit.

Elle ne répondit pas en l'entendant frapper. Il poussa le battant d'un air gêné. Son expression changea du tout au tout lorsqu'il aperçut sur le lit la valise pleine de vêtements.

Il se précipita vers elle en deux enjambées et lui saisit les avant-bras.

— Où vas-tu ? aboya-t-il.

— Je rentre à Saint-Martin, répondit-elle d'une voix forte dont elle s'évertuait à chasser le tremblement.

— Tu me quittes ? s'emporta Philippe en resserrant son étreinte. Les enfants aussi ?

Sarah fut prise de peur en le voyant dans un tel état.

— Je pars… provisoirement, balbutia-t-elle.

Elle redressa la tête.

— Je compte les aider à replanter les vignes.

Philippe la rejeta brutalement, elle tituba en arrière et s'écroula sur le lit. Il planta ses deux mains de part et d'autre des hanches de sa femme et se pencha au-dessus d'elle. Il la serrait de si près qu'elle sentit sur son haleine le sherry qu'il avait bu ce soir-là.

Elle fut tentée de le repousser d'une gifle tout en éprouvant étrangement au fond d'elle-même l'envie furieuse de lui mordre la lèvre, de le séduire par ses caresses jusqu'à ce qu'il implore miséricorde. Sans doute devina-t-il la lutte qui se jouait en elle car ses traits s'adoucirent et il la chevaucha sans qu'elle esquisse un mouvement. Le temps d'une éternité s'écoula avant qu'il recouvre suffisamment de sang-froid pour être capable de s'exprimer.

— Pourquoi ce besoin soudain de rentrer à Saint-Martin ? Je t'avais pourtant dit que…

— Cela fait quatre ans, Philippe ! Quatre ans que tu me promets de replanter ces vignes. Même maman perd patience ! le coupa-t-elle en brandissant la lettre. Tu n'as de cesse de reconstruire le chai, mais j'en arrive à me demander si tu as jamais eu l'intention de me rembourser. Seul Eagle's Run t'intéresse ! cria-t-elle en l'écartant pour échapper à son étreinte et se réfugier dans un coin reculé de la chambre.

Philippe se releva et s'avança vers elle d'une démarche féline, la paume en avant dans l'intention d'apaiser sa colère. Elle se colla contre la cloison.

— Sarah, Eagle's Run est notre principale source de revenus, ce qui justifie pleinement la priorité que je donne à ce domaine. Tu le sais pertinemment, puisque nous avons bâti cette propriété ensemble. Je donnerai mon feu vert à Jacques pour replanter les vignes de Saint-Martin dès que nous aurons rentré de l'argent.

Elle esquiva son regard, sans savoir si elle devait le croire.

Il changea d'angle d'attaque.

— Il n'a jamais été question pour moi de t'exclure de la moindre décision, mais au contraire de te réserver une surprise. C'est seulement quand tu m'as attaqué que j'ai mal réagi.

Sarah n'en revenait pas. Il l'avait humiliée devant ses enfants et ses amis ! Elle écarquilla les yeux.

— Jamais je n'abandonnerai la lutte pour le droit des femmes !

Philippe posa sur elle un regard incrédule.

— Et moi, jamais je n'accepterai que tu soutiennes le mouvement des suffragettes, dont tu sais très bien qu'il met en danger tout ce pour quoi je me bats ! tonna-t-il.

Les pleurs de Johnny s'élevèrent quelque part dans la maison.

— Tout ce pour quoi *tu* te bats ? hurla-t-elle. À quoi crois-tu que j'occupe mes journées ? Pendant que tu passais ton temps à dépenser de l'argent dans tes vignes, j'en *gagnais* en vendant du vin sur la place de la gare, enceinte, par une chaleur étouffante ! Oui, moi ! C'est moi seule qui ai fait vivre cette famille !

Philippe enfonça son poing dans la cloison à côté de la tête de sa femme. Des éclats de plâtre volèrent à leurs pieds. Sarah baissa instinctivement la tête, effrayée, mais il l'immobilisa par la taille en la maintenant contre le mur.

— Bon Dieu, Sarah ! Tu ne vas nulle part tant que nous n'avons pas réellement parlé de tout ça !

— Comme si mon avis t'intéressait ! Tu te fiches bien de mon opinion ! Tu préfères de loin me dicter ma conduite, me dire…

Philippe lui saisit la gorge d'une main et écrasa sa bouche douloureusement contre la sienne en l'empêchant d'achever sa phrase. Au bord de l'étouffement, Sarah lui griffa la joue jusqu'à ce qu'il la libérât. Elle s'empressa de se dégager, le souffle court.

— Tu n'es qu'une brute, Philippe. Tu ne vaux guère mieux que ton frère ! cria-t-elle avant d'éclater en sanglots.

Stupéfait, il se plia en deux comme s'il avait reçu un coup de poignard.

La porte de la chambre s'ouvrit à la volée et Aurora fondit sur eux, le visage noir de rage.

— À quoi jouez-vous tous les deux, à crier comme tous les chiens de l'enfer en faisant trembler les murs au point de terroriser vos enfants ? Auriez-vous perdu la tête ?

Philippe se laissa glisser sur le plancher, les coudes posés sur ses genoux écartés, le visage marbré de griffures. L'état d'hébétude dans lequel il se trouvait prit Sarah par surprise.

— Je suis désolé, Aurora, s'excusa-t-il d'une voix rauque.

Sarah tamponna sa lèvre tuméfiée, incapable de prononcer une parole. Elle n'avait aucune intention d'implorer le pardon de Philippe. Elle se réfugia de l'autre côté du lit, referma sa valise dont elle saisit la poignée comme s'il s'agissait d'une bouée de sauvetage sur une mer en furie et quitta la pièce sans un regard en arrière.

*

Elle avait parcouru moins d'une centaine de mètres dans l'obscurité lorsqu'elle entendit des pas derrière elle. Une main s'accrocha au pan de son manteau et elle pivota sur elle-même, prête à se battre, en manquant de renverser Aurora dans son élan.

Elle reconnut le visage inquiet de son amie à la lueur de la lanterne qu'elle tenait à la main.

— Aurora !

— Où allez-vous ? lui demanda l'agronome sur un ton réprobateur. C'est Noël, les enfants rêvent de gâteaux et de cadeaux, pas de parents qui se déchirent sous leurs yeux.

Sarah éprouva à ces mots un sentiment de honte, tout en se disant que le fautif était Philippe, et non elle.

— Je ne peux pas retourner à la maison, Aurora, murmura-t-elle au souvenir de la fureur de son mari, de son incapacité à l'écouter. M'autorisez-vous à venir chez vous ?

— Cette nuit, ou bien définitivement ?

— Cette nuit déjà. Ensuite, on verra bien.

Aurora la prit par le bras et l'entraîna vers sa ferme, leurs jupes bruissant entre les pieds de vigne.

Une fois sur place, Aurora alluma un feu et mit la bouilloire sur le poêle tandis que Sarah, épuisée, se laissait tomber sur l'une des chaises en bois de la cuisine. Aurora versa dans deux mugs une lampée de bourbon, une bonne cuillerée de miel et quelques clous de girofle avant d'y ajouter de l'eau brûlante. Elle glissa l'un des deux grogs en direction de Sarah en lui recommandant de bien mélanger le tout.

— Je ne sais plus quoi faire, soupira Sarah, la tête dans les épaules.

Aurora, impassible, remua bruyamment sa cuillère dans le mug.

— Je vais vous le dire, dit-elle en goûtant le remontant. Vous allez rentrer chez vous demain matin et discuter avec votre mari. Je trouve son comportement inexcusable, mais tout le monde commet des erreurs, nom d'un chien ! Réfléchissez à tout ce qu'il a vécu depuis un an. Son père s'est suicidé et sa fille a bien failli mourir dans l'incendie qui lui a coûté sa récolte ! Vous avez construit Eagle's Run ensemble, vous êtes autant responsables l'un que l'autre de son avenir. Philippe s'efforce de rebâtir sa *vie*, et vous faites des manières à propos de Saint-Martin et du droit de vote des femmes !

Aurora ponctua sa phrase d'un coup de poing sur la table qui fit sursauter Sarah. Cette dernière était rouge de honte à l'idée que tout le monde eût entendu leur dispute.

— Tout ce que je dis, poursuivit Aurora en chassant une mèche de cheveux de son front, c'est que jamais vous ne trouverez quelqu'un qui vous aime davantage que Philippe Lemieux, vous et les enfants.

Les doigts de Sarah se crispèrent autour de l'anse de son mug.

— Vous n'êtes pas mariée avec lui.

Aurora afficha une moue dubitative.

— Vous a-t-il réellement frappée ?

— Non, répondit Sarah sur un ton hésitant. C'est le mur qui a pris.

Comment aurait-elle pu expliquer à son amie la façon brutale dont il l'avait embrassée, et dont elle s'était défendue ?

— Vous m'avez l'air perdue, ma chérie, réagit Aurora avec bienveillance. Le mariage n'est pas une relation à cinquante-cinquante. Il faut parfois mettre quatre-vingts pour cent quand l'autre n'est pas en mesure d'en apporter plus de vingt, et vice versa.

Sarah repensa à la perte de leur petite fille, aux mois de malaise au cours desquels Philippe avait enduré sa dépression en silence, sans jamais la bousculer. Il avait assumé ses tâches à elle sans l'ombre d'une remarque. D'un autre côté, pourquoi ne pas l'avoir consultée ?

— Sarah, depuis combien de temps n'avez-vous pas… euh… fait des galipettes dans le foin ?

Sarah faillit s'étrangler avec son grog.

— Je ne connaissais pas cette expression, mais cela fait un certain temps.

En y réfléchissant bien, une ou deux fois depuis la naissance de Johnny.

— Cela ne me regarde pas et je ne dis pas non plus que cela réglera tout entre vous, mais un peu de douceur fait parfois du bien, vous ne croyez pas ?

*

Philippe avait mal partout. Il n'avait quasiment pas fermé l'œil de la nuit, obnubilé par son comportement méprisable. Il devait être 5 heures, à en juger par les premières lueurs de l'aube, lorsqu'il finit par se lever. Il enfila ses bottes, un manteau, et se glissa hors de la maison.

L'air glacial de ce petit matin d'hiver lui redonna du poil de la bête. Par chance, la lune brillait dans le ciel et il traversa ses vignes en direction de la maison d'Aurora. Il reconnut la silhouette sombre de sa femme devant la façade blanche de la ferme. Sarah descendit les quelques marches de la véranda, précédée par un nuage de buée, son visage nimbé d'un éclat argenté, et s'avança dans le jardin de cette démarche élégante qui avait toujours fait fondre Philippe.

— Bon sang, ma femme. Tu me déchires les entrailles, se murmura-t-il à lui-même en rassemblant son courage avant de s'approcher.

Il prononça son nom d'une voix douce de façon à ne pas l'effrayer. Elle se retourna lentement et lui montra un visage impassible, comme si elle l'attendait. Elle n'avait pas quitté sa robe rouge de la veille, celle qu'il lui avait achetée à Tours, se contentant de passer un châle autour de ses épaules. Il l'avait toujours trouvée ravissante dans cette tenue. Tout en ayant retrouvé sa minceur coutumière, plusieurs mois d'allaitement avaient légèrement renforcé ses seins qui épousaient parfaitement désormais la taille des mains de Philippe. La gorge de ce dernier se serra sous l'effet combiné de son désir pour elle et du dégoût que lui inspirait sa propre attitude la veille. Sarah s'immobilisa à quelques pas de lui sans qu'il ose tendre la main.

— Je suis un imbécile, Sarah.

Sa bouche dessina une moue qui n'était pas tout à fait un sourire.

— Oui, se contenta-t-elle de répondre en posant sur lui un regard intense souligné par un battement de paupières.

Il hésita longuement sur la conduite à suivre avant de lui tendre la main.

— Tu viens te promener avec moi ?

Elle le dévisagea attentivement et finit par lui caresser la joue à l'endroit où elle l'avait griffé.

— Tu as mal ? s'enquit-elle d'une voix teintée de bienveillance.

— Oui, mais je l'ai bien mérité, sourit-il d'un air contrit en prenant les doigts glacés de Sarah entre les siens.

Comme il la sentait toujours hésitante, il glissa son coude dans sa main et l'entraîna vers la rivière. Ils s'éloignèrent de la maison sans un mot, le silence de la nuit finissante à peine troublé par le bruit de leurs pas dans l'herbe. Sarah avançait d'un pas raide. Philippe se fit la réflexion que la familiarité amoureuse qui les avait si bien rapprochés jusque-là avait disparu depuis la naissance de Johnny, emportée par l'entêtement de Sarah comme par son propre ressentiment.

— Je n'ai aucune excuse, murmura-t-il, la gorge serrée, en s'efforçant d'oublier qu'elle l'avait comparé à Bastien. J'aurais pourtant aimé pouvoir m'expliquer.

Elle l'encouragea d'un mouvement de tête. Ils firent halte au milieu d'un bosquet de jeunes érables. Philippe caressa du pouce le dos de la main de sa femme, conscient que c'était encore la meilleure façon pour lui d'exprimer sa sincérité.

Incapable de trouver les mots justes, il posa son front contre celui de Sarah dans l'espoir qu'elle prenne la mesure de sa contrition.

— Sarah, l'implora-t-il.

Elle lui prit la nuque à deux mains et l'obligea à la regarder.

— Je t'écoute.

Comment lui dire ? Il aurait pu lui expliquer qu'il adorait le parfum de sa chair, la courbe de son cou de reine. Il aurait pu lui avouer qu'il caressait ses longues mèches châtaines lorsqu'elle dormait à ses côtés, qu'il n'aimait rien tant que lui donner du plaisir lorsqu'il mettait son âme à nu en lui faisant l'amour.

Lui qui avait presque tout perdu avait la hantise de la perdre aussi. Il aurait pu lui donner un million de raisons pour lesquelles il voulait la garder à ses côtés, mais une seule comptait réellement.

— Je ne veux que toi, dit-il.

Elle prit longuement sa respiration.

— Tu m'as fait très mal, répliqua-t-elle en le sondant d'un regard sans complaisance.

— Je sais, et je te demande humblement pardon. J'enverrai moi-même les plants de vigne à Jacques à la première occasion, nous trouverons le moyen de…

Elle le fit taire en caressant ses lèvres du bout des doigts, les yeux brillants de larmes.

— Ne me quitte pas, la supplia-t-il dans un chuchotement.

— Tu m'étouffes, Philippe.

Ces mots, prononcés avec une telle tristesse, lui firent l'effet d'une révélation. En s'efforçant de dompter l'enthousiasme de Sarah, en méprisant sa conception de la vie et de la famille, il brimait l'âme de la femme qu'il adorait.

— Viens passer Noël à la maison. Pour les enfants.

Elle hocha la tête après une hésitation.

— Et ensuite ? s'enquit-elle en évitant de croiser son regard.

Il ne put résister à l'envie de poser son menton dans le creux de son épaule, sur le doux coussin de ses cheveux.

— Ensuite, affirma-t-il avec certitude, je m'attacherai à te reconquérir. Tu verras.

*

Sarah fut réveillée par une délicieuse odeur de pancakes, de bacon et de café. Elle fut accueillie dans la cuisine par les cris de joyeux Noël que poussèrent les enfants à sa vue. Marie, rayonnante, ne s'autorisa aucune allusion à la scène de la veille. Après avoir assisté à la messe à l'église Saint-John de Napa, Marie et Sarah réchauffèrent les restes de dinde qu'elles servirent avec des panais grillés, de la purée et de la confiture de framboise, avant de poser sur la table un pudding aux fruits qui ravit les petits. Tout au long de cette journée, Philippe veilla à ne pas se montrer trop empressé, ce qui rendit Sarah d'autant plus sensible à ses moindres faits et gestes. Elle admirait secrètement ses mains chaque fois qu'il lui versait du vin, son torse moulé par sa chemise lorsqu'il rechargeait l'âtre en bûches, sa bonne humeur enfantine lorsqu'il s'assit en tailleur par terre afin d'aider Adeline, Luc et Pippa à déballer leurs cadeaux.

En fin de journée, tandis que Marie et sa fille devisaient tranquillement en faisant la vaisselle, Sarah mit au lit Johnny et Luc à l'étage pendant que Pippa jouait aux cartes avec son père. De retour dans le salon, elle trouva Philippe assoupi dans une chaise longue, chevilles croisées. Pippa, lovée dans ses bras, dormait contre sa poitrine, sa petite main accrochée au col de la chemise paternelle. Sarah, un pincement au cœur au souvenir de la petite fille qu'elle avait perdue, caressa les cheveux blonds de Pippa en remerciant le ciel de lui avoir accordé cette enfant.

Elle se laissa tomber sur un coussin près du feu, pétrie de remords. Aurait-elle vraiment trouvé la force de retourner en France en laissant ses enfants derrière elle ? Sa détresse aurait pu l'y inciter, mais elle se serait rendue coupable d'une grande injustice. Sa famille passait avant tout. Ainsi que le lui avait rappelé Philippe, ils allaient devoir trouver le moyen de s'en sortir.

Philippe se réveilla en sursaut lorsque Sarah voulut lui retirer Pippa des bras.

— Quelle heure est-il ? demanda-t-il en se frottant les yeux.

Sarah posa un doigt sur sa bouche et monta à l'étage coucher la fillette. Celle-ci bordée dans son lit, Sarah traîna dans le couloir avec l'espoir que Philippe viendrait la rejoindre tout en se doutant qu'il chercherait à l'éviter, de façon compréhensible après ce qui s'était passé le soir précédent. Elle gagna alors sa chambre d'un pas décidé, se brossa les cheveux, enfila une chemise de nuit propre et regagna le salon. Philippe, hypnotisé par les dernières braises, n'avait pas bougé. Elle s'agenouilla près de lui et il lui prit la main.

— Merci de cette journée, dit-il sur un ton penaud.

Sarah posa une main fraîche sur sa joue encore chaude de la chaleur du feu. Guidée par le désir, elle laissa ses doigts s'aventurer dans l'échancrure de sa chemise.

Philippe se redressa.

— Tu sais, Sarah… tu n'as pas besoin… c'est-à-dire… Après ce qui s'est passé, je me doute qu'il faudra du temps pour…

Sarah le fit taire en lui caressant la bouche avec la pointe de sa langue. Il posa en retour une main sur son sein qu'il serra doucement entre ses doigts.

Elle déboutonnait sa chemise lorsqu'il se redressa en feignant l'indignation.

— Est-ce uniquement parce que j'ai cédé à tes demandes ?

— Non, répondit-elle sans se formaliser.

Philippe, tout en se laissant déshabiller, continuait de l'observer. Elle passa la paume de sa main sur son torse, de la poitrine au nombril, et il en profita pour lui caresser les reins.

— Ici ? s'inquiéta-t-il en haussant les sourcils.

— Marie et Adeline sont montées se coucher, tout le monde dort, répondit Sarah en dégrafant sa ceinture.

Philippe lui prit la main et déposa un baiser sur son alliance.

— Non, décida-t-il en la prenant dans ses bras. Nous allons avoir besoin d'un vrai lit pour ce que j'ai prévu à ton intention, madame Lemieux.

Il sourit en la voyant poser sur lui un regard inquisiteur.

— C'est du boulot, tu sais, poursuivit-il, l'air coquin.

— De me reconquérir, tu veux dire ?

— Non. De te faire oublier les raisons qui t'ont poussée à vouloir me quitter.

27

Hiver 1902

Pendant que Philippe et Mac chaptalisaient leurs vins dans le chai de Boone Sumter, Sarah gérait au quotidien les employés du domaine tout en s'occupant de Johnny et de Pippa, sans oublier de mettre au point le programme de printemps de son club de femmes. Philippe acceptait de fermer les yeux, à la condition expresse qu'elle ne milite pas pour la prohibition, ce qu'elle n'avait de toute façon jamais envisagé.

Lorsque Luc et Adeline étaient à l'école et que Johnny faisait sa sieste, Sarah trouvait le temps de s'occuper de l'éducation de Pippa. Elle traçait les lettres de l'alphabet à la craie sur une ardoise et l'enfant s'efforçait de l'imiter en prononçant le son associé du mieux qu'elle le pouvait, en attendant d'entrer en maternelle au mois de septembre. Autant la scolarisation de Luc s'était déroulée sans embûche, autant celle de Pippa serait compliquée du fait de son handicap. Sarah espérait que Mlle Howell, l'institutrice, arriverait à oublier le bec-de-lièvre de la fillette, et le mieux était encore de lui apporter la preuve que Pippa avait autant de capacités, sinon plus, que n'importe quel autre enfant.

Elle était en plein travail lorsque l'on toqua à la porte de la cuisine.

— Philippe est-il là ? lui demanda Aurora en passant la tête par l'entrebâillement.

Sarah lui fit signe d'entrer.

— Non, il est parti à la rivière chercher Adeline et Luc.

Si la fille de Marie se sentait désormais capable d'emmener Luc à l'école à dos de mule, elle avait encore besoin qu'on l'aide à traverser le Carneros Creek à gué.

— En quoi puis-je vous aider, Aurora ?

— J'ai une petite surprise pour vous deux, mais je me demande s'il n'est pas préférable que ce soit vous qui la lui donniez de ma part.

Elle tendit une enveloppe à Sarah et se réchauffa les mains près du poêle.

— Vous allez refuser, mais c'est moi qui insiste, il n'y a pas à discuter.

Sarah tira de l'enveloppe une traite bancaire à leur nom d'un montant de trois mille dollars. Elle en resta bouche bée.

— J'ai décidé d'investir dans votre nouveau chai de façon qu'il soit terminé à temps pour les vendanges.

En ajoutant à cette somme le versement de l'assurance et leurs maigres économies, les Lemieux seraient en capacité de construire le chai et tout le matériel nécessaire. Aurora adressa un sourire à Sarah en haussant les épaules.

— Je vous aime comme si vous étiez mes propres enfants. À quoi bon entasser de l'argent si on ne peut pas aider ses proches ?

Sarah la serra dans ses bras à l'étouffer.

— Vous n'aurez qu'à me verser des dividendes sur vos bénéfices tous les mois en attendant de me rembourser le solde.

— Jamais Philippe…

— Dites-lui que s'il refuse de présenter cette traite à sa banque, la coupa Aurora, la bouche tremblante d'émotion, j'engage moi-même un architecte pour reconstruire ce fichu chai, que ça lui plaise ou non.

Sarah ne put s'empêcher de relire les mots tracés sur la traite de la main d'Aurora : trois mille dollars. Lorsqu'elle releva la tête, la visiteuse s'était éclipsée.

*

Depuis leur dernière rencontre, Marie évitait de croiser le regard de Matthew Donnelly lorsqu'elle le voyait. C'était pourtant son professeur d'anatomie ce trimestre-là. Elle crut pouvoir jouer durablement à ce petit jeu jusqu'au jour où il se décida à la convoquer à la fin d'un cours.

— Je constate que votre nom ne figure pas sur la liste, mademoiselle Chevreau, déclara-t-il, assis nonchalamment sur le bord du bureau, une jambe pendante.

— De quelle liste parlez-vous ?

Il lui désigna une feuille punaisée au tableau d'affichage proposant un stage de quinze jours dans sa clinique de Nob Hill et lui tendit un crayon.

— Inscrivez votre nom, lui ordonna-t-il.

Marie serra ses livres contre sa poitrine, hérissée à l'idée qu'il s'autorisât à lui donner des ordres. À moins qu'elle n'eût la crainte de ne pouvoir se concentrer en sa présence.

— Je vais y réfléchir, docteur.

— Je vous le conseille, rétorqua-t-il avec un sourire amusé.

Elle quitta la salle en sentant le regard du chirurgien sur sa nuque, incapable de décider s'il faisait preuve de désinvolture ou d'arrogance. Pourquoi diable tenait-il tant à ce qu'elle participe à ce stage ? Son cœur ne pouvait pas battre aussi vite que le sien lorsqu'elle le voyait. Prenait-il plaisir à se moquer d'elle, ou bien souhaitait-il vraiment l'aider ?

Marie passa la demi-heure suivante à arpenter Webster Street en réfléchissant à son avenir. Il lui fallait impérativement se détacher de Donnelly. Le mieux était encore de lui trouver des défauts afin de le considérer avec indifférence si elle était amenée à travailler auprès de lui. Sa décision prise, elle regagna la salle de cours et inscrivit son nom sur la liste.

*

Philippe, perplexe, ne pouvait accepter ce chèque de trois mille dollars. Comme toujours, Sarah pénétra ses pensées.

— Aurora a insisté en précisant bien qu'il ne s'agissait pas d'un cadeau, précisa-t-elle.

À la vue du visage ravissant de sa femme, traversé de deux yeux émeraude, Philippe comprit qu'il ne pouvait pas refuser.

— C'est une amie hors pair, déclara-t-il d'une voix rauque. Si tout va bien, je l'aurai remboursée avant la fin de l'année.

— Je vois déjà le chai, Philippe. Un grand bâtiment en pierre avec des portes en chêne et un toit d'ardoise, des tables pour la dégustation et des tonneaux tout neufs, une bonne trentaine de cuves de fermentation, le tout paysagé avec des massifs et un étang. Les enfants vont adorer y pêcher, ajouta-t-elle, l'air songeur.

Philippe partit d'un grand rire.

— Je constate que tu as déjà dépensé tout cet argent.

— J'ai bien le droit de rêver, réagit-elle.

Il lui caressa la joue de la main qui tenait le chèque.

— Il n'y aura pas de jardin paysagé ni d'étang. Pas même de chai, s'écria-t-il avec un sourire malin.

— Vraiment ? s'étonna Sarah.

— Pas avant d'avoir tenu ma promesse, en tous les cas.

Les yeux de la jeune femme se mirent à briller à l'idée qu'il prononce la phrase qu'elle attendait depuis quatre longues années.

— Tu peux commander les plants de vignes. Nous les expédirons en France dès le mois de mars.

28

Mars 1902 – San Francisco

Marie s'arrêta, stupéfaite, devant l'édifice de style Queen Anne où vivait et travaillait Matthew Donnelly à Nob Hill. Elle s'était attendue à trouver un bâtiment miteux, semblable aux taudis de Mulberry Street qu'elle avait visités à New York, et découvrait à la place une somptueuse demeure de deux étages à la façade bleu ciel et aux élégantes fenêtres en encorbellement. La porte d'entrée, précédée d'un portique soutenu par quatre colonnes sculptées, n'était pas sans lui rappeler celle du couvent où elle avait longtemps vécu, à condition d'oublier les élégants vitraux qui en ornaient les panneaux de bois. Marie secoua son parapluie d'une main tremblante, ses pieds glacés dans ses chaussures trempées.

Il était 7 heures du matin, un épais brouillard recouvrait la ville et une fine bruine tombait du ciel sans relâche. Elle avait une demi-heure d'avance, et si elle n'avait craint d'afficher un empressement de mauvais aloi, elle aurait volontiers sonné dans l'espoir de se réchauffer.

Elle hésitait sur la conduite à adopter lorsqu'elle distingua une ombre de l'autre côté des vitraux. La porte s'ouvrit et une infirmière d'âge respectable parut sur le seuil. Elle portait le même uniforme que ses collègues de l'hôpital Lane : robe de cotonnade bleue à grand col, blouse et calot blancs. Il ne faisait aucun doute que le docteur Donnelly dirigeait une clinique de tout premier ordre.

L'infirmière examina Marie de la tête aux pieds et afficha une moue réprobatrice.

— Vous risquez d'attraper une pneumonie, à rester dans le froid, l'admonesta-t-elle en l'invitant à entrer. Vous avez rendez-vous ?

Sans attendre sa réponse, elle prit le manteau de Marie et le pendit à une patère.

— Je suis une étudiante du docteur Donnelly, répondit-elle.

Le visage de la femme s'éclaira.

— Vous devez être Marie Chevreau ! Quel plaisir de rencontrer la toute première étudiante de l'Institut Cooper, déclara-t-elle en posant le parapluie de la visiteuse contre le mur recouvert d'un joli papier peint bleu et or. J'ai attendu ce jour toute ma vie !

— Je vous remercie, réagit Marie, gênée, en triturant ses gants avant de les fourrer dans la poche de son manteau.

— Je suis Mlle Phillips, mais appelez-moi Jane. C'est moi qui m'occuperai de vous pendant votre service. Venez donc vous réchauffer autour d'une bonne tasse de café avant l'arrivée de ces messieurs.

Jane prit le temps de servir Marie avant de s'excuser et d'aller surveiller un malade. Installée dans un petit salon jouxtant le vestibule, Marie entendit la maison s'animer lentement. Elle reconnut la voix grave de Matthew Donnelly à l'étage, à laquelle répondirent celles des infirmières. Elle se redressa sur son siège, sa tasse de porcelaine à la main, prête à affronter la semaine de travail qui l'attendait. Il s'agissait d'un simple stage d'observation, mais elle comptait bien mettre en valeur ses connaissances et son savoir-faire face aux trois autres stagiaires. Il s'agissait de montrer à Matthew Donnelly combien elle prenait au sérieux son projet de devenir chirurgienne.

Elle salua les autres stagiaires en s'efforçant de mémoriser leurs noms. Elle avait toujours eu le plus grand mal à retenir les noms de ses congénères et imagina un petit jeu afin d'identifier chacun par un moyen mnémotechnique. Elle n'eut aucun mal avec John Lerouge car il avait les yeux injectés de sang, sans doute parce qu'il manquait de sommeil, à moins qu'il ne fût opiomane. Larry Deaver avait quant à lui un épais manteau d'hiver, et Fitz Crap, le large sourire et les paupières lourdes d'un crapaud. Elle assimila ainsi leur identité en un clin d'œil, évitant de réfléchir à ce qu'ils pouvaient penser d'elle.

La première journée fila comme le vent. Donnelly procéda à trois opérations au cours de la matinée : deux ablations de la vésicule et le traitement d'une appendicite proche de la péritonite. Le lendemain intéressa Marie bien davantage car elle assista à une hystérectomie, pratiquée sur une ancienne prostituée de vingt-deux ans.

Le bloc opératoire, situé dans l'annexe du rez-de-chaussée, était doté d'un équipement très moderne : une table en inox, des projecteurs électriques, un sol de linoléum. La préparation de chaque opération répondait à un rituel bien précis. Donnelly commençait par se récurer les mains et les bras à l'aide d'un puissant antiseptique, puis il enfilait une blouse et des gants stériles avant de nettoyer ses instruments chirurgicaux à l'acide phénique, un produit dont l'odeur rappelait à Marie le goût des chewing-gums Juicy Fruit. Pendant ce temps, les infirmières désinfectaient le patient et lui faisaient respirer du chloroforme à l'aide d'un masque couvrant son nez et sa bouche. Marie et les autres stagiaires, tenus à l'écart tout au long des préparatifs, se rapprochaient seulement lorsque débutait l'opération.

Marie trouva que la clinique était un terrain d'observation infiniment plus intéressant que l'amphithéâtre de l'hôpital Lane où se déroulaient les opérations en présence des étudiants. Elle se trouvait au plus près des patients et disposait de la possibilité de poser des questions. Donnelly commentait son travail en permanence, chargeant à chaque fois l'un des stagiaires de prendre des notes pendant que les autres observaient et répondaient à ses interrogations.

Lors de l'hystérectomie, Marie fut déçue quand Donnelly lui demanda de prendre des notes et de détailler le déroulement de l'opération, tandis que Fitz Crap avait le privilège de passer ses instruments au chirurgien. Elle était pourtant la mieux à même d'assister ce dernier, pour avoir mis au monde près de mille bébés et s'être familiarisée avec l'anatomie féminine.

Donnelly commença par expliquer à ses étudiants que la patiente souffrait d'une inflammation des organes pelviens due à une infection gonorrhéique. Après avoir traité la malade pendant plusieurs mois sans succès, il avait décidé que la chirurgie était son dernier espoir.

En dépit de son efficacité, Donnelly mit deux heures à retirer l'utérus de la jeune femme avant de lui nettoyer l'abdomen à l'aide d'une solution saline et de suturer l'incision. Le pouls ayant montré des signes de faiblesse au cours de la procédure, il recommanda à l'infirmière de surveiller la température et la respiration de la malade toutes les heures.

En attendant que Donnelly leur assignât des tâches spécifiques pendant qu'il se rendait à l'institut où l'attendaient ses cours, les quatre stagiaires se réfugièrent dans le petit salon. Lerouge, Deaver et Crap se lancèrent dans une discussion animée sur les suites d'une opération aussi risquée, avant d'aborder l'ancien métier de la patiente.

— Combien croyez-vous qu'elle en a connu ? murmura Deaver à l'adresse de ses condisciples.

Lerouge lorgna en direction de Marie.

— Des centaines, des milliers, peut-être plusieurs à la fois, suggéra-t-il sur un ton lubrique.

— Je vous en prie, nous sommes en présence d'une dame, les rappela à l'ordre Crap. Je suis désolé, mademoiselle Chevreau.

Marie ne jugea pas utile de relever.

— Je ne sais pas ce que vous en pensez, messieurs, mais je ne dédaignerais pas des miches bien beurrées, poursuivit Deaver avec un bruit de bouche éloquent.

Lerouge lui donna un coup de coude en pouffant de rire.

S'ils espéraient choquer Marie en enchaînant les allusions obscènes, ils risquaient d'être déçus. Elle avait travaillé pendant plusieurs années dans les taudis de Manhattan et ces idiots faisaient figure d'enfants de chœur par comparaison.

Elle étudiait les notes prises pendant l'opération lorsque quatre individus pénétrèrent en trombe dans l'entrée de la clinique en portant le corps inerte d'un jeune homme. Deux infirmières se précipitèrent avec un brancard et Donnelly ne tarda pas à les rejoindre.

— Que s'est-il passé ? s'enquit-il en posant deux doigts sur la carotide du blessé.

— Il a reçu un coup de couteau en plein cœur, répondit Jane.

Marie ouvrit de grands yeux en voyant le sang qui jaillissait de la poitrine de l'homme. Il respirait difficilement et son visage avait perdu toute couleur.

— Quand ? insista le chirurgien.

— Il y a dix minutes, répondit l'un des inconnus. C'est arrivé dans la ruelle voisine.

— Son nom ?

— Tom Adler.

Le blessé devait avoir dans les vingt-cinq ans, il était mince avec une barbe courte et des mains usées par le froid.

À genoux, Donnelly posa son oreille contre la poitrine haletante d'Adler. Ce dernier battit des paupières brièvement avant de refermer les yeux.

— Tom, m'entendez-vous ? Je suis le docteur Donnelly. Éprouvez-vous des douleurs ?

Marie se fit intérieurement la réflexion que la question était absurde. Adler émit un grognement et hocha la tête. Donnelly posa sa main sur la plaie.

— Tom, le couteau s'est enfoncé profondément, mais nous allons tenter de vous guérir, annonça-t-il d'une voix forte.

Mais Adler avait sombré dans l'inconscience.

— Savez-vous s'il a de la famille ? interrogea Donnelly à la ronde. Une femme ?

Marie comprit aussitôt qu'il avait pris la décision d'opérer. Encore fallait-il obtenir la permission des proches du blessé.

— Il a personne, vous voulez dire. C'est un loup solitaire.

— Dans ce cas, emmenez-le là-bas, décida Donnelly en pointant l'index en direction de la salle d'opération.

Il dévisagea les présents et son regard s'arrêta sur Marie.

— Je vais avoir besoin de vous, dit-il d'une voix brusque sur un ton factuel.

La jeune femme retira sa veste et suivit les hommes qui emportaient le brancard.

Le blessé installé sur la table, Jane fit sortir les quatre hommes de la pièce. Donnelly se récurait déjà les bras et les mains.

— Vous n'aurez pas besoin de carnet et de stylo, déclara-t-il en s'adressant à Marie. Lavez-vous les mains comme moi.

Elle crut qu'il plaisantait car elle n'avait aucune expérience, mais l'expression du médecin trahissait clairement sa volonté de la prendre comme assistante.

Tandis qu'elle se nettoyait soigneusement les mains et que les infirmières anesthésiaient le patient, Donnelly procéda à la stérilisation de ses instruments, à commencer par une pince à os, puis il examina le torse du blessé qui respirait toujours.

— Ne vous inquiétez pas, mademoiselle Chevreau. C'est une opération de rien du tout, voulut-il rassurer Marie.

Le cœur de la jeune femme battait pourtant à tout rompre lorsqu'une infirmière l'aida à enfiler une blouse et un calot. Elle prit une longue respiration afin de calmer ses nerfs et d'empêcher le tremblement de ses mains.

— C'est la deuxième fois que je procède à une opération à cœur ouvert, poursuivit le chirurgien. La première, il y a six mois, le patient avait été hospitalisé à la suite d'une blessure par balle. Le projectile avait traversé le cœur avant de ressortir dans le dos. J'ai pratiqué l'intervention sans grand espoir. Aujourd'hui, en revanche…

Il laissa sa phrase en suspens, se baissa et observa attentivement le torse du patient.

— … j'ai une chance.

Marie ne quittait pas des yeux le mince filet carmin qui s'échappait par intermittence de la plaie, à droite du mamelon d'Adler. Donnelly lut dans ses pensées.

— Le pouls faiblit à chaque battement de cœur et la température du corps baisse. Jane, un bistouri.

Il procéda à deux incisions en biais près du sternum, le long des troisième et sixième côtes, puis il fit une troisième incision, verticale cette fois, qui dessina le troisième côté d'un rectangle.

Marie n'en croyait pas ses yeux, incapable de savoir si elle était en présence d'un fou ou d'un génie. Elle retint son souffle en le voyant soulever le carré de peau, de chair et de muscle, mettant à nu les trois côtes protégeant le cœur.

Jane tendit à Donnelly la pince à os et Marie réprima un mouvement de recul en entendant craquer les côtes. Celles-ci retirées, le chirurgien se tourna vers elle.

— Que voyez-vous ?

Elle battit des paupières en s'efforçant de se concentrer.

— Le péricarde.

— Exactement, et pourquoi est-il gonflé de la sorte ?

Marie fut prise d'une hésitation avant de comprendre la question.

— Il s'est rempli de sang à cause de la blessure ?

— Mais aussi… ? insista Donnelly.

Elle eut beau se creuser la cervelle, les joues en feu, elle ne comprenait pas où il souhaitait en venir.

Donnelly lui fournit la réponse posément, sans une once d'agacement.

— Le cœur s'efforce de pomper, mais il bat contre la pression du péricarde. Il nous faut donc faire tomber cette pression de façon à permettre au cœur de fonctionner convenablement.

Sans attendre, il pratiqua une incision dans le péricarde et un flot de sang s'en échappa.

— Jane, une éponge. Mademoiselle Chevreau, veuillez prendre le pouls du patient.

Elle posa deux doigts sur le cou d'Adler au niveau de la carotide. Le pouls avait retrouvé toute sa vigueur.

— Le pouls s'améliore d'instant en instant.

— Nous en arrivons à la partie la plus délicate. Je vais vous demander de poser vos mains très doucement autour du cœur, lui ordonna-t-il en articulant clairement chaque syllabe.

Marie s'inquiéta de constater que du sang continuait de s'échapper de la plaie à chaque battement de cœur.

— Comme ceci, enchaîna Donnelly en montrant à Marie le geste qu'il attendait. Allez-y.

Sous le regard turquoise du chirurgien, la jeune femme glissa ses mains sous le cœur du patient. Gros comme le poing, l'organe était incroyablement chaud au toucher. Marie s'empêcha de réfléchir à ce qu'elle faisait, de peur de perdre ses moyens, et s'imagina qu'elle ramassait un oiseau tombé du nid.

Le volatile imaginaire était plus glissant qu'elle ne l'aurait imaginé.

— Tenez-le bien, mais en évitant de trop le serrer.

Le conseil était impossible à suivre, le cœur tressautait dans ses mains à chaque battement.

— À présent, soulevez-le de sorte que je puisse l'examiner.

Elle s'exécuta avec mille précautions, prête à tout arrêter au moindre signe de résistance, de peur de déchirer les tissus. Un voile de transpiration s'était formé sur son front, elle espérait seulement ne pas laisser voir aux autres à quel point elle était terrorisée.

Donnelly montra du doigt la lacération au niveau du ventricule gauche.

— Le sang chargé en oxygène quitte normalement le cœur à cet endroit afin d'alimenter le système sanguin du corps.

— À ceci près qu'il s'écoulait dans le péricarde à la place ?

— Exactement. Continuez de maintenir le cœur sans bouger.

Sans que Donnelly eût besoin de demander, Jane lui tendit du catgut et une aiguille incurvée et le chirurgien sutura la plaie, point par point.

Marie tint le cœur d'Adler dans ses mains tout au long de l'intervention, s'attendant à tout instant à le voir s'arrêter. Bien au contraire, les pulsations gagnaient en force à chaque instant tandis que les pieds violacés du patient retrouvaient une teinte rosée plus normale. Le dernier point de suture terminé, Donnelly demanda à Marie de reposer le cœur dans son alvéole. Il attendit qu'elle eût à nouveau les mains libres pour lui lancer un coup d'œil.

– Alors, mademoiselle Chevreau ? Quelles sont vos impressions ?

Marie poussa un grand soupir, encore sous le coup de ce qu'elle venait d'accomplir.

– J'ai l'impression qu'une vague de quinze mètres de hauteur m'est tombée sur la tête.

Jane l'entraîna vers le lavabo où elle se nettoya abondamment les mains en laissant sur l'émail de longues traînées rouges.

– La comparaison est bien choisie, à la différence près que vous survivrez à cette épreuve. Comme ce jeune homme, ajouta Donnelly à l'adresse du patient endormi dont il achevait de refermer le torse.

Marie n'avait guère de doute à ce sujet. Adler s'en tirerait. En s'approchant de la table d'opération, elle constata qu'il n'avait plus les doigts et les lèvres bleus, que sa respiration s'était régularisée. Elle posa une main compatissante sur son épaule.

La porte s'ouvrit au même instant et Virginia, l'une des infirmières, s'avança dans la salle d'opération.

– Docteur ? Mlle O'Shea vous demande au téléphone. Dois-je lui conseiller de rappeler ultérieurement ?

— Je vous remercie, Virginia, répondit Donnelly sans lever la tête. Dites-lui que je suis à elle dans un instant.

Il acheva de suturer l'opéré, déposa le fil et l'aiguille sur un plateau et se débarrassa de sa blouse.

— Je vous le laisse, Jane.

L'incident avait piqué la curiosité de Marie qui se demanda qui pouvait être cette Mlle O'Shea pour que Virginia s'autorise à interrompre le chirurgien en pleine opération.

Donnelly allait quitter la pièce lorsqu'il se retourna.

— Mademoiselle Chevreau, veuillez tenir votre compte rendu opératoire à ma disposition demain matin. Vous préciserez à vos condisciples que je les attends à 7 heures précises.

Sur ces mots, il disparut.

Un compte rendu opératoire ? La nuit n'y suffirait pas ! Marie regagna le petit salon, comme hébétée. Ses camarades se levèrent d'un même mouvement à sa vue.

— Eh bien ? l'interrogea Deaver en s'efforçant d'attirer son regard.

Le Crapaud s'interposa.

— Vous devez avoir des crampes à force de prendre des notes, la taquina-t-il, au grand amusement des deux autres.

Marie leur sourit, trop heureuse de garder pour elle son secret : elle avait tenu entre ses mains le cœur d'un homme dont elle avait contribué à sauver la vie. Leurs railleries étaient de peu de poids en regard de l'émotion qu'elle ressentait. Voyant qu'ils repartaient, leur journée terminée, elle les rappela :

— Rendez-vous demain à 7 heures du matin. Ordre de Donnelly.

Quelques heures plus tard, après avoir rédigé un premier brouillon, Marie ramassa son sac rempli de livres et se dirigea vers l'escalier. Parvenue à l'étage, elle poussa la première porte sur sa gauche. Dans l'un des cinq lits de la chambre reposait Tom Adler, encore mal réveillé de l'opération.

Jane et l'une de ses collègues avaient soigneusement pansé sa blessure avant de lui enfiler de grosses chaussettes de laine et de l'envelopper dans des couvertures. Elles recommandèrent au patient de ne pas bouger et de dormir le plus possible.

— Vous allez avoir besoin de toutes vos forces, monsieur Adler. Vous n'aurez droit qu'à un peu d'eau avec du laudanum ce soir. Aucune nourriture avant demain, précisa Jane avant de se tourner vers Marie avec un regard interrogateur.

— Oh, s'excusa la jeune femme, gênée. Je ne voulais pas vous déranger, Jane. Je suis en train de rédiger le compte rendu opératoire, j'ai pensé que j'arriverais mieux à me concentrer si je travaillais auprès du patient.

Jane hocha la tête d'un air approbateur.

— J'ai dit au docteur Donnelly que vous étiez la meilleure de la bande. Vous avez tenu votre rang aujourd'hui. Plus d'un de vos condisciples se serait évanoui à l'idée de serrer dans ses mains un cœur humain.

Adler battit des cils et il posa sur Jane un regard étonné.

— Moi qui vous croyais endormi, monsieur Adler, sourit Jane. Je laisse le soin à cette jeune personne de vous fournir tous les détails.

Une fois seule avec le patient, Marie s'installa sur une chaise près du lit et posa sa main sur le bras de l'opéré.

— Le couteau avait touché le cœur, monsieur Adler, et le docteur Donnelly devait refermer la plaie. Il m'a demandé de soulever votre cœur tout doucement afin qu'il puisse suturer la blessure.

Les yeux du blessé se posèrent brièvement sur sa poitrine, puis ils s'arrêtèrent sur Marie quelques instants avant de se poser sur la porte. Il avait tout d'un enfant craintif. Peut-être était-il trop tôt pour lui fournir ce genre d'explication.

— Vous avez eu beaucoup de chance, monsieur Adler, ajouta Marie sur un ton enjoué. La plupart des chirurgiens auraient renoncé, estimant que l'intervention était trop risquée.

— En me laissant mourir ? demanda-t-il d'une voix rauque.

— Tous ne possèdent pas les connaissances et la dextérité du docteur Donnelly.

Marie versa de l'eau dans une petite cuillère et en fit boire le contenu au patient.

— Vous devez avoir la gorge sèche.

Il avala la gorgée d'eau fraîche.

— Vous êtes infirmière ? demanda-t-il en remarquant qu'elle portait une tenue civile.

— Non, je suis étudiante en médecine et j'aspire à devenir chirurgienne.

— Naaaan ! Vous êtes trop jolie pour ça, flirta-t-il d'une voix faible. Ses paupières s'alourdissaient déjà.

Marie prit son pouls : il battait à cent pulsations par minute.

— C'est gentil de votre part, monsieur Adler, mais vous devriez réserver vos compliments à vos amies. Elles seront heureuses d'apprendre que vous êtes à nouveau sur pied. Reposez-vous bien, il serait dommage de les décevoir.

Adler la gratifia d'un sourire timide avant de sombrer dans le sommeil.

Marie, une feuille vierge devant elle, s'interrogea sur le meilleur moyen de décrire l'intervention chirurgicale la plus spectaculaire de sa vie. Il lui fallait contenir ses émotions en se concentrant exclusivement sur le diagnostic, le traitement et les progrès enregistrés par le patient. À mesure que son crayon courait sur le papier et qu'elle repassait dans sa tête le déroulement de l'intervention, elle sentit monter en elle une bouffée d'euphorie. Elle n'aurait échangé sa place pour rien au monde. Il était tard, mais le mieux était encore de rester et de finir sa tâche.

Lorsque l'infirmière de nuit fit sa ronde un peu plus tard, elle trouva Marie endormie sur sa chaise et la secoua. La jeune femme ramena en arrière une mèche rebelle.

— Je suis désolée, s'excusa-t-elle. Quelle heure est-il ?

— 3 heures du matin, répondit l'infirmière dans un murmure en posant un doigt sur sa bouche. Comment se porte le patient ?

— Son pouls était normal il y a une heure, alors qu'il battait à cent en début de soirée.

— Ne le harcelez pas de questions à son réveil, lui recommanda l'infirmière.

Marie devait encore trier ses notes et rédiger un compte rendu digne de ce nom qu'elle présenterait à

Donnelly et à ses condisciples dans quatre heures. Elle rangeait ses notes dans son sac lorsque son estomac se rappela à son souvenir. Elle aurait vendu son âme au diable en échange d'un croissant et d'une tasse de thé fort.

En descendant au rez-de-chaussée, elle regarda machinalement les marches qui permettaient d'accéder au deuxième étage. Donnelly dormait-il du sommeil du juste, ou bien repensait-il à l'opération avec une excitation comparable à la sienne ? Sans doute se reposait-il. À force, il devait avoir pris le pli.

Elle gagna la cuisine, voisine de la salle d'opération, dans l'espoir de trouver des restes, ou bien une boisson chaude. Elle dénicha dans le garde-manger un sachet en papier contenant un reste de pain rassis. Elle le porta à sa bouche et faillit perdre une dent tant la croûte était dure. Elle mit de l'eau à chauffer et trouva dans un tiroir un sachet de thé, puis elle étala ses notes sur la table où les infirmières prenaient habituellement leur déjeuner.

Elle n'avait pas ressenti une telle fatigue depuis l'époque où Adeline faisait ses dents. Elle se frotta les yeux et concentra toute son attention sur le compte rendu.

*

— Hem !

Marie releva la tête de ses avant-bras en ouvrant brusquement les yeux.

— Bonjour, mademoiselle Chevreau, fit le docteur Donnelly en l'observant avec une expression amusée.

Marie contempla d'un air hébété ses notes, la tasse de thé refroidi et les restes de miettes sur son mouchoir.

— J'ai cru qu'une petite souris s'était réfugiée dans la cuisine, poursuivit-il. Imaginez mon soulagement en constatant qu'il s'agissait uniquement d'une étudiante épuisée.

Rasé de près, il portait une chemise propre et un costume différent. Il paraissait en pleine forme.

— Je suis désolée, marmonna-t-elle en passant la main dans ses cheveux ébouriffés, gênée du tableau qu'elle devait offrir.

Elle demanda l'heure au chirurgien, soucieuse d'écourter la conversation.

— Il est 6 h 30. Du café, mademoiselle Chevreau ? s'enquit-il en posant la bouilloire sur la cuisinière.

— Oui, avec plaisir, répondit-elle, gênée.

Il versa du café moulu dans le filtre d'une élégante cafetière française. Elle avait déjà remarqué la présence dans la maison d'objets de valeur, sans parler de l'éclairage électrique et de l'eau courante. Il devait appartenir à une famille aisée car le métier de chirurgien ne rapportait guère. Il n'était pas rare que les patients proposent une dinde ou une année de repassage gratis en échange d'une opération.

Donnelly se cala contre le plan de travail en attendant que l'eau bouille.

— Où en êtes-vous de votre compte rendu ?

Marie aurait donné n'importe quoi en échange d'une brosse à dents et d'un poudrier.

— Je l'ai terminé.

Il fronça les sourcils.

— Vous avez passé la nuit ici ?

Elle empila soigneusement ses feuilles et ses livres afin de laisser une place à Donnelly à la table.

— J'ai pensé qu'il serait plus aisé de suivre les progrès du patient en restant à son chevet.

— Bonne idée. Quand l'avez-vous vu pour la dernière fois ?

— À 3 heures du matin. Comment se porte-t-il à présent ?

Elle se doutait que jamais Donnelly ne serait descendu du second sans s'arrêter voir le malade un étage plus bas.

— Très bien. Les signes vitaux sont bons et le pouls est normal. Nous allons pouvoir lui donner un peu de bouillon et de l'eau citronnée.

Donnelly la dévisagea.

— Vous êtes fatiguée ?

Marie haussa les épaules.

— Un peu, mais j'ai l'habitude de veiller tard.

Elle se tut juste avant d'ajouter qu'elle avait souvent passé des nuits blanches lorsque sa fille était bébé.

— En qualité de sage-femme, j'ai souvent procédé à des accouchements la nuit.

Le sifflement de la bouilloire les interrompit. Donnelly la retira de la cuisinière et versa l'eau bouillante sur le filtre de la cafetière.

— Je souscris volontiers à l'avis des Créoles. Ceux-ci sont persuadés que le café aide à vivre plus vieux. J'avoue ne pas pouvoir m'en passer, mademoiselle Chevreau.

Il lui adressa un sourire si éblouissant que Marie ne put s'empêcher d'admirer ses dents blanches.

Elle se demanda si le deuxième étage de la demeure était équipé d'une cuisine. Sans doute, car elle n'avait rien trouvé à manger dans celle du rez-de-chaussée cette nuit-là.

— Prenez-vous habituellement un petit-déjeuner ? s'enquit-elle.

— Bien sûr, répondit Donnelly en consultant sa montre gousset. Pour tout vous dire, Virginia est allée chercher le nécessaire. Bénéficier de beignets frais gratuitement tous les matins est l'un des avantages d'avoir soulagé le boulanger d'une colite le mois passé.

Marie plissa les yeux et pencha la tête de côté.

— Je n'aurais jamais imaginé que les mots *beignets* et *colite* puissent cohabiter au sein d'une même phrase.

Donnelly éclata d'un rire sonore. Marie aurait aimé percer le secret de cet homme qui découpait les gens en tranches pour gagner sa vie et préparait lui-même son café, toujours avec la même élégance. Ses cheveux bruns ondulés soigneusement coiffés, il portait un costume bleu marine en laine peignée, une chemise blanche à col et une cravate grise. Tout en sachant qu'elle était relativement séduisante en temps ordinaire, Marie avait bien conscience de ne pas être à son avantage ce matin-là. Elle était impatiente de se refaire une beauté devant un miroir, mais elle allait devoir attendre quelques minutes avant de s'excuser car Donnelly déposait un mug de café brûlant devant elle.

— Chauds les beignets ! annonça Virginia en pénétrant au même moment dans la cuisine.

Elle ouvrit de grands yeux en découvrant Marie.

— Mademoiselle Chevreau ! Que diable faites-vous ici ?

— C'est-à-dire…, rougit la jeune femme.

— J'ai trouvé Mlle Chevreau occupée à rédiger son compte rendu, la coupa Donnelly.

Virginia tendit au chirurgien le sachet de beignets duquel s'échappait un fumet délicieux.

Marie toussota afin de masquer les grondements de son estomac.

— Merci, Virginia, dit Donnelly en sortant deux assiettes d'un placard. À ce soir.

L'infirmière le salua d'un mouvement de tête et quitta la cuisine.

— J'aurais un service à vous demander, reprit le chirurgien à l'adresse de Marie. Lorsque vous ferez votre compte rendu en présence de vos camarades, je préférerais que vous évitiez de préciser quel rôle vous avez joué pendant l'opération. Je doute que mes collègues de l'Institut Cooper approuvent ce choix de ma part.

Il mordit dans un beignet.

Marie écarquilla les yeux.

— Vous voulez dire… au prétexte que je suis une femme ?

Il posa sur elle un regard étrange en mastiquant consciencieusement sa pâtisserie.

— Non. Ils me le reprocheraient parce que vous êtes en première année. C'était un choix peu orthodoxe de ma part.

Marie avala une nouvelle gorgée de café afin de se débarrasser de l'impression d'avoir la bouche pâteuse.

— Dans ce cas, pourquoi m'avoir demandé de vous assister ?

Donnelly se retourna en direction de la porte avant de répondre.

— Parce que vous avez de très petites mains et que vous étiez la personne dont j'avais besoin à ce moment-là.

Sa phrase achevée, il se leva, beignet et café en main, et se dirigea vers la porte.

— Je vous retrouve dans cinq minutes, mademoiselle Chevreau, annonça-t-il en jetant un coup d'œil à sa montre.

Marie termina son petit-déjeuner en toute hâte, déposa les assiettes dans l'évier et se précipita aux toilettes.

Elle conclut sa présentation en veillant à taire le rôle qu'elle avait joué la veille. Tout en étant déçue que sa contribution ne fût pas officiellement reconnue, elle se réjouit de constater que Donnelly lui avait accordé sa confiance.

*

La seconde semaine fut moins épuisante que la première. Le vendredi, dix jours s'étaient écoulés depuis l'opération de Tom Adler et les cicatrices ne montraient aucun signe d'infection. Le convalescent avait même fait quelques pas en se tenant à la barre fixée au mur du couloir. En grande forme, il adressait de grands signes aux autres malades et flirtait avec les infirmières. Marie s'étonna que cet homme décrit comme un loup solitaire se comportât comme si le destin lui avait accordé une nouvelle vie. Elle s'enorgueillissait personnellement d'avoir contribué à cette renaissance, même si personne ne le saurait jamais, en dehors peut-être de Sarah, Philippe et Adeline. Elle acheva son stage avec un léger pincement au cœur, après avoir passé en ce lieu les quinze jours les plus ardents de son existence.

Lorsqu'elle quitta la clinique le dernier jour, le grand vestibule était désert et personne ne put lui souhaiter bonne chance. Les infirmières étaient occupées par leurs patients et Donnelly avait disparu. Marie sortit derrière Deaver, Lerouge et le Crapaud que des fiacres attendaient devant la porte. Elle remonta la rue jusqu'à l'arrêt de tramway le plus proche, encombrée par sa valise puisqu'elle partait en week-end. Elle sursauta violemment en entendant un coup de klaxon dans son dos. Elle se retourna et vit une automobile noire se ranger le long du trottoir. Elle ne s'était toujours pas habituée à ces véhicules dépourvus de chevaux. Matthew Donnelly, installé derrière le volant, lui souriait de toutes ses dents.

— Montez, l'invita-t-il en quittant son siège pour ranger la valise dans le coffre exigu du véhicule à côté de la sienne.

Il tendit la main à la jeune femme qui le fixait avec des yeux ronds.

— Vous alliez prendre le ferry, me semble-t-il ?

Marie acquiesça lentement, stupéfaite.

— Moi aussi. Montez, lui ordonna-t-il comme si elle avait passé sa vie à voyager en compagnie de son professeur.

Faute de disposer d'une excuse valable pour refuser, elle se glissa sur le siège de cuir rouge.

Il démarra et s'élança à toute vitesse sur California Street en slalomant entre les voitures à cheval, les tramways et les omnibus. Une main agrippée à l'accoudoir de son siège et l'autre accrochée à son chapeau, de peur qu'il ne s'envole, elle ne put s'empêcher de rire, avec l'impression de fendre l'air sur une balançoire géante. Lorsqu'ils arrivèrent à destination, moins de dix minutes plus tard, Marie avait les cheveux dans tous les sens et le souffle court.

— C'est amusant, vous ne trouvez pas ? s'écria Donnelly dont les yeux pleuraient sous l'effet du froid.

Sans sa blouse blanche, les cheveux en bataille, il ressemblait presque à un mortel ordinaire.

— C'est vrai, approuva Marie.

Elle s'apprêtait à descendre de l'automobile lorsqu'il la retint d'un geste.

— Attendez. La descente est plus compliquée qu'il y paraît.

Il contourna le véhicule et l'aida en lui tenant la main. Lorsqu'elle le vit récupérer les valises dans le coffre et se diriger vers le guichet, elle se contenta de lui emboîter le pas, heureuse de ne pas avoir à lui dire au revoir. Lorsque vint leur tour, Donnelly s'effaça et laissa Marie s'adresser la première à l'employé.

— Un billet pour Vallejo, et le retour dimanche, commanda-t-elle en glissant deux dollars en pièces au guichetier.

Donnelly, du fait de sa taille, dut se baisser pour parler à l'employé.

— La même chose.

Marie dissimula son étonnement. Pourquoi diable se rendait-il à Vallejo ? Peut-être lui fallait-il rendre visite à des patients à l'hôpital militaire de la ville. Avant qu'elle eût pu réagir, il prit sa valise et se dirigea vers le ferry.

— Vous vous rendez donc à Vallejo, mademoiselle Chevreau ?

Marie accéléra le pas afin de le rejoindre.

— Pas exactement. Je prends ensuite le train pour Napa Junction où un ami doit venir me prendre.

Elle eut peur d'en avoir trop dit, et de lui laisser croire qu'elle avait rendez-vous avec le mystérieux amant que lui attribuaient ses camarades.

— Je passe le week-end chez des amis, qui sont pour moi comme de la famille.

— Formidable, s'enthousiasma-t-il. Recevoir le soutien des siens est essentiel quand on poursuit des études médicales.

Il avait un sourire si franc qu'elle en eut des papillons dans l'estomac.

— C'est idéal de s'accorder un petit break loin de professeurs ennuyeux, ajouta-t-il, taquin.

— Vous avez raison, acquiesça Marie en riant. Puis-je vous demander où vous vous rendez ?

— Un peu plus loin que vous, à Napa. J'ai pris un hôtel en ville.

Sans vouloir se montrer indiscrète, elle souhaitait en savoir davantage.

— Visiteriez-vous un patient à Napa ?

— Le week-end ? Dieu m'en garde.

— J'en déduis que vous allez voir des amis, insista Marie.

— Ma famille, répondit-il en agitant un doigt en direction de la jeune femme. Mais je vous trouve bien curieuse.

— Sans doute, reconnut-elle, mais je ferais une bien piètre chirurgienne si je n'avais pas une nature inquisitrice.

Donnelly gloussa.

— Bien répondu, mademoiselle Chevreau. Après vous, dit-il galamment en s'arrêtant à l'entrée de la passerelle afin de la laisser monter la première.

Marie, qui s'attendait à ce qu'il prît congé lorsqu'ils se trouveraient à bord du ferry, fut ravie de constater qu'il lui tenait compagnie. La traversée, d'une durée de cinquante minutes, passa très rapidement. Il raconta à son étudiante ses opérations les plus glorieuses comme celles qui avaient tourné au désastre, et elle lui rendit la pareille en évoquant certaines naissances compliquées. Il la bombarda de questions, allant jusqu'à suggérer des solutions chirurgicales inédites. La barrière entre l'enseignant et l'élève semblait être tombée tandis qu'ils discutaient comme de vieux amis, accoudés au bastingage.

En vue de Vallejo, Donnelly désigna à sa compagne l'île de la Jument.

— Saviez-vous que le général Vallejo avait baptisé cet îlot lui-même ? Un jour où il traversait la baie de San Pablo avec ses bêtes, le navire qui les transportait a chaviré. Sa jument blanche qu'il adorait a réussi à nager jusqu'à la rive de cette île où elle a été retrouvée par la suite. C'est ce qui lui a donné l'idée de baptiser ce lieu Isla de la Yegua, c'est-à-dire l'île de la Jument.

Ils passèrent l'heure suivante dans le train, mais Marie aurait pu l'écouter parler toute la journée. Il fit allusion à son frère qui vivait à Saint Helena, elle lui raconta que ses parents tenaient une taverne à Tours. Alors que le convoi ralentissait à l'approche de Napa Junction, Donnelly lui montra les vignes qui s'étendaient au nord sur des kilomètres.

— Savez-vous pourquoi on appelle cet endroit Rancho Rincon de los Carneros ?

— Je ne connaissais pas le nom entier de ce lieu.

— Le mot *carneros* signifie mouton en espagnol. Ces terres sont si fertiles que les éleveurs s'y sont installés en masse avec leurs troupeaux de vaches et d'ovins. Au cas où vous ne l'auriez pas remarqué, s'excusa-t-il, je suis passionné d'histoire.

— Venez-vous souvent par ici ?

— Une fois par mois en moyenne, afin de rendre visite à mon frère et ma belle-sœur à Napa.

Marie aurait aimé en apprendre davantage, mais le train s'arrêtait en gare. Elle avisa Philippe sur le quai. Donnelly se leva et descendit la valise de Marie du porte-bagages en suivant le regard de la jeune femme.

— Votre ami, sans doute ?

Elle ne pouvait décemment pas lui expliquer que Philippe était l'oncle de sa fille.

— Il s'agit du mari de mon amie. Ils sont propriétaires d'un domaine viticole à Carneros.

— Allons bon, fit Donnelly, songeur. Quel type de vin produisent-ils ?

— Du cabernet, du chardonnay et du zinfandel également, si je ne m'abuse. Je ne suis pas une grande connaisseuse, mais Eagle's Run jouit d'une excellente réputation.

— Eagle's Run, dites-vous ? Je crois bien avoir déjà goûté leur production. Laissez-moi m'occuper de votre valise, insista-t-il en soulevant le bagage remplit de livres comme s'il s'agissait d'une plume.

Marie, très mal à l'aise à l'idée de présenter Matthew à Philippe, retint son souffle en descendant sur le quai. Un sourire amusé étira les lèvres de Philippe lorsqu'il aperçut Marie en compagnie d'un étranger.

— Philippe Lemieux, voici le docteur Matthew Donnelly, dit-elle avec une désinvolture feinte. Le docteur Donnelly est l'un de mes professeurs, il se rendait à Napa ce week-end.

— Appelez-moi Matthew, suggéra le chirurgien en serrant la main de Philippe.

— C'est un plaisir de vous rencontrer, lui répondit Philippe en affichant une expression étrange.

— Mon train va bientôt partir, mais j'espère avoir l'occasion de vous revoir, dit Donnelly. Mademoiselle Chevreau, je vous salue, ajouta-t-il en soulevant son chapeau.

Philippe taquina aussitôt Marie sur son compagnon. Il était d'ailleurs beaucoup mieux informé sur ce dernier que la jeune femme.

— Vous ne savez donc pas de qui il s'agit ? l'interrogea-t-il.

— En dehors du fait que c'est un chirurgien de talent, voulez-vous dire ?

— Oui. Figurez-vous que c'est le plus jeune fils de Rourke Donnelly, le roi de l'acier de San Francisco. Les Donnelly possèdent une fonderie près de Market Street.

C'était impossible ! Et pourtant… Marie songea à la demeure de Donnelly, à ses tenues élégantes, à sa connaissance des vins fins. Elle serra les paupières en ravalant son amertume. Comme si la vie n'était pas déjà assez compliquée…

— Vous en êtes sûr ?

Philippe haussa les sourcils.

— Absolument. Je l'ai déjà vu en photo dans le *Chronicle*, sans compter que je livre du vin tous les mois à son frère, à Saint Helena. Leur père, Rourke

Donnelly, fournit de l'acier aux chantiers navals de la Navy. Son succès lui a permis de diversifier son activité dans le gaz, les chemins de fer, l'exploitation forestière et l'immobilier. Il s'agit de l'une des familles les plus fortunées de San Francisco.

Marie eut la nausée en repassant dans sa tête les échanges qu'elle avait eus avec Donnelly. Jamais il n'avait glissé la moindre allusion à ses origines.

– Si c'est le cas, comment se fait-il que les étudiants de ma promotion ne m'en aient rien dit ? Et pourquoi prendrait-il le train pour se rendre à Napa ?

– Vos camarades ne vous en ont pas parlé parce que tout le monde est au courant. Quant à ce voyage en train, ajouta Philippe en donnant un petit coup d'épaule à Marie, peut-être le docteur Donnelly avait-il envie de voyager en bonne compagnie. D'une façon ou d'une autre, vous l'avez impressionné.

29

— Maman, réveille-toi !

Adeline posa un plateau de petit-déjeuner sur le chevet de la chambre qu'elle partageait avec sa mère.

Marie s'étira et se frotta les yeux. Elle avait veillé tard, entraînée par Sarah dans une longue discussion.

— Quelle heure est-il ?

— Bientôt 7 h 30 ! Nous avons déjà trait les vaches avec Luc, et Pippa nous aide pour la lessive. Si tu as des affaires à laver, c'est le moment. Oncle Philippe taille ses vignes, il doit se rendre en ville à midi.

— Dans ce cas, répondit Marie sur un ton joyeux, il est grand temps de lever mon auguste postérieur !

Adeline déposa un petit baiser sur la joue de sa mère.

— Comment s'est passée ta semaine, ma chérie ?

Adeline se plaisait dans la petite école de Buchli Road. Celle-ci accueillait dans la même classe trente élèves de cinq à douze ans et l'institutrice, Mlle Howell, était plutôt sévère. Curieusement, elle effrayait Marie davantage qu'Adeline.

— Mlle Howell apprend aux grands le fonctionnement du corps humain. Elle nous a expliqué le système sanguin. C'est inouï !

Qui sait si Adeline n'aurait pas un jour la même vocation que sa mère ?

— Tu sais, rien ne t'empêche de devenir infirmière ou médecin quand tu seras grande, l'encouragea Marie. Tu possèdes à la fois l'intelligence et la compassion nécessaires.

Le visage d'Adeline s'illumina. Après une hésitation, Marie décida de lui révéler son secret.

— Devine ce que j'ai fait il y a quinze jours ? Je te demande simplement de n'en parler à personne.

— Quoi, maman ? chuchota Adeline en fermant la porte de la chambre.

— J'ai tenu dans ma main un cœur humain.

Adeline en eut le souffle coupé.

— Un cœur qui battait ?

— Absolument. Tu te souviens, je t'avais expliqué que je faisais un stage dans une clinique. Figure-toi qu'un matin, nous avons accueilli un patient qui avait reçu un coup de couteau.

— La blessure saignait beaucoup ?

— Oui, mais pas plus que lors d'un accouchement.

La bouche d'Adeline dessina un O de stupéfaction.

— Le chirurgien a recousu le cœur du patient pendant que je le tenais dans ma main, et le blessé a survécu, ajouta Marie sur un ton animé.

— Mais c'est un miracle, maman !

— Une sorte de miracle, en effet, accompli par un chirurgien aussi audacieux que talentueux.

Adeline réfléchit à ce qu'elle venait d'entendre.

— Tu imagines, maman ? Pour être capable de sauver la vie de quelqu'un comme ça, il faut avoir un don spécial.

La fillette se releva et bondit en direction de la porte.

Elle se retourna au moment de quitter la pièce en faisant voler sa queue-de-cheval.

– Si tu savais comme je suis contente que tu sois là, maman !

*

Marie s'était installée sur la table de la cuisine avec ses piles de livres et ses notes. Quitte à travailler, elle préférait réviser ses cours au milieu de l'agitation générale, histoire de participer à la vie familiale le week-end. Sarah, près de la fenêtre, pétrissait de petites boules de pâte qu'elle déposait ensuite dans une poêle en fonte. Il était 16 heures et elle préparait déjà le repas du soir. La jeune femme regarda par la fenêtre.

– Tu ferais bien d'aller te changer pour le dîner, dit-elle en s'essuyant les mains sur son tablier, un sourire mystérieux aux lèvres. Philippe rentre avec un invité.

Marie jaillit de sa chaise en reconnaissant à travers la fenêtre la silhouette familière de Matthew Donnelly, assis à côté de Philippe sur le banc de la carriole. Les deux hommes discutaient comme de vieux amis.

– Comment diable… ?

Marie était horrifiée. Philippe aurait parlé de Donnelly à Sarah. De quel droit se mêlaient-ils de sa vie privée ? Elle tambourina nerveusement des doigts sur sa bouche. Elle allait devoir avouer à Donnelly qu'elle avait une fille, alors qu'elle ne se sentait pas encore prête à partager avec lui cette part intime de son existence. D'ailleurs, sans doute ne serait-elle jamais prête.

Elle rassembla ses livres de cours et se précipita dans sa chambre. Elle se retrouvait brusquement à l'époque de ses dix-huit ans, lorsque Bastien l'avait rejetée et qu'elle craignait le jugement d'autrui pour avoir eu un enfant hors mariage.

Elle tournait en rond dans l'espoir de calmer ses nerfs. Les cris de Luc, Adeline et Pippa lui parvenaient de l'extérieur. Les trois enfants s'étaient rués à la rencontre de l'inconnu qu'ils essayaient d'entraîner dans leurs jeux. Marie entendit la voix de Donnelly qui leur offrait des friandises avant de saluer Sarah. Il paraissait heureux de se trouver là. Marie eut la tentation de se cacher toute la soirée au fond d'un placard.

Lorsqu'elle comprit qu'elle ne pourrait pas éviter éternellement le visiteur, elle rejoignit le salon. Elle trouva Donnelly assis sur le plancher, les yeux bandés, en train de jouer avec Luc et Pippa.

— Quel bon vent vous amène, docteur Donnelly ? le salua-t-elle avec une nonchalance feinte.

Il tourna vivement la tête et se releva d'un bond en retirant son bandeau. Marie étouffa un rire en se couvrant la bouche. C'était la première fois qu'elle le voyait désarçonné.

— J'espère que vous ne m'en voudrez pas. J'ai croisé Philippe en ville cet après-midi et comme je n'avais rien prévu ce soir, il m'a invité à partager votre dîner.

Il s'exprimait avec une telle bonne humeur qu'elle aurait eu mauvaise grâce à se plaindre de sa venue.

— Bien sûr, dit-elle en s'efforçant de paraître heureuse de sa présence.

Il s'approcha d'elle.

— Vous ai-je mise mal à l'aise ? s'inquiéta-t-il en sondant le regard de la jeune femme.

— Pas du tout, mentit Marie, qui se demanda s'il était au courant. Avez-vous fait la connaissance de tout le monde ?

Elle vit à son regard qu'il avait compris la nature de son inquiétude.

— Oui, tout le monde, répondit-il en appuyant les trois derniers mots.

L'existence d'Adeline ne le gênait nullement et le sourire qu'il adressait à Marie fit comprendre à celle-ci qu'il ne trahirait pas son secret.

— J'imagine que vous faites allusion à ces petits sauvages qui m'ont bandé les yeux et ligoté les mains en me donnant à manger des vers de terre ?

— Dégoûtant ! s'écrièrent Luc et Pippa à l'unisson sous le regard ravi d'Adeline.

Rose et Sarah trouvèrent le moyen de préparer en un tournemain un repas simple, mais délicieux, composé d'une tourte, de pommes de terre et de petits pains maison. De son côté, Philippe avait tiré de sa cave personnelle des bouteilles de chardonnay 1896 et de cabernet 1897 auxquels Marie accepta exceptionnellement de goûter.

— Votre belle-sœur Bridget et sa fille ont fait preuve d'une grande gentillesse à mon égard quand j'ai commencé à vendre du vin à Napa Junction, expliqua Sarah à Donnelly. Elle a contribué à faire connaître nos crus à ses amis. Notre réserve de cabernet 1899 est malheureusement épuisée depuis quelques mois, mais il nous reste un peu de chardonnay et de zinfandel pour nos clients des environs.

— Voilà une excellente nouvelle, surtout à la lumière de la malchance qui vous a frappés l'an dernier. Philippe m'a parlé de cet incendie.

Il secoua la tête d'un air navré.

— Cela doit être un choc terrible de tout perdre en l'espace d'une nuit, au terme de tant d'années de travail.

— Cela vous intéresserait-il de visiter le chantier ? suggéra Sarah, les yeux brillants d'excitation. Les fondations sont achevées, les murs commencent à sortir de terre. Philippe et Marie se feront un plaisir de vous guider, insista-t-elle en cherchant la jambe de Marie sous la table.

La jeune femme fut tentée de lui rendre son geste par un coup de pied.

— Cela m'aurait beaucoup intéressé, mais il est presque 20 heures et je m'en voudrais de vous déranger davantage.

Marie avait à peine poussé intérieurement un ouf de soulagement que Sarah rétorquait à Donnelly :

— Docteur, j'espère que vous ne trouverez pas la proposition trop audacieuse, mais nous avons une chambre d'amis que nous tenons à votre disposition.

— Je peux vous reconduire en ville demain à la première heure, renchérit Philippe.

Marie se fit la réflexion que ses amis avaient soigneusement préparé leur coup.

— Dans ce cas, j'accepte avec plaisir, répondit Donnelly.

Le cœur de Marie fit un bond dans sa poitrine. Jamais elle n'aurait dû accepter ce second verre de chardonnay.

La nuit étant tombée sur Eagle's Run, Philippe tendit des lanternes à Marie et à leur invité, et le trio prit le chemin du nouveau chai. Marie se montra impressionnée par les progrès réalisés en l'espace d'un mois.

— Le bâtiment final mesurera cinquante mètres sur trente. Entre la cave elle-même et les deux annexes construites en pisé, nous aurons les moyens de stocker dix mille hectolitres de vin.

— Votre production est donc aussi abondante ? s'enquit Donnelly en haussant les sourcils.

— À l'heure actuelle, notre capacité de production est de six mille hectolitres. Je compte la développer, mais aussi acheter du raisin aux producteurs voisins.

— De combien de cuves aurez-vous besoin, Philippe ? s'intéressa Marie.

Elle avait été surprise d'apprendre que les cuves de fermentation vidées lors de l'incendie dans l'espoir d'éteindre les flammes contenaient chacune quatre cents hectolitres de vin.

— J'ai commandé quarante cuves de deux cents hectolitres, précisa Philippe. Elles devraient tout juste tenir à l'étage.

— Comment comptez-vous les monter ? demanda Donnelly.

— Il faudra les hisser à l'aide d'une grue et les déposer sur le sol du premier étage avant de construire les murs et d'ajouter un second niveau.

— C'est extraordinaire. Je ne me doutais pas de la complexité d'une telle entreprise, s'émerveilla Donnelly en longeant le bâtiment en construction. À défaut de m'y connaître en matière de chai, je m'intéresse aux matériaux de construction. Avez-vous envisagé de consolider les murs à l'aide de barres métalliques afin de renforcer la structure en cas de tremblement de terre ?

— Ce n'est pas une mauvaise idée, réagit Philippe.

— La fonderie reçoit de nombreuses commandes des maçons de Napa et Sonoma, précisa Donnelly. Vous devriez poser la question au vôtre.

Ils furent interrompus par un appel de Sarah, dans le lointain.

— Philippe ? Pourrais-tu rapporter du bois ?

Philippe remercia Donnelly de ses conseils, s'excusa et s'éloigna en direction du bûcher.

Une bonne odeur de flambée flottait dans l'air du soir, mais c'est tout juste si l'on apercevait la silhouette de la maison dont les fenêtres dessinaient dans l'obscurité des carrés jaunes grands comme des timbres-poste. Le froid vif acheva de réveiller Marie.

Donnelly prit sa main gantée dans la sienne et l'entraîna en direction d'un érable. Le cœur de Marie se mit à battre à tout rompre. Il posa les lanternes à leurs pieds et appuya son épaule contre le tronc de l'arbre. Il se tenait si près qu'elle sentit l'odeur épicée de sa peau. Elle fut obligée de s'adosser à l'érable en sentant ses genoux ployer sous elle.

— Marie ?

C'était la première fois qu'il l'appelait par son prénom, elle adorait la façon dont il l'avait prononcé.

— Puis-je vous parler librement ?

— N'est-ce pas toujours le cas avec vous ? répondit-elle en se souvenant des critiques qu'il lui avait souvent adressées, des conseils qu'il lui donnait sans qu'elle le sollicite.

Il entrecroisa ses doigts avec ceux de Marie en souriant.

– C'est différent.

– En quoi ? murmura-t-elle.

– Pour quelle raison croyez-vous que je me trouve ici ?

Il pencha son visage tout près du sien. Peut-être était-ce l'effet du vin ? Sans réfléchir, elle passa un bras autour de son cou et l'embrassa longuement.

Il laissa échapper un gémissement sourd et serra le corps frêle de la jeune femme contre son torse.

Au terme de onze années de célibat, Marie avait rendu les armes. Ses doigts s'enfoncèrent dans la chevelure de Donnelly, son corps tout entier s'enroula autour du sien.

Jusqu'à ce qu'elle se souvînt qu'il était son professeur, et qu'elle était son élève. Elle se dégagea, si troublée qu'elle ne savait plus que dire. Elle baissa la tête et fixa son regard sur les lanternes qui brûlaient à leurs pieds. Les bottes noires du chirurgien, sans doute fabriquées sur mesure par un chausseur parisien, étaient parfaitement cirées alors qu'elle portait des bottines à lacet brunes éculées, achetées dans un magasin ordinaire.

Elle en eut le cœur serré.

Donnelly se frotta le front.

– Je sais ce que vous pensez et vous avez raison. Nous ne sommes pas raisonnables, soupira-t-il avant d'ajouter aussitôt sur un ton espiègle : Mais je m'en moque.

Sans attendre la réaction de Marie, il la reprit dans ses bras en la maintenant prisonnière. Elle finit par reprendre ses esprits.

— Vous allez perdre votre poste d'enseignant à l'Institut et je devrai renoncer à tout espoir de devenir chirurgienne. Cette relation est impossible. Pour le moment.

— Pas si nous la tenons secrète. Nous aurions pu nous retrouver ici chaque week-end.

— Et ensuite ? s'inquiéta Marie en jetant un regard en direction de la maison, de peur qu'Adeline ne puisse les voir. J'ai une fille de dix ans et je poursuis des études prenantes. Il n'y a pas de place dans ma vie pour une relation amoureuse.

Il caressa d'un doigt la ligne de son menton.

— Je comprends, mais ne pourriez-vous pas trouver le moyen de me consacrer un petit peu de votre temps ? s'enquit-il d'une voix douce.

— Jamais votre famille ne l'acceptera.

Il éclata de rire.

— Ma famille m'en veut déjà d'avoir opté pour la médecine au lieu de me consacrer à la fonderie. Ce ne sont pas des gens malveillants, mais la fortune donne souvent aux gens l'impression erronée qu'ils savent mieux que quiconque ce qui est bien pour vous. Mon seul but dans l'existence est de me faire plaisir. Et de vous faire plaisir, désormais.

Il déposa un baiser sur son front.

— Vous êtes si sérieuse, Marie. J'aimerais tant vous voir plus détendue.

Il ponctua sa phrase en lui massant doucement les épaules. Marie trouva le geste si naturel qu'elle fondit entre ses bras.

— Cet été, proposa-t-elle, sachant que sa première année d'étude s'achevait à la mi-avril.

— Je ne comprends pas.

— Si vous le souhaitez toujours, nous pourrions passer du temps ensemble pendant les vacances d'été.

— Je ne tiendrai jamais jusque-là, déclara-t-il avec sincérité en collant son front contre celui de Marie.

Cette dernière frémit de désir.

— Nous parlons de quelques semaines tout au plus.

Elle avait peine à croire qu'ils ne se connaissaient pas sept mois plus tôt.

Il poussa un soupir.

— C'est juste. Dans ce cas, je vous attendrai sur le quai du ferry avec vos bagages le 19 avril.

— C'est dit, accepta-t-elle.

Elle ne voyait pas comment elle aurait pu refuser. Elle se promit toutefois de rompre si cette relation devait mettre en péril son avenir de chirurgienne.

*

L'été s'écoula comme un rêve. Matthew, moins accaparé par son métier à la belle saison, venait la voir quasiment tous les week-ends.

Il passait la prendre en fiacre le samedi soir et ils se rendaient à Napa où ils dînaient ensemble avant d'aller danser. Il lui fit connaître le ragtime et lui enseigna même le *four step*, la dernière danse à la mode. Jamais Marie ne s'était autant amusée de sa vie.

Lorsque Matthew regagnait San Francisco pendant la semaine, Marie était libre de profiter pleinement d'Adeline. Celle-ci mit un point d'honneur à lui apprendre tout ce que Sarah lui avait expliqué sur les variétés de raisins et les techniques de vinification. Au mois de juin, Marie, Adeline, Luc, Sarah et Philippe participèrent à la taille des vignes aux côtés des ouvriers agricoles de la propriété. Après avoir passé huit mois enfermée dans des salles de classe et les dix années précédentes dans la grisaille de Manhattan, Marie appréciait à leur juste valeur la beauté de ces vignes et l'air pur de la Napa Valley.

Pendant ce temps, les maçons s'activaient autour du nouveau chai. Marie, ébahie par ce spectacle, assista à l'installation des énormes cuves de chêne au premier étage du bâtiment. Au cours des semaines suivantes, les couvreurs travaillèrent nuit et jour à la réalisation du toit. Rose lui montra même comment fabriquer le pain servant à la confection des sandwiches au jambon que Sarah vendait le week-end aux voyageurs en transit à la gare de Napa Junction. Le soir, lorsqu'elle se mettait au lit à 21 heures, elle était épuisée. Jamais elle n'aurait pensé que l'activité à la ferme pût se révéler plus fatigante que ses études médicales.

*

— Vous êtes bien silencieux, observa-t-elle un soir où elle marchait main dans la main avec Matthew dans le centre de Napa. Auriez-vous des soucis ?

— Pas le moins du monde, répondit-il avec l'ombre d'un sourire. Je pensais à Pippa. Philippe sollicitait mon opinion à son sujet.

— Je sais que cela le travaille, mais Sarah a peur de l'opération.

— Ce qui est compréhensible. C'est une intervention risquée, mais assez courante. Dan Richards en pratique une dizaine tous les mois, aussi bien sur des adultes que sur des enfants.

— Peut-être accepterait-il d'examiner Pippa ? Je crois que Sarah serait plus rassurée si elle pouvait visiter votre clinique. L'atmosphère y est moins impressionnante que celle d'un hôpital. Il nous suffirait de leur expliquer comment se déroulera l'intervention.

— Excellente idée. J'appellerai Richards lundi. S'il n'est pas actuellement en vacances, comme tout le monde à San Francisco.

— S'il est disponible, ce serait encore le meilleur moment pour envisager l'opération, avant les vendanges et l'entrée à l'école de Pippa.

— Vous croyez pouvoir convaincre Sarah de nous amener Pippa ?

— Avec l'aide de Philippe, je le crois.

Matthew parut satisfait de cette décision, ce qui ne l'empêcha pas de rester silencieux jusqu'à ce qu'ils regagnent leur fiacre. Il aida Marie à y prendre place avant de reprendre la parole.

— Vous les connaissez bien puisqu'il s'agit de vos proches, Marie. Comment réagiraient-ils si l'opération se déroulait mal, ou bien si Pippa réagissait mal à l'anesthésie ? Elle est si petite.

Marie saisit du bout des doigts le menton de Matthew.

— D'après ce que m'en a dit Sarah, la mère de Pippa comptait la faire opérer. C'est également la position de Philippe. Elle souffre d'otites terribles, elle a du mal à manger normalement et les autres enfants ne manqueront pas de se moquer d'elle. S'il s'agissait d'Adeline, je prendrais la décision de la faire opérer.

Matthew lui prit la tête dans les mains et l'embrassa tendrement.

— Je le sais. Vous êtes une excellente mère, Marie.

En dehors de Philippe, personne n'avait jamais complimenté Marie de la sorte.

— Vous le pensez vraiment ? l'interrogea-t-elle alors qu'il ordonnait au cocher de les reconduire à Eagle's Run.

— Pourquoi cette question ? Vous n'en êtes pas convaincue ?

Elle marqua une hésitation.

— Sans doute, mais je travaille tellement depuis tant d'années que je m'inquiète de n'avoir pas consacré assez de temps à Adeline.

— Du moins lui avez-vous appris la persévérance.

— Vous croyez ?

— Absolument. Elle vous adore. C'est une fille intelligente et douce, tout comme sa mère.

Marie parut embarrassée par ce compliment.

— J'aimerais savoir ce que vous avez réellement pensé de moi lorsque nous nous sommes connus.

Matthew afficha un sourire narquois.

— Honnêtement ? La première fois que je vous ai vue, je me souviens d'avoir pensé : « Voilà bien la jeune femme la plus charmante qu'il m'a été donné de croiser, mais jamais elle ne survivra aux exigences de ce milieu. »

Marie lui donna un coup de coude.

— Et maintenant ? C'est l'avis du professeur que je requiers, bien évidemment.

— Bien évidemment, répéta-t-il avec un sérieux exagéré. Eh bien, je pense que vous êtes dotée d'une intelligence hors du commun et d'un instinct médical marqué. À moins de perdre la tête, et à condition de résister à la tentation de tomber amoureuse de votre sémillant professeur d'anatomie, vous avez probablement une chance d'obtenir votre diplôme.

— Vous êtes un monstre !

— Et c'est bien pour cette raison que vous m'aimez, rétorqua-t-il en l'attirant tout contre lui tandis que le fiacre s'engageait sur la route d'Eagle's Run en laissant dans son sillage un nuage de poussière.

30

Juillet 1902 – San Francisco

Sarah, assise avec Pippa dans le hall d'entrée de la clinique du docteur Donnelly, caressait les cheveux de l'enfant pour calmer ses nerfs tandis que Philippe tournait comme un lion en cage avec une frénésie telle que Sarah en arrivait à se demander s'il ne risquait pas d'user le tapis.

Marie, arrivée un peu plus tôt, prit la petite fille par la main et fit signe à ses parents de la suivre dans la salle d'examen. Sarah, rendue muette par l'angoisse, fut reconnaissante à Marie de discuter avec Pippa. Elle lui demanda si elle avait vu de grosses vagues lorsqu'elle se trouvait sur le ferry, si elle avait aperçu les immeubles de San Francisco malgré la brume. Philippe serra dans la sienne la main de sa femme.

Matthew les accueillit d'un air rassurant avant de leur présenter le docteur Richards.

Pendant que Philippe et Sarah s'asseyaient près de la fenêtre, Marie installa Pippa sur la table d'examen.

— Pose ta tête sur l'oreiller, recommanda-t-elle à la fillette sans la quitter des yeux. Le docteur Richards va guérir ta bouche, tu n'auras plus du tout de problème pour manger, boire et parler.

Pippa ouvrit de grands yeux.

— Je vais êt' jolie ?

Sarah en eut le cœur serré.

— Oui, Pippa, répondit Marie. Très jolie.

Après avoir examiné le visage et la gorge de l'enfant, le chirurgien exposa en détail l'intervention en des termes savants auxquels Sarah ne comprit rien. Elle se rassura en constatant d'un coup d'œil en coin que Philippe était autant dans le brouillard qu'elle.

Matthew Donnelly crut bon de fournir quelques explications.

— Le docteur Richards veut dire que dans son malheur, Pippa a la chance d'être affligée d'un bec-de-lièvre ordinaire, si bien que l'opération est bénigne. Si vous en êtes d'accord, l'intervention peut avoir lieu aujourd'hui.

Le chirurgien dévisagea tour à tour Philippe et Sarah pendant que Marie quittait discrètement la pièce en emmenant Pippa avec elle.

— Comment comptez-vous procéder, docteur ? s'enquit Philippe.

— Je vais commencer par détacher la lèvre de la joue, afin d'être en mesure de réunir les parties de la bouche séparées par un espace.

— Elle ne risque pas de s'étouffer à cause de tout ce sang ? s'inquiéta Philippe.

— Elle sera allongée sur le dos et l'infirmière comprimera l'artère coronaire de façon à mieux contrôler le flux sanguin. Au besoin, nous la tournerons de côté, expliqua patiemment Matthew.

— Elle sera endormie pendant l'opération ? voulut savoir Sarah. Je ne voudrais pas qu'elle souffre.

— Bien sûr. Nous lui administrerons du chloroforme avant de l'opérer, et elle sera ensuite sous sédatif pour réduire au maximum la douleur au réveil.

— Est-il possible qu'elle ne se réveille jamais ? demanda Philippe d'une voix mal assurée.

Sarah poussa un gémissement en voyant Matthew baisser la tête.

— Il existe toujours un risque, finit-il par déclarer, mais l'infirmière administrera à Pippa une très petite dose de chloroforme. Marie et moi serons présents afin de nous assurer que tout se déroule au mieux.

Le docteur Richards se racla la gorge.

— À moins d'un imprévu, monsieur et madame Lemieux, Pippa s'en tirera fort bien. C'est une petite fille pleine de vie et d'énergie, sa vie s'en trouvera transformée pour le meilleur, et la vôtre aussi.

Sarah adressa à son mari un regard implorant.

— Je vous remercie, messieurs, intervint Philippe. Je vous demande la permission de m'entretenir quelques instants avec mon épouse.

— Bien évidemment, s'empressa de dire Matthew en s'éloignant aussitôt en compagnie du docteur Richards.

Philippe se laissa tomber sur une chaise à côté de sa femme.

— Je crois préférable de procéder à cette intervention, pour Pippa.

— Je me pose précisément la question de savoir si c'est bien *pour elle* que nous agissons, ou alors si nous risquons sa vie au prétexte que le monde extérieur ne l'acceptera pas telle qu'elle est.

Philippe affirma sa position sur un ton décidé.

— Nous la faisons opérer afin de lui permettre de grandir comme n'importe quel autre enfant. Elle n'a pas encore quatre ans et montre déjà sa frustration quand les gens ne la comprennent pas. Elle ne parvient même pas à sourire, Sarah.

La jeune femme essuya ses larmes.

— C'est ta fille. La décision te revient.

— Tu sais très bien que ce n'est pas vrai. Le plus beau cadeau que tu m'as jamais fait est d'aimer Pippa comme si c'était ton enfant. Pippa et moi avons besoin de ton soutien.

Sarah s'approcha de la fenêtre. De l'autre côté de la vitre, des mères de famille poussaient des landaus sur les trottoirs inondés de soleil et un petit groupe d'enfants jouait à la marelle. Pourquoi attendait-on d'elle une décision aussi difficile ? La réponse était simple : elle était la mère de Pippa.

— Très bien, approuva-t-elle en se retournant.

Philippe afficha son soulagement. On toqua à la porte au même moment et Marie apparut sur le seuil.

— Je ne vous dérange pas ?

Philippe lui fit signe d'entrer.

— Pas le moins du monde.

— J'ai pensé que ceci pourrait vous aider, dit-elle en feuilletant le livre qu'elle tenait à la main. Je trouve que les illustrations sont plus parlantes que les explications fournies dans le texte.

Elle leur montra l'ouvrage ouvert à un chapitre intitulé *Déformations congénitales de la bouche* détaillant en images la façon dont la bouche de Pippa pouvait être opérée. Marie posa l'index sur le deuxième schéma.

— Le docteur Richards préfère utiliser la méthode de Mirault exposée ici.

Philippe fronça les sourcils à l'examen du dessin.

— La cicatrice sera sinueuse, au lieu d'être droite ?

— L'expérience lui a montré que la peau cicatrisait mieux de cette façon.

Sarah frissonna et Philippe la serra contre lui.

— Merci de votre aide, Marie.

Il prit longuement sa respiration et ajouta :

— Nous sommes prêts.

L'opération s'avéra plus longue que ne l'avait pensé Sarah. Elle commença par profiter de l'un des fauteuils du petit salon avant de tourner en rond afin de tromper son anxiété. Elle ne pouvait s'empêcher de penser aux derniers mots de Pippa, juste avant qu'on l'emmène :

— Tu sais, maman. Je suis cou'ageuse.

— Je sais, ma petite fée, avait-elle répondu, le cœur gros, en lui caressant le front.

Philippe l'avait alors entraînée hors de la salle d'opération et installée dans le petit salon où il lui avait administré de force un remontant. Le petit verre d'alcool avait fait du bien à Sarah, sans apaiser ses craintes pour autant.

Après deux heures qui durèrent une éternité, Marie rejoignit Philippe et sa femme dans le petit salon. Remarquant que Sarah retenait son souffle, elle lui adressa un large sourire.

— L'intervention s'est parfaitement déroulée, Pippa va très bien.

L'instant d'après, la jeune femme prenait ses amis dans ses bras et ils restèrent longtemps serrés en tremblant de soulagement.

*

La clinique privée de Donnelly devait rouvrir ses portes le deuxième lundi du mois d'août, mais les infirmières allaient et venaient déjà dans les couloirs afin que tout fût prêt pour l'accueil des futurs patients.

Au prétexte de préparer un exposé d'anatomie, Marie se rendit à la clinique à trois reprises cette semaine-là. En plus de consulter les dossiers qui l'intéressaient, elle aida le personnel à nettoyer les sols et à stériliser les plats-bassins. Elle mit un point d'honneur à s'en aller en même temps que les infirmières en fin de journée, histoire de couper court aux rumeurs, ce qui n'empêcha pas Jane et Virginia de penser qu'il y avait anguille sous roche.

Marie n'était jamais aussi heureuse qu'à 16 heures, lorsque les infirmières s'occupaient des livraisons et remplissaient les placards de la cuisine avant de quitter leur service. Elle en profitait pour se glisser dans le bureau de Matthew et passait quelques précieuses minutes en sa compagnie avant de quitter la clinique.

Ce jeudi-là, il l'accueillit avec une lueur amusée dans les yeux. Il l'attira sur ses genoux et l'embrassa dans le cou.

— Je n'en peux plus, vous savez.

— Vous n'en pouvez plus de quoi ? s'enquit-elle sur un ton innocent.

Il l'embrassa longuement et toute ambiguïté cessa. Elle aurait aimé que le temps s'arrête.

— Je n'en peux plus de ne pas vous avoir, précisa-t-il en caressant son mollet sous ses jupes.

Elle l'arrêta d'un geste ferme avant de poser ses lèvres sur les siennes.

— Je ne peux me permettre de tomber enceinte.

Il ne pouvait que la comprendre, d'autant qu'ils en avaient déjà parlé.

— Nous allons devoir attendre.

— Jusqu'à ce que vous ayez terminé vos études ? Jusqu'à ce que nous puissions nous marier ? Dieu du ciel, Marie, je suis médecin. Je sais comment éviter les incidents de ce genre.

Elle bondit sur ses jambes.

— Ah, vraiment ? C'est donc ainsi que vous faites la cour à la femme que vous aimez ?

Matthew avait beau savoir qu'ils étaient catholiques tous les deux, il fut stupéfié par la réaction de Marie.

— Mais non, répondit-il comme s'il était en face d'une enfant.

Elle se demanda s'il avait pu croire aux rumeurs qui avaient couru sur son compte dans les couloirs de l'institut. Quand bien même il n'aurait donné aucun crédit à l'existence de cet amant prétendu, il savait que Marie avait un enfant illégitime. C'était donc ça ! Elle en eut la nausée.

— Vous vous imaginez sans doute que je n'ai pas la moindre moralité, au prétexte que j'ai eu un enfant hors mariage ? C'est arrivé il y a onze ans et j'ai réussi depuis à me frayer un chemin dans l'existence à la sueur de mon front afin que ma fille puisse manger à sa faim ! Que le diable m'emporte si je vous laisse gâcher mes chances de devenir chirurgienne !

Elle allait quitter la pièce, tremblante de rage, lorsque Matthew la retint.

— Ne dites donc pas de sottise, Marie. Jamais une telle pensée ne m'a effleuré.

— Vous n'avez pas idée de ce que j'ai subi, rétorqua-t-elle.

Elle voulut se dégager, mais il la retint de force.

— Vous avez raison. Je n'en ai aucune idée, dit-il avec calme. Je vous demande de m'excuser. Je me suis laissé emporter par mes émotions et j'aimerais mériter votre pardon.

Marie manifesta son scepticisme en haussant un sourcil.

— Samedi, ma belle-sœur organise une réception dans sa propriété de Saint Helena. Je n'ai aucune envie de m'y rendre seul. Accompagnez-moi. Elle brûle de vous connaître.

Marie eut un sourire désabusé. Leur relation était censée rester secrète, et voilà qu'il en avait parlé à son frère et sa belle-sœur. Elle voulut y voir un signe encourageant, avant de se souvenir qu'il faisait partie de l'une des familles les plus riches de San Francisco.

— Ne trouvez-vous pas qu'il est un peu trop tôt ? Que se passerait-il si l'on apprenait à l'extérieur que nous sortons ensemble ?

— Je doute que mes collègues ou vos condisciples se cachent dans les jardins de mon frère à Saint Helena, mais si cela peut vous rassurer, pourquoi ne pas venir accompagnée de Philippe et Sarah ? Je vous ferai prendre par une voiture.

Le prix d'une telle course était celui d'une robe neuve pour Adeline. Elle sonda son regard. Comprenait-il vraiment qu'elle ne possédait rien ?

— C'est ridicule, nous prendrons le train, dit-elle.

Il suffirait que Rose ou Aurora s'occupe des petits ce jour-là avec l'aide d'Adeline. Une pensée doucha brusquement son optimisme.

— Vos parents seront-ils là ? s'enquit-elle avec une désinvolture feinte.

— Croyez-vous vraiment que je vous livrerais en pâture aux loups de la sorte ? Non, et c'est même l'intérêt de cette invitation. J'aimerais vous présenter dans un premier temps à mon frère et ma belle-sœur. Ils ont des idées très modernes.

Tout chez Matthew respirait la modernité : sa profession, ses vêtements, son automobile, ses goûts en général. Il relevait de cette élite fortunée capable d'organiser des fêtes somptueuses ou de décorer son intérieur avec goût. Que faisait-il donc avec elle ?

*

Au grand désarroi de Marie, Sarah et Philippe se déclarèrent ravis de l'accompagner à la fête de Bridget Donnelly lorsqu'elle leur transmit l'invitation le vendredi matin. Tout en leur étant reconnaissante du soutien sans faille qu'ils lui accordaient, elle était inquiète à l'idée de rencontrer le frère et la belle-sœur de Matthew. Sarah prit aussitôt la situation en main.

— Nous disposons de vingt-quatre heures à peine pour te trouver une tenue adéquate, décida-t-elle en traînant Marie devant un miroir.

— Je comptais porter ma robe bleue.

— Il faudrait me passer sur le corps, réagit Sarah en fouillant ses placards, à la recherche de la toilette idéale. Celle-ci est trop longue, celle-là trop large, la couleur de cette robe ne convient pas.

Elle poussa un long soupir.

— Tu sais, Marie. Le jour où j'ai rencontré Bridget Donnelly et sa fille à la gare, elles étaient couvertes de soie et de dentelles. On aurait dit des pièces montées ! rit-elle. Elles sont sans doute charmantes, mais je refuse de t'envoyer là-bas sans une toilette de circonstance.

Ayant consacré toutes ses économies au financement de ses études, Marie n'avait pas un sou vaillant.

— Je te préviens, je n'ai pas les moyens de dépenser plus de quinze dollars, répondit-elle après un rapide calcul des économies réalisées cet été-là en évitant les déplacements à San Francisco.

— Cela suffira pour la moitié d'un chemisier, et peut-être un chapeau, plaisanta Sarah. Ne t'inquiète pas, je te donnerai le reste.

— Il n'en est pas question, vous venez tout juste de retrouver un semblant d'assise financière !

— Ne sois pas ridicule, Marie. J'ai gagné de l'argent le week-end dernier. Je mets cette somme à ta disposition. En échange, tu assureras à ma place la vente des produits à Napa Junction samedi prochain. C'est d'accord ?

Sarah était si rayonnante à l'idée de cette réception que Marie n'eut pas le cœur de refuser.

*

Marie noua le ruban de soie blanche qui ornait sa robe de cotonnade couleur lilas, puis elle épingla dans ses cheveux le chapeau de paille à fleurs que Sarah lui avait conseillé. Elle avait enfilé un corset baleine qui lui donnait une taille de guêpe et le miroir lui confirma qu'elle avait un teint resplendissant. Il ne lui restait plus qu'à chasser sa mine maussade. Elle se força à sourire et ses joues s'animèrent aussitôt. Matthew lui avait précisé qu'il aimait la voir détendue, à son image. Le souvenir du premier baiser qu'ils avaient échangé dans le jardin des Lemieux la fit vibrer de tout son être. Elle serra les paupières et soupira.

Accoucher une femme enceinte de jumeaux ne lui avait jamais fait peur, elle était capable de suturer une plaie et d'identifier n'importe quelle partie du corps humain, c'est vrai, mais cela ne lui expliquait pas les raisons pour lesquelles Matthew Donnelly avait jeté son dévolu sur elle.

À leur arrivée en gare de Saint Helena, ils constatèrent avec plaisir qu'un fiacre les attendait. Marie entendit le quatuor à cordes avant même d'apercevoir la maison de leurs hôtes. Les envolées des violons et les gémissements du violoncelle lui mirent les nerfs à vif. Sarah, qui avait senti son trouble, serra dans la sienne sa main gantée de blanc, un sourire rassurant aux lèvres.

— Tu es ravissante, Marie. Crois-moi, il sera subjugué.

Marie s'obligea à lui sourire à son tour, mais ses lèvres se figèrent lorsqu'elle découvrit l'immense demeure de Jimmy et Bridget Donnelly. Marie avait rarement vu une maison aussi grande en dehors de San Francisco. Le bâtiment à deux étages de style victorien comptait même une tourelle et des vitraux, sans parler de l'immense pelouse qui étalait sa verdeur au pied de la façade, bordée de haies taillées au cordeau.

Elle saisit machinalement la main de Philipe en descendant du fiacre, sans quitter des yeux l'entrée aux portes grandes ouvertes. Le hall, inondé de soleil, s'ouvrait sur un immense jardin à l'arrière du bâtiment. Des parfums de chèvrefeuille, de pain frais et de barbecue flottaient dans l'air.

Matthew s'avança sur le perron à leur approche, bras écartés en signe d'accueil. Vêtu d'une costume en lin écru et coiffé d'un canotier, le visage soigneusement rasé, il était d'une beauté à couper le souffle. Marie prit le bras de Sarah dans le sien, les genoux tremblants.

— Calme-toi donc, lui chuchota Sarah tandis que Matthew serrait vigoureusement la main de Philippe.

— Soyez les bienvenus, dit-il, un sourire chaleureux à la bouche, en dévisageant successivement Sarah et Marie. Suivez-moi dans le jardin. Je suis absolument ravi de votre présence ici.

Une tente blanche, dont les pans faseyaient sous la caresse du vent, se dressait sur l'immense pelouse. Plusieurs invités discutaient entre eux, à l'ombre d'un chêne deux fois haut comme la maison. Sarah dressa l'oreille en entendant un claquement sec au fond du jardin.

— Dites-moi, Matthew. Est-ce une partie de croquet ? demanda-t-elle en montrant du menton un groupe de messieurs munis de maillets en bois. Figurez-vous que nous avons assisté à l'épreuve de croquet organisée lors de l'Olympiade de Paris il y a deux ans, quand nous visitions l'Exposition universelle. N'est-ce pas, Philippe ?

— Oui, à ceci près que le jeu était légèrement différent, acquiesça son mari en observant les joueurs.

— Il s'agit en effet de la version américaine du croquet, le roque, expliqua Matthew. Les règles sont plus scientifiques.

— C'est sans doute plus amusant d'y jouer que d'observer une partie, le taquina Sarah.

— Absolument. Je vous aurais volontiers encouragée à tenter votre chance si mon frère et ses amis n'y mettaient pas autant d'ardeur. Je ne voudrais pas que leurs échanges choquent vos oreilles délicates.

Sarah adressa un clin d'œil complice à Marie.

— Croyez-moi, Matthew, pour avoir vécu à New York, Marie et moi avons tout entendu, et même pire !

Il éclata de rire.

— Je n'en doute pas. Puis-je vous proposer du punch, ou bien du vin ?

Philippe observa les alentours en attendant le retour de Matthew.

— Je suis désolé de cette mauvaise nouvelle, Marie, chuchota-t-il à l'attention de la jeune femme, mais ce monsieur et cette dame d'un certain âge qui sirotent du champagne sous ce chêne sont les parents de Matthew. Autant vous y préparer.

Il lui tapota amicalement le dos.

— Allons, ma chère. Vous vous en tirerez très bien. Contentez-vous de rester vous-même.

Matthew revint bientôt, une bouteille de champagne à la main, en compagnie d'une belle femme aux cheveux blond vénitien qu'il présenta à ses amis comme sa belle-sœur Bridget. Cette dernière reconnut sans peine Philippe et Sarah, et elle ne tarda pas à entamer la conversation avec Marie. Après avoir discuté pendant quelques minutes du temps, de l'Institut Cooper et des invités présents ce jour-là, Bridget Donnelly proposa à Marie ce qu'elle redoutait.

— Ma chère, laissez-moi vous présenter à la mère de Matthew, dit-elle avec un sourire radieux en prenant la jeune femme par le coude.

Mme Donnelly, coiffée d'un large chapeau de paille doté d'un immense voile de tulle, trônait sous le chêne au milieu d'une cour de jeunes femmes. Bridget voulut détendre sa compagne en lui parlant de son pays natal.

– Figurez-vous que Jimmy, Matthew et moi avons visité les châteaux de la Loire en automobile il y a deux ans. J'ai adoré Chenonceau et Chambord, mais Matthew n'était pas d'accord, bien évidemment. Sa préférence allait au château de Sully-sur-Loire. Le connaissez-vous ?

Marie répondit par la négative d'un mouvement de tête en se demandant par quel miracle ce périple le long de la Loire venait alimenter la conversation à un moment pareil, mais Bridget n'en avait pas terminé.

– Matthew a beaucoup aimé l'élégance de sa façade médiévale avec ses tourelles pointues, son énorme donjon et ses douves. Mais ce sont les appartements qui l'ont séduit le plus. La lumière qui pénétrait à flots par les fenêtres apportait un éclairage étonnant aux voûtes à berceau. Matthew a estimé que la véritable beauté de ce château tenait à sa résilience, puisqu'il n'a abrité que trois familles successives en l'espace d'un millénaire.

Bridget se pencha à l'oreille de Marie.

– Et lorsqu'il a une idée en tête, *personne* ne pourrait le faire changer d'avis.

Bridget se tut, alors qu'elles rejoignaient Mme Donnelly. Au grand désarroi de Marie, la belle-sœur de Matthew interrompit la vieille dame.

– Mère, je tenais absolument à vous présenter Marie Chevreau.

Mme Donnelly redressa l'échine et observa la nouvelle arrivante à travers ses besicles. Marie aurait pu embrasser Sarah de l'avoir poussée à s'habiller pour l'occasion.

— Vous êtes cette sage-femme qui aspire à devenir médecin ? demanda la vieille dame avec un léger accent irlandais.

Nul doute que Matthew tenait de sa mère sa brusquerie.

— Oui, madame, répondit-elle avec un sourire forcé. J'ai la chance d'avoir assisté à plusieurs opérations réalisées par Matthew. Votre fils a beaucoup de talent.

— C'est ce que l'on me dit, répondit Mme Donnelly d'une voix égale. J'ai également cru comprendre que vous aviez une petite fille ?

— Mère ! s'écria Bridget en posant une main sur l'avant-bras de sa belle-mère.

Mme Donnelly haussa les épaules.

— J'allais rentrer. Accepteriez-vous de m'accompagner, mademoiselle Chevreau ?

Marie, surprise de tant de civilité, s'empressa d'accepter et les deux femmes se dirigèrent d'un pas lent vers la maison.

— Ma fille se prénomme Adeline et elle a onze ans, reprit Marie, désireuse de mettre un terme au silence qui s'était installé.

— Vous l'avez donc élevée seule tout en travaillant comme sage-femme, avant d'entreprendre des études de chirurgie ?

La vieille dame s'était exprimée d'une voix qui trahissait son admiration.

— Oui, madame, répondit Marie. J'ai heureusement bénéficié de l'aide des sœurs françaises d'un couvent de New York, ainsi que de celle de mes amis Lemieux, qui m'accompagnent aujourd'hui.

– D'où venez-vous, précisément ?

– De la ville de Tours, madame.

– Si vos parents sont encore de ce monde, que font-ils ?

– Ils possèdent un commerce à Tours. Un débit de boissons, ajouta-t-elle en se demandant si cette précision lui vaudrait d'être éconduite sur-le-champ.

Mme Donnelly s'immobilisa devant la maison.

– Quelle existence pittoresque vous avez vécue, ma chère, dit-elle en plissant les paupières avant d'ajouter à mi-voix, après un temps d'hésitation : Mon fils Matthew a également connu une vie mouvementée.

– Oui, Bridget me parlait tout à l'heure de leur périple commun en France.

– Dans ce cas, sans doute vous aura-t-elle parlé de la fiancée de Matthew, Mlle Margaret O'Shea de Philadelphie ?

Elle posa de grands yeux verts pleins de commisération sur Marie avant de tourner la tête en direction de Matthew, qui buvait un verre sous le chêne avec son père.

– J'espère avoir le plaisir de vous revoir, ma chère, conclut-elle avant de s'enfoncer à l'intérieur de la maison.

Marie s'agrippa à la balustrade la plus proche, prête à défaillir. Matthew avait une *fiancée* ? Le nom soufflé par Mme Donnelly ne laissait planer aucun doute. Elle avait gardé le souvenir de l'appel téléphonique que le chirurgien avait reçu le jour où il avait opéré Tom Adler.

Marie tourna son regard en direction de Matthew. Ce dernier lui adressa un petit signe de tête et un sourire charmeur. Elle contourna la maison d'un pas mal assuré, priant le ciel que Sarah se précipite en remarquant sa détresse.

Matthew se montra plus rapide.

— Ma mère s'est-elle montrée désagréable ? s'inquiéta-t-il en l'obligeant à s'asseoir sur les marches du perron. Mes parents n'étaient pas censés venir aujourd'hui.

— Votre mère a été charmante, répondit-elle sur un ton glacial. En tout cas, elle ne m'a pas menti.

— Mais de quoi…

— Margaret O'Shea ? De Philadelphie ?

Il parut déconcerté.

— Votre fiancée, au cas où vous l'auriez oublié, insista Marie en se levant tant bien que mal avant de lui tourner le dos.

Il lui saisit le bras.

— Ne me touchez pas ! s'écria-t-elle.

— Marie ! Écoutez-moi.

Les veines de son cou étaient tendues à éclater.

— Nos parents ont arrangé ce mariage il y a deux ans. Ni elle ni moi n'avons souhaité donner suite à ce projet, bien que nous ayons été promis l'un à l'autre et que…

— Et que quoi ? Êtes-vous fiancé à cette femme, oui ou non ?

— Non, rétorqua-t-il. Mon père a rompu le contrat passé entre nos deux familles le mois dernier, les O'Shea ont reçu un dédommagement important. Fort heureusement, Mlle O'Shea a rencontré depuis un fils de famille, de sorte que tout le monde y trouve son compte.

— Ah, réagit Marie d'une voix amère. L'argent permet de tout régler. Comme c'est commode, vous ne trouvez pas ?

— Non, répondit-il en posant sur elle un regard tranchant.

Il lui lâcha le bras et posa les mains sur les hanches.

— Vous êtes un menteur. Vous m'aviez laissée entendre que vous étiez libre !

— Je le suis !

— Vous étiez encore fiancé lorsque vous m'avez courtisée au mois de mars. Vous m'avez menti des mois durant !

— Peut-être, mais je savais déjà…

— Tout va bien ? les interrompit Philippe, suivi par Sarah qui peinait à avancer sur le gravier avec ses talons.

— Non, fulmina Marie. Nous partons.

— Je vous conduis à la gare, proposa Matthew, ahuri par la tournure des événements.

— Jamais de la vie ! le rabroua Marie. Allons-y.

Sur ces mots, elle lui tourna le dos et se dirigea vers l'entrée de la propriété.

— Mais enfin, Marie ! Il vous faut entendre raison ! tenta de l'amadouer Matthew sur un ton déchirant.

Marie poursuivit son chemin en combattant l'envie de se retourner.

31

Une semaine après ces événements, Marie arrangeait son chignon devant la glace en essayant de se persuader que cette journée de rentrée à l'Institut Cooper était un jour ordinaire. Après son altercation avec Matthew, et avoir refusé de lui parler lorsqu'il s'était présenté chez les Lemieux le lendemain après-midi, elle restait perplexe sur la conduite à adopter. Elle se sentait humiliée et voyait mal comment elle pourrait lui accorder sa confiance.

Le cours d'anatomie était le troisième de la journée. Marie opta pour une place au milieu de la salle afin de se fondre dans la masse. Donnelly n'était toujours pas là et le cœur de la jeune femme battait à tout rompre.

Un professeur inconnu s'avança sur l'estrade et posa ses livres sur le bureau.

— C'est moi qui vous donnerai le cours d'anatomie cette semaine, annonça-t-il. Le docteur Donnelly a été retenu ailleurs.

Marie sentit le rouge de la honte lui monter au visage. Avait-il pu être renvoyé par la direction de l'Institut à cause de leur liaison ?

Dès que retentit la cloche à la fin du cours, la salle se vida et elle se retrouva dans le couloir au milieu des étudiants, à la recherche de ce regard turquoise qui lui était si familier. Peut-être son imagination lui jouait-elle des tours. Il avait très bien pu avoir un simple empêchement. Une bourrade la tira de sa rêverie. Elle se retourna et reconnut Deaver, un sourire narquois aux lèvres. Il s'éloigna en compagnie de ses amis en riant, sans même s'excuser.

*

À l'heure de quitter l'Institut le vendredi après-midi, Marie n'en pouvait plus du silence de Matthew. Elle remonta le couloir du premier étage dans le cliquetis de ses talons en s'assurant d'un coup d'œil par-dessus son épaule que personne ne pouvait la voir. Son courage l'abandonna lorsqu'elle parvint devant le bureau du chirurgien en constatant à travers la vitre cathédrale que la pièce était plongée dans l'obscurité. Elle voulut tourner la poignée, au cas où il aurait oublié de fermer à clé, impatiente de s'asseoir dans son fauteuil, de jouer avec la petite mappemonde posée sur sa table, de caresser les documents qu'il avait feuilletés. Quelle bécasse tu fais, pensa-t-elle.

— Marie ?

Elle se retourna d'un bloc et reconnut Thad qui l'observait depuis le palier. Il s'approcha à grandes enjambées.

— Je pensais que vous preniez le ferry ce soir.

Marie, les yeux rivés sur la pointe de ses bottines fatiguées, sentit le sang lui monter à la tête. Thad avait-il des soupçons ?

— J'ai décidé de rentrer demain matin seulement. Je comptais ranger mes notes ce soir.

Il pointa l'index en direction de la porte.

— Si vous cherchez Donnelly, il ne rentre que la semaine prochaine.

Thad pencha la tête de côté et la masse de ses cheveux blonds lui balaya le front. Soudain, il comprit.

— Oh ! s'exclama-t-il. Je ne savais pas.

— Ce n'est pas ce que vous croyez, répliqua Marie, mal à l'aise.

Il fit machinalement un pas en arrière.

— Cela ne me regarde pas, Marie, réagit-il en posant son regard sur le tableau noir accroché au mur du couloir. J'allais m'en aller. Souhaitez-vous que je vous reconduise à votre porte ? Si vous rentrez chez vous, bien évidemment.

— Avec plaisir, Thad. Accordez-moi une minute pour rassembler mes affaires dans le laboratoire photographique.

Thad, soulagé, prit la cigarette coincée derrière son oreille.

— Prenez votre temps, Marie. Je vous attends dehors dans… disons, dix minutes ?

— Ce sera parfait, acquiesça-t-elle avec un sourire gêné.

Le laboratoire se trouvait un étage plus haut, à côté de la salle d'anatomie. L'appareil photographique à soufflet réservé à l'usage des professeurs lors des opérations dressait sa masse sur un pied dans un coin de la pièce. Sur le mur de droite s'alignaient des vitrines remplies de centaines de spécimens dans des bocaux. L'odeur de formol piqua les yeux de Marie en lui donnant la nausée. Elle se dirigea vers la longue rangée des microscopes près de laquelle elle avait laissé ses affaires à côté de la fenêtre. Elle ouvrit celle-ci et l'air du dehors lui fit immédiatement du bien tout en envoyant voler ses papiers.

Elle les rassemblait, à genoux sur le carrelage, lorsqu'elle vit une silhouette à l'entrée de la pièce, éclairée en contrejour par le soleil qui inondait le couloir.

— Thad ? demanda-t-elle sans obtenir de réponse. Matthew ?

Avant qu'elle eût pu esquisser un geste, deux étudiants se précipitèrent en claquant la porte derrière eux. Marie voulut appeler à l'aide, mais les mots restèrent bloqués dans sa gorge. Et tandis que John Lerouge s'adossait tranquillement au mur en la regardant de ses yeux vides injectés de sang, Larry Deaver se jetait sur elle.

— Que faites-vous ? s'écria Marie, affolée.

Deaver la releva de force par les cheveux et la poussa sur la paillasse avec une telle violence que sa tête s'écrasa contre un microscope. L'appareil tomba à terre avec fracas tandis qu'un flot de sang, s'échappant d'une plaie au cuir chevelu, aveuglait Marie. Deaver lui immobilisa le visage contre la paillasse en se collant contre ses fesses et lui envoya au visage son haleine chargée de tabac et d'alcool.

— *Matthieu ? Matthieu ?* répéta-t-il en raillant l'accent français de la jeune femme. Je suppose que tu veux parler du professeur Donnelly, ton *amant* ?

Deaver lui lâcha les cheveux et Marie l'entendit dégrafer la boucle de son ceinturon.

— Ne me touchez pas ! hurla-t-elle en essayant de lui labourer les tibias avec ses talons tout en cherchant à se dégager. Sa plaie à la tête la faisait souffrir et elle distinguait mal à cause du voile de sang qui lui couvrait un œil, mais il était hors de question qu'elle se laisse malmener.

— Bon Dieu, Lerouge ! s'énerva Deaver en enfonçant un coude entre les omoplates de la jeune femme afin de l'empêcher de se débattre.

Lerouge sembla sortir de sa torpeur. Il fouilla dans sa poche et sortit un couteau qu'il déplia avant de l'envoyer à son camarade. Deaver enfonça la pointe de la lame sur le cou de sa victime, à l'endroit où battait follement la carotide sous l'effet de la peur.

— Ne bouge pas, espèce de putain, si tu ne veux pas que je t'égorge, grinça-t-il.

Marie, à la limite de perdre connaissance, sentit les mains moites de son bourreau remonter le long de ses cuisses. Elle comprit avec horreur qu'elle allait devoir subir son assaut sans résister si elle voulait rester en vie. Pour Adeline.

La porte de la pièce s'ouvrit avec force et un cri retentit. Deaver lâcha sa proie et Marie s'écroula sur le carrelage. De son œil valide, elle vit Thad se ruer sur Lerouge, hébété, et l'envoyer à terre d'un coup de poing. Deaver voulut le menacer avec son couteau, mais Thad esquiva la lame et saisit au vol le bras de Deaver qu'il désarma en lui frappant le poignet contre le rebord de la paillasse. Deaver prit Thad à bras-le-corps et les deux étudiants percutèrent l'une des vitrines en faisant voler des bocaux qui s'écrasèrent aux pieds de Marie. L'explosion de verre et la forte odeur de formol achevèrent de la ramener à elle. Faute de trouver le couteau, elle souleva le microscope dont elle assena un coup sur la nuque de Deaver qui s'écroula comme une masse.

Marie crut que son cœur allait s'arrêter. Ses genoux ployèrent sous elle et Thad eut tout juste le temps de la rattraper. Il lui tendit un mouchoir afin qu'elle étanche le sang qui s'échappait de sa blessure à la tête, lui passa un bras autour de la taille et la dirigea vers la porte. Derrière eux, Deaver laissa échapper un gémissement et voulut se relever. Thad aida Marie à s'adosser à la cloison.

— Attendez-moi ici, lui recommanda-t-il.

L'instant suivant, il revenait sur ses pas et envoyait une série de coups de pied dans la poitrine de Deaver, sans doute au prix de quelques côtes.

— Espèce de tas de merde ! gronda-t-il.

Marie se mit à trembler de tous ses membres, à cause de l'épreuve qu'elle venait de traverser, bien sûr, mais aussi parce que Dieu lui avait fait le don d'un ami courageux au moment où elle en avait le plus besoin.

Thad, échevelé, rentra les pans de sa chemise dans son pantalon et descendit au rez-de-chaussée en soutenant Marie. Ils firent un détour par l'infirmerie, déserte à cette heure, où il s'approvisionna en alcool à 90 degrés et en pansements.

Une fois dans l'appartement de Marie, Thad aida celle-ci à s'asseoir sur le bord de son lit. Elle avait l'impression que de l'eau glacée coulait dans ses veines et tétanisait ses membres. Agenouillé devant elle, Thad lui tamponna le crâne avec de l'alcool et elle grimaça de douleur.

— Votre tête est toute gonflée, remarqua-t-il en posant délicatement de la gaze sur la plaie avant d'y placer de la glace récupérée dans la glacière de la cuisine.

— Comment avez-vous su ? murmura Marie.

Il haussa les épaules.

— Je fumais une cigarette sous la fenêtre du laboratoire quand vos cris me sont parvenus.

Elle posa une main sur l'épaule du jeune homme.

— Je vous remercie, Thad.

Il fronça les sourcils.

— Marie, je dois prévenir Donnelly.

— Non.

— Il s'occupera de votre blessure mieux que moi. Et puis nous devons raconter ce qui s'est passé à l'administration.

Marie lui agrippa l'avant-bras.

— N'en faites rien, je vous en prie. Ils le renverront s'ils découvrent notre liaison.

— C'est donc ce qui vous inquiète ? s'étonna Thad. Quelle importance ? L'essentiel est que vous soyez en sécurité, que Deaver et Lerouge ne puissent plus jamais s'en prendre à vous.

Il soupira en tamponnant avec un linge humide les cheveux poisseux de sang de la jeune femme.

— Seigneur, Marie ! Regardez donc ce qu'ils vous ont fait !

Elle se leva péniblement et se dirigea d'un pas mal assuré vers le miroir accroché au-dessus de l'évier. Elle avait la lèvre ouverte, un hématome à la joue, le cou marqué par la pointe du couteau de Deaver. Elle souleva la gaze et examina sa blessure au cuir chevelu. La plaie, longue de cinq centimètres, n'était guère profonde, mais elle avait provoqué une perte de sang importante.

— Croyez-vous que des points de suture soient nécessaires ? demanda-t-elle.

— Sans doute que non, mais vous risquez de conserver une cicatrice.

— Thad, reprit Marie en regardant devant elle, comme si elle s'adressait au miroir. Donnelly et moi avons… il a commencé à me courtiser cet été, mais ce n'est pas allé plus loin.

— Quand bien même, Marie, rien ne saurait justifier ce que ces monstres vous ont fait subir.

— Je sais.

Elle frissonna et retourna s'asseoir sur le lit, près de son ami. Elle éprouva brusquement le besoin de voir Adeline, Sarah aussi. Elle aurait aimé fuir cet appartement sombre et triste, sentir la caresse du soleil de Napa sur son visage tuméfié.

Thad lut dans ses pensées.

— Laissez-moi au moins vous reconduire dans votre famille demain.

Marie lui ayant donné son accord, il délaça ses bottines et l'aida à se déchausser en lui laissant le soin de retirer seule ses bas. Elle aurait aimé prendre un bain, mais elle se trouvait dans un tel état d'épuisement qu'elle préféra finalement se coucher.

— Cela vous ennuie de rester ici jusqu'à demain matin ? implora-t-elle Thad.

— Pas le moins du monde, Marie, murmura-t-il en la bordant avec délicatesse.

*

Philippe prit le premier ferry à destination de San Francisco le lundi matin. Il montait la garde devant le bureau de Donnelly depuis une demi-heure lorsque le chirurgien arriva.

— Lemieux ! s'exclama-t-il en voyant son visiteur. J'avais prévu de venir vous rendre visite prochainement.

Philippe prit un air renfrogné.

— Que s'est-il passé ? fit Matthew, soudain inquiet.

— Je préférerais vous parler en privé, répondit Philippe en observant le ballet des étudiants pressés de se rendre en cours.

Donnelly blêmit.

— Bien sûr. Entrez, je vous en prie.

Il ouvrit la porte et fit signe à Philippe de s'asseoir.

— Est-ce au sujet de Marie ? Vous a-t-elle expliqué les raisons de notre dispute ? M'en veut-elle toujours ?

Philippe l'arrêta d'un geste. Il n'était pas question de Margaret O'Shea.

— Matthew, Marie a été agressée par deux étudiants vendredi dernier. Ils l'ont sauvagement frappée, et si Thad Holmes n'était pas intervenu, sans doute l'auraient-ils violée.

Matthew, horrifié, eut un haut-le-corps.

— Est-elle… a-t-elle…

— Elle a été blessée à la tête et souffre de plusieurs hématomes, mais notre médecin estime qu'elle n'est pas en danger. Elle se trouve actuellement à Napa, avec Sarah et Thad.

Donnelly posa sur Philippe deux yeux rouges de chagrin.

— Qui sont les coupables ? Pourquoi Holmes n'est-il pas venu me trouver ?

— Les agresseurs sont Larry Deaver et John Lerouge. Ils ont découvert votre liaison.

Donnelly s'enfouit la tête dans les mains.

— Thad souhaitait vous avertir, mais Marie l'en a dissuadé. Elle refuse de dénoncer ses bourreaux de peur de vous impliquer. Elle craint que l'Institut ne vous révoque.

— Jésus Marie Joseph ! C'est parfaitement ridicule, réagit-il d'une voix rauque. Puis-je la voir ?

— Pas avant demain matin. J'ai demandé à la direction de l'Institut de la recevoir. Sarah l'accompagnera et Thad lui servira de témoin, mais votre présence est indispensable.

— Bien évidemment, mais j'ai besoin de la voir tout de suite, décréta Matthew en se levant.

— Accordez-lui un peu de temps, le freina Philippe. Elle a également pris un coup au moral. Un jour de plus ne pourra que l'aider à reprendre des forces.

Donnelly tourna machinalement son regard vers la fenêtre.

— Je l'aime, Philippe, dit-il d'une voix douce.

Philippe comprenait d'autant mieux sa douleur qu'il avait traversé des heures comparables lorsque son frère avait agressé Sarah.

— Dans ce cas, battez-vous pour elle.

Pour toute réponse, Donnelly lui serra amicalement l'épaule, les mâchoires serrées.

*

Marie avait du mal à en croire ses oreilles.

Matthew jaillit de son siège.

— Un simple blâme ? s'écria-t-il. C'est tout ?

Il se mit à tourner en rond dans la salle de réunion en multipliant les grands gestes.

— Mlle Chevreau se fait agresser au sein même de cette institution par deux de ses condisciples et vous vous contentez de les réprimander ?

— Quelle autre solution proposez-vous ? lui demanda le vénérable doyen, les mains en pointe.

— Il faudrait commencer par les renvoyer !

Marie n'avait jamais vu Matthew dans une telle colère. Très digne dans un costume gris taillé sur mesure, il tempêtait contre les membres du conseil de discipline avec une ardeur et une autorité dont elle n'aurait jamais été capable. Aucun de ses interlocuteurs ne se doutait des véritables raisons de son courroux.

Le doyen se racla la gorge.

— Je vous prie de m'excuser, docteur Donnelly, mais à en croire son témoignage, Mlle Chevreau n'a pas été violée. Procéder à l'arrestation de ces jeunes gens ne pourrait que ternir la réputation de cet Institut. Quant à prendre une mesure d'expulsion, sans doute serait-ce possible dans le cas de M. Lerouge, avec toute la discrétion requise, mais ce n'est pas le cas de M. Deaver dont le père siège au conseil d'administration de notre établissement dont il est l'un des bienfaiteurs.

Marie jugea qu'elle en avait assez entendu. Il était clair que sa sécurité ne méritait pas qu'on s'y intéressât vraiment. Elle avait l'impression qu'un millier d'aiguilles la traversaient. Elle se leva en titubant et Sarah se précipita pour la soutenir.

— J'ai besoin d'un verre d'eau, chuchota Marie à l'intention de son amie.

Les membres du conseil de discipline se levèrent à leur tour et Sarah se tourna vers le doyen avant de quitter la pièce.

— Avez-vous une femme, monsieur le doyen ? Ou bien une fille ?

Elle interrogea muettement d'un regard sans complaisance les cinq autres membres du conseil.

— Que ressentiriez-vous si votre épouse ou votre fille était menacée à l'aide d'un couteau, battue et quasiment violée sous le regard complice d'un camarade ? insista-t-elle en affichant tout son dégoût.

Marie lui serra le bras, reconnaissante de son soutien.

Avant que la porte se referme derrière les deux femmes, Marie eut le temps de croiser le regard de Matthew. Un sentiment indescriptible traversa ses yeux clairs. Était-ce de la pitié, ou bien lui adressait-il un adieu muet ? Marie, perdue, se sentit désespérément seule.

Elle prit place avec Sarah dans la salle de réunion voisine et caressa d'un doigt le bord de son verre d'eau, persuadée qu'à condition de ne penser à rien d'autre, elle n'entendrait plus le bourdonnement qui lui vrillait les tympans et ne sentirait pas la douleur lancinante de ses blessures. Consciente que Sarah l'observait à la dérobée, elle préféra ne rien dire.

La porte de la salle du conseil se rouvrit et Marie, tête baissée, vit du coin de l'œil l'ourlet du pantalon parfaitement repassé de Matthew passer dans son champ de vision. Philippe lui emboîtait le pas.

Matthew s'agenouilla devant elle et lui prit les mains, mais elle ne trouva pas la force de le regarder. Elle avait honte, alors qu'elle n'avait rien à se reprocher.

— Si vous saviez combien je suis désolé, Marie, lui glissa-t-il dans un murmure en caressant sa plaie à la tête dont elle avait sciemment retiré le pansement avant la réunion. Je vous donne ma parole d'obtenir justice en votre nom. Je m'engage à ce que vous ne soyez plus jamais en danger.

Elle releva la tête.

— Ils refusent vraiment de le renvoyer ?

Il répondit oui d'un mouvement de tête.

Elle posa la main sur le revers de sa veste.

— Ne tentez rien qui puisse nuire à votre carrière, dit-elle d'une voix faible.

Il lui répondit par un sourire.

— Ne vous inquiétez pas. Je ferai le nécessaire. En attendant, vous feriez mieux de rentrer chez vous et de prendre quelques jours de repos.

Marie se cabra.

— En aucun cas. Je compte retourner en cours dès demain, sans pansement. Je tiens à ce que tous voient ce qu'il m'a fait.

Matthew posa la main sur son épaule.

— Ma Marie intrépide, déclara-t-il affectueusement. Vous ferez à votre guise, mais autorisez-moi au moins à vous raccompagner ce soir chez vous.

Philippe toussota.

— Je ne pense pas que ce soit une bonne idée, dit-il en cherchant à croiser le regard de la jeune femme. De toute évidence, il s'inquiétait de la réputation de Marie si on la savait en compagnie de Matthew.

— Je vous en prie, insista le chirurgien.

*

Marie et Matthew durent affronter une pluie battante en sortant de son automobile pour rejoindre l'appartement. À peine ouverte la porte du logement, il accrocha son manteau, remonta ses manches et s'accroupit près du poêle à bois. Il le chargea en bûches et en petit bois auquel il mit le feu sous le regard de Marie, frigorifiée. D'épais nuages gris chargés de pluie traversaient lentement le ciel de San Francisco.

— Marie, pourquoi ne pas enfiler des vêtements secs ? lui recommanda-t-il en frottant ses mains l'une contre l'autre. Vous tremblez de froid.

Son calme eut le don d'agacer la jeune femme qui repensa aux mensonges accumulés au début de leur relation.

Elle ne souhaitait pas que l'agression dont elle avait été victime fût un prétexte à effacer commodément l'ardoise.

— Si vous avez réellement mis un terme à votre relation avec Margaret O'Shea, comment se fait-il que votre mère m'ait parlé d'elle comme de votre fiancée ? l'interrogea-t-elle en lui tournant le dos, hypnotisée par les rigoles de pluie qui glissaient le long des carreaux.

Il laissa s'écouler quelques instants avant de répondre.

— Elle n'était pas au courant. Mon père et moi ne lui en avions pas fait l'annonce. Cela dit, je ne m'attendais nullement à ce que mes parents assistent à cette réception.

— Bridget et Jimmy étaient-ils au courant de votre rupture ?

— Oui.

Assis sur une chaise à côté du poêle, il se pencha en avant.

— Marie, je ne l'aimais pas.

— Qui vous parle d'aimer ? ricana Marie. L'amour n'a rien à voir là-dedans.

Une douleur lancinante lui avait envahi le crâne et sa plaie au front la faisait souffrir. Elle était sur le point de se laisser étouffer par le chagrin. Elle se couvrit les yeux, mais les images défilaient derrière ses paupières closes, comme celles d'un cinématographe. Elle songea à Bastien, le père d'Adeline, à son désir animal. Il l'avait séduite pour mieux la rejeter en revenant sur sa promesse de l'épouser. L'haleine chargée de bourbon de Larry Deaver flotta jusqu'à ses narines, elle sentit contre son cou la morsure de son couteau. Elle frissonna en se souvenant du contact de ses ongles contre son dos. Elle se mit à suffoquer.

— Marie ! s'écria Matthew en se précipitant alors qu'elle allait s'écrouler.

Elle se reprit et exécuta un pas en arrière afin de lui échapper.

— Que faites-vous ici ?

— Je ne partirai pas tant que nous n'aurons pas parlé de ce qui s'est passé.

— Vous avez raison, répliqua-t-elle sèchement en se débarrassant de son blouson détrempé avant de dégrafer les boutons de son col. Je vous propose mieux encore. J'entends vous *montrer* ce qui s'est passé. Vous voyez ici les marques laissées par le couteau avec lequel me menaçait Deaver.

— Marie…, tenta de l'arrêter Matthew en s'avançant vers elle.

Un regard de la jeune femme suffit à briser son élan. Elle arracha brutalement son chemisier, envoyant voler les boutons dans tous les coins, se débarrassa du vêtement et délaça son corset qui, en tombant, dévoila la fine chemise sous laquelle on devinait les ecchymoses jaune et violet marbrant sa poitrine. L'expression de dégoût que montra Matthew lui fit mal, sans pour autant l'empêcher d'arracher la chemisette.

— Et voici ce qui est arrivé lorsqu'il m'a immobilisée sur la paillasse en me poussant violemment contre le microscope.

Matthew restait comme pétrifié, incapable de détacher son regard du spectacle qu'elle lui offrait. Marie retira sa jupe d'un mouvement de hanche, fit de même avec sa culotte, et se planta devant lui.

— Marie, assez ! lui ordonna-t-il.

Mais elle refusait de se couvrir, poussée par le désir qu'il fût témoin de l'indignité dont elle avait été victime. Elle pivota sur elle-même et lui tourna le dos en dévoilant des griffures sur l'arrière de ses cuisses.

— Voilà ce qui s'est passé ! hurla-t-elle, poussée par une sauvagerie dont elle-même ignorait l'existence. Cela vous excite donc tant de savoir ce qu'il m'a fait ? insista-t-elle méchamment.

— Non, s'étrangla-t-il. Cela me rend malade.

Incapable de contenir sa honte, elle ne pouvait pas davantage museler son angoisse.

— Vous n'avez plus envie de moi, tout d'un coup, grinça-t-elle, la bouche tremblante.

— Marie, vous n'êtes pas bien. La fièvre vous égare.

Il tendit la main afin de toucher son front, mais elle le repoussa d'un geste brutal.

— Répondez-moi ! hurla-t-elle, des sanglots dans la voix.

Matthew la prit par les épaules et la secoua, sa détresse imprimée sur ses traits.

— Arrêtez, Marie ! Arrêtez !

— Qu'attendez-vous ? poursuivit-elle en glissant ses bras autour de son cou.

Il s'arracha de son étreinte, tandis qu'elle criait à tue-tête :

— Prenez-moi ! Prenez-moi donc, espèce de lâche !

Elle se jeta sur lui, mais Matthew l'emprisonna contre sa poitrine.

— Marie..., dit-il, les sons étouffés par les cheveux de la jeune femme.

Elle se raccrocha à lui, la tête enfouie contre son épaule, rassurée par l'odeur familière de sa chemise soigneusement empesée. Elle tremblait de désespoir. Ses muscles finirent par se relâcher et elle s'aperçut alors que la poitrine de Matthew était secouée de sanglots.

— Je suis infiniment désolé, Marie, s'excusa-t-il d'une voix rauque.

Sentir la main du chirurgien sur son dos nu rappela brusquement Marie à la réalité et elle tenta de se dégager. Sans relâcher son étreinte, Matthew tira à lui l'édredon du lit et l'enroula maladroitement autour des épaules de la jeune femme.

— Je vous en prie, insista-t-il. Vous brûlez de fièvre, un bain vous ferait le plus grand bien.

— Mais...

— Marie, je suis votre médecin. En outre, vous n'êtes pas en état physique de vous laver seule.

Elle se trouvait dans un tel état d'épuisement qu'elle se glissa sans rechigner dans la baignoire, dos à la porte, les bras serrés autour de ses genoux repliés. L'eau, tout juste tiède, ne l'apaisa en rien. Matthew, parti chercher des draps de bain, s'agenouilla, savonna un gant de toilette humide et fit lentement couler de l'eau sur son dos avant de lui nettoyer les épaules, le cou et les bras. Elle ferma les yeux pour ne plus penser qu'à ses gestes caressants en veillant à oublier tout réflexe de pudeur. Elle sentit bientôt les doigts de Matthew plonger dans la masse de ses cheveux en bataille et lui masser la tête en évitant soigneusement sa plaie. Il lui rinçait les cheveux lorsqu'elle frissonna de tout son corps tandis que l'eau tiède achevait de chasser sa fièvre.

Matthew laissa s'écouler un long moment avant de rompre le silence.

— Marie, je tenais à vous dire que jamais je n'avais eu l'intention de me marier avec Margaret.

Il lui prit la main et effleura de ses lèvres ses phalanges tuméfiées.

— Sachez aussi que je ne me serais pas contenté de mentir si cela avait été le prix pour vous garder.

Lorsque Marie se réveilla en pleine nuit, elle s'aperçut qu'elle dormait en peignoir, serrée contre Matthew.

— Désolé si je vous ai réveillée en bougeant, j'avais le bras ankylosé, marmonna-t-il d'une voix endormie.

L'intimité qui s'était développée entre eux au cours des dernières heures avait fini de briser les barrières de défense de Marie qui sentit monter en elle une bouffée de désir.

— Je vous en prie, implora-t-elle en cherchant la bouche de Matthew avec la sienne.

Il lui rendit son baiser avec ardeur avant de reculer en la voyant dégrafer son peignoir.

— Non, Marie. Pas cette nuit. Pas de cette façon-là.

Il se glissa hors du lit et se rhabilla dans la pénombre avant de s'accroupir près du lit et de lui caresser les cheveux en souriant.

— Le meilleur moment viendra vite, mon amour. Commençons par nous marier.

Il l'embrassa tendrement, lui recommanda de verrouiller la porte derrière lui et s'enfonça dans la nuit.

32

Marie préféra refuser lorsque Thad lui proposa de l'accompagner en cours. Elle allait devoir affronter seule son bourreau. En entrant en salle de biologie le mercredi matin, elle prit longuement sa respiration et chercha machinalement des yeux le visage de Larry Deaver. Il n'était pas là et resta d'ailleurs absent le jour suivant. Matthew aurait tenu sa promesse.

Le souvenir des moments tragiques qu'elle avait connus refusait de la laisser en paix. Elle traversa la rue et se rendit à l'hôpital voisin avec l'espoir de se changer les idées. Elle passa devant une salle d'opération dans laquelle s'activaient des infirmières. Matthew se lavait les mains dans la pièce voisine. Il sourit en la voyant et elle en eut des palpitations. Il se sécha les mains dans une serviette propre et s'assura d'un coup d'œil que personne ne pouvait surprendre leur conversation.

— Comment vous sentez-vous ? s'enquit-il à mi-voix.

— Mieux que je ne l'imaginais. Larry Deaver n'a toujours pas pointé le bout du nez. Vous ne l'avez tout de même pas…

Il écarquilla les yeux, surpris.

— Malheureusement non.

Une expression indéchiffrable s'afficha brièvement sur son visage, bien vite remplacée par un large sourire.

— Je vous avais bien dit que tout finirait par s'arranger, poursuivit-il en se débarrassant de la serviette dans un bac à linge sale. Vous rentrez à Napa demain ?

Marie sembla hésiter.

— Sans doute, je ne sais pas encore…

Il posa ses mains sur les épaules de la jeune femme. Elle aurait aimé davantage, mais c'était évidemment impossible puisqu'ils se trouvaient dans un espace public. Il effleura sa plaie à la tête.

— La blessure est en voie de guérison, mais je regrette de ne pas avoir été là pour la suturer.

Elle balaya ses scrupules d'un geste.

— Je dois aller voir Adeline. Elle s'inquiétera si elle ne me voit pas ce week-end.

— A-t-elle compris ce qui vous était arrivé ? s'inquiéta Matthew.

— Tout à fait, et je veux qu'elle sache que ça ne se reproduira jamais.

Elle attendait que Matthew lui propose de venir avec elle à Napa, mais il n'en fut rien. Elle le trouvait étrangement distant, surtout après les moments d'intimité qu'ils avaient connus.

— Vous travaillez ce samedi ? s'enquit-elle d'une voix timide.

— Euh… oui, un imprévu, répondit-il distraitement. Peut-être pourrais-je vous accompagner le week-end suivant ?

— J'en serais heureuse, dit-elle machinalement, déçue.

— Désolée de vous interrompre, docteur Donnelly, les coupa une infirmière en s'avançant dans la pièce. Le docteur Meyer a besoin de vous à l'étage.

Elle posa un regard compatissant sur Marie qui s'interrogea : tout l'hôpital était-il au courant de ses déboires ?

Matthew lui serra affectueusement le bras et s'éloigna en compagnie de l'infirmière. Marie, pensive, se demanda si son comportement l'autre soir avait pu effrayer le chirurgien, au point de l'inciter à changer d'avis.

*

Marie, qui avait espéré éviter Larry Deaver cette semaine-là, eut un pincement au cœur en voyant l'étudiant se présenter en cours de mathématiques le vendredi matin. Il avait un œil au beurre noir, le nez cassé et les joues égratignées, Matthew lui avait donc menti. Marie, qui aurait tout donné pour avoir la possibilité de fuir, s'accrocha à son siège. À son grand soulagement, cinq de ses camarades poussèrent Deaver vers un banc éloigné, tout au fond de la salle tandis que Thad posait devant le jeune homme déconfit une tête de cochon enfermée dans un bocal empli de formol. Le professeur de mathématiques eut même un mouvement de menton approbateur avant d'entamer son cours et Marie en éprouva un certain réconfort.

Sa nervosité avait achevé de s'évaporer en fin de journée, mais elle s'inquiétait de ne pas avoir vu Matthew depuis deux jours. La direction de l'Institut Cooper l'aurait-elle renvoyé pour s'en être pris à

Deaver ? Elle avait besoin de le voir avant de partir pour Napa.

— Alors, Marie ? l'apostropha Thad à sa sortie de l'école. Comment allez-vous ?

— Beaucoup mieux, surtout depuis que j'ai vu le visage de Deaver.

— Vous avez donc apprécié mes travaux pratiques ? dit Thad, ravi.

— C'est vous qui lui avez cassé la figure ? réagit-elle, stupéfaite.

Thad s'inclina devant elle.

— Notre rencontre aura illuminé ma semaine. Où allez-vous ?

Marie ne parvint pas à dissimuler son trouble.

— Vous êtes inquiète au sujet de Donnelly ?

Comment l'avait-il deviné ?

— Votre visage trahit vos pensées, Marie. Sans compter que la nouvelle a été officialisée dans le journal.

Elle sentit se nouer ses intestins. Matthew avait donc été renvoyé ?

Thad déplia le journal qu'il avait sous le bras et lui montra les pages mondaines. Marie repéra très vite un nom familier en entête d'un article : « Margaret O'Shea de Philadelphie épouse Peter Smithson, un fils de la bourgeoisie de Russian Hill ».

Thad, qui observait sa réaction, prit la parole :

— Qu'attendez-vous pour le rejoindre ?

Elle afficha sa surprise.

— Et… et vous ? bredouilla-t-elle.

Il regarda le bout de ses chaussures avant de relever la tête et de poser sur elle deux yeux bruns rieurs.

— Je n'avais aucune chance face à un célèbre chirurgien, fils de famille par-dessus le marché. Mais ça fait parfois du bien de rêver.

Il ponctua sa phrase d'un clin d'œil. Il commençait à s'éloigner lorsqu'elle le retint par le bras avant de le serrer contre elle. Et tant pis si son geste faisait jaser.

— Vous êtes un garçon bien, dit-elle en l'embrassant sur la joue.

Il la gratifia d'un petit sourire.

— Allez, Marie ! Dépêchez-vous de rejoindre Nob Hill.

Le temps d'un dernier regard plein de gratitude et elle s'éloigna sur le trottoir ensoleillé. Un tramway la conduisit jusqu'à la clinique privée dont Jane lui ouvrit la porte lorsqu'elle sonna.

— Chère mademoiselle Chevreau ! s'écria l'infirmière en la voyant. J'ai appris ce qui vous était arrivé. Comment allez-vous ?

Marie, émue par tant de gentillesse, crut qu'elle allait pleurer.

— Entrez, je vous en prie, l'invita Jane.

— Le docteur est-il là ?

— Seriez-vous malade ?

— Pas exactement. Est-il là, Jane ?

— Non, mais j'ai cru comprendre qu'il rentrait par le ferry de 16 heures.

— Le ferry ? s'étonna Marie, sachant que Matthew ne quittait jamais San Francisco en semaine. Où est-il donc allé ?

— À Vallejo, me semble-t-il.

Marie n'y comprenait décidément plus rien.

— Je vous remercie, Jane, dit-elle sans cacher sa déception.

— Mademoiselle Chevreau, sans vouloir me mêler de ce qui ne me regarde pas, mais à votre place, je me rendrais de ce pas à l'embarcadère.

*

Marie descendit du tramway et se fraya un chemin à travers la foule, compacte en ce vendredi après-midi, en cherchant Matthew des yeux. Elle pénétra dans le terminal et s'arrêta net en découvrant le chirurgien nonchalamment assis sur un banc.

Elle en lâcha son sac de surprise, clouée sur place, les yeux brillants de larmes. Il se leva en souriant et la prit dans ses bras.

— Allons, allons, la rassura-t-il en séchant ses pleurs avec un mouchoir.

— On vous a renvoyé ? renifla-t-elle.

La question le fit glousser.

— J'ai donné ma démission.

— Pourquoi ? Et que faisiez-vous à Vallejo ?

— J'ai démissionné pour protester contre la décision du conseil de discipline, et pris le ferry pour régler une affaire urgente. Je vous attendais, dans l'espoir de vous croiser avant votre départ pour Napa.

— Pourquoi vouliez-vous me voir ? demanda-t-elle, le cœur battant.

Il sortit de sa poche un sachet de velours noir, fermé par un cordon, dont il tira un diamant étincelant. Il retira le gant de Marie et lui glissa la bague à l'annulaire. Elle en resta sans voix, car elle n'avait jamais vu, et encore moins porté, un solitaire de cette taille.

— Épousez-moi, insista Matthew. Je suis allé à Napa demander votre main à Philippe, Sarah et Adeline. Et ils ont accepté.

Tant de prévenance la laissait abasourdie. Elle fronça les sourcils, soudain inquiète.

— Et votre mère ?

— Elle vous a rendu le plus bel hommage que l'on pouvait attendre d'elle.

— Mais encore ?

Matthew lui embrassa le poignet.

— Elle m'a dit : « Pour une Française, c'est une fille charmante. »

33

Octobre 1902 – Eagle's Run

Pippa affichait un grand sourire dans sa nouvelle robe rose brodée de petites fleurs jaunes. On distinguait encore la fine cicatrice en zigzag héritée de l'opération, mais Sarah savait qu'elle s'estomperait avec le temps. Pippa ressemblait désormais à n'importe quelle autre petite fille de son âge, c'est tout juste si elle avait conservé un léger zézaiement.

Philippe, Sarah et les enfants avaient pris place dans la carriole familiale qui ouvrait le convoi composé de voitures à cheval, de fiacres, de cabriolets et de bicyclettes revenant de l'église Saint-John où avait eu lieu le mariage de Marie et Matthew.

Sarah adressa un petit salut à la nouvelle Mme Donnelly, radieuse dans sa robe de soie ivoire rehaussée de dentelles de Bruxelles. Celle-ci lui rendit son geste. Jamais journée n'avait été plus réussie.

Sarah avait accepté avec joie lorsque le jeune couple lui avait proposé d'organiser la réception dans le nouveau chai. Les parents Donnelly auraient sans doute préféré marier leur fils dans leur paroisse de San Francisco avant de recevoir leurs amis dans un grand hôtel de la ville, mais Marie avait choisi une cérémonie plus modeste, chez elle, avec les siens.

Cela n'avait pas empêché les Donnelly de mettre les petits plats dans les grands. Bridget avait aidé Sarah et Marie à organiser la réception. Un ciel sans nuages attendait la noce en cette journée d'octobre qui voyait les vignes parées de leur manteau d'or et de pourpre. De longues tables couvertes de cristal, de porcelaine et d'argenterie avaient été dressées dans le verger, à l'ombre des pommiers chargés de fruits. La veille, Sarah et Marie avaient passé des heures à préparer des bouquets de dahlias dont les fleurs rose et jaune dessinaient un feu d'artifice sur les nappes blanches. Philippe avait sorti pour l'occasion son chardonnay 1901 que venait compléter le chenin blanc de Saint-Martin. Quant au menu, il était composé de cochon rôti préparé par George Rogers, l'ami de toujours de Philippe qui officiait dans les cuisines du Palace Hôtel de Napa.

Les invités, un mélange éclectique de grands bourgeois de San Francisco, de médecins, d'infirmières et d'étudiants auxquels se mêlaient des natifs de Napa, s'avancèrent en direction du verger, précédés par les enfants ravis de pouvoir jouer à cache-cache entre les arbres tout en se gavant de fruits. Philippe ouvrit les immenses portes en chêne de son chai et le soleil pénétra à flots dans la salle de dégustation. Sarah poussa un soupir de satisfaction mêlée de fierté. En dépit des obstacles accumulés sur leur route, Philippe et elle avaient réussi à transformer leur rêve en réalité. Philippe sauta d'un bond sur un tonneau vide et montra d'un geste large les bouteilles alignées sur toute la longueur du comptoir.

— Je déclare officiellement ouverte la salle de dégustation du domaine Eagle's Run !

Les invités lui réservèrent une ovation, même les représentants de l'élite de San Francisco paraissaient heureux de cette fête champêtre. Le repas enfin prêt, Sarah dut sonner la cloche pendant dix minutes afin de réunir les convives, éparpillés aux quatre coins des vignes.

Le repas achevé, tout le monde s'attroupa autour du gâteau au glaçage immaculé orné de fleurs de lavande cueillies dans le jardin d'Aurora. Tandis que les invités attendaient patiemment leur part de dessert, la mère de Matthew multipliait les prises de vue à l'aide de son appareil photographique tout neuf. Sarah se réjouit d'avance de pouvoir placer pour la première fois de sa vie une photo de famille dans la salle à manger.

À la tombée du jour, Sarah et son mari disposèrent des lanternes sur les tables et dans les arbres. Philippe était allé jusqu'à installer des ampoules électriques dans la salle de dégustation, transformée en salle de bal pour l'occasion. Il invita la mariée à danser au son de *Beautiful Erin*, sous le regard attendri de Sarah.

— N'est-elle pas ravissante ? s'émerveilla Matthew en rejoignant Sarah.

Elle glissa son bras dans celui du chirurgien, émue de voir ce dernier éperdument amoureux.

— C'est vrai, et vous avez beaucoup de chance.

— J'en ai bien conscience, soupira-t-il en tendant le bras à son interlocutrice afin de l'inviter à danser.

L'instant d'après, ils tourbillonnaient autour de Philippe et Marie, en grande conversation.

La musique se tut et Matthew se pencha à l'oreille de Sarah.

— Puis-je vous importuner quelques instants avec Philippe et Adeline ? J'aimerais que vous soyez présents lorsque j'annoncerai la nouvelle à Marie.

Sarah, qui avait aidé Matthew à tout organiser, était au courant.

— Je vais chercher Adeline, proposa-t-elle.

Matthew entraîna le petit groupe à l'extérieur en tenant Marie par la main. Comme Adeline marchait dans leurs pas, Matthew la prit par l'épaule.

— Dites-moi, mademoiselle Adeline. Je crois bien vous avoir vue danser avec le jeune Sumter. Comment se prénomme-t-il, déjà ?

Adeline rougit soudainement.

— Jess, père.

— Et quel âge a ce Jess ? N'êtes-vous pas bien jeune, à onze ans, pour inaugurer votre carnet de bal ?

Adeline haussa les épaules.

— Il m'a invitée, répondit-elle sur un ton désinvolte.

Matthew se retourna vers Philippe qui marchait quelques pas derrière avec Sarah.

— Dites-moi, Philippe. Comment écarter les prétendants d'Adeline, à l'avenir ?

Adeline pouffa tandis que sa mère levait les yeux au ciel.

Philippe adressa à sa femme un coup d'œil en coin avant de répondre.

— Pas besoin de fusil. Il suffit que Sarah le regarde sèchement pour que Jess Sumter ait la peur de sa vie.

Sarah donna un coup de coude dans les côtes de son mari avant de s'excuser auprès d'Adeline par un sourire.

La véranda de la maison formait une oasis de calme, loin de la fête qui battait son plein autour du chai. Philippe attira sa femme contre lui en la voyant frissonner. Elle se blottit avec délice contre lui.

Matthew frotta ses mains l'une contre l'autre en regardant alternativement Marie et Adeline.

— J'ai une nouvelle à vous annoncer. Avec l'aide de Philippe et Sarah, j'ai prévu de vous emmener toutes les deux en France au mois de juin prochain !

Marie, abasourdie, mit la main sur sa bouche.

— Cela te permettra de me présenter, et de présenter Adeline, à ta famille, suggéra Matthew.

Marie, submergée par l'émotion, commença par remercier Philippe et Sarah avant de serrer contre elle son mari et sa fille.

Les Lemieux s'éloignèrent par souci de discrétion.

— Quelle journée admirable, déclara Philippe à Sarah. J'espère qu'ils seront aussi heureux que nous.

— Je ne crois pas me souvenir que les cinq dernières années aient toujours été roses.

— C'est vrai, mais nous avons survécu, estima Philippe avec satisfaction.

Une mèche lui barrait le front, que Sarah chassa avec douceur. Rien sur son visage ne trahissait les épreuves qu'ils avaient traversées.

— C'est déjà bien d'avoir survécu, nota Sarah, mais j'attends davantage de la vie.

— Pense un peu à ce que nous avons. Pippa, Luc et Johnny sont tous en bonne santé. Le domaine renaît de ses cendres et le prix du vin n'a jamais été aussi élevé. Que demander de plus ?

Sarah l'embrassa sur la bouche et s'avança dans le verger en appelant les enfants. Aurora la rejoignit,

Johnny sagement endormi contre son épaule. Pippa et Luc se précipitèrent dans ses jupes, main dans la main. Sarah n'avait pas connu un tel sentiment de paix depuis longtemps. Ils avaient connu l'enfer pendant plusieurs années, c'est vrai, mais elle était prête à recommencer si le bonheur était à ce prix.

34

17 avril 1906

Philippe, allongé à côté de sa femme, s'étira. Il glissa une main sur la cuisse et le ventre rond de Sarah.

— Le bébé est déjà réveillé ? chuchota-t-il.

Elle écarta une paupière, constata que le soleil n'était pas encore levé, et referma l'œil aussitôt.

— Il dort toujours, et moi aussi, grommela-t-elle.

Enceinte de huit mois, elle avait besoin de beaucoup de sommeil.

Philippe l'embrassa derrière l'oreille.

— Allez, madame Lemieux, j'imagine que vous devez avoir de nombreux rendez-vous aujourd'hui. Une usine à boycotter, ou bien une manifestation devant une mairie.

— Uniquement des lessives, répliqua-t-elle. Sans oublier une vingtaine de personnes qui viennent visiter la propriété et déguster du vin.

À ce stade de sa grossesse, Sarah était trop heureuse de rester tranquillement chez elle et d'accueillir dans le chai le flot des visiteurs. Depuis l'inauguration de la salle de dégustation, Eagle's Run engrangeait des bénéfices records. Le prix du vin ne cessait d'augmenter et la demande était telle que Philippe achetait du raisin à ses voisins pour augmenter sa production. Ils avaient planté huit hectares supplémentaires de pinot noir qu'ils vendangeraient pour la première fois à l'automne.

Philippe se glissa hors du lit et s'habilla sous le regard amoureux de Sarah qui sentait monter en elle la sève du désir lorsqu'elle voyait ses cuisses musclées et son ventre plat.

— Tu dors à Nob Hill ce soir ? l'interrogea-t-elle.

Marie et Matthew accueillaient généreusement Philippe chez eux chaque fois qu'il se rendait à San Francisco. Eux-mêmes venaient à Eagle's Run en moyenne une fois par mois avec Adeline et Gemma, leur bébé de deux ans né à l'automne 1903, alors que Marie entamait sa dernière année de médecine. Chaque fois que Sarah se sentait débordée par ses responsabilités au domaine, elle pensait à Marie qui effectuait des vacations de nuit à l'hôpital Harbor en attendant d'intégrer à plein temps la clinique de Matthew l'automne suivant. Jamais Sarah n'avait connu de femme aussi active.

— Figure-toi que non, répondit Philippe en boutonnant son pantalon. Matthew reçoit de la famille, je n'ai pas voulu les déranger. J'en profiterai pour visiter la ville avec Luc. J'ai retenu une chambre à l'hôtel Silverado sur Market Street, à deux pas du ferry.

— Amusez-vous bien, lui souhaita-t-elle avec une joie feinte.

Elle n'aimait guère rester seule depuis qu'elle était enceinte.

Philippe déposa un baiser sur sa bouche avant de quitter la pièce, la laissant se rendormir.

*

Luc sauta du lit en entendant le chant du coq et s'empressa de s'habiller. Il décrocha son manteau et se précipita dans la cuisine. C'était le plus beau jour de sa vie.

— Bonjour, Rose ! s'écria-t-il.

— Bonjour, monsieur Luc, lui répondit la gouvernante. Heureux comme un poisson dans l'eau, à ce que je vois.

Luc avait toujours aimé Rose. Elle dissimulait ses rondeurs sous une blouse ample et un tablier, voguant de la table à la cuisinière avec aisance, une cuillère en bois à la main. Luc fit mine de lui voler un morceau de bacon, mais elle l'en dissuada aussitôt.

— En voilà, des manières ! Asseyez-vous donc, jeune homme, lui ordonna-t-elle en le menaçant avec sa cuillère.

Il obtempéra, affamé. La veille au soir, maman l'avait privé de dessert pour avoir écarté ses petits pois en les glissant subrepticement sous le rebord de son assiette. Il sourit en se souvenant de la tête de maman lorsqu'elle avait découvert un collier de petits pois en débarrassant ! Elle était furieuse.

Papa ouvrit la porte de la cuisine au moment où Rose déposait sur la table des œufs, des toasts, du bacon et des flocons d'avoine.

— Merci, Rose, dit-il en caressant au passage la tignasse de Luc. J'espère que tu as bien dormi, mon fils.

— Oui, père, répondit joyeusement le petit garçon. Je suis prêt pour le départ.

Son père hocha la tête et sirota son café en lisant le journal.

Sarah les rejoignit en peignoir et chaussons. Jamais Luc n'aurait osé le lui dire, mais avec ce bébé qui devait naître un mois plus tard, on aurait dit qu'elle avait avalé un ballon. Lui-même aurait préféré une fille, qui pourrait s'amuser avec Pippa. Johnny, du haut de ses quatre ans, n'aimait pas davantage que lui jouer à la poupée. Si jamais ses copains l'avaient su, ils l'auraient traité de poule mouillée. Il aimait mille fois mieux jouer aux billes, à colin-maillard et, plus encore, aider papa à vendanger le raisin et l'écraser dans le pressoir.

Papa, en vrai gentleman, se leva afin de tenir la chaise de maman.

– Bonjour, ma chérie.

Elle lui tapota machinalement la main, encore tout endormie.

– Vous êtes prêts, les garçons ? Combien de livraisons avez-vous prévues ?

– Une vingtaine, répondit Philippe en se retournant pour voler un toast sans que Rose se hasarde à lui taper sur les doigts.

– Cet enfant va manquer sa composition de mathématiques, protesta Sarah.

Luc rentra les épaules, inquiet à l'idée qu'une bête composition le prive de cette sortie à San Francisco.

– Tu n'as jamais fait l'école buissonnière ? rétorqua Papa. Il ne va pas mourir de manquer un ou deux jours d'école pour apprendre le métier avec moi. Il aura besoin de savoir ce qu'il fait quand il reprendra Saint-Martin à dix-huit ans.

Papa lui adressa un clin d'œil.

– Tu rattraperas ce contrôle jeudi. Pas vrai, Luc ?

– Si, père.

Luc s'essuya la bouche et déposa son assiette dans l'évier.

— Merci, Rose ! C'était délicieux !

La gouvernante lui tendit un sachet de papier brun.

— N'oublie pas de prendre ce pique-nique.

Maman l'attrapa par la taille en passant et le serra dans ses bras.

— Aide ton père de ton mieux, et ne lui réponds pas. C'est compris ?

Maman avait beau l'embêter avec ses compositions de mathématiques et ses ongles noirs, elle était la douceur incarnée et sentait toujours la poudre et l'eau de rose.

À peine le ferry pénétrait-il dans la baie de San Francisco que Luc découvrait les immeubles du centre de San Francisco dont les silhouettes se découpaient dans le soleil levant. Philippe déplia son vieux plan de la ville et fit courir son doigt sur le labyrinthe des rues.

— Nous avons une bonne demi-douzaine de livraisons à effectuer dans le quartier de Nob Hill, après quoi nous retournerons nous approvisionner à l'entrepôt. Il sera temps ensuite de nous rendre sur Market Street où nous livrerons le Palace Hôtel avant de prendre notre chambre au Silverado. Il ne nous restera plus qu'à passer chez deux ou trois clients demain matin avant de repartir par le ferry à midi.

— Papa, ils sont snobs à Nob Hill ?

Papa éclata de rire.

— Figure-toi que c'est le surnom que lui donnent certains. Les habitants les plus fortunés de la ville ont choisi d'ériger leurs demeures bien en vue, en haut d'une colline, pour étaler leur fortune. On dit aussi que *nob* est un diminutif du mot *nabab*.

Un pli barra le front de Luc.

— Mais alors, ça veut dire que tante Marie et oncle Matthew sont snobs ?

Papa gloussa.

— Non, parce qu'ils ne prennent pas de grands airs comme beaucoup de leurs voisins.

Luc adorait sa tante et son oncle. Ce n'étaient pas de simples docteurs, mais des chirurgiens.

— On pourra passer les voir ? demanda-t-il, salivant d'avance à l'idée des sucres d'orge à rayures que tante Marie gardait sous une cloche dans le vestibule de leur grande maison.

— Pas cette fois-ci. Ils travaillent aujourd'hui et ils ont des invités chez eux. C'est pour cette raison qu'on a pris une chambre au Silverado. Mais ne t'inquiète pas, l'hôtel propose tes plats préférés : tourte à la viande de porc et moelleux au chocolat.

La carriole quitta le débarcadère et entama la montée de California Street en direction de Powell Street. Son père confia à Luc les rênes des chevaux et le petit garçon veilla à bien rester à l'écart des tramways, des cabriolets, des carrioles et autres bicyclettes qui sillonnaient la colline. Il s'imagina en train de descendre la colline dans une vieille caisse de raisin sur laquelle il aurait fixé les roues de l'ancien landau de Johnny. Il lui suffirait de s'élancer du haut de Nob Hill pour dévaler California Street à la vitesse de l'éclair, les cheveux au vent. Bien sûr, il lui faudrait prévoir un frein pour ne pas risquer de tomber dans la baie, une fois franchi le débarcadère.

Luc, sagement assis dans la carriole, assista en silence au manège de son père. Ce dernier frappait à la petite porte de demeures aussi imposantes que le chai et retirait sa casquette lorsque la bonne ou la gouvernante venait lui ouvrir. Si d'aventure il était accueilli par le majordome, il lui serrait la main, puis ils discutaient du temps ou du vin et il lui tendait la facture avant de descendre à la cave les caisses de bouteilles ou les bonbonnes de quarante litres. Papa lui avait expliqué que cela laissait le temps au client d'aller puiser dans le coffre l'argent de la facture. Et lorsque papa livrait en prévision d'une réception, en grande quantité, il ne manquait jamais d'offrir une bouteille de vin à son interlocuteur, « avec ses compliments ». Quand Luc l'avait interrogé sur la nature exacte desdits compliments, papa lui avait expliqué qu'il s'agissait d'un cadeau qui donnait aux domestiques concernés l'impression d'être le maître de maison.

– Neuf fois sur dix, avait poursuivi papa, c'est le majordome ou la gouvernante qui décide des vins. Ce petit cadeau leur donne une bonne raison de penser à nous plutôt qu'à la concurrence.

Luc en avait déduit que vendre du vin n'était pas aussi simple qu'il le croyait.

Lorsqu'ils se présentèrent à l'accueil de l'hôtel Silverado en fin d'après-midi, Luc avait la nuque douloureuse à force de regarder les principaux bâtiments de la ville : le dôme de l'hôtel de ville, le septième et dernier étage du Palace Hôtel, les hauts immeubles alignés le long de Market Street. Le Silverado était un établissement modeste de deux étages doté d'un saloon. Papa avait demandé une chambre au deuxième de façon à échapper au vacarme du rez-de-chaussée. Et pendant que Luc faisait sa toilette au lavabo, papa descendit chercher au saloon la tourte et le moelleux au chocolat qu'il lui avait promis.

Ils mangèrent assis par terre comme deux miséreux en se léchant les doigts, en rotant et en parlant la bouche pleine, autant de tabous que maman réprouvait. Luc enseigna à son père le jeu de puce sur le plancher en pin, et le dernier souvenir qu'il emporta de cette soirée de rêve fut son père ronflant doucement à côté de lui sur le lit.

*

Luc se réveilla brutalement. Il crut un instant qu'il rêvait en voyant la chambre tanguer autour de lui. Son père eut tout juste le temps de le prendre dans ses bras avant qu'une nouvelle secousse ne les projette hors du lit. Le plancher tout entier s'écroula au même moment et son père amortit sa chute au milieu d'une masse de gravats. Un tonnerre de craquements sinistres et les cris stridents des autres clients de l'hôtel percèrent les oreilles de Luc, enveloppé dans les bras de son père dont le cœur battait à tout rompre. Une pluie de brique, de bois et de verre s'abattit sur ses jambes nues tandis que le sol se tordait à la façon d'un manège infernal avec un grondement de locomotive folle. Un jet d'urine tiède coula brusquement le long de sa cuisse, et lorsque la terre finit par cesser de hoqueter, une éternité plus tard, il eut beau battre des paupières, tout était noir autour de lui.

— Papa ! cria-t-il en peinant à respirer, les mains agitées d'un tremblement incontrôlable.

Son père posa une main rassurante sur son front.

— Tu es blessé ?

Luc avait mal partout à cause de la pluie de débris, mais il avait surtout peur. Il fit non de la tête avant de s'apercevoir que son père ne pouvait pas le voir.

— Non, répondit-il. Et toi ?

Son père poussa un grognement. Il respirait difficilement

— Un peu. Nous allons devoir nous extraire des décombres, décida-t-il en mettant Luc en position assise.

— Vois-tu de la lumière ?

Luc tendit les bras et ses doigts rencontrèrent des planches au-dessus de sa tête. Il crut distinguer une pointe de ciel sombre à travers un interstice. Il s'apprêtait à élargir le trou lorsque résonna sous eux le gémissement affolé d'un chien prisonnier des gravats.

— Continue, lui cria son père.

Quelques instants plus tard, Luc repoussait un amas de bois et de métal et dégageait un trou assez large pour qu'ils pussent se relever.

Luc se frotta les yeux avec sa manche, incapable de comprendre le spectacle qui l'attendait. Son père et lui se trouvaient au milieu des décombres de l'hôtel, enveloppés dans un nuage de fumée jaune. Il lut l'horreur et l'incompréhension sur le visage égratigné et sale de son père. Il se mit à quatre pattes, les jambes serrées, et son père prit appui sur lui pour s'exhumer du trou au fond duquel ils se trouvaient avant de lui tendre la main et de le hisser à l'air libre.

Market Street était méconnaissable et des milliers de gens en tenue de nuit se précipitaient en hurlant vers le terminal des ferrys, invisible tant le nuage de poussière était épais. Des chevaux en panique couraient dans tous les sens et un troupeau de vaches à cornes affolées remonta la rue en écrasant ceux qui avaient le malheur de tomber sous ses sabots. Luc se retourna. Le Palace Hôtel, à quelques dizaines de mètres de là, n'était plus qu'un squelette tordu, ses arches dessinant les côtes d'une carcasse animale déchiquetée par les vautours. À l'horizon, des tourbillons noir et blanc s'élevaient dans le ciel en bloquant les rayons du soleil levant.

Philippe et Luc, pieds nus et vêtus de leurs seules chemises de nuit, s'employèrent à dégager les débris à la recherche de survivants. Un cri déchirant attira leur attention.

— Par ici ! s'écria Philippe en attrapant une main de femme. Luc l'aida à dégager l'amas de briques qui emprisonnait la malheureuse et ils délivrèrent une adolescente, à peine plus âgée qu'Adeline, qui appelait désespérément sa mère. À peine libérée, elle se mit à fouiller les gravats de ses mains couvertes de sang. Quelques minutes plus tard, ils découvraient le visage bleui et tuméfié de la mère. Philippe posa deux doigts sur le cou de la femme et secoua la tête d'un air désolé. Luc retint son souffle. C'était la première fois qu'il voyait un mort. L'adolescente se jeta sur le cadavre de sa mère et couvrit de baisers son visage sans vie en poussant des hurlements qui ébranlèrent l'âme de Luc.

Son père saisit doucement la jeune fille qui tremblait de tous ses membres en criant. Elle finit par se calmer et ils s'employèrent à dégager le corps de sa mère. Philippe tendit l'oreille, à l'affût du moindre signe de vie au milieu des décombres.

Au cours des heures qui suivirent, plusieurs dizaines d'hommes et de femmes les aidèrent à dégager la masse de brique, de métal et de bois afin de délivrer des survivants. Luc, les mains en sang, avait l'impression que ses bras s'étaient transformés en guimauve. Il avait la gorge sèche sans pouvoir assouvir sa soif car il n'y avait plus d'eau. Il n'y avait plus rien.

Philippe avait le sentiment d'assister à la fin du monde. Le nuage noir d'un incendie remontait Market Street, poussé par le vent, après avoir dévoré ce qu'il restait de l'hôtel de ville, du Donahue Building et du Phelan Building. Une forte odeur de créosote imprégnait l'atmosphère qui laissait dans la bouche un goût de fumée. Les ongles de Philippe étaient en sang à force de creuser, à la recherche de survivants. Il dégagea un homme d'une cinquantaine d'années dont les jambes étaient prisonnières d'une masse de gravats. Le blessé respirait péniblement, mais il trouva la force d'attraper au vol le poignet de Philippe.

— Aidez-moi, implora-t-il d'une voix sifflante, les traits grimaçant de douleur.

— Comment vous appelez-vous ? s'enquit Philippe en essuyant le front de l'homme avec sa chemise de nuit.

— Sam Freeman. Je ne sens plus mes jambes.

— Je sais.

Toute la partie inférieure de son corps avait été écrasée, sans doute sa colonne vertébrale était-elle endommagée de façon irrémédiable.

— Nous allons tenter l'impossible, Sam, voulut le rassurer Philippe.

Une demi-heure durant, ils furent sept hommes et femmes à tenter de libérer les jambes du blessé de la masse de poutres et de briques qui le retenait prisonnier, jusqu'à ce que Luc tire son père par la manche.

— Papa, il faut partir, dit le petit garçon alors que l'incendie grondait désormais à une rue de là.

Philippe releva la tête. Le vent attisait les flammes et l'incendie devenait plus menaçant à chaque instant. Autour de lui, les sauveteurs s'éloignaient après avoir tapoté gentiment la tête de Freeman ou lui avoir glissé quelques mots de réconfort. Resté seul avec Luc, Philippe s'accroupit à côté du blessé dont il prit la main.

— Attendez, le retint Freeman d'une voix rauque en tirant de sa ceinture un pistolet qu'il déposa dans la main de Philippe.

Celui-ci lut l'horreur dans les yeux de Luc. Le petit garçon se retourna d'un bloc en se bouchant les oreilles. Il avait compris.

Philippe, l'âme déchirée, repensa aux souffrances endurées lors de l'incendie du chai. Lui-même n'avait eu que les mains brûlées, il ne pouvait pas laisser cet homme affronter un sort mille fois pire. Mais comment lui donner le coup de grâce en présence de Luc ? Philippe revit dans sa tête le corps prostré de son père au pied de son lit. Dans un cas comme dans l'autre, il s'agissait d'échapper à l'insoutenable.

— Je vous en prie, l'implora Freeman en pleurant comme un enfant. Je vous pardonne d'avance. Dieu comprendra, lui aussi.

L'haleine du brasier sur son visage, Philippe disposait d'une minute tout au plus avant de ressentir les premières brûlures. Il se retourna afin de s'assurer que Luc regardait ailleurs.

— Que Dieu soit avec vous, mon ami, murmura-t-il en se penchant vers Freeman.

Le blessé prit longuement sa respiration, Philippe lui caressa la tête, posa le canon de l'arme sur son cœur, détourna le regard, et appuya sur la détente. Luc sursauta violemment au bruit de la détonation. Le bras de Freeman retomba, inerte. Philippe refusa de regarder sa victime. Il lâcha le pistolet, prit dans la sienne la main de Luc et ils s'enfuirent à toutes jambes.

35

18 avril 1906

Marie avala une gorgée d'eau, les yeux perdus au milieu de la baie calme. Un coup d'œil à sa montre lui indiqua qu'il était 5 h 12. Les premières écharpes rosées enveloppaient l'horizon, le soleil embraserait le levant dans moins d'un quart d'heure. Marie aimait les petits matins aux urgences de l'hôpital Harbor, lorsque la cargaison nocturne d'ivrognes et de blessés par balle se tarissait enfin, que le bloc opératoire se vidait. Il ne lui restait plus qu'une poignée de patients à traiter avant de regagner son domicile avec son automobile. Son internat s'achevait et la proximité du terminal des ferrys lui fit penser à ses amis de Napa. Tout naturellement, ses pensées la ramenèrent à Matthew, Adeline et Gemma qui devaient dormir à cette heure. Elle attendait impatiemment la fin de sa vacation pour retrouver le confort de leur maison de Taylor Street. En rentrant à 7 heures, elle pourrait s'accorder dix minutes en tête à tête avec Matthew autour d'une tasse de café avant qu'il n'entame sa journée de chirurgien et d'enseignant. Elle consacrerait ensuite une heure aux filles avant qu'Adeline prenne le chemin de l'école et que Gemma retrouve sa nounou. Marie dormirait ensuite jusqu'à 17 heures avant d'entamer un nouveau tour d'horloge. Elle avait promis aux filles de dîner avec elles tous les soirs dès l'arrivée de l'été, lorsqu'elle intégrerait la clinique aux côtés de Matthew.

— Marie ?

Elle se retourna en reconnaissant la voix du docteur McMann. Avant qu'elle ait pu lui répondre, le sol se mit à trembler violemment et elle se retrouva à quatre pattes sur le linoléum. Les portes des placards s'ouvrirent à la volée au milieu d'une pluie d'éclats de verre en déversant bruyamment leur contenu par terre. La pièce se ramassa sur elle-même, prise de convulsions comme un animal blessé. Marie rampa jusqu'à la porte, s'accrocha au chambranle et se releva avec l'aide du docteur McMann. Soudain, tout s'arrêta.

Des cris et des gémissements s'échappèrent du couloir.

— Êtes-vous blessée ? s'inquiéta McMann, livide.

— Non, répondit Marie qui ne pensait qu'à Matthew, Adeline et Gemma.

Une nouvelle réplique la précipita en arrière dans la pièce. Elle tituba comme si elle avait trop bu, tomba et se cogna la tête dans sa chute. Cette fois, elle attendit que la terre cesse de trembler, les bras au-dessus de la tête.

Le calme revenu, elle découpa un morceau de gaze à l'aide duquel elle épongea le sang de sa blessure à la tête. De son côté, le docteur McMann regagnait précipitamment son service. Marie s'empara du téléphone et composa le numéro de Matthew. La ligne resta muette, aucune opératrice ne prit son appel.

Les cris du docteur McMann la rappelèrent à la réalité. Elle passa la tête dans le couloir et vit qu'il lui adressait de grands signes. Malgré les soubresauts du sol qui tanguait sous ses pieds, Marie se dirigea jusqu'au sas des urgences en s'appuyant contre le mur pour ne pas tomber. En passant devant une fenêtre, elle constata que la rue était bloquée par la masse emmêlée des poteaux téléphoniques. Des morceaux de murs et de cheminées jonchaient la chaussée, les maisons voisines s'étaient écroulées comme des dominos. Elle porta la main à sa bouche, abasourdie par ce tableau de désolation, en pensant à toutes les victimes enterrées sous les décombres. Hommes, femmes et enfants affluaient vers l'hôpital en boitillant, pour la plupart vêtus d'un peignoir ou d'un vêtement de nuit.

Marie recouvra aussitôt ses sens.

À 10 h 30 du matin, l'hôpital croulait sous les patients et les morts. De nouvelles victimes continuaient d'arriver en nombre, chirurgiens et infirmières s'activaient sans relâche autour des tables d'opération. Marie envoya des brancardiers s'approvisionner dans les pharmacies voisines, elle manquait de tout. Les marins du destroyer *Preble* amarré à l'embarcadère se présentèrent avec toutes les civières qu'ils avaient pu réunir, se proposant de transporter les victimes jusqu'à l'hôpital militaire de l'île de la Jument.

À 14 heures, Marie achevait sa onzième opération. Elle dénoua son tablier de chirurgien, se récura les mains et s'appuya brièvement contre le lavabo le temps de reprendre des forces. Elle se trouvait dans un tel état d'épuisement qu'elle n'entendit pas qu'on l'appelait. On la tira par la manche.

— Tante Marie ?

— Luc ! s'écria-t-elle en serrant le petit garçon contre elle.

En balayant des yeux la pièce voisine, elle découvrit Philippe en chemise de nuit, assis sur un lit. Il lui fit un signe de la main en grimaçant. Son regard angoissé trahissait l'horreur des scènes auxquelles il avait assisté. Il était noir de crasse de la tête aux pieds. Elle étouffa un sanglot. Elle avait oublié qu'ils passaient la nuit en ville. Elle se précipita et lui prit la tête dans les mains.

— Où êtes-vous blessé ?

Il posa machinalement les yeux sur le tissu couvert de sang qu'il pressait contre sa cuisse. Marie releva le linge avec délicatesse et découvrit une plaie longue d'une trentaine de centimètres.

— Je ne sais pas quand c'est arrivé, au milieu de toute cette panique.

— Vous avez de la chance que l'artère fémorale n'ait pas été sectionnée. Je vais tout de même devoir vous poser des points de suture. Luc, suis-moi.

Elle lui aménagea un lit de fortune sous une table et lui apporta un verre d'eau. Le petit garçon se recroquevilla sur lui-même et Marie vit qu'il avait les pieds couverts de sang. Elle le désinfecta en insistant sur les coupures qui lui marbraient la peau. Il se raidit au contact de l'alcool sur les plaies, sans jamais crier. Il était hagard, les yeux dans un lointain insondable.

— Repose-toi pendant que je m'occupe de ton père, lui recommanda-t-elle.

Elle lui épongea le front avant de s'éloigner, le cœur serré, en pensant à ses filles.

— Je vais devoir vous recoudre ici, expliqua-t-elle à Philippe quelques instants plus tard. Je vous conseille de ne pas regarder.

Elle lui fit une injection d'un produit anesthésiant.

— Allongez-vous et fermez les yeux. Vous ne sentirez rien.

— Où est Luc ? s'enquit le blessé d'une voix tremblante.

— Il dort sous une table.

— Et Matthew et les filles ? Bridget et Jimmy n'étaient-ils pas censés dormir chez vous ?

— Je n'ai aucune nouvelle, j'ai travaillé ici toute la nuit. Bridget et Jimmy sont repartis à Napa plus tôt que prévu, si bien qu'il n'y avait que Matthew et les enfants à la maison ce matin.

— Ils seront en sécurité, déclara Philippe, conscient de l'angoisse de Marie. L'incendie s'est déclaré au sud de Market Street, près de notre hôtel. Les flammes n'ont pas encore atteint Nob Hill. Matthew se sera empressé de mettre les filles à l'abri.

Marie chassa ses larmes avec la paume de la main.

— Je vais à nouveau nettoyer la coupure avant de la suturer, annonça-t-elle avec un sourire timide.

Elle entreprit de recoudre la peau lentement, avec précision, d'un mouvement répétitif qui l'apaisait. Philippe lui fit part du spectacle terrible auquel il avait assisté sur Market Street.

Marie sursauta au bruit d'une détonation.

— Qu'est-ce donc ? demanda-t-elle, inquiète.

— Ils font exploser de la dynamite autour de l'incendie dans l'espoir que le souffle éteindra les flammes.

Marie était trop fatiguée pour chercher à comprendre la logique d'une telle opération. Elle noua le dernier point de suture et pansa la cuisse de Philippe.

— Gardez ce pansement pendant trois jours sans le mouiller.

— Marie ?

— Oui ?

— Je vous emmène avec nous quand nous serons autorisés à repartir pour Vallejo.

— Je ne peux pas partir sans eux.

— Matthew saura où vous trouver. Si la situation était inversée, je lui serais reconnaissant de mettre Sarah en sécurité.

Marie se releva. Elle n'avait pas la force de discuter.

— Reposez-vous, je vais voir si Luc va bien.

Le petit garçon dormait à poings fermés sur son lit improvisé, sans se soucier de l'agitation qui régnait autour de lui. Marie gagna l'extérieur, à bout de forces, avide de respirer une bouffée d'air frais, mais elle fut accueillie par un épais nuage de fumée. Des milliers de personnes se ruaient en direction du terminal des ferrys ou de l'hôpital, transportant du linge et de maigres souvenirs de famille dans des landaus ou des charrettes. D'autres transportaient des malles sur leur dos, quand ils n'avaient pas leurs enfants sur les épaules. Le cœur de Marie se serra à la vue de ces visages défaits et sales, de ces regards angoissés. Derrière eux, une tour brûlait en poussant vers le ciel des volutes charbonneuses. Le vent poussait l'incendie dans la direction de l'hôpital.

Marie se tourna vers l'ouest. Nob Hill restait épargné par les flammes, mais le répit serait de courte durée. Elle se retourna brusquement en entendant un cri de ravissement derrière elle.

— Maman ! s'écria Gemma en se jetant dans ses bras.

Matthew et Adeline suivaient de près la fillette, soulagés de la retrouver indemne. Marie, les yeux brouillés de larmes, serra les siens contre elle en les couvrant de baisers.

Matthew essuya ses pleurs avec le pouce.

— Tu as l'air exténuée, ma chérie.

Il la prit par la taille et elle s'abandonna contre lui.

— Pourquoi avoir amené les filles jusqu'ici ?

— Tu sais, Marie, il y a des scènes de pillage dans toute la ville et le feu atteindra notre maison demain à l'aube. Où voulais-tu que j'aille ?

— Et tes malades ? s'inquiéta-t-elle.

— C'est la raison pour laquelle j'arrive aussi tard. Certains ont été récupérés par des proches, mais nous conduisions les autres ici.

Marie reconnut derrière son mari les silhouettes familières de Jane, de Virginia et de deux autres infirmières. Elles avaient pris en charge trois patients allongés sur des brancards.

— Philippe et Luc sont ici, annonça Marie. Philippe a été blessé à la jambe, mais il s'en tirera si sa plaie ne s'infecte pas. Ils embarquent dans moins d'une heure.

— Je voudrais que tu les accompagnes avec les filles, décida Matthew. Je vous rejoindrai dans un jour ou deux, quand le calme sera revenu ici.

Marie laissa échapper un rire sans joie.

— Le calme, Matthew ? Les réseaux d'eau et de gaz ne fonctionnent plus, les pompiers en sont réduits à pomper de l'eau salée dans l'espoir de sauver le terminal des ferrys et l'hôpital. Je ne pars pas sans toi.

Matthew l'attira à l'écart.

— Marie, les filles ont besoin de toi, lui murmura-t-il à l'oreille. Philippe et Luc ont besoin de toi. Sans compter que tu as opéré pendant dix-huit heures d'affilée. Tu as besoin de te reposer. Je te demande de monter dans ce bateau avec les autres. Je te rejoindrai à Eagle's Run vendredi, je traverserai la baie à la nage s'il le faut. Je te le promets.

Marie était trop fatiguée pour résister. Ses genoux ployèrent sous elle et Matthew la rattrapa de justesse.

— Je t'en prie, mon amour.

Il l'entraîna vers une rangée de blessés.

— Assieds-toi pendant que je pars chercher Philippe et Luc. Adeline et Gemma, je compte sur vous pour vous occuper de votre mère. Je reviens très vite.

Matthew disparut à l'intérieur de l'hôpital et Marie sonda le regard triste de sa fille aînée.

— De quoi s'agit-il ? demanda-t-elle en voyant un coffre posé aux pieds d'Adeline.

— Papa a emporté tous les pansements, les scalpels et les rouleaux de catgut qu'il a pu trouver, répondit l'adolescente en soulevant le couvercle du coffre. Il a aussi pris ceci.

Elle sortit de la boîte en bois un petit sac de velours que Marie reconnut instantanément : il s'agissait de sa bague de fiançailles. Elle glissa aussitôt le solitaire à son annulaire et le contempla longtemps. Il brillait de mille feux au milieu de l'enfer qui les entourait.

36

18 avril 1906 – Eagle's Run

Les reins de Sarah la faisaient à nouveau souffrir. Elle dormait toujours moins bien lorsque Philippe était en déplacement, mais ce périple avec Luc l'inquiétait particulièrement. Sa grossesse la perturbait beaucoup. Elle avait constamment faim, et la moindre émotion se trouvait amplifiée à l'infini. Elle se mit en position assise et s'étira en bâillant avant de descendre en se tenant à la rambarde de l'escalier. Arrivée dans la cuisine, elle contempla la ligne rose de l'horizon par la fenêtre. Le soleil se lèverait dans une demi-heure et Rose ne tarderait pas à venir préparer le petit-déjeuner, mais Sarah n'avait pas la patience de l'attendre.

Elle sortait du garde-manger, les bras chargés de petits pains, de beurre et de confiture, lorsque le sol gronda sous ses pieds. Elle comprit tout de suite qu'il s'agissait d'un tremblement de terre. Lâchant ses provisions, elle voulut se précipiter à l'étage afin de réveiller les enfants, mais les murs du garde-manger tremblaient et elle se trouva projetée à terre. Elle se couvrit la tête du mieux qu'elle le pouvait avec ses bras tandis que les bocaux dansaient sur les étagères et s'écrasaient autour d'elle. Les piles d'assiettes jaillirent des placards en éclatant en mille morceaux sur le plancher. Du premier étage s'échappèrent les hurlements affolés de Pippa et Johnny.

Il lui fallait impérativement sortir les enfants de la maison avant la secousse suivante.

Elle profita d'une accalmie pour se ruer dans l'escalier en évitant soigneusement les échardes de verre des cadres qui s'étaient décrochés du mur. Pippa, en larmes, dévalait déjà les marches en tenant Johnny par la main.

Avant que Sarah ait pu calmer les petits, une réplique les projeta à terre.

— Restez à quatre pattes et faites attention aux débris de verre ! leur recommanda-t-elle.

Quelques instants plus tard, elle ouvrait la porte d'entrée et faisait sortir ses enfants.

La gouvernante, hébétée, une plaie au front, apparut à son tour sur le seuil. Sarah se rua à son secours et le petit groupe se réfugia sur la pelouse, tremblant de peur.

Tout en couvrant les yeux des petits, Sarah voulut constater les dégâts. Les vitres de la maison étaient en miettes, les huisseries arrachées, la véranda comme déchirée en deux. Elle se retourna en direction du chai. Portes et fenêtres s'étaient détachées, mais la structure elle-même avait tenu bon. Philippe, sur les conseils de Matthew, avait insisté pour que les maçons renforcent les murs avec des barres en acier. À l'évocation des deux hommes, elle eut un haut-le-corps. Philippe, Luc, Matthew, Marie, Adeline, Gemma ! Le tremblement de terre s'était-il propagé jusqu'à San Francisco ?

Le brouillard matinal était trop épais pour qu'elle distingue quoi que ce soit de l'autre côté de la baie. Elle se reprit et essuya la blessure au front de Rose à l'aide de sa chemise de nuit.

— Comment vous êtes-vous blessée, Rose ?

— Oh, madame ! Le tremblement de terre m'a sortie de mon lit, je me suis cogné le crâne contre le coin de ma table de nuit.

Elle fondit en larmes et Sarah lui massa doucement le dos.

— Tout va bien, Rose.

Elle aurait aimé éprouver le calme qu'elle s'efforçait d'afficher. Comment savoir si Philippe et Luc avaient échappé à la catastrophe ?

La dernière secousse passée, Mac émergea de la maison en se baissant pour traverser la véranda toute de guingois. Il avait probablement quitté en hâte la chambre qu'il s'était aménagée dans la grange et pénétré chez les Lemieux par la porte de la cuisine afin de s'assurer qu'ils n'étaient pas coincés dans le bâtiment. En dehors de ses cheveux en bataille et de quelques égratignures au visage, il paraissait indemne.

— Quelqu'un a-t-il été blessé ? demanda-t-il en les rejoignant sur la pelouse, vêtu d'une chemise de nuit et d'un pantalon qu'il avait dû enfiler en catastrophe.

— Rose a une blessure à la tête, mais le saignement a ralenti. Pour les enfants et moi, plus de peur que de mal.

Elle tendit le bras et il l'aida à se relever.

— Mac, accepteriez-vous de rester avec Rose et les petits ? Je voudrais m'assurer qu'Aurora va bien.

Mac secoua la tête.

— Non, madame. Philippe ne serait pas d'accord pour que vous vous rendiez là-bas toute seule, enceinte comme vous l'êtes. C'est moi qui vais aller la voir.

— Merci de votre sollicitude, Mac. Ramenez-la donc ici, je ne voudrais pas qu'elle reste toute seule.

Mac s'éloigna et Sarah se tourna vers Rose.

— Vous n'avez qu'à vous reposer avec Pippa et Johnny. Je vais tenter d'évaluer les dégâts.

Pippa posa de grands yeux sur sa mère.

— Et Papa et Luc ? murmura-t-elle avec inquiétude.

— Ton papa est débrouillard. Je suis sûr qu'il a pu se mettre à l'abri avec Luc, mais il leur faudra sans doute du temps avant de rentrer.

Elle s'efforça de sourire en détournant la tête très vite, de peur que la petite fille de huit ans ne lise son trouble dans ses yeux.

Sarah commença par examiner les écuries et le chai. Les murs en pisé des anciennes caves s'étaient affaissés, elle pria pour que les fûts de vin eussent été épargnés. Elle demanderait à Mac de s'en assurer à son retour. Les écuries accueillaient une seule jument, et celle-ci était indemne.

En revanche, la grange dans laquelle dormait Mac n'avait pas résisté. Cela tenait du miracle qu'il s'en soit tiré avec de simples contusions. L'étage où il vivait n'était plus qu'un amas de bois, de clous et de verre pilé. Elle poursuivit son chemin et se tétanisa en découvrant, au-delà des vignes déchirées par le séisme, un nuage de fumée noire dans le lointain.

Elle attendit d'être hors de vue des enfants et se mit à courir en tenant son ventre d'une main et le bas de sa chemise de nuit de l'autre. Elle s'arrêta à mi-chemin de Cuttings Wharf, à bout de souffle. Penchée en avant, les mains sur les genoux, elle scruta l'horizon au-delà de la baie. Le doute n'était plus permis à la vue de la masse sombre qui flottait au-dessus la ville : San Francisco était en feu.

Mac et Aurora la rejoignirent dix minutes plus tard et la forcèrent à rentrer chez elle en la soutenant. Elle pénétra dans la maison par la porte de la cuisine et constata qu'à l'exception de la véranda, la structure du bâtiment avait tenu. Sarah, évitant la vaisselle cassée et le bric-à-brac qui jonchait le sol, monta prudemment dans sa chambre. Elle s'habilla et se coiffa rapidement, récupéra les quatre cents dollars dissimulés sous un carton à chapeaux, enfila une paire de grosses chaussures, choisit des vêtements pour les enfants et redescendit à la cuisine où elle réunit du jambon salé, du fromage, du pain et de l'eau avant de retrouver Pippa et Johnny dehors.

— Je vais vous demander d'être courageux. Aurora et Rose vont s'occuper de vous pendant que je vais chercher papa et Luc.

Les deux femmes, auxquelles se joignit Mac, protestèrent aussitôt. Aurora prit Sarah à part.

— Si jamais il vous arrive quoi que ce soit ou que vous perdiez votre enfant, Philippe ne me le pardonnera jamais. Vos enfants non plus, ajouta-t-elle avec un regard en direction des petits.

Sarah balaya ces arguments d'un geste.

— Si je n'arrive pas à retrouver Philippe et Luc, c'est moi qui ne me le pardonnerai jamais. Je vous en supplie, Aurora.

Sans attendre la réponse, elle s'éloigna.

Aurora lui courut après et lui saisit le bras.

— Où allez-vous ?

— Je n'ai pas l'intention d'attendre un train ou un ferry qui risquent fort de ne jamais arriver. Je compte louer un bateau à Cuttings Wharf.

— C'est hors de question ! rétorqua Aurora en maintenant fermement l'avant-bras de la jeune femme.

Elles se retournèrent en entendant Mac s'approcher.

— Je l'accompagne. Je connais bien la baie.

— Vous êtes complètement fous, tous les deux, s'agaça Aurora, rouge de colère.

Elle frappa d'un index impérieux la poitrine de Mac.

— Je vous conseille de nous la ramener vivante, vous m'entendez ?

Il hocha la tête.

— Prenez votre fusil et faites demi-tour au moindre signe de danger, ajouta Aurora.

Mac, équipé de son arme, d'un sac rempli de provisions et de deux lanternes, entraînait Sarah vers l'embarcadère quelques minutes plus tard. La jeune femme fut frappée par le grand nombre de chalands, de barques et de navires militaires qui sillonnaient la baie de San Pablo. Mac s'approcha d'un homme dépenaillé qu'il semblait connaître et rejoignit Sarah après avoir conversé avec l'inconnu.

Il montra du pouce une barge chargée de vin et de produits alimentaires.

— Ce chaland part dans dix minutes pour San Francisco où il doit débarquer sa marchandise sur les quais voisins du terminal des ferrys.

Sarah réfléchit au programme dont Philippe lui avait fourni le détail. Faute de pouvoir passer la nuit chez Matthew et Marie, il avait réservé une chambre dans un hôtel de Market Street. Il se trouvait donc à quelques rues des quais lors du tremblement de terre. Monter dans un ferry était encore pour lui et Luc le meilleur moyen de quitter la ville.

— Très bien, allons-y.

Mac l'arrêta d'un geste.

— Il ne veut pas prendre le risque d'emmener à bord des civils. Il dit que c'est trop dangereux, mais je pense qu'un peu d'argent le ferait changer d'avis.

— Proposez-lui cent dollars.

— Vous êtes sûre ?

Sarah se contenta de fouiller dans son sac et de tendre la somme à Mac.

De loin, Sarah vit le marinier refuser avec véhémence. Elle n'en crut pas ses oreilles lorsque Mac lui exposa les raisons de son entêtement.

— Il exige davantage au prétexte que vous êtes enceinte. Je me demande si le mieux ne serait pas de rebrousser chemin et d'attendre Philippe et Luc à Eagle's Run.

Sarah lui glissa cinquante dollars supplémentaires dans la main.

— Pour la traversée du bébé.

Quelques instants plus tard, elle montait à bord du chaland avec l'aide de Mac en adressant un regard courroucé au marinier. Ce dernier commença par remonter lentement les eaux de la rivière Napa jusqu'à la baie de San Pablo. Une heure plus tard, ils atteignaient la baie de San Francisco. Sarah, à l'avant de la barge, observait avec inquiétude les flammes qui embrasaient la ville. La colonne d'air surchauffé aspirait les vents qui venaient alimenter l'incendie. Les eaux de la baie étaient étrangement calmes, en dépit de la fumée noire qui cachait le soleil à la vue et des cendres qui pleuvaient sur l'embarcation. Sarah, incommodée par l'âcre odeur de créosote, se couvrit la bouche et le nez à l'aide d'un mouchoir.

À l'approche de la ville, ils notèrent la présence autour du terminal des ferrys de bâtiments militaires et de bateaux de lutte contre les incendies déversant des tonnes d'eau salée sur les immeubles voisins dans l'espoir d'éteindre les flammes. Sarah comprit aussitôt qu'elle avait commis une grave erreur en se lançant dans un tel périple.

Le marinier accosta à l'extrémité de Howard Street, à côté d'un énorme destroyer. Sarah escalada les degrés de l'échelle en bois permettant d'accéder au quai, suivie de Mac. Des hordes de gens, pour beaucoup allongés sur des brancards ou munis de béquilles, montaient à bord du destroyer. Sarah se souvint que Marie travaillait à l'hôpital Harbor, à deux pas de là. Elle fit signe à Mac de la suivre et ils remontèrent le flot des réfugiés en cherchant le visage de Philippe dans la foule. Des engins de pompiers, alignés le long de Market Street, tentaient de contenir l'incendie qui faisait rage à quelques rues de là.

Sarah ne s'attendait pas au chaos qui régnait à l'intérieur de l'hôpital. Des blessés gisaient dans tous les coins, à deux par lit ou à même le linoléum, au milieu d'un concert de plaintes et de vomissements. Certains avaient perdu un membre, les plus nombreux portaient d'épais pansements. Sarah chercha des yeux Philippe et Luc, mais ne trouva face à elle que des visages résignés ou craintifs.

Elle se reprit, fermement décidée à fouiller le bâtiment à la recherche des siens, lorsqu'elle tomba nez à nez avec Matthew. Elle se jeta dans ses bras.

— Vous êtes venue chercher Philippe et Luc ? lui demanda-t-il, stupéfait de la voir là.

— Vous les avez vus ? s'écria-t-elle, anxieuse.

— Oui, suivez-moi. Vous devez repartir au plus vite, nous avons entamé l'évacuation des malades, le feu sera là dans moins d'une heure.

Il l'entraîna à l'extérieur tandis que Mac s'efforçait de ne pas les perdre au milieu de la cohue.

— Philippe, Luc, Marie et les enfants sont tous montés à bord de ce destroyer qui doit les déposer sur l'île de la Jument.

— Sont-ils… ?

— Tout va bien, mais le bateau s'apprête à appareiller, hâtez-vous !

— Et vous ?

— Je vous suis sur le navire suivant. Dites-le bien à Marie. Vite, Sarah !

Mac prit la jeune femme par la main et ils remontèrent précipitamment la rue en enjambant des cadavres, les yeux rivés sur l'énorme bâtiment militaire coiffé de quatre cheminées, prêt à appareiller d'une seconde à l'autre. Sarah n'avait plus de souffle lorsqu'ils atteignirent la passerelle afin de se mêler à la longue file des blessés désireux de monter à bord. Elle se plia en deux en se tenant le ventre.

— Que se passe-t-il, madame ? s'inquiéta Mac.

— Ce n'est rien, ça va passer.

Elle venait en vérité de ressentir la première contraction. Il lui fallait monter à bord au plus vite et trouver Marie.

Au moment de franchir la passerelle, un soldat à cheval leur bloqua le passage.

— Seulement les blessés et les médecins, madame.

Sarah ouvrit des yeux incrédules.

— Vous êtes enceinte, mais pas blessée, madame, aboya le militaire. Je vais vous demander de vous pousser.

Sarah refusa tout net.

— Mes enfants se trouvent à bord, ma belle-sœur est médecin et je suis sur le point d'accoucher. Soit vous me laissez passer, soit j'ai mon enfant ici, à même le quai, et je peux déjà vous dire que ça ne va pas arranger vos affaires.

Prise d'une nouvelle contraction, elle s'agrippa au bras de Mac en attendant que la douleur s'éloigne.

Le soldat, du haut de sa monture, ne se laissa nullement impressionner.

— Les personnes désespérées sont prêtes à proférer toutes sortes de mensonges, se justifia-t-il.

Il n'avait pas fini sa phrase que Sarah perdait les eaux. Mac fit un bond en arrière. Sarah, le cœur battant, comprit que la délivrance était proche. Personne ne l'empêcherait de trouver Marie afin qu'elle l'aide à accoucher. Elle défia le cavalier du regard et franchit la passerelle d'un air décidé.

*

Marie, adossée à une pile de caisses en bois, savoura la morsure du vent sur son visage. Le navire venait de quitter l'embarcadère en direction des chantiers naval de l'île de la Jument où ils pourraient débarquer et, le ciel aidant, trouver le moyen de rallier Eagle's Run. Luc, Adeline et Gemma dormaient, serrés les uns contre les autres au milieu des caisses. Le port était un enchevêtrement de bateaux de toute nature.

La colonne de fumée noire qui avait englouti Nob Hill, sans doute au prix de sa maison, progressait en direction de l'hôpital et des quais. Son cœur se serra à l'idée que Matthew était resté là-bas. Comment allait-il pouvoir fuir l'incendie à temps ? Elle se signa et pria avec ardeur, les mains jointes.

*

Les blessés, serrés comme des sardines, occupaient le moindre centimètre carré de pont, assistés par une poignée de médecins et d'infirmières en uniforme. Sarah et Mac circulaient entre les corps allongés en scrutant chaque visage. Les contractions se rapprochaient, l'empêchant de se concentrer. Lorsqu'elle releva la tête, un regard d'un bleu intense croisa le sien.

Les traits de Philippe s'adoucirent lorsqu'il la vit et Luc se jeta dans ses bras en sanglotant.

— Tu es venu nous chercher, maman ?

Elle en eut la gorge nouée.

— Je serai toujours là pour vous, répondit-elle en serrant la main du petit garçon sans quitter des yeux Philippe, allongé sur un brancard.

Elle le rejoignit et s'écroula à côté de lui.

— Tu es folle, lui murmura-t-il avec une tendresse infinie.

— Je ne pouvais pas rester sans réagir, haleta Sarah.

— Tu as affronté l'incendie alors que tu es enceinte ! Pippa et Johnny n'ont rien, au moins ?

— Tout le monde va bien, je les ai confiés à la garde de Rose et Aurora.

Elle se plia en deux sous l'effet de la douleur. Marie s'agenouilla près d'elle.

— De combien sont espacées les contractions ? Cinq minutes ?

Sarah acquiesça, le souffle court.

— Mais la naissance n'était pas prévue avant le mois prochain ! s'exclama Philippe.

Sarah serra ses doigts avec une telle force, sous l'effet de la douleur, qu'elle eut peur de les casser.

— Philippe, déclara Marie, je vais vous demander de vous relever en évitant de tirer sur vos points de suture. Je vais avoir besoin du brancard.

L'opération terminée, Marie allongea Sarah sur le flanc gauche.

— Mac, Adeline ! Allez me chercher de l'eau chaude et des linges propres si vous en trouvez.

Marie tira d'un petit sac en cuir une paire de ciseaux et des gants de caoutchouc, les aspergea de désinfectant puis les posa sur une bande de gaze.

— Désolée, Sarah, mais je vais devoir vous accoucher ici.

Elle ordonna aussitôt à tous ceux qui se trouvaient là de s'éloigner, puis elle souleva la jupe de Sarah et l'examina.

— Le col est dilaté, la tête du bébé apparaît déjà.

Sans une hésitation, elle dégrafa son propre jupon sous sa robe.

Au terme de trois poussées, Sarah se sentit délivré du bébé que Marie enveloppa dans le cocon de fortune de son jupon. C'était une fille ! Marie coupa le cordon, nettoya la bouche de la petite fille et lui pinça les fesses. Le bébé poussa un vagissement aigu et Marie l'emmaillota avant de le tendre à un Philippe éberlué.

— Votre fille, annonça-t-elle en souriant.

Philippe prit l'enfant dans le creux de son bras et contempla sa tête minuscule couronnée de cheveux noirs encore humides. Il adressa un regard attendri à Sarah qui trouva tout juste la force de caresser la joue rose de son bébé.

Lorsque Mac et Adeline revinrent avec l'eau et les linges demandés, Marie s'employa à nettoyer l'enfant et l'enveloppa ensuite dans un drap. Elle tendit la petite fille à Sarah, se laissa tomber sur une caisse en bois, et poussa un soupir tandis que le *Preble* poursuivait sa course à travers la baie de San Pablo. Aucun des intéressés n'oublierait jamais le jour où la ville de San Francisco était morte en donnant naissance à Lydie Marguerite Lemieux.

37

20 avril 1906

Vingt-quatre heures s'étaient écoulées depuis leur arrivée à Eagle's Run sans que Matthew donne de ses nouvelles. Marie, qui refusait de perdre espoir, demanda à Philippe de seller la jument et ils se rendirent ensemble à Napa. Assise derrière lui, elle le tenait par la taille en veillant à ce qu'il n'abuse pas de sa jambe blessée.

Elle fut surprise de découvrir autant de réfugiés dans la petite ville. Les soldats de la Garde nationale patrouillaient les rues, il y en avait jusque dans l'église où Philippe et Marie firent halte afin de déposer des vêtements usagés aux dames de la Croix-Rouge. Ils trouvèrent closes les portes du bureau de poste. La façade du magasin Newman s'était écroulée en entraînant dans sa chute les lignes de téléphone, de télégraphe et d'électricité de toute la partie sud de la ville.

Ils remontèrent Main Street jusqu'au bureau de poste des quartiers nord. L'un des murs de l'opéra s'était effondré sur l'annexe de l'hôtel Napa et il ne restait rien de Revere House, un établissement où avait dîné Marie un soir en compagnie de Matthew. La plupart des cheminées d'immeubles étaient tombées, les magasins déversaient leurs marchandises à travers les vitrines en miettes. La jument avançait prudemment au milieu des débris en évitant les véhicules à cheval ou à moteur qui les entouraient.

Il leur fallut patienter des heures avant de pouvoir expédier un télégramme aux parents de Matthew, en visite à Los Angeles, un autre à Jimmy et Bridget à Saint Helena, un troisième aux parents de Marie. De son côté, Philippe fit savoir à ses grands-parents de Tours comme à la mère de Sarah à Vouvray qu'ils avaient échappé à la catastrophe.

La nuit tombait lorsqu'ils quittèrent Napa. Marie tenait une lanterne au-dessus de l'épaule de Philippe afin de dissiper les ténèbres sur le chemin du retour. Une heure plus tard, ils arrivaient en vue de la maison. Les ombres des enfants s'agitaient derrière les rares fenêtres épargnées par le séisme et ce spectacle la ramena au souvenir de Matthew. Son absence avait fini par éroder le courage qu'elle avait réussi à rassembler tout au long de ces journées éprouvantes.

Son regard se posa sur un arbre dont la forme majestueuse se découpait dans le ciel indigo. Elle reconnut l'érable sous lequel Matthew l'avait embrassée pour la première fois. La lueur d'une lanterne flottait sous la frondaison. En plissant les paupières, elle crut distinguer une forme nonchalamment adossée contre le tronc. Elle étouffa un sanglot.

– Philippe, arrêtez-vous !

Il tira sur les rênes et la jument s'immobilisa. Marie sauta à terre et se réfugia dans les bras de son mari.

38

Août 1906

Sarah alluma la grande bougie d'anniversaire de Luc. La date du 20 août était toujours douce-amère pour Sarah, puisqu'elle marquait aussi bien la naissance du petit garçon que la mort de sa sœur Lydie. Le sentiment de tristesse qu'elle éprouvait ne s'éteindrait jamais, mais la douleur s'atténuait avec le temps.

Après ce qu'ils avaient vécu quatre mois plus tôt, Sarah entendait bien offrir à Luc le plus bel anniversaire de sa jeune existence. Elle avait écrit à sa mère et aux grands-parents de Philippe afin de leur demander d'écrire un mot et d'envoyer des babioles au petit garçon. Tandis que Rose achevait le glaçage du gâteau au chocolat, tout le monde prit place autour de la table familiale. Sarah entassa cadeaux et cartes d'anniversaire sur l'assiette de Luc qui se frotta les mains de plaisir, tout excité.

— Allez, l'encouragea Sarah. Tout le monde te regarde.

Luc, un sourire aux lèvres, s'empara d'une enveloppe au hasard. Au lieu de l'ouvrir, il la reposa à la surprise générale et déclara, d'une voix trop grave pour un enfant de dix ans :

— Je vous remercie infiniment d'être là.

Les applaudissements crépitèrent autour de la table et il décacheta l'enveloppe. Elle contenait une lettre de sa grand-mère et de Jacques, accompagnée d'une photographie d'eux posant fièrement devant les vignes nouvellement plantées de Saint-Martin.

Le courrier suivant émanait de François et Jacqueline Leblanc, les grands-parents de Philippe. Luc, qui s'attendait à trouver une lettre, en découvrit deux dans l'enveloppe, la seconde adressée à son père. Le père et le fils se plongèrent dans la lecture de leurs missives respectives sous le regard de Sarah. Elle suivit Philippe en le voyant se rendre dans la cuisine.

— Que se passe-t-il ?

— Rien de grave. Tiens, lis, lui enjoignit-il en lui tendant la lettre.

Elle parcourut le courrier, tracé d'une main élégante.

— Le Kaiser construit une marine de guerre. Tu crois réellement que la menace est sérieuse ?

— Je ne sais pas, répondit Philippe. Grand-père s'est toujours tenu au courant de l'actualité internationale. À soixante-dix-sept ans, il a tout vu, ou presque.

— J'imagine qu'il nous alertera s'il estime qu'une guerre se dessine. En attendant, ajouta-t-elle en passant son bras dans celui de Philippe, nous avons un garçon de dix ans qui va avoir besoin de ton aide pour couper son gâteau d'anniversaire.

La fête terminée, Sarah et Philippe entamèrent leur tour du propriétaire quotidien. Ils firent halte au pied du poirier, le temps de souhaiter bonne nuit à leur enfant qui n'avait pas vécu. Sarah trouvait ce rituel apaisant. Elle se baissa, ramassa l'une des pierres, la débarrassa de sa mousse et la replaça dans le cercle des cailloux blancs marquant la sépulture.

Sarah s'avança au milieu des vignes en faisant bruisser sa robe contre les feuilles des plants de cabernet. Elle tâta les grappes chargées de raisin et cueillit une poignée de grains violacés. Elle en glissa un dans la bouche de Philippe qui ferma les yeux pour mieux se concentrer.

— Ils sont quasiment prêts.

Sarah acquiesça en repensant au premier jour de leur vie commune.

— Te souviens-tu de tes paroles le soir de notre nuit de noces ?

Philippe tourna son regard vers le ciel mordoré, parcouru de nuages fins.

— Je crois avoir cité la Genèse : « Les deux deviendront une seule chair. »

— Exactement, approuva-t-elle en lui tenant la main, mais je me pose une question. Si les deux ne forment qu'une seule chair, qu'en est-il de l'esprit ?

Philippe partit d'un rire silencieux et glissa ses bras autour de la taille de Sarah en posant le menton sur son épaule.

— Je te mentirais en affirmant que nous formerons un jour un seul esprit, mon amour. Tu es bien trop têtue.

Elle voulut se dégager d'un coup de coude, mais il la retint prisonnière.

— Le mieux serait peut-être encore une galipette dans le foin, suggéra-t-il sur un ton enjôleur.

Il lui pinça le postérieur et Sarah se libéra en poussant un cri.

Il voulut l'attraper, mais elle s'enfuit en courant et se réfugia dans un bosquet de pins au bord de la rivière. Elle se tapit dans l'ombre, bercée par le murmure des aiguilles d'un vert lumineux. Il jaillit soudain de la pénombre et la saisit par la taille. Elle laissa échapper un rire aigu qu'il étouffa en l'embrassant.

Sarah n'en avait jamais été aussi convaincue. Son esprit ne retournerait jamais à Saint-Martin, ni même à Eagle's Run. Il fusionnerait avec celui de Philippe.

DU MÊME AUTEUR
AUX ÉDITIONS ARCHIPOCHE

LA FILLE DU MAÎTRE DE CHAI

1895. Sarah Thibault, 17 ans, vit avec ses parents et sa sœur Lydie dans le Val de Loire, où la famille exploite un vignoble. À la mort de son mari, la mère de Sarah est contrainte de vendre le domaine à une famille de négociants, les Lemieux, dont le fils aîné épouse Lydie.
Mais un nouveau drame oblige les deux sœurs à quitter la France. Sarah, qui n'a pas abandonné son rêve de devenir viticultrice, s'installe dans la Napa Valley, en Californie. Sur place, elle fait la connaissance d'un certain… Philippe Lemieux, qui s'est lui aussi lancé dans l'aventure viticole. Les deux Français décident d'associer leurs talents. Mais les affaires et l'amour peuvent-ils faire bon ménage ? D'autant que Sarah cache un indicible secret…
Dans la lignée des romans de Tamara McKinley et Sarah Lark, le destin d'une jeune femme courageuse qui n'a d'autre choix que l'exil pour réinventer sa vie.

« Suivre ses rêves quels que soient les obstacles… Les amateurs de sagas vont adorer. »
Kirkus Reviews

ISBN 978-2-37735-330-9 / H 75-3266-1-1909 / 372 pages / 7,95 €

Cet ouvrage a été composé
par FACOMPO, LISIEUX

Impression réalisée par
CPI France
en juillet 2020
pour le compte des Éditions Archipoche

IMPRIM'VERT
Votre imprimeur agit pour l'environnement

Imprimé en France
N° d'édition : 633
N° d'impression : 3039319
Dépôt légal : septembre 2020